악녀의 정의 IV

악녀의 정의
주해온 장편소설
IV
D&C BOOKS

차 례

18장

오래 기다리셨습니다

오래 기다리셨습니다

새해가 밝았다.

그 말인즉슨 한 살을 더 먹게 되었다는 뜻이다. 여기선 한국처럼 연 나이를 썼다. 한 해 한 해 세월이 가는 게 저주 같았지만 내겐 해당 사항이 없다.

왜냐하면 난 회춘했으니까!

무려 5년이나 어려진 내게 세월 따윈 아무런 장벽이 되지 않는다. 어려진 것뿐만 아니라 완벽한 미모를 손에 넣었으니까!

거울에 비친 열아홉 소녀의 탱탱한 눈가와 목을 보며 나는 만족스럽게 고개를 끄덕였다.

"제발 자아도취는 그만하시고 나오세요. 황태자 전하께서 기다리십니다."

"자아도취가 아니라 사실 확인이었거든?"

네네, 유모가 건성건성 대답하며 날 떠밀었다. 치장을 돕던 시녀들이 꺄르륵 웃음을 흘리는 걸 넘기며 응접실로 나갔다.

그 순간 눈을 멀게 할 정도의 광채에 반사적으로 눈을 감았다. 살짝 실눈을 뜨자 평소와 달리 새하얀 정복을 차려입은 황태자가 서 있었다. 정말 다른 의미로 안구 테러인 미모였다.

“황태자 전하를 뵙습니다.”

“공녀.”

그가 다가와 내 손을 잡았다. 말없이 날 바라보는 그에게 눈을 찡긋했다.

“왜요, 너무 예뻐요?”

뒤에서 유모가 어휴, 하고 크게 한숨 쉬는 게 들렸다. 그가 피식 웃었다.

“그대는 역시 객관적인 안목을 지녔어.”

그 말에 킥킥 웃으며 방을 나섰다. 전송하는 시녀들이 나보다 더 좋아했다.

황태자 때문이다. 오늘 신년회에 그가 날 에스코트하기로 했다. 여태까지 항상 아이린이 그의 에스코트를 받았기에 이례적인 일이라고 할 수 있다.

황태자가 내게 에스코트를 청한 이래로 시녀들은 이제부터 그가 나만 에스코트하는 것 아니냐며 떠들었다.

속으로 그럴 일은 없다고 생각했지만 들뜬 그녀들을 내버려 뒀다. 그랬더니 오늘 내 치장을 서로 돕겠다고 난리였다.

신년회는 지방의 귀족들도 올라와 참여하는 대연회인 만큼 시녀들도 당연히 참여한다. 치장을 돕는 최소한의 인원만 두고 쉬게 할 생각이었는데 기합이 잔뜩 들어가 빠지겠다는 사람이 없었다.

지금부터 준비해서 참석하려면 힘이 들 텐데. 다들 나보다 먼저 준비했으니 간단히 매무새를 가다듬고 수정화상만 하면 된다지만…….

“무슨 생각을 그렇게 해?”

황태자가 날 마차에 태우며 물었다. 나는 씩 웃으며 말했다.

“맞혀 봐요.”

“내 생각?”

“풋!”

순간적으로 터져 나온 웃음을 막을 새도 없었다. 낄낄거리며 웃는 나를 그가 부드럽게 쳐다봤다.

“앞으로는 그대만을 에스코트할게.”

날 바라보는 눈동자가 진지했다. 눈부신 태양빛에 이끌리듯 신음처럼 그를 불렀다.

“전하…….”

그의 눈동자가 조금 더 가까워졌다. 깊은 눈매가 섹시한 건 섹시한 거고 헛소리는 헛소리였다. 나는 픽 웃곤 말했다.

“지키지 못할 약속은 하지 마세요.”

순간 벙찐 눈으로 날 바라본 황태자가 곧 으르렁거렸다.

“내가 지키지 못할 것 같아?”

“그야…….”

당연하잖아. 아이린을 에스코트할 날도 오고 또 다른 여자를 에스코트해야 하는 날도 올 수 있다.

그는 제국의 황태자다. 나아가 황제가 될 몸. 공식 행사에서 여자를 에스코트할 일은 많다. 그 모든 일 가운데 나만을 에스코트하는 게 가능할까.

"일단은 그렇다고 쳐요."

"난 진심이다."

"네네, 그렇다고 하자니까요?"

"내 약속은 천금이야."

"어련하시겠어요."

티격태격하다 보니 연회장에 도착했다. 그의 손을 잡고 내리자 화려하다 못해 위압적인 건물이 보였다. 황궁에 익숙한 내 기가 질릴 정도였으니 지방에서 올라오는 귀족들은 오죽할까 싶었다.

특별한 사유가 없는 한 모든 귀족이 참여하는 신년회가 열리는 장소다웠다. 이전 황궁에서 열렸던 모든 행사를 통틀어도 독보적이었다.

"황태자 전하와 카일론 공녀께서 드십니다!"

연회장에 입장하고 나서도 놀랐다. 이 안에 건물이 들어서도 될 것만 같은 규모였다.

수많은 사람들이 황태자와 나를 올려다봤다. 속이야 어떻든 당당하고 여유로운 미소를 지으며 황태자의 에스코트에 맞춰 계단을 내려갔다.

황태자의 등장으로 살짝 정체되었던 분위기는 얼마 지나지 않아 풀렸다.

"오늘 파트너는 카일론 공녀네요."

"카일론 공녀가 파트너인 건 처음 아닌가요?"

"그러게요. 오프닝 댄스를 함께 춘 적은 있어도 파트너는 처음이죠."

"혹, 전하께서……."

"제의 때를 생각해 보면 확실한 것 같죠?"

"스테나 영애는 어찌 될까요?"

수런수런하는 소리가 귀에 들려 황태자에게 더더욱 달라붙었다. 그는 제의 때 그랬듯 그런 나를 감쌌다.

황제와 황후가 입장하고 새해를 축복하는 축언이 울려 퍼졌다. 사제가 축언을 읊을 때 은빛으로 빛나는 무언가가 퍼져 나가는 모습은 또 다른 장관이었다.

황제가 연회의 시작을 선포했다. 레지나의 경합이나 황태자의 생일과 달리 황제와 황후가 오프닝 댄스를 열었다.

"한 곡 추시겠습니까?"

황태자가 장난스레 내민 손을 잡고 플로어에 올랐다.

"오늘은 거절하지 않아서 다행이야."

"공교롭게도 몸 상태가 괜찮아서요."

킥킥거리자 그가 내 몸을 강하게 돌렸다. 맞잡은 손 때문에 자연스럽게 그의 품 안으로 안착했다.

"힘들면 기대도록 해."

"참 고맙네요."

스텝을 밟으며 그의 품에서 빠져나왔다. 그가 피식 웃더니 말했다.

"오늘은 기분이 좋은가 보군."

"그래 보이나요?"

"날 밀어내지 않잖아."

연회장에서 그를 밀어낸 적은 없다. 다른 사람의 시선을 의식해 오히려 더 가까이 밀착했으면 밀착했지.

그가 무엇을 말하는진 안다. 선을 긋고 행동을 분명히 하라고 한 사람이 바로 나니까.

속으로 뜨끔했다. 선을 넘는 황태자를 제지하지 않는 것은 케일라덴 때문이었다. 적어도 겉으로 황태자와 그렇고 그런 사이인 것처럼 보이면 케일라덴도 마음을 단념할 것이다.

케일라덴은 누구보다 자신의 마음이 이뤄질 수 없다는 것을 잘 알고 있을 테다. 나는 레지나이고 황후 유력후보였다. 그 말은 즉 황태자와 결혼한다는 뜻이다.

내가 황후 자리를 포기하면 그와 혼인할 수도 있겠지만, 그건 황태자가 바뀌는 것보다 더 가능성이 없는 일이었다.

상대가 마음에도 없는 정략혼을 하면 편히 단념하지 못해도, 좋아하는 사람과 결혼하면 놓아주기 쉽다.

"앞으로도 그랬으면 좋겠군."

"네?"

"내가 그대에게 청한 기다림은 오늘로 끝이야."

새해에는 새 마음으로 해야지, 그가 덧붙이며 씩 웃었다. 그와 동시에 음악이 끝났다.

'오늘 무슨 일이 생기는 걸까.'

알 수 없는 기대가 가슴속에서 피어올랐다. 두근거리는 마음을 누르고 다가오는 사람들에게 미소를 지었다. 습관적인 미소는 곧 진심 어린 미소로 바뀌었다.

"엄마, 아빠!"

"우리 딸."

엄마가 날 폭 안았다. 내 몸을 더듬는 손길이 살짝 떨렸다.

"무사해서 다행이야."

시스테인에게 습격당한 뒤로 편지도 하고 내궁 통신소에서 영상 통화도 해서 무사한 건 알고 있겠지만 이렇게 직접 보는 것과는 역시 다르다.

엄마는 연신 내 몸을 확인하고 내 뺨을 쓰다듬었다. 엄마가 날 떼놓지 않자 결국 기다리다 지친 아빠가 뒤에서 날 안았다. 엄마와 아빠 사이에 갇힌 꼴이 되어서 기분이 이상했지만 싫지는 않았다.

많은 사람들의 보살핌과 위로 속에서 그때 그 일은 잘 정리됐다. 하지만 엄마, 아빠의 품은 또 달랐다.

가슴 깊은 곳에서부터 숨이 끓어올랐다. 턱, 하고 뱉어 낸 한숨은 마지막으로 남아 있던 불안함일 것이다.

"혼자서 잘 이겨 냈다, 샤티. 잘 있을 줄 알았어."

아빠의 믿음에 절로 미소가 지어졌다. 믿어 주는 사람이 있기에 나는 성장할 수 있었다.

"그나저나 아직 황태자 전하의 고간은 안전한가 보구나."

여유를 찾은 엄마가 소리를 낮춰 속삭였다.

"엄마!"

"호호, 오늘 두 사람이 같이 입장하는 걸 보니 앞으로도 무사할 것 같은 예감이 들더구나. 황실엔 다행한 일이지. 하지만 이래 놓고 엇나가면 봐줄 것 없단다. 계란은 원래 깨트리라고 있는 법."

아니, 그 계란이 아닌데요……. 그런 법도 없는데요? 물론 계란은 깨지기 마련이지만!

남자의 소중한 계란을 깨 버리라는 말을 아무렇지 않게 하는 아름다운 미인의 모습에 기가 질렸다. 그 소중한 계란이 소유자뿐만 아니라 황실의 대를 잇는 데에도 아주 중요한 역할을 한다는 걸 생각하니 더더욱.

'우리 엄마가 역적이라니!'

신년 연회라는 것도 잊고 파티장 구석에서 엄마, 아빠와 그간의 일상을 나눴다.

평소라면 득달같이 인사할 귀족들도 내가 죽을 뻔했다는 걸 알고 있기 때문인지 말을 걸지 않았다. 덕분에 오랜만에 가족 간의 오붓한 시간을 만끽할 수 있었다.

지방에서 올라와 이번 기회만 노리던 사람 몇 명이 다가올 기세를 보이면 아빠가 서릿발 같은 눈으로 처리했다.

지금 말 걸어 봤자 점수 따기는커녕 밉보인단 판단에 다들 문워크를 추며 물러났다.

언제까지고 가족들하고만 시간을 보낼 수 없기에 아쉬움을 감추고 파티라는 전장에 뛰어들었다.

"카일론 공녀."

"어머, 샤리안 경, 코겐 남작 영식."

반가운 얼굴들이었다. 두 사람도 오늘 제도에 올라온다는 걸 깜빡했다. 모든 귀족이 참여하니 당연한 일인데.

"정말 눈부시게 아름답네요, 공녀."

샤리안 경의 칭찬에 몸이 배배 꼬였다. 언니한테 칭찬받다니……! 빡세게 꾸민 보람이 있다.

"감사합니다, 샤리안 경."

수줍은 대답에 날카로운 샤리안 경의 눈매가 부드럽게 풀어졌다.

"아직 경께선 세베리다에 계시나요?"

"녹화사업이 완전히 마무리될 때까진 그럴 것 같습니다. 보고받는 것보다 직접 보는 편이 확실해서요."

그야말로 능력 있는 커리어우먼의 귀감이었다. 나는 고개를 끄덕였다.

샤리안 경의 대답에 알베르가 대놓고 시무룩해졌다. 아직 그의 짝사랑은 현재진행형인 듯했다.

"올라오실 때 코겐 남작 영식도 함께면 좋을 텐데요."

"네?! 아니! 그게……! 물론 좋지만! 아직 그런 사이는……!"

당황한 알베르가 횡설수설했다. 전혀 그런 뜻이 아닌데 혼자 앞서나가는 게 웃겼지만, 이대로 폭주하는 걸 구경하기엔 양심이 찔렸다.

"코겐 영식은 세베리다에만 있기 아까운 인재니까요. 중앙에서도 탐내고 있어요. 물론 남작저가 서부에 있으니 영식께서 남고 싶다면 어쩔 수 없지만요."

"아……."

이어진 내 말에 알베르가 탄식을 내뱉었다. 입을 꾹 다물고 고개를 숙인 모습이 귀여웠다. 특히 새빨갛게 타오른 귓등이.

쿡쿡 웃으면서 알베르의 반응을 보는데 샤리안 경의 모습이 눈에 들어왔다.

알베르처럼 하트가 뿅뿅 튀어나오는 눈은 아니어도 귀엽게 보는 시선에 어쩌면 혹시? 하는 생각이 들었다.

동생처럼 생각하는 것일 수도 있지만, 그래도.

짝사랑이 막을 내릴지도 모르겠는데. 나는 흥미진진하게 두 사람을 바라봤다. 남의 연애 이야기만큼 재밌는 건 없다.

과연 알베르가 샤리안 경의 마음을 쟁취할 수 있을 것인가!

"저, 저는 샤리안 경과 함께 제도로 올 수만 있다면 크나큰 영광입니다. 제도엔 마법도 체계적으로 정립되어 있죠. 또, 제도 지형 자체가 마법진을 형성하고 있으니 직접 연구하고 싶은 게 많아요. 마탑에선 실생활에 바로 적용하지 못하니까요."

결코 샤리안 경 때문이 아니라는 변명으로 시작되었던 말은 점점 확고하게 굳어졌다. 말하다 보니 진짜로 연구하고 싶어졌나 보다. 아무래도 학구열이 대단하신 천재님이다 보니. 나는 고개를 끄덕였다.

"게다가 세기의 천재이신 공녀께서 계시니 많은 배움을 청하고 싶습니다."

아니, 아니 그건 아니야! 잘 나가다가 왜……. 방심하고 있다가 타격을 입었다.

이쪽을 살피던 귀족들이 천재 소리에 술렁이는 게 들렸다. 다른 사람도 아니고 천재에게서 세기의 천재라는 말이 나왔으니……. 나는 애써 아득해지는 정신을 수습하고 말을 돌렸다.

"영식께서 제도로 올라오시는 건 환영이에요. 전하께서 많이 부려먹긴 하시겠지만……."

알베르의 안색이 바로 핼쑥해지는 걸 보고 살짝 웃었다. 그리고 그의 귓가에 낮게 속삭였다.

"전하보다 잘해 드릴 테니 제게 오세요. 샤리안 경께서도요."

인재는 가로채라고 있는 법. 어차피 둘 다 국가에 소속된 사람이지만 황후가 되면 내게도 인사권이 주어진다. 난 하고 싶은 사업 목록이 엄청 많다고!

"섭섭하지 않게 대해 드릴게요."

씩 웃자 샤리안 경이 피식 웃었다.
"기대하죠."

한창 연회가 무르익었을 때 황태자가 내 손을 이끌고 세오펠 백작을 불렀다.
"세오펠 백작."
모두의 이목이 그쪽으로 쏠렸다. 사냥제 제의 때 백작과 내가 한 내기가 오늘 판가름 난다는 것은 이미 모두가 아는 사실이었다.
"우리의 내기를 잊지 않았겠지."
"물론입니다, 전하."
"그대가 이기는 경우 나는 세오펠령에 한해 철의 규제를 풀고 카일론 공녀는 백작에게 사과하기로 했지."
"그렇습니다. 제가 지면 공녀께 세오펠령을 지나는 상단의 통행허가권을 넘겨주기로 했지요. 전하께선 오늘 무엇을 원하시는지 말씀하신다고 했습니다."
서로 조건을 확인했다. 이제 내기의 시작이다.
귀족들이 누가 이기네 지네 쑥덕대는 소리가 들렸다. 대부분 절대 물에 뜰 리가 없다는 쪽이었다. 귀족 사이에서도 내기가 오가기 시작했다. 잭팟을 노린 몇 명만이 물에 뜬다는 데에 걸었다.
황태자의 손짓에 시종들이 모형 철선을 들고 왔다. 모형이지만 보여 주기용이기 때문에 특별히 더 크게 준비했다. 세로로 세우면 내 키만 할 것이다.
물에 뜬다는 파가 급속도로 안 뜬다는 파로 노선을 변경했다. 나는 아쉬움에 입맛을 다셨다. 내가 참여하면 떼돈을 벌 텐데.

하지만 더 큰 판돈이 오가는 내기가 있으니. 나는 철선 옆에 서서 말했다.

"이건 철을 그대로 연마해 만든 배입니다. 아무런 장치도 없죠. 저와 황태자 전하 역시 지금 처음 이 철선을 봤습니다. 철선에 대한 보증은 황제 폐하께서 해 주셨습니다. 철선은 폐하께서 준비하신 겁니다. 내기가 끝난 후 결과에 따라 원하신다면 백작께서 가져가 조사해도 좋습니다."

"아니, 폐하께서 친히 준비하셨는데 그럴 필요 있겠소."

백작이 느긋하게 말했다. 저렇게 여유로운 모습을 보니 나 역시 즐거웠다. 상대가 방심할수록 나중이 재밌어진다.

온갖 휘황찬란한 빛과 물을 뿜어내던 분수가 잠시 멈췄다. 잔잔해진 수면 위로 배 그림자가 드리워졌다. 절대 뜨지 않을 거라고 생각하면서도 귀족들은 숨을 죽였다.

혹시나, 그럴 리 없겠지만, 설마…….

설마는 언제나 사람을 잡는다.

세상에, 맙소사, 신이시여, 헉, 헐, 대박.

귀족적인 감탄사와 그렇지 않은 감탄사가 여기저기서 튀어나왔다. 교양과 체면을 잊을 정도로 엄청 놀랐다는 뜻이다.

튼튼한 철선이 수영장 부럽지 않은 분수 위에 위풍당당하게 떠올랐다. 나는 입을 떡 벌린 채 아무 말도 못하는 백작을 향해 싱긋 웃었다.

"제가 이겼네요."

그제야 언어 기능이 돌아온 백작이 뒤늦게 외쳤다.

"말도 안 돼! 이건 뭔가 오류가……."

현실을 부정하던 그가 퍼뜩 정신을 차렸다. 이 철선을 누가 준비했는지 깨달은 것이다. 이상이 있다는 것은 황제에 대한 불신. 역심이다.

"……제가 졌습니다."

내게 졌다 하지 않고 황태자에게 졌다고 하는 것은 그의 마지막 자존심이리라. 이해는 하면서도 짜증이 나는 건 어쩔 수 없다. 그렇게 날 무시하고 깔보더니 마지막까지.

황태자가 그런 백작을 차갑게 내려다보더니 입을 열었다.

"그럼 내가 원하는 것을 말하도록 하지."

백작이 침을 꿀꺽 삼켰다. 버리지 못한 기대가 두 눈에 흘렀다. 미련하게도.

"카일론 공녀에게 사죄해라. 백작이 제의에서 공녀에게 범한 무례를 잊진 않았겠지. 공녀가 용서할 때까지 사죄하는 것이 내 조건이다."

세오펠 백작이 찢어지도록 눈을 부릅떴다. 구경하던 귀족들 역시 놀란 숨을 삼켰다. 하지만 단언컨대 이 순간 가장 놀란 사람은 나다. 정말 상상도 못했다.

"왜, 그대가 공녀에게 요구하려 했던 것 아닌가."

"그, 그렇지만, 전하……."

"또한 용서하고 안 하고는 오롯이 공녀의 마음이다. 우선 이 자리에서 사죄하는 것으로 시작해야겠지만 이 자리에서 끝나라는 법은 없지."

"하오나, 전하."

저런 어린 계집에게 어찌 백작인 제가……. 뒷말이 뻔했다. 이

상황에서도 뻣뻣하게 자존심만 챙기는 모습을 보니 기가 찼다.

내가 어린 건 어린 거고 댁이 잘못한 건 잘못한 거고! 내가 여자인 건 여자인 거고, 댁이 무례한 건 무례한 거고! 이 간단한 것도 모르나?

"그대가 정 이를 거부하겠다면 다른 것을 말하도록 하지."

"그게 뭡니까?"

세오펠 백작이 반색해서 물었다.

"사냥제에서 몬스터가 결계를 뚫고 나온 것에 대해 타스마 산맥의 문제라는 견해가 있다. 시스테인은 원래 타스마 산맥의 포식종. 생태교란이 있다는 게 전문가의 소견이지."

응? 아무 이상 없을 텐데. 나는 입에 침도 안 바르고 술술 거짓말을 내뱉는 황태자를 어이없는 눈으로 쳐다봤다.

노예 소탕 때부터 알아봤어야 했어. 황자로 태어나지만 않았어도 희대의 사기꾼으로 이름 날릴 놈이었다.

"조사해 줄 사람이 필요한데……. 항상 든든하게 국경을 지켜 오던 백작이 그 적임자가 아닐까 한다. 어떤가. 맡아 주겠나? 물론 국경은 중요하니 국경을 사수할 병력은 영지에 남겨 둬야겠지."

한마디로 죽으러 가라는 말이다. 저 나쁜 놈. 선택지를 주는 척하더니 사지로 밀어 넣고 있다.

그런데 저 나쁜 놈이 왜 이리 이뻐 보이지? 왜 내 입꼬리가 마구마구 올라갈까. 허옇게 질렸다가 붉으락푸르락해지는 세오펠 백작의 얼굴을 보니 황태자가 더더욱 예뻐 보였다.

겨우겨우 분노와 모욕감과 억울함 등등을 수습한 백작이 내게 사과했다. 사과를 하는 건지 받는 건지 모를 정도로 목이 뻣뻣했다.

"미안하오, 공녀. 그때 내 무례를 사과하지."

"내게 어떤 무례를 저질렀는데요?"

"그건……."

"지금 어떤 무례인지도 모르고 상황에 맞춰 말로만 사과하시는 건가요?"

미안해. 왜 사과하는데? 그냥 다. 그냥 다? 뭘 잘못했는지도 몰라?

현대 사회에서 통용되는 상대 피 말리게 하는 고도의 전략을 쓰자 백작이 이를 악물었다.

아무리 그래도 지금 백작은 나보다 신분도 높고 나이도 많다. 이런 어른 아닌 어른놈을 존중할 필요는 없다고 생각하지만……. 그래도 보는 시선이 있다.

"저는 그날 백작의 무례에 얼마나 상처받았는지 모릅니다. 태어나 그런 일은 처음 겪었던지라 심장이 두근거려 도저히 진정할 수가 없더군요. 그렇지 않아도 시스테인의 습격을 받아 심신이 미약했는데 제의 이후로 나아가던 몸이 다시 아프기 시작했습니다. 몇 날 며칠을 자리보전하다 이제 겨우겨우 나아지는 차입니다."

청산유수처럼 말하다가 깨달았다. 사기꾼 꿈나무는 황태자만이 아니다. 등잔 밑이 어둡다고 아주 가까운 곳에도 꿈나무가 있었다. 그러고 보니 세베리다에서 황태자랑 쿵짝 맞아 함께 사기 친 사람이 나구나, 나.

"그럼에도 저는 백작께서 진정으로 사과하신다면 그 일을 잊을 생각이었습니다. 다른 것 없이, 진심 어린 사과면 됐는데……. 백작께선 지금 무엇을 사과하는지조차 모르시는군요."

커다란 눈망울을 한차례 바르르 떨며 촉촉하게 물기 어린 눈으로 백작을 바라봤다.

말없이 이 얼굴 하나만으로 백작을 천하의 악당으로 만들 수 있다. 거기다 주절주절 사기까지 쳤으니 내 승리다.

아니나 다를까 백작에게 향하는 시선이 싸늘해졌다. 백작은 당황스러운 얼굴로 땀을 흘렸다. 그에겐 이런 중앙의 사교계가 익숙하지 않았다.

"정말로 미안하오. 공녀의 말을 허황되다 속단하고 어리석다 했소. 내 실수요."

"그리고요?"

"그, 그리고……. 바로 곁에 있는데 공녀의 말을 듣지 않고 부러 황태자 전하께만 말씀드린 것도 사과하오. 공녀를 무시하는 짓이었소."

"또?"

"또? 또……. 또! 공녀에게 큰 소리를 내고 윽박질렀지. 그래서는 안 되었소. 미안하오."

"그 외에는요?"

"그 외엔…… 크흠……."

그리고? 그리고? 그리고?

현대 사회에서 통용되는 상대 피 말리는 고도의 전략2에 백작은 맥없이 당했다.

"그래요……. 저는 괜찮아요. 가장 중요한 건…… 사과받지 못했지만……. 백작께서 모르신다니까……. 그것만 사과해 주신 것으로도 저는…… 괜찮아요……. 백작께서 사과하실 거라고 생각도 못했는데…… 이렇게라도 사과하셨으니……. 다른 건…… 제가 잊어야지요…….”

아련아련한 점을 찍으며 아련아련한 미소를 짓자 황태자가 미간을 찌푸렸다.

“백작, 이 조건을 말한 사람은 공녀가 아닌 날세. 나는 공녀가 용서할 때까지라고 했다.”

“됐어요, 전하. 전 이걸로 만족해요…….”

“백작.”

엄한 부름에 세오펠 백작이 어깨를 움츠렸다. 백작 생애에 이렇게 많은 사람들에게 둘러싸여 냉대를 받는 것은 처음이리라.

사기꾼 꿈나무 둘이서 아주 손발이 잘 맞았다. 어수룩하고 고지식한 백작 하나 요리하는 건 껌이다.

“미안하오, 공녀. 지금 당장 생각나는 건 그것밖에 없소. 나중에 정식으로 예를 갖춰 사과하겠소.”

“그래 주신다니 그때 당한 모욕으로 인한 설움이 조금이나마 가시는 것 같아요. 감사합니다, 전하.”

백작을 무시하고 냉큼 황태자에게 공을 돌리자 그가 자상하게 날 도닥였다.

“감사 인사는 하지 마. 그대의 슬픔이 조금이라도 사라진다면 그것으로 족하니.”

어, 방금 건 너무 오버였어. 순간적으로 정색할 뻔한 것을 숙련된 연기로 커버했다. 황태자의 눈에 비친 내 모습은 감동해서 어쩔 줄 모르는 수줍은 미소녀였다.

내 연기력에 내가 감탄했다. 그 누가 지금의 날 사회성 없고 뻣뻣한 유화영이라고 생각할까.

사태가 소강상태로 접어들어서인지, 또다시 우리만의 리그를 형성해서인지 슬슬 귀족들의 관심이 멀어졌다. 나는 물러가려는 세오펠 백작을 붙잡았다.

“이와 별개로 내게 세오펠령 통행 허가권을 넘겨주시는 거죠?”

챙길 건 챙겨야 하니까. 씩 웃는 내 모습에 백작이 허를 찔린 표정을 지었다. 곧 그는 딱딱하게 말했다.

“카이엔과 수교를 맺을 경우에 한한 게 조건이었소.”

“네, 그 경우에 한해서요.”

“나는 세오펠 백작가의 가주요. 아무리 여흥 삼아 한 내기라도 내기는 내기. 당연히 지킬 거요.”

“좋아요.”

백작을 놓아준 뒤 황태자의 옆구리를 푹 찔렀다.

“그런 깜찍한 조건을 생각할 줄은 몰랐어요.”

나처럼 백작에게 뜯어낼 수 있는 게 꽤 많을 텐데. 그 모든 걸 제치고 원한 게 고작 내게 사과하라는 거라니. 솔직히 좀 많이 감동했다.

“내가 깜찍해……?”

황당하게 되물은 황태자가 곧 씩 웃었다. 잘생긴 얼굴이 웃으니까 빛이 번쩍번쩍 났다.

“그것도 좋군. 그대가 그렇게 느끼는 거라면.”

그 말에 황당해진 건 나였다. 황당해서 그런지 심장이 벌렁거렸다. 얘 왜 이렇게 끼 부리지. 내 말을 잊은 건 아닐 텐데. 탐탁잖은 시선에도 황태자는 그저 웃을 뿐이다.

“어머나, 두 분 사이가 정말로 보기 좋아요.”

"그러게 말이에요."

"보다 보면 왠지 저도 젊어지는 느낌이라니까요."

호호호, 웃음소리와 함께 귀부인들이 내 곁으로 다가왔다.

"제 딸아이도 이제 혼기가 찼으니 좋은 상대를 만나야 할 텐데."

"우리 아들 녀석도요."

은근한 눈빛이 내게 꽂혔다. 나는 웃으며 그들의 말에 화답했다.

"어머, 곧 좋은 혼처를 찾을 수 있을 거예요."

"그럴까요?"

"그럼요."

"그럴 계기가 있었으면 좋겠는데요……."

노골적인 말에 웃으며 고개를 끄덕였다.

"곧 생기겠죠."

초대하겠다는 건지 아닌지. 절대 확답은 않되 희망은 주는 모습에 귀부인들이 더 안달을 냈다.

"풀려나면 정원으로 나오도록 해. 비스나테프의 정자로."

불쑥 내 귓가에 황태자가 속삭였다. 돌아보니 이미 멀어진 후였다. 황태자가 자리를 뜨자 사람들은 이때다, 하고 날 압박하기 시작했다.

좀 귀찮다가도 이쪽을 바라보는 아이린의 모습에 의욕이 불끈 솟았다. 몇 차례 인기 과시용으로 사람들 틈에서 웃다가 기회를 봐서 빠져나왔다.

생각보다 사람들과 어울리진 못했지만 황태자가 왜 정자로 나오라고 했는지 궁금했다. 오늘 그의 모습이 평소와 달라서 더더욱.

항상 억누르고 있던 무언가를 해방시킨 느낌이었다. 꼭 세베리다에 있을 때처럼. 나도 모르게 걸음이 빨라졌다. 회랑을 지나 정원 밖으로 나왔을 때는 이미 뛰다시피 하고 있었다.

정자는 쉽게 찾을 수 있었다. 겨울인데도 무슨 짓을 했는지 온갖 꽃이 화려하게 핀 정원에서도 단연 눈에 띄었다.

넝쿨이 양각되고 기묘한 무늬가 음각된 기둥은 달빛을 받아 새하얗게 빛났다. 아니, 달빛에 반사되는 게 아니라 스스로 빛나는 것 같은 요요함이 있었다. 어딘지 창백한 빛깔을 머금은 수정이 바람이 불 때마다 흔들렸다.

밤의 정원 한가운데 홀로 빛나는 정자. 과연 미의 여신 비스나테프의 이름을 딸 만했다.

예전에 한창 패악부릴 때 시녀들이 나보고 비스나테프가 울고 갈 미모라고 아부하던 게 생각나 실소가 나왔다. 이름을 딴 정자도 이 정도인데 비스나테프 본인은 얼마나 아름다울까.

뛰던 것을 멈추고 천천히 걸음을 옮겼다. 괜히 머리칼도 한번 정리하고 치맛자락도 다듬었다.

가까워질수록 정자의 섬세한 아름다움이 돋보였다. 그러다 그 속의 그림자를 발견했다.

한순간 얼굴에서 미소가 사라졌다. 그림자는 둘이었다.

"절 이리 대하시면 무슨 문제가 생길지 정말로 모르시나요? 정말 제가 밝혀도 상관없으시겠어요?"

카랑카랑한 목소리가 조용한 밤공기 사이로 울려 퍼졌다. 평소의 아이린과 다르게 격정적인 목소리였다.

"밝혀 봐."

나도 모르게 몸을 부르르 떨었다. 팔에 소름이 돋았다. 한겨울에도 따스한 정원과 달리 황태자의 목소리는 얼음 칼로 저미듯 차가웠다. 정말 몸이 에일 것처럼.

"무슨…… 뭐라고요?"

아이린의 물음은 경악에 가까웠다. 하지만 황태자는 여상하게 답했다. 귀찮다는 어투였다.

"밝히라고."

"황후께선 당신의 모후예요!"

"그 사실은 너보다 내가 더 잘 알아."

"아무리 황후 폐하에 대한 애정이 없다고 해도, 이 일이 전하께 해가 될 건 자명한데요."

"상관없으니 밝히라고."

"제가 못할 것 같아요?"

황태자가 피식 웃었다.

"그럴 리가. 네 성격엔 하고도 남지."

아이린이 입술을 잘근잘근 깨물었다. 반박하고 싶으면서도 그러지 못하는 게 눈에 보였다.

"그렇게 생각하면서 왜……?"

"네가 하려고 해도 못할 테니까. 정확히는, 내가 못하게 만들었지."

대체 무슨 상황이지? 답답했다. 그러나 황태자의 말을 들으니 아이린의 계략이 모두 간파된 모양이다.

"그게 무슨……."

"궁금하면 밝혀 봐. 아니, 내 말이 무슨 뜻인지는 밝히지 않아도 곧 알게 되겠지."

아이린이 비틀거렸다. 몇 걸음 물러난 그녀가 고개를 저었다.

"그럴 리 없어, 뭔가……."

워낙 조용해서 아이린이 중얼거리는 소리까지 다 들렸다.

"절 떠보시는 거면 소용없어요."

"내가 널? 왜?"

명백한 무시가 황태자의 완벽한 얼굴에 떠올랐다.

"밝히든 안 밝히든 네 마음대로 해. 더 이상 네 더러운 협박은 안 먹히니까. 이걸로 이 지긋지긋한 계약도 끝이야."

계약? 협박? 대체 무슨……. 두 사람의 대화가 머릿속에서 엉켰다가 재조립되었다.

아이린이 황태자의 약점을 잡아 협박한 것인가? 그래서 계약한 거고? 황태자의 약점은 황후가 관련되어 있는 것 같고.

엄청난 사실에 마른 숨을 들이켰다. 세상에, 간도 크지. 어떻게 저 황태자를 협박할 생각을 하지? 황태자는 되로 받으면 말로 돌려준다는 것을 정확히 실천하는 사람이었다.

지금이야 황태자와 관계도 좋고 뭐랄까, 황태자도 꽁꽁 싸맸던 무언가가 풀린 것 같아서 낫지만, 처음 만났을 때의 그를 떠올리면……. 난 그때 황태자를 찌르면 피도 안 나올 거라고 생각했다. 마음까지 꽁꽁 얼어붙어서.

아이린 생각보다 대범했구나. 아니, 대범하다 못해 도박꾼인데……?

도박꾼이 사기꾼한테 도박을 걸었으니 상성이 이보다 안 좋을 수 없다. 피박에 광박에 똥박까지 옴팡 뒤집어쓸 수밖에.

쯧쯧, 혀를 차다가 아이린을 보고 움찔했다.

그동안 아이린의 약을 살살 올리면서 많은 표정을 봤지만 이런 표정은 처음이었다.

크게 열린 눈으로 걷잡을 수 없는 감정이 새어 나왔다. 충격과 비탄, 절망과 애통. 새하얀 얼굴은 미동도 없었다. 눈조차 깜빡이지 않는다.

그 모습을 보고 깨달았다.

사랑했구나.

진짜로 황태자를 사랑했구나. 비록 진실된 관계가 아닌 계약일지라도 끝이라는 말에 저런 표정을 지을 정도로.

진정으로 사랑하지 않으면 저럴 수 없다. 사랑하기에 저렇게 상처받은 것이다. 그 상처를 감싸거나 돌보거나 숨길 수도 없이 고통에 잠식당하는 것이다.

입술을 몇 번 달싹이던 아이린은 아무 말 없이 도망쳤다. 드레스 자락이 넓게 퍼지며 펄럭거렸다. 그 모습조차 사라지자 완벽한 정적이 찾아왔다. 겨울이라 그 흔한 풀벌레 소리도 나지 않았다.

……나가야 하나? 이곳으로 부른 건 황태자지만 본의 아니게 엿듣게 되어서 민망했다.

역시 너무 일찍 나왔나. 아니면 설마 나한테 이걸 보여 주려 한 건가? 그래서 날 여기로 부른 거고?

그 순간 황태자가 움직이기 시작했다. 정자에서 나오는 그를 보고 나도 모르게 나무 뒤로 몸을 숨겼다.

황태자의 걸음걸이에서는 소리도 나지 않았다. 보지 않으니 뭘 하고 있는지 도무지 알 수 없었다.

나는 숨을 죽인 채 오감을 곤두세웠다. 혹시라도 내 안에 있을지 모를 식스 센스를 기대했지만 아무것도 느낄 수 없었다.

설마 간 건가? 아무리 그래도 내 주변에 있으면 기척을 못 느낄

리 없는데.

근데 나 왜 숨은 거지. 김빠진 기분으로 고개를 드는데 내 앞에 손이 불쑥 튀어나왔다. 비명을 지를 뻔한 것을 겨우겨우 참았다. 시선을 올리자 아니나 다를까 황태자가 있었다.

"왜 숨어 있어?"

"알고 있었어요?"

"처음부터."

숨지 말걸. 괜히 더 민망해졌다.

나는 조용히 그의 손에 손을 얹었다. 우리는 어깨를 나란히 하고 달빛이 비추는 정원을 걸었다.

징자 위로 올라가자 밖에서 볼 때와는 또 다른 느낌이었다. 유백색의 기둥에는 월광석이 박혀 있었다. 연약한 달빛을 받아 빛나는 돌은 찬란하기보단 희미했다.

왜인지 공기조차 촉촉하고 감미로웠다. 스삭이는 바람 소리가 음악처럼 귓가에 스쳤다.

날 내려다보는 황태자의 눈매가 부드러웠다. 달빛보다 선명한 노랑이었다. 황금과 태양도 이처럼 선명하지는 못할 것이다.

잠시 풍광이 주는 낭만에 취해 상황을 잊었다. 우리는 아주 오랫동안, 아니면 몇 초 안 되는 짧은 시간 동안 서로를 바라보았다. 시간을 느낄 수 없을 정도로 깊게.

"샤티."

그 부름에 퍼뜩 정신이 돌아왔다. 순식간에 시계가 움직였다. 정지해 있던 모든 것들이 움직이기 시작한다.

바람, 바람에 흔들리는 잔가지, 황태자의 입술, 떨리는 노란 눈동자, 그 곁으로 흩날리는 내 머리칼…… 그리고 박동하는 심장까지.

심장이 크게 수축하며 피를 온몸으로 내보냈다. 시곗바늘이 한 번 딸각이는 순간마다 모든 것이 조용하고도 격렬하게 움직였다.

그 감각을 떨쳐내듯 한 걸음 물러섰다. 의아하게 바라보는 황태자에게 성마르게 물었다.

"지금 내가 보고 들은 게 뭐죠? 스테나 영애와의 관계는 계약이었나요? 여기에 날 불러낸 건 그 사실을 보여 주기 위해서였고요?"

한번 질문이 터지자 도미노처럼 와르르 정적이 무너져 내렸다.

"맞아, 스테나와는 계약 관계였어. 하지만 그댈 이곳에 부른 건 다른 이유였지 그 때문이 아니야. 스테나가 날 따라 나온 것뿐. 내가 그대를 이곳으로 부른 건……."

"무슨 계약이요? 협박도 했던 것 같은데 그게 대체 무슨 소리예요?"

묻고서 아차 했다. 협박은 황태자의 약점과 관련되어 있다. 지금 내 말은 약점을 알려 달라는 것이나 다름없다.

황태자는 날 지그시 바라보더니 벤치로 이끌었다. 정자만큼이나 섬세하고 아름다운 벤치였지만 눈에 들어오지 않았다.

나란히 앉은 그가 날 바라보며 입을 열었다.

"그대가 궁금하다면 무엇이든 다 대답할 거야."

황태자는 아이린과 어떻게 계약 관계가 되었는지 설명했다. 아이린은 생각보다 훨씬 야망이 넘치는 사람이었다. 설마 먼저 황태자에게 접근했을 줄은 상상도 못했다.

"그래서 이제 계약은 끝이라고 하니 그날 바로 날 협박하더군."

"아, 그럼 탄신 연회 때 같이 있었던 게……."

두 사람의 목격담을 전해 듣고 나는 두 사람이 밀회를 즐기는 줄

로만 알았다.

앞에선 나와 춤추고 뒤에선 아이린과 밀회를 하는 것에 화냈는데 그게 오해였다니…….

"협박 때문에 제게 기다리라고 하신 거였군요. 스테나 영애를 지원할 수밖에 없으니까요."

대체 뭐로 협박했길래? 황태자는 말 그대로 제국의 황태자다. 감히 협박이 통하지 않을 상대다. 지위도 그럴진대 성격까지 장난 아니니 협박했다가 거꾸로 협박 안 당하면 다행인 수준이다.

아무리 황후가 관련되었다고 해도 황후 역시 지고의 존재. 대체 무엇으로 이 모자를 협박할 수 있단 말인가.

궁금했지만 차마 묻지 못했다. 그런 내 마음을 안 건지, 황태자가 먼저 입을 열었다.

"말했을 텐데. 그대가 궁금하다면 다 답해 주겠다고."

"그게 전하의 치명적인 약점이어도요?"

"그래. 이미 그대의 존재 자체가 내게 치명적이니 약점 따위 알려 준다 해도 달라지는 것은 없다."

"무슨……."

가슴속에 실이 있어 꽉 잡아당기는 것 같았다. 팽팽하게 당긴 가닥가닥이 아릿하게 가슴을 죄었다.

심장을 꽁꽁 묶은 실은 한계였다. 딱 한 번의 심박에 툭, 끊어질 것처럼.

"모후께선 죄를 저지르셨다. 아주 끔찍한 죄지. 아무리 황후라도 용서받을 수 없는 죄."

협박 건에 대해 말하는 황태자의 모습에 안도인지 실망인지 모를 무언가가 가슴을 채웠다. 실이 느슨해진다. 나는 한숨을 내쉬었다.

물론 그 성격을 봤을 때 널어서 번지 꽤 나올 섯 샅기는 했시반, 제국의 황후를 이렇게까지 몰고 갈 일이랄 게 있나?

"모후께서 스트라빈의 죽음에 관여하셨다."

"네?!"

전혀 생각지도 못한 말에 나는 벌떡 일어날 뻔했다.

"하, 하지만 7황자 전하께서는 실족사하셨다고……."

나처럼 익사해서 죽었다고 들었다. 목격자도 다수였다. 의심할 것도 없이 본인의 과실로 인한 사고사 아닌가.

"그래, 모후께서 연관되었다고 볼 수 없지. 당시에 정적이었다고는 하나 너무 명백한 사고사였기에 어떤 의혹도 없었어."

황태자가 잠시 말을 멈췄다. 노란 눈동자에 어쩔 수 없는 고통이 스몄다. 엄마와 동생에 관한 이야기다. 당연히 괴로울 수밖에 없다.

나는 재촉 없이 가만히 그의 손을 잡았다.

"하지만 스테나가 증거를 가져왔어."

황태자에게 협박이 먹혔다는 것은 그 증거가 확실하다는 말이다.

"모후께서 스트라빈을 제거하라 명하시는 영상구였다."

"……폐하께서 그리 명하셨을 순 있지만 7황자 전하의 죽음에 직접적인 영향이 있었을 거라곤 장담할 수 없습니다. 시해 전 실족사로 돌아가셨을 수도 있구요."

"아니. 모후의 명이 맞다. 그래도 영상을 보면 알 거야. 이미 관련자를 잡아들인 상황이다. 자백도 받아 냈지. 완전한 자백은 아니었지만."

"영상 내용이 어떻길래요? 이런 말은 좀 그렇지만…… 관련자가 아직 살아 있는 것도 조금…….”

7황자를 죽일 정도였으면 당연히 관련자를 살인멸구했을 것이다. 남의 엄마에 대해 말하는 거라 조심스럽지만 석연찮았다. 황태자가 이해한다는 듯이 고개를 끄덕였다. 그러곤 영상에 관해 설명했다.

영상은 오로지 황후만을 비췄다고 한다. 다른 사람은 목소리만 들릴 뿐.

—그럼 명을 받들어 요하란 별궁에서 7황자를 죽이겠습니다. 어디로 보나 사고사로, 목격자는 많게. 약조 드린 그대로 수행합죠.

남자가 말한 조건은 7황자의 죽음과 딱 들어맞았다. 거기다 자백까지 받아 냈으니 틀림없다.

“남자의 말에 모후는 웃으셨지. 모든 것은 미래의 황제인 날 위한 거라 하시며.”

황태자의 조소엔 짙은 혐오감이 배어 있었다. 나는 잡고 있던 그의 손등을 살살 쓸었다. 그가 눈을 감았다.

“모후께선 참 악독하시면서 허술하시기도 하시지.”

지쳐 보이는 옆얼굴이 안타까웠다. 도닥이며 그에게 기댔다. 내가 할 수 있는 일은 온기를 나눠 주는 것밖에 없다.

“이젠 걱정하지 않아도 돼. 모후께서 허술하신 덕에 그 죄인이 살아 있었고 내가 잡을 수 있었지. 애초에 허술하셨기 때문에 그런 증거를 남기신 거지만.”

황궁 내궁엔 마법기물이 통하지 않는다. 작동하는 건 허가받은 것뿐이다. 그래서 황후는 마음을 놓았겠지.

나는 무심결에 드레스 안에서 발목을 서로 비볐다. 발찌의 까끌까끌한 감촉이 느껴졌다. 아빠가 준, 내궁에서도 쓸 수 있는 통신구.

—몇 분 작동하지 않을 거야. 게다가 내궁에선 마력 파동이 감지되니 쓸 때마다 체크하겠지. 하지만 한 번 가지곤 통신이라고 생각하지 않을 게다.

발찌를 주며 아빠가 당부하던 말이 떠올랐다.

—다른 통신구에 비해 파동이 현저히 낮으니 대강 장신구나 드레스에 걸린 마법이라고 생각할 거다. 황실 의상 장인의 작품엔 마법이 걸려 있는 경우가 간혹 있으니까.

—파동을 낮추는 대신 기능은 떨어졌어. 아무런 설정도 할 수 없단다. 아빠한테만 연결되니 참고하고.

카일론 공작가의 능력으로도 마력 파동을 낮추는 게 전부였다. 대체 어떤 자길래 감지도 되지 않는 영상구를 가진 걸까.

황후는 내궁 마력 탐지 기록을 열람할 권한을 갖는다. 그자와 만난 시간에 황후궁에서 조금이라도 마력이 감지되었다면 내버려 두지 않았을 것이다.

이런 일이 있었으니 황태자가 내궁 안 마력 탐지를 강화시켰을 게 뻔하다. 예전과 비할 수 없이 상황이 좋아져 발찌를 쓸 일이 없어서 다행이었다. 앞으로도 그러길 바랄 뿐.

"스테나가 영상구를 손에 넣게 된 것도 그자가 먼저 접근했기 때문이야. 그자는 스테나가 이렇게 멍청할 줄 몰랐다며 투덜대더군. 덕분에 찾긴 쉬웠지."

"설마 전하를 직접 협박할 거라고는 그자도 상상하지 못했겠죠."

"죄인을 통해 원격으로 스테나가 가진 영상구 내용을 지웠다."

"그래서 밝히지 못할 거라 하신 거군요."

"그래. 하지만 문제가 해결된 건 아니지. 모후께서 스트라빈을 죽인 건 사실이니까.”

“……전하.”

황태자는 담담한 얼굴이었지만 속까지 그럴 리 없다. 힘들어하는 그를 보니 죄책감이 밀려왔다.

원인을 따라가다 보면 아빠가 7황자를 지지한 것까지 올라간다. 물론 이 사건에 아빠는 잘못한 게 없다.

‘명명백백히 황후의 잘못이지만…….’

황태자가 이 일로 얼마나 상처 받았을지 짐작도 되지 않았다.

그는 평소 효자로 유명했다. 그때 내 구휼 곡창 문제로 대든 게 이례적일 정도로. 갑자기 인생을 가로막은 이복동생과 어머니 중 누가 더 소중할지는 뻔하다.

그런 어머니의 죄를 덮어 드려야 할까 아니면 밝혀서 죗값을 치르게 해야 할까.

“이런 고백을 하려고 부른 게 아닌데.”

침잠한 공기 속에서 황태자가 허탈하게 웃었다.

“내가 다 해결했으니 그대에겐 이러저러한 변명 없이 결과만 보여 주고 싶었어. 협박을 당했다느니 하는 멋없는 부분은 빼고.”

그의 목소리에선 체념 비슷한 것마저 느껴졌다. 시무룩한 게 어쩐지 귀여웠다. 황태자가 이렇게 솔직해지는 것은 오로지 내 앞에서뿐이다.

“왜 이렇게 잘 안 되는지 모르겠어. 뭐든 완벽하게 처리했는데, 그대에 관한 건 번번이 실패해.”

기어코 웃음이 나왔다. 뭐야, 왜 이렇게 시무룩한 건데?

뭐, 나도 그가 완벽……은 아니지만 냉정한 사람이라고 생각했다. 그런데 의외로 장난기도 있고 허당기도 있었다. 세베리다 여행을 생각하면 평소의 황태자를 볼 때도 픽픽 웃음이 나온다.

"그럼 제가 지금 막 도착한 걸로 해요. 왜 부르셨나요, 전하?"

그는 쉽게 입을 열지 못했다. 한참 뜸을 들이던 그가 입을 열었다.

"하늘을 봐."

하늘? 생각 없이 고개를 들다가 숨을 삼켰다.

"와……."

아무 말도 나오지 않았다. 탄식과 같은 감탄이 전부였다. 뭐라 설명할 수 없이 아름다운 광경에 말을 잃었다.

정자 지붕은 크리스털 돔으로 이뤄져 있었다. 매끈한 게 아니라 다이아몬드처럼 커팅된 돔이었다. 그 속에 달과 별이 떠 있었다.

커다란 만월은 조각나 절단면에 갇혔다. 그 덕에 수십 개의 달이 하늘에 떠 있었다. 크리스털에 반사된 월광은 유독 깨끗하고 청초했다.

"너무, 너무…… 예뻐요."

그 말밖에 할 수 없었다. 수많은 별빛이 은하수보다 찬란했다. 저 달과 별처럼 나 역시 환상 속에 갇힌 느낌이었다.

밖에서 정자를 보았을 때도 과연 비스나테프의 이름을 따왔을 법하다고 생각했지만, 이건……. 그야말로 미의 여신 그 자체였다.

"그대가 더 아름다워."

아니, 그건 좀.

나도 모르게 짜게 식은 눈으로 황태자를 쳐다봤다. 만월보다 빛나는 황금빛 눈동자가 날 바라보고 있었다.

'아……'

느슨해졌던 가슴속 실이 다시 조여들었다. 아까보다 더 세게. 짓눌린 심장이 아렸다.

그가 무슨 말을 할지 알 것 같았다. 내 평생에, 전생을 통틀어도 이렇게 강렬한 시선을 받아 본 적이 없다. 그의 눈동자가 입술보다 빠르게 말하고 있었다.

'정말로 들으면 끊어져 버릴지 몰라.'

나도 모르게 가슴에 손을 얹었다. 실에 휘감겨 움직이지 않는 심장이 바르르 떨었다.

안 돼.

"사랑해."

쿵, 한계까지 당겨진 실이 끊어졌다. 속박에서 풀려난 심장이 그동안의 설움을 폭발시키듯 요동쳤다. 그야말로 폭발이었다. 쿵쾅거리는 심장 소리가 천둥 같았다.

"내가 그대를 연모해. 연모합니다, 샤르티아나. 온 마음으로, 가슴 깊이 오직 그대만을 연모합니다."

진정할 새도 없이 2차 공격이 들어왔다. 머릿속이 하얘졌다. 쾅쾅거리는 심장 소리에 온 머리가 울렸다.

모든 것이 흐릿해졌다. 그 가운데 눈앞의 황태자만 선명했다.

'잘생겼어.'

미모 공격까지 더해지니 버텨 낼 수가 없었다. 이대로 급격한 과로로 인해 심근이 괴사되어 죽을지도 모른다.

황태자가 내게 손을 뻗었다. 커다란 손이 내 뺨을 감싸 쥔다. 길쭉하고 섬세한 조형과 달리 안쪽에는 굳은살이 박인 손. 어느새 익숙해져 버렸다.

조금이라도 힘이 들어가면 녹을까, 그래도 조금 더 확실히 느끼고 싶어서 조심히 매만진다.

"그때 말했지. 나는 내 사랑을 나누지 않겠다고. 평생토록 그대만을 바라보고 그대만을 사랑할 거야."

고백이라기보단 그러니 제대로 알라고 으르렁대는 것 같았다. 내 오해에 퍽 마음이 상했던 모양이다.

그때 그 말이 아이린에 대한 게 아니라 나에 대한 거였다니. 대체 언제부터……?

점점 가까워지는 그의 모습을 보면서, 날 향한 애정을 느끼면서 이게 순수한 호감만이 아니라는 걸 느낀 적도 있다.

하지만 그에겐 아이린이 있기에 괘씸했다. 둘 다 좋아하게 된 것이든, 마음이 옮겨 간 것이든.

아이린과는 그저 계약 관계였다는 것을 들은 순간, 사실은 그가 이런 말을 할 줄 알았다. 의식의 수면 위까지 떠오르지 못하게 가로막고 외면했을 뿐.

심장은 여전히 뛰었다. 이렇게나 뛸 수 있다는 게 놀라울 정도로, 정말 터져서 죽을 수 있을 것처럼.

"나 무서워요."

무섭다. 또 사랑에 배신당할까 봐, 언젠가 그의 마음이 식을까 봐. 그것 말고도 무서운 건 많았다.

'하지만.'

황태자는 뜬금없이 무섭다고 하는 내게 아무것도 묻지 않았다. 답을 재촉하지도 않았다. 그저 아까와 다름없이 다정하게 내 뺨을 매만지고 머리칼을 쓸었다. 무서워하지 말라고, 지켜 주겠다고 말하는 것처럼.

고백하고 답을 기다리는 시간이 얼마나 피 말릴지. 괴롭다가도 설레고, 두렵다가도 기대될 것이다.

그는 굳이 내게 사랑을 고백할 필요가 없다. 우리 둘은 결혼할 것이고 이변이 없는 한 평생 동반자일 것이다.

하지만 그는 내 마음을 얻기 위해 기꺼이 약자가 되어 자신의 모든 것을 내보였다. 무섭다는 말은 거절에 가까운 말이다. 하지만 그는 한결같이 다정했다.

그게 내게 용기를 불어넣었다. 그런 그와 함께 앞으로 나아가도 되지 않을까, 과거와 다를 수도 있다고, 다른 결말을 내 보고 싶다고 생각하게 했다.

"날 사랑해요?"

"더없이."

"그럼 날 꼬셔 봐요."

내 말에 노란 눈동자가 동그래졌다. 설마 이런 말을 들을 줄은 상상도 못한 모양이다.

그렇겠지. 그가 누군가. 제국의 황태자다. 다른 사람이 그를 꼬시려 했으면 꼬시려 했지, 그 반대는 있을 수 없는 일이었다.

나도 내 평생에 누군가에게 날 꼬셔 보라고 할 줄은 몰랐다. 민망함이 몰려왔지만 뻔뻔함은 이미 내 주특기가 됐다.

확실히 나는 황태자에게 호감을 가지고 있다. 그러니까 이성적으로. 더 이상 부정할 필요 없다.

가을 숲에서 첫 키스를 한 이래로 그에게 끌리는 마음을 깨달았다. 하지만 그 즉시 더 깊어지지 않도록 마음의 문을 닫아 걸었다.

내 마음은 내가 지켜야 한다. 아직 좋아하는 건 아니니 괜찮다고, 이대로 믿으면 된다고 신을 그었다.

그 후에도 순수한 우정과 동지애뿐이라고 스스로에게 속삭이면서 그에게 기댔다. 왜 선을 안 지키냐 잔뜩 신경질 부리면서.

사실은 마음이 흔들렸기에 그렇게나 부정하며 화를 낸 것이다.

당신에게 호감은 있어. 하지만 내 모든 불안, 두려움, 염려를 떨칠 정도인진 나도 모르겠어. 그러니까 내게 확신을 줘. 평생, 아니, 죽어서도 나만을, 오직 나만을 사랑할 거라고. 날 꼬셔 봐. 내가 더 큰 용기를 낼 수 있게.

내 얼굴을 쓸던 황태자의 손이 미끄러져 내려가더니 내 손을 움켜쥐고 들어 올렸다.

“좋아.”

손등에 부드럽게 키스하며 올려다보는 모습이 지나치게 섹시했다.

이거, 내 마음을 부정하지 않아서 평소보다 더 그래 보이는 건지 아니면 황태자가 유혹하려고 작정한 건지.

“각오하도록 해.”

유혹하는 거였구나. 왠지 오싹해졌다. 나 괜찮은 걸까…….

“그나저나 아쉽군.”

“뭐가요?”

“새해 첫 보름달이 뜰 때 비스나테프의 정자에서 사랑을 고백하고 이어지면 영원하다는 전설이 있거든.”

비스나테프는 미의 여신이자 사랑의 여신이니 그런 전설이 있을 법도 했다. 납득하다가 문득 놀랐다. 아니, 다른 사람도 아니고 황태자가 그런 미신을 믿는단 말이야?

"전하께서도 그 전설을 믿으세요?"

"그럴 리가. 미신 따위에 의지하는 건 확신 없는 사람이나 하는 짓이다."

그럼 그렇지. 금수저, 능력, 외모 삼박자를 다 갖춘 자다운 패기다.

"하지만 그대에 관한 것이니까. 그대는 내게 항상 예외였어. 그러니 부적 하나 정도는 갖고 싶었지."

날 바라보는 눈빛이 흔들렸다.

내가 그를 나약하게 만들었구나. 그에겐 다른 것보다 내가 치명적이라는 말이 이제야 와 닿았다.

생각보다 날 많이 좋아하는구나. 그냥 잘 맞고 함께 있으면 즐거워서 호감이 쌓인 정도가 아니구나. 이런 사랑도 정말 있구나…….

전생에서 수많은 연인들이 사귀고 깨지는 것을 지켜봤다. 가벼운 만남도 있었지만 진지한 만남도 있었다. 나 역시 애인이 있었다.

하지만 이런 사랑은 없었다. 황태자가 날 보는 것처럼 상대를 보는 사람은 없었다.

누군가로부터 이렇게 뜨거운 마음을 받은 것은 처음이었다. 너무 뜨거워서 그를 불사르고 나까지 태워 버릴 것 같았다. 그 열기에 눈을 가로막고 있던 막이 녹아내린 것 같다. 그동안 어찌 몰랐을까. 알면서도 외면했던 걸까.

그의 눈동자가 내게 외치고 있었다. 사랑해, 사랑해, 사랑해. 한순간이라도 외치지 않고선 견딜 수 없는 것처럼, 차라리 절규에 가깝게.

"내겐 역시 부적은 소용없어."

뭐라 할 말이 없었다. 그렇다고 지금 당장 마음을 받아 줄 수도 없고.

그의 사랑이 이렇게나 강렬하다는 것을 느끼면서도 불안함은 사라지지 않았다. 이런 시선을 받다가 그 눈빛에서 열기가 빠지면 그 상실감은 이루 말할 수 없으리라.

곤란한 내 마음을 알아차린 건지 그가 가볍게 덧붙였다.

“원래 난 내 힘으로 모든 걸 이뤄 냈어. 차라리 잘됐지. 그대가 내게 완전히 넘어왔을 때, 그래서 오래도록 사랑할 때 전설 핑계를 대지 못하니까.”

“누가 넘어간대요?”

입술을 비죽이자 그가 웃었다. 볼을 부풀리던 나도 따라 웃을 수밖에 없는 미소였다.

두근두근, 농을 주고받으면서도 심장은 도저히 진정되지 않는다. 이상한 고양감이 내 몸을 휘감았다. 정말로 여신 비스나테프의 주박에 걸린 걸까.

그가 내 어깨를 감쌌다. 신년 연회인데 이렇게 밖에만 있어도 괜찮을까 생각하면서도 나는 그에게 기댔다.

하늘은 여전히 아름다웠다. 쏟아지는 환상 속에서 시간이 멈춘 듯 온기를 나눴다.

통신구에서 빛이 났다.

"아, 아가씨?"

우당탕 소리를 내며 허둥대는 날 보고 유모가 당황했다.

"거울 가져와, 거울!"

왜 응접실엔 벽거울이 없는 거야! 세실리아가 재빠르게 가져온 거울을 낚아채 상태를 점검했다.

여느 때와 다름없이 완벽하게 예쁜 얼굴이었다. 그런데 왜 머리도 마음에 안 들고 안색도 안 좋은 것 같지?

괜히 머리칼을 한번 매만지고 드레스를 정리했다.

"저하?"

통신구를 든 에스더가 날 불렀다. 유모는 내가 예전처럼 받지 않고 돌려주라고 할까 봐 걱정되는 모양이다.

나는 헛기침을 한 번 하고는 통신구를 받았다. 침착하자, 침착. 대체 왜 내가 허둥거리는 거야? 날 꼬셔야 하는 사람은 황태자인데. 안달 내는 사람도 황태자고.

그대로 통신을 받으려다가 멈칫했다. 아, 잠깐. 너무 빨리 받으면 안 된다고 들은 거 같은데. 어느 정도 시간이 지나고 받으라고. 근데 이미 꽤 시간이 지난 거 같은데? 이러다 끊기면 어쩌지?

막상 연애할 때도 하지도 않은 밀당의 비법을 고심하고 있으려니 스스로가 한심해졌다.

다 포기하고 통신을 연결하면서도 무의식적으로 얼짱 각도를 노렸다. 그런 나 자신을 깨닫고 당황했다. 통신구가 무슨 폰카도 아니고.

빛무리가 터지며 허공에 신형이 맺혔다. 예상치 못한 사람이었다.

"뭐야."

"대놓고 실망하니 너무 상처인데."

유타바인이 히죽히죽 웃으면서 말했다. 묘하게 기분 나쁜 웃음이었다.

“무슨 일이야?”

“진짜 너무하는 거 아냐? 사랑과 우정 사이에서 뒤도 안 돌아보고 사랑을 택하다니.”

“뭔 소리야?”

내가 신경질을 내든 말든 유타바인은 아주 신이 나서 까불거렸다. 훌쩍이는 연기까지 하고 아주 난리 났다.

“너무해……. 우리의 20년 우정이 고작 이것밖에 안 됐어? 황태자 전하가 그렇게 좋아? 당연히 좋겠지. 달밤에 둘이서 아주—.”

“야!!!”

“왜 소리를 지르고 그래~.”

씨익 웃는 얼굴을 한 대만 치면 소원이 없을 것 같다. 때려도 허공만 때리게 되니 이렇게 분할 수가 없다.

나는 손을 휘휘 내저어 시녀들을 물렸다. 냉수라도 한 잔 마시고 싶지만 혼자가 되는 게 더 중요하다.

“너 진짜 맞고 싶어?”

“때리지도 못하면서.”

“오늘만 날이 아닐 텐데?”

한순간 유타바인의 표정이 굳었다. 떠오른 감정은 분명 두려움이었다.

아니, 내가 협박한 거긴 한데 왜 저렇게 무서워해? 이 연약하고 가냘픈 손으로 때려 봤자 얼마나 아프다고!

“으음……. 그땐 그때고 지금 이 기회를 놓칠 수 없지!”

당당하게 외친 유타바인이 흠흠, 목을 가다듬었다. 뭘 할지 몰라 불안했다. 지금이라도 통신을 끊을까.

“샤티, 그대를 연모하오.”

황태자 흉내를 내는 건지 유타바인이 느끼하게 속삭였다. 그냥 느끼한 게 아니라 표정도 말투도 손짓도 완벽하게 느끼해서 진짜로 도저히 견딜 수가 없다.

온몸에 닭살이 돋고 손가락 발가락이 뒤틀렸다. 나는 느끼 공격에 말을 안 듣는 육체를 다독이며 통신구로 손을 뻗었다.

“아잉! 몰라용~. 그럼 날 꼬셔 봐요, 쟈기!”

그 와중에 유타바인은 일인극에 심취했다. 몸을 비비 꼬고 난리가 났다.

“오, 여보야가 원한다면!”

미친.

소리도 없이 통신이 끊겼다. 나는 통신구를 붙잡은 채 헉헉 숨을 몰아쉬었다.

소꿉친구고 뭐고 다 필요 없다. 잡히면 죽었어.

고결하고 바른말만 하는 내 입에서 감히 육두문자가 나오게 할 정도로 유타바인은 지랄 맞았다. 역시 GR 멍멍이 3대장. 잠시 머리칼을 쥐어뜯으며 멘탈 회복에 힘을 쏟았다.

어느 정도 진정하고 나니 미처 생각지 못한 사실이 떠올랐다. 잠깐. 유타바인이 알고 있단 건 황태자 호위들은 거의 다 봤을 거란 말이잖아?

당연하다면 당연한 일이다. 황태자가 뭘 하든 주변에서 몸을 숨기고 지키니까.

새해 보름에 얽힌 전설까지 있는데 정자에 왜 아무도 없었는지 이제야 알겠다.

제국 최고의 기사들이 고작 밀회하러 온 남녀를 쫓는 일이나 하다니 참……. 황태자 호위기사가 아니라 커플 브레이커라고 불려야 한다.

그러고 보니 예전에 첫 키스를 생중계한 것도 호위기사 앞이었다. 당연히 자기야-여뻐야 사건도……. 몰랐으면 좋을 사실을 유타바인 때문에 어쩔 수 없이 알게 됐다.

그 순간 통신구에서 다시 빛이 나왔다. 나는 이를 빠드득 갈았다. 또 무슨 말을 하려고!

"한 번만 더 연락하면 진짜 찾아가서 니 계란을 내 손으로 으깨줄 줄 알아!"

"……공녀?"

오 쉣.

당황을 감추지 못하는 잘생긴 얼굴에 나는 잠시 눈을 감았다. 현실을 외면해 봤자 바뀌는 건 없다.

결국 나는 눈을 뜨고 상대를 불렀다.

"전하……."

그는 잠시 고심에 잠겼다. 내가 말한 계란이 그 계란이 맞나 고민하는 것 같았다.

"하하하, 전하, 어쩐 일로……."

"보고 싶어서."

애써 관심을 돌리는 데엔 성공했지만 내 멘탈에는 여전히 해로웠다. 나는 쓸데없이 요염한 얼굴로 미소 짓는 황태자를 멍하니 바라봤다. 뭐, 뭔데 이렇게 잘생겼어?

"꼬시라면서. 이제는 일 핑계 대지 않고 연락해도 되잖아."

역시 그때 나 혼자만 일 때문에 연락한다고 생각했군. 쪽팔린다.

"이렇게 얼굴 볼 수 있어서 좋아. 오늘도 아름다워."

불현듯 통신을 받기 전에 머리칼을 마구마구 쥐어뜯었던 게 생각났다. 물론 내 미모야 머리칼이 헝클어졌으면 헝클어진 대로 퇴폐미를 뿜어낼 미모지만, 그렇긴 하지만…….

황태자의 미적 감각이 매우 의심된다.

"그런데…… 케이가 그대에게 플라타실베르의 모피를 바쳤다면서?"

은근하게 떠보는 황태자를 보고 실감했다. 아닌 척하지만 노란 눈동자가 질투로 이글이글거린다.

"아, 네."

진짜로 왔구나, 내 리즈 시절. 삼각관계의 여주인공이 되는 날이. 정말로 '두 사람이 나 때문에 싸우는 건 싫어!'라고 외칠 날이 머지않았다. 세상에.

"플라타실베르의 모피가 색도 곱고 따뜻하기도 하지. 그대에게 잘 어울릴 거야."

좋다고 말하면서도 그렇게 말하기 싫은 기색이 역력히 묻어 나왔다. 그게 묘하게 귀엽다고 해야 하나.

아직 넘어가면 안 되는데!

"케일라덴 전하께서는 저의 기사님이시니까요. 잘 챙겨 주시죠."

이게 질투 나면 처음부터 날 레이디로 청하든가! 아이린의 협박 때문에 불가능했다는 걸 알지만, 그래도.

"앞으로는 아니야. 내가 평생 그대의 기사가 될 테니까."

"어머나? 그건 제가 받아들여야 가능하죠."

키킥 웃으며 한참 동안 한담을 나눴다. 번명처럼 주고받는 일 이야기는 하나도 없이. 끊을 기미가 안 보여 결국 황태자의 보좌관이 헛기침 소리를 냈다.

"어머, 벌써 시간이 이렇게 됐네요. 이만 가 봐야겠어요."

황태자는 순순히 고개를 끄덕였지만 한순간 눈동자가 날카로워졌다. 시선이 묘하게 어긋난 게 날 향한 건 아니었다. 아무래도 영상엔 안 나오는 보좌관을 노려본 것 같은데…….

'삼가 고인의 명복을.'

보좌관이 들으면 '벌써부터 죽이지 마세요!'라고 할 것 같지만 못 들으니 상관없다. 나는 통신구를 내려놓고 시녀들을 불렀다. 오랫동안 이야기했더니 목이 말랐다.

"챈들럼 경이 하신 말씀은 대체 뭐예요?"

"황태자 전하랑 달밤에, 라니. 어제 신년 연회 말씀하시는 거 맞죠?"

"그때 나가시고는 한참 동안 안 들어오셔서 걱정했는데 역시 전하랑 계셨군요."

"그 오랜 시간을요."

"그러게요. 무슨 이야기를 나누셨길래 그렇게 오랜 시간을……."

"단순히 이야기만 해선 그렇게 오래 걸리지 않죠."

"어디까지 나갔어요?"

"시간을 봐선—."

"그만!"

보자 보자 하니 못하는 말이 없다. 내 날카로운 외침에도 시녀들은 호호호, 음흉하게 웃을 뿐이다.

에스더가 내 어깨에 손을 얹고 도닥였다.

"이 방면에선 제가 선배니 궁금한 거 있으면 물어보세요."

확실히, 저번에 말해 준 남친과 있었던 일을 생각하면 그녀가 선배였다. 그냥 선배가 아니라 대선배 수준!

……이라고 생각할 때가 아냐!

"너희들이 생각하는 일은 아무것도 없었으니까 걱정 말라고."

"저희가 생각하는 게 뭔데요?"

"그러게요. 뭔데요?"

"저하도, 참. 음흉하셔."

꺄르르 웃는 셋을 보니 머리가 지끈지끈 아팠다. 물러서 있는 라브엘에게 구조 신호를 보내려는데, 어라……?

라브엘도 유모도 말만 안 할 뿐 아주 음흉한 미소를 짓고 있었다. 배신감에 떠는 나를 본 라브엘이 뒤늦게 수습했다.

"저하께 못하는 말이 없네요, 세 분. 저하 머리부터 다시 정리해 드리도록 하죠."

웃음을 멈춘 셋이 빗과 머릿기름을 가지러 간 사이 라브엘이 내게 속삭였다.

"아무리 성혼할 사이라고 해도 혼전에 선을 넘으시면 안 됩니다."

너무 황당해서 아무 말도 안 나왔다. 유모나 할 소리를 라브엘이 하다니……! 아무 일도 없었다는데도 믿는 사람이 없다. 내가 이렇게 신뢰 없는 사람이었나.

"진짜로, 아무 일 없었으니 걱정 마."

"부끄러워하지 않아도 괜찮아요. 젊은 혈기에 남녀가 밤에 같이 있다 보면……."

아니, 이 아줌마가!

"그래요, 아가씨. 앞으로 처신을 잘하시면 돼요."

유모까지 쌍으로!

"진짜로 아무 일도 없었다니까? 왜 사람 말을 안 믿어! 손끝 하나 닿지 않았어. 아무리 그래도 호위기사단이 다 지켜보는 앞에서 손을 잡았겠어, 키스를 했겠어. 애초에 전하랑 나는 그런 사이도 아니고!"

기사단이 보는 앞에서 손도 잡고 키스도 했다. 내 말에 내가 상처받았지만 꿋꿋했다. 오해받은 채로 살 순 없다.

거센 항변에 드디어 내 말을 믿은 건지 라브엘과 유모, 그리고 방에 들어오던 시녀들의 얼굴에 실망이 가득해졌다.

아니, 왜 또 실망을 하는데…….

"그럼 대체 그 오랜 시간 동안 뭘 하신 거예요?"

그 말에 화르륵 얼굴에 피가 몰렸다. 실망한 기운이 가득했던 얼굴들에 '오호?' 하는 기색이 번져 간다.

아냐, 뭘 생각하는지 모르겠지만 그거 다 아냐.

"그, 그냥 말 몇 마디 주고받았을 뿐이야. 스테나에 관한 거라든가……."

"또?"

"또…… 전하의 마음이라든가."

말하는 순간 스스로 느낄 수 있을 정도로 얼굴이 타올랐다. 보지 않아도 새빨갈 게 분명했다.

"몰라! 가서 일이나 봐. 난 조선 사업에 대해 생각할 거니까 방해하지 말고!"

눠예눠예. 목소리에 영혼이 사라진 시녀들이 곁방으로 물러났다.

도저히 진정할 수가 없어서 방 안을 서성였다. 방이 넓디넓어서 몇 바퀴 돌다 지쳐 소파에 앉았다.

하여튼 황태자한테 고백받은 후로 심장이 남아나질 않는다. 그가 사랑을 고백한 순간에도 심장이 너무 뛰어서 죽을지 모르겠다고 생각했는데…….

'잘생겼지.'

창백한 달빛 아래서 본 황태자는 지나치게 잘생겼다. 내려앉은 속눈썹은 무척 길어서 그림자가 눈 밑까지 이어졌다. 그 그늘 속에서도 눈동자는 빛을 잃지 않았다. 날 바라보던 시선을 생각하는 것만으로 다시 얼굴에 피가 몰렸다.

그 아래로 이어지는 오뚝하니 날카로운 콧날, 사랑한다 속삭이던 입술. 폭신폭신해 보였는데…….

심장이 쿵쾅거렸다. 그때 그 순간처럼. 가슴에 손을 얹으니 이번에야말로 괴사가 걱정되었다.

진짜 이러다가 위기탈출 넘버 투 같은 상황이 오는 건 아니겠지……! 벌떡 일어났다. 이렇게 어이없이 죽는 건 안 돼! 어의도 어이없어 할 거야!

다시 방 안을 서성이다가 곁방으로 다가갔다. 시녀들을 부르려는데 조곤조곤 들려오는 목소리에 멈칫 했다.

"공녀 저하 은근히 순수하시죠. 섬세하고."

내 얘기였다. 나도 모르게 문에 귀를 바짝 갖다 댔다. 보통 시령줄을 당겨 부르는데 안 그런 게 다행인지 불행인지.

"연애를 처음 해 봐서 그래요."

"여기 연애 못해 본 사람 둘이나 있거든요?"

뾰족한 이디스의 목소리에 웃음이 나올 뻔해 재빨리 입을 틀어막았다.

"저하께서야 그렇다 치고 황태자 전하께서도 참…… 겉보기엔 멀쩡한데……."

"나중에 후사 걱정을 해야 하는 건 아니겠죠."

아니, 이 사람들이. 언젠 사고 치지 말라더니 무슨 일 있길 바라고 있잖아?

"어제 공녀 저하 정말 예뻤는데……. 전 키스는 하고 왔을 줄 알았어요."

"새해 첫 만월 아래 비스나테프 정자 위, 첫 키스라니 얼마나 낭만적이에요!"

이미 첫 키스는 했단다. 그것도 첫 키스라고 부른다면.

"그러게요. 혼신의 힘을 다해 꾸몄거늘. 아무 일도 없었다니……."

"원래 마음은 말로 나누는 게 아니라 다른 걸로 나누는 법 아닌가요?"

그때까지 가만히 있던 에스더의 말에 잠시 정적이 찾아왔다. 에스더는 정말……. 평소엔 조용한데 한 마디가 참 강하다니까?

"그건 아니죠! 말도, 다른 것도 둘 다……."

"어허, 젊은 숙녀분들께서 못하는 말이 없습니다."

"다들 몸가짐을 정숙하게 해야 합니다."

막 나가는 이야기에 정신 차린 아줌마 둘이 급히 수습했다.

물론 내 정신은 수습되지 않았다. 나랑 황태자가 잘됐으면 하고 바라는 건 알았지만 이렇게 구체적으로 응원(?)할 줄이야…….

순수한 나로서는 너무나 상처였다. 저 틈에 끼어들 수도, 그렇다고 내버려 둘 수도 없었다.

터덜터덜 시렁줄까지 걸어가 잡아당기자 곁방 문이 열렸다. 나는 멀쩡한 얼굴을 한 변태들을 음울하게 응시했다.

"나, 목욕할래."

간만에 패악을 부려야겠어.

물 온도부터 시작해서 입욕제, 마사지 등등 하나하나 걸고넘어지며 시녀들을 괴롭혔다. 억울한 눈동자를 보니 좀 분노가 가셨다. 흥!

시녀들을 굴리려고 목욕한 거지만 어쨌든 기분은 좋았다. 시원하게 온몸을 지압하는 손길을 느끼며 눈을 감았다. 한참 평안함을 만끽하고 있는데 다급한 목소리가 들렸다.

"저, 저하!"

나는 느릿하게 고개를 돌려 이디스를 바라봤다. 얼굴이 창백했다. 대체 무슨 일이지?

"스테나 영애가 쓰러졌다고 합니다."

어제 그런 일이 있었으니 화병이 날만도 했다. 다급한 모습을 보니 정말 많이 아픈 것 같았다.

"무슨 병이래? 많이 아파?"

"그게……. 마시는 차에 독이 섞여 있었다고 합니다."

"뭐라고?!"

나는 벌떡 몸을 일으켰다. 독이라니, 무슨…….

"그리고 황공하오나 유력 용의자로……."

이디스는 차마 말을 다 잇지 못했다. 피식, 웃음이 나왔다.

"내가 지목되었다?"

"황공합니다."

아이린이 독을 먹었다. 이 경우에 정황상 배후가 될 만한 사람은 나뿐이다. 아이린과 황태자 사이에 있었던 일은 당사자들과 나, 이 셋밖에 모르니까.

겨울 라하딘이 아이린의 승리로 돌아간 시점에서 일어난 독살 시도. 아이린의 적이라고 할 만한 사람은 나를 비롯한 내 지지자들뿐이다.

"위독하대?"

"의식이 없다 합니다."

"병문안을 가야겠군."

시녀들이 고개를 숙이고 일사불란하게 준비를 도왔다. 좋았던 기분이 다 사그라들었다. 난데없는 사랑 고백에 들떠 있던 내게 찬물을 끼얹는 소식이었다.

19장

먹이거나 멕이거나

먹이거나 멕이거나

"카, 카일론 공녀."

아이린의 시녀가 날 보고 당황해서 말을 더듬었다.

"스테나 영애가 쓰러졌다고 해서 병문안을 왔다."

시녀의 얼굴에 분노가 서렸다. 자기가 그렇게 만들어 놓고 뻔뻔하기도 하지, 뭐 그런 표정이었다. 그녀는 절대 통과시키지 않겠다는 듯 결연하게 문 앞을 막아섰다.

"문 열어."

"열 수 없습니다."

"열 수 없다? 왜?"

시녀는 입을 다물었다. 몰라서 묻냐는 듯 나를 노려봤다. 하지만 결코 입 밖으로 내뱉진 못했다. 나밖에 이런 짓을 할 사람이 없지만, 정황만으로 죄를 물을 순 없다.

"병문안 온 사람을 문전박대하는 게 스테나 영애의 뜻인가 보지?"

"그게 아닙니다!"

"그러면?"

시녀는 씨근덕대며 날 쏘아봤다.

나는 느긋하게 그녀의 대답을 기다렸다. 대답 여하에 따라 언제든지 그녀를 재판에 회부할 준비를 하고. 아이린이 아프다고 해서 모욕을 참지 않을 것이다.

"그만하시지요, 공녀."

끼어든 목소리에 고개를 돌렸다.

"프래쳇 백작 부인."

"환자의 방 앞입니다. 언성을 높이신 건 공녀의 잘못입니다."

아니, 먼저 시비 건 사람은 댁네 시녀인데? 어이없는 표정에도 프래쳇 부인은 눈 하나 깜짝이지 않았다.

"다른 의미가 있는 게 아니라, 지금 스테나 영애는 안정을 취해야 하는 상황입니다. 외부인의 방문은 달갑지 않습니다. 그러니 돌아가 주십시오."

저렇게 말하니 돌아갈 수밖에 없다. 물론 환자의 안정이 중요하지만 이런 상황에서 저러니 찜찜했다. 이거 그냥 아이린 아픈 거 핑계 대는 거잖아. 나 들여놓기 싫어서.

난 떳떳하고 죄를 지은 적도 없다. 머릿속에서조차 아이린을 죽인 적이 없다. 그런데 왜 이런 취급을 받아야 하지?

주먹을 꽉 쥐었다. 발걸음을 돌려야 하는데, 모멸감에 발이 떨어지지 않았다. 이렇게 죄인이 쫓겨나듯 가는 건 싫다.

그때였다.

"그럼 나도 돌아가 봐야겠군."

차갑고 날카로운 목소리. 익숙한 목소리다. 저 목소리가 어젯밤엔 얼마나 따뜻했는지 알고 있다.

"황태자 전하를 뵙습니다."

시녀들이 일제히 예를 갖췄다.

"안정을 취해야 해서 모든 방문을 거절한다면 어쩔 수 없지."

황태자의 말에 프래쳇 부인이 고개를 숙였다. 잠시 스치듯 본 그녀의 얼굴엔 낭패감이 어렸다.

날 내쫓기 위해 핑계를 댄 것뿐인데 황태자의 병문안을 거절하게 되었으니 난감하겠지. 하지만 본인의 말을 번복할 순 없을 것이다.

"이만 가도록 하지, 공녀."

황태자가 내게 손을 내밀었다. 아이린 시녀들의 얼굴이 썩어 들어가는 모습을 기분 좋게 바라보며 그 손을 잡았다.

"네, 전하."

돌아서는 순간 아이린의 방문이 벌컥 열렸다.

"영애께서 깨어나셨습니다!"

"뭐라고?"

시녀들의 얼굴이 밝아졌다. 나 역시 내심 안도했다. 서둘러 안으로 들어가려던 프래쳇 부인이 황태자를 돌아봤다.

"의식을 찾으셨으니 손님을 들일 수 있을 것 같습니다. 들어가시겠습니까?"

기회를 놓치지 않는 모습에 조소가 나오려는 것을 억눌렀다. 속이 너무 빤히 보이잖아.

"아니, 의식을 찾았다니 이제 괜찮겠지. 내가 더 볼 필요는 없겠군."

"저는 영애의 상태가 걱정되는군요."

끼어들며 생긋 웃었다.

"손님을 맞으시겠다 하셨죠?"

"……안으로 들어오시지요."

프래쳇 부인은 그대로 몸을 돌렸다. 따라 들어가려는 나를 황태자가 붙들었다.

"갈 거야?"

"걱정은 돼요. 전하께서도 걱정되서 오신 거 아니세요?"

결코 좋은 사이는 아니었지만 독을 먹었다고 하면 당연히 걱정된다. 혹시라도 그녀가 잘못되면 이러저러한 귀찮은 일이 벌어지기도 하고. 뭐, 꼭 이것 때문에 걱정되는 건 아니지만.

아이린과 정적이네 뭐네 하며 아웅다웅했지만 그녀가 다치길 바란 적은 한 번도 없다.

내 말에 그가 미간을 찌푸렸다.

"걱정돼서 온 건 맞아. 하지만 내가 걱정한 건 스테나가 아니라 그대야."

이 일로 누가 의심받을진 뻔하다. 그걸 걱정했다는 말에 어쩐지 멋쩍어졌다.

"……제 방에서 기다려요."

"빨리 와."

빨리 다녀오라며 보채는 미남이 있으니 출근……이 아니라 들어가기 싫었다. 그냥 이대로 돌아가?

묘한 눈으로 우리 둘을 쳐다보는 시녀들을 눈치채고 겨우 발걸음을 돌렸다.

"흠흠, 노력해 볼게요."

아이린의 침실은 커튼을 다 쳐서 어두웠다. 침대 곁에 모인 시녀들이 내 일거수일투족을 감시하듯 바라봤나.

지금 이 상태에서 내가 뭘 한다고.

"다시 잠드셨습니다."

프래쳇 부인의 말에 고개를 끄덕였다. 누워 있는 아이린의 얼굴엔 병색이 완연했다.

그간 창백하게 질린 얼굴을 많이 봤지만 이건 정말 비교 불가였다. 거뭇거뭇한 눈가와 하얗게 튼 입술을 보니 절로 안쓰러운 마음이 들었다.

"상태는 좀 어떤가요?"

"아무래도 차도를 지켜봐야 할 것 같습니다. 지금으로선 확답을 드릴 수 없습니다. 원래 체력도 없으신 분이라……."

황궁의의 말에 고개를 끄덕였다.

"해독제는 먹었죠?"

"그게……. 무슨 독을 먹었는지 알 수 없어서 어떤 해독제를 써야 할지 모르는 상태입니다. 지금은 몸에서 독기를 몰아내고 몸을 보하는 약만 드셨습니다."

"찻잎을 조사하면 되지 않나요?"

"찻잎에선 독이 검출되지 않았습니다. 아무래도 우리고 난 다음 넣은 듯합니다."

정말 누군가가 의도를 갖고 독을 집어넣었다는 실감이 확 났다. 시켜서든 뭐든 사람을 죽이려는 생각으로 차에 독을 탄 사람이 있다. 손이 떨렸다.

"찻잔에 남은 차는 없었나요?"

"예."

"찻잔은요?"

"여기 있습니다."

프래쳇 부인의 손짓에 하녀가 찻잔을 보여 줬다.

하얀 도자기에 쪽빛 도장이 된 우아한 찻잔이었다. 찻잔에는 아무런 이상도 없다. 남아 있는 차도 없고. 하지만 나는 위화감을 느꼈다. 대체 뭔지는 알 수 없지만.

"이 찻잔은……."

"스테나 영애의 사가에서 보낸 찻잔입니다. 최근 그 찻잔으로만 차를 드셨죠. 찻잔엔 이상이 없습니다."

위화감에 혼잣말이 나온 것일 뿐 의심을 한 게 아니었다. 나는 그냥 고개를 끄덕였다.

"차를 우린 시녀는요?"

"아시다시피 스테나 영애는 공녀처럼 시녀가 많지 않습니다. 저와 로리스 영애, 시르 영애가 전부지요. 각자 맡은 일을 하고 있었고 차는 하녀가 우렸습니다. 종종 있던 일입니다."

아이린은 황족이 아니니 시녀만이 차를 탈 필요가 없다. 평민은 감히 손을 댈 수 없는 고귀한 몸이 아니니까.

"그 하녀가 원래부터 자주 차를 우렸나요?"

"레지나궁 소속이다 보니 저희가 하녀 한 명을 차 우리는 하녀로 독점할 순 없습니다. 보통은 그때그때 곁을 지키는 하녀가 우리죠."

"그 하녀는 뭐라고 하나요?"

"황실근위대에서 끌고 갔습니다. 아직까진 모르는 일이라는 말뿐이라더군요."

고개를 끄덕였다. 배후를 캐는 것도 중요하지만 그녀에게서 무슨 독이 들어갔는지 알아내는 것도 중요하다.

"빨리 무슨 독인지 알아내야 할 텐데요……."

시녀들이 묘한 표정을 지었다. 그들이 내 말의 진심 여부를 가리는 건 별 상관없다.

아이린의 얼굴엔 땀에 푹 젖은 머리칼이 달라붙어 있었다. 나는 손을 뻗어 그녀의 머리칼을 정리해 주었다. 내 움직임에 로리스 영애가 움찔했지만, 악의 없는 손길을 보더니 얼굴을 붉혔다.

내 이미지가 어떤지 알 것 같다. 아이린이 매일매일 돌려 까기를 시전했을 테니 그럴 만도 하지.

슥슥, 땀을 닦아 주는데 손바닥에 닿은 얼굴이 바르르 떨렸다.

"스테나 영애?"

부름에 답하듯 눈가가 움찔움찔 떨렸다. 곧 눈이 열리고 녹색 눈동자가 드러났다. 조금 전에도 잠깐 정신을 차렸다는 말을 들었지만, 이렇게 직접 깨어나는 모습을 보니 가슴이 찡할 정도로 안심됐다.

아이린이 몇 번 눈을 깜빡였다. 멍하던 초록색 눈동자에 제대로 초점이 돌아왔다. 까만 동공에 내 얼굴이 맺힌다.

'……뭐지, 방금?'

내가 의문을 느낀 순간, 다시 눈꺼풀이 내려오고 눈동자는 모습을 감췄다.

"아직 제대로 의식이 돌아오긴 힘들 겁니다."

황궁의의 말에 멍하니 고개를 끄덕였다.

"영애를 잘 보살펴 주세요. 제가 도울 일이 있으면 말씀하시고요."

황궁의와 프래쳇 부인에게 당부하고 발걸음을 옮겼다. 회랑을 걷는 동안 시녀들은 내게 말을 걸지 않았다. 덕분에 나는 홀로 생각에 잠길 수 있었다.

뭐였을까……. 대체 그 눈빛은, 그 미소는.

미소라고 할 수 없을 정도로 아주 살짝 입꼬리가 움찔한 것뿐이지만 미소로밖에 안 느껴졌다. 날 인식한 순간 녹색 눈에 한가득 들어차던 새까만 악의. 정말 금방이라도 날 목 졸라 죽일 것만 같았다.

누군가로부터 그렇게 증오에 찬 시선을 받은 적은 처음이었다. 살면서 좋은 관계만 쌓을 순 없다. 특히 전생의 나는 더 그랬다. 하지만 아무리 욕을 먹어도, 싫다는 말을 들어도 그렇게 악에 받친 증오를 받은 적은 없었다.

소름이 돋을 정도로 짙은 악의였지만 아이린이 황태자를 정말 좋아했다는 걸 생각하면 이해할 수도 있었다. 나로 인해 사랑도, 자신의 원대한 미래도 다 무너졌을 테니까.

모든 걸, 그야말로 모든 걸 다 바쳐 미래의 황후가 되려다 실패했다. 이제 그녀에게 남은 건 없다.

하지만 악의와 동시에 보인 조소와 동정은 대체 뭘까.

그녀의 입장에서 나는 그녀가 원하는 걸 다 가졌는데 왜 동정했을까. 그 깔보는 듯한 비웃음은 대체?

답은 그녀의 눈동자를 본 순간 이미 알고 있었다. 받아들이기 힘들어서 외면했을 뿐.

음독사건은 아이린의 자작극이다.

근거는 없다. 오로지 감뿐이다. 하지만 어느 때보다 선명한 확신이 있었다. 여러 가지를 종합해 인과를 따져 가며 숙고한 때보다 훨씬.

그 차를 마시면서 아이린은 대체 무슨 생각을 했을까.

시녀들에게 들키지 않도록, 하녀가 눈치채지 못하도록 평소처럼 한 모금, 한 모금 독을 음미하면서, 단 한 방울조차 남기지 않고 마셨을 때 대체 무슨 심정이었을까.

온몸에 퍼진 독이 내장을 쥐어짰을 때는? 후회했을까?

아니. 날 보던 눈을 보면 절대 후회하지 않았을 것이다. 오히려 자신이 짠 거미줄에 걸릴 날 생각하며 그 고통도 달가워했겠지.

타인을 죽였으면 죽였지, 스스로를 해칠 정도로 독한 마음은 어떻게 생긴 걸까? 어젯밤 내내 무슨 생각을 하고 무슨 결심을 했길래.

"아가씨!"

순간적으로 비틀거린 나를 유모가 붙잡았다.

"괜찮으세요?"

"잠시 멍했을 뿐이야. 걱정하지 마."

아이린은 그렇게나 황후가 되고 싶었던 걸까? 황후가 대체 뭐라고.

아이린의 집안이 한미하다고는 하나 그녀는 귀족이었다. 그것도 세실리아에 비하면 아주 상황이 좋았다. 제도 사교계에서 무시는 당했을지언정 손에 물 한 번 묻혀 본 적 없을 거다.

여태 해 온 걸 보면 이 나라를 어떻게 하고 싶다는 생각도, 집안을 일으키겠다는 야망도 없어 보였는데. 이렇게까지 할 정도로 황후 자리가 탐났나? ……황태자를 사랑해서?

죽음도 불사할 정도의 사랑이라니 오싹했다. 나는 절대 그러지 못할 것이다.

죽을 각오를 하고 독약을 먹어도 황태자가 그녀를 사랑하게 되는 건 아니다. 잘해 봐야 연적 하나 제거하는 것뿐이다.

순수한 사랑이라기엔 너무 광기에 휩싸인 행동이었다. 집착, 망집, 좌절, 절망. 그런 것들이 사랑을 좀먹어 변질된 것이다. 애증이라는 말도 우스울 정도로.

조금 두려웠다. 사랑은 아주 커다란 감정이라서 이렇게 쉽게 변질된다. 여전히 사랑하더라도 처음의 빛깔을 잃는 것이다.

그렇게까지 사랑하고 싶진 않다. 결국 아이린은 나도, 황태자도 무너트리지 못했다. 그녀 자신만 무너트렸을 뿐.

그런 사랑은 하고 싶지 않다.

“공녀.”

어느새 방에 도착했다. 날 보고 일어서는 황태자의 눈엔 사랑이 가득했다. 변질되지 않은 순수한 사랑.

사랑은 어렵다. 식을 수도 있고 그 대상이 변할 수도 있다. 최악의 경우엔 아이린처럼 변질된다.

“왜 그래?”

걱정스러운 물음과 함께 황태자가 날 조심스레 안았다. 다독이는 손길에서 안정감을 느꼈다.

나는 눈을 감고 그의 체온을 느꼈다. 그 모든 위험을 감수할 정도로 가치가 있다는 걸 내게 알려 줘.

“전하.”

“응.”

“전하.”

“응.”

날 해치려고 스스로를 죽음으로까지 몰아가는 사람이 있어요.

부르르, 몸이 떨렸다. 솔직히 버거운 감각이었다.

"그대가 걱정할 건 없어."

머리칼을 쓰다듬는 손길이 다정했다. 조금 더 그 손길을 느끼다가 기합을 넣고 그의 품에서 빠져나왔다.

"고마워요. 진정이 됐어요."

"진정했어도 안겨도 되는데."

농담에 실소가 나왔다. 소파에 앉으니 라브엘이 차를 내왔다. 마음 같아선 한동안 차는 못 마실 거 같지만.

나는 눈을 감고 차를 마셨다. 이런 느낌은 빨리 끊어 내야 한다. 입안을 한 바퀴 돈 차는 향긋했고 목으로 넘기자 속이 따뜻해졌다.

"아주 잘 우렸네."

칭찬하자 라브엘이 미소로 화답했다. 장하다는 눈빛이었다.

찻잔을 소서에 내려놓다가 불현듯 아까 느꼈던 위화감의 정체를 깨달았다.

아이린과 차를 마신 적은 몇 번 없지만, 마실 때마다 찻잔엔 은 세공이 들어가 있었다.

그런데 요 며칠간은 일반 찻잔을 썼다고? 그러다 타이밍 좋게 독을 마시고?

역시 아이린이 음독 자해를 한 것인가.

그녀가 음독에 대한 의심으로 은 세공 찻잔을 써 왔다면 아무리 사가에서 보냈더라도 일반 찻잔을 쓰진 않았을 거다.

만약 은 세공이 아이린의 취향이라면 사가에서 은 세공 찻잔을 보냈을 거다. 스테나 백작은 딸에게 잘 보여야 하는 상황이니까 어떻게든 좋아하는 걸 해 줬겠지.

완벽한 증거는 아니다. 하지만 내 감에 무게를 실을 정도는 됐다. 나는 황태자에게 말을 꺼냈다.

"아이린을 지지하는 계층에서 들고일어날 거예요."

이 기회를 놓칠 리가 없다. 이 사건을 소상히 조사하라고 할 테고, 날 지지하는 귀족들도 나에 대한 의심을 떨치지 못할 것이다. 그것만으로도 내겐 큰 타격이 된다.

"그대가 걱정할 건 없다고 한 말은 진심이다."

"네, 막아 주시겠지요."

황태자는 이 상황에서도 흔들림 없이 날 믿고 있다. 내가 하지 않았을 거라고. 그러니 이렇게 확신을 가지고 의혹을 종결시키겠다고 하는 것이다. 그 믿음이 고마웠다. 하지만 의지하고 싶진 않다.

"저는 뒤로 숨고 싶지 않아요. 여태까지 그랬듯이 내 일은 내가 돌파할 거예요."

고개를 들고 당당하게 황태자를 바라봤다. 한동안 시선을 맞추던 그가 작게 한숨을 쉬었다.

"그대가 걱정돼. 그대가 상처받을 걸 알면서 방관하긴 싫어. 가장 안전한 곳에서 행복하기만 했으면 좋겠어."

어, 잠깐. 이건 좀……. 왜 말하는 사람은 황태자인데 내가 부끄럽지?

"하지만 이래서 내가 그대를 사랑하는 거겠지. 직시하는 눈동자 속의 불빛에."

으아아아! 손발이 오글거린다! 내 손발을 파괴해서 나서지 못하게 할 작정인가!

"아, 아무튼! 제 일이니 제가 전면에 나설 거예요. 물론 전하의 도움이 필요하지만요."

아이린이 음독자해를 한 이상 증거나 증인을 찾긴 힘들다. 지금 엄한 하녀만 문초를 당하고 있을 것이고. 그래도 아이린이 독을 구한 루트는 있을 것이다. 그걸 알아내려면 황태자의 도움이 필요하다.

"당연히 돕겠지만 그대는 범인이 누군지 짐작한 눈치인데……."

나는 조용히 고개를 끄덕이곤 시녀들을 물렸다.

"스테나인가?"

"……!"

시녀들이 사라지자마자 묻는 말에 깜짝 놀랐다.

"어떻게?"

초능력……일리는 없고 벌써 증거라도 나왔나? 그렇다면 이야기가 쉽다. 나설 것도 없고. 하지만 황태자의 대답은 달랐다.

"그럴 만한 사람이지, 스테나는. 여기까지 올라온 것도 다 스스로를 파괴해 온 결과니까."

"……."

무슨 말인지 알 것 같았다. 아이린은 가문이 한미해 스스로를 낮추며 사교계에 스며들었다. 모두가 그녀를 우러러보게 된 후에도 그녀는 항상 양보하고 인내해야 했다.

원래부터 그런 기질이 있는 사람이라면 괜찮겠지만, 아이린은 야망이 넘치고 자존심이 강했다. 속으로는 얼마나 이를 갈았을지.

그렇게 스스로를 갉아먹으며 권력을 잡았으니 이번에도 마찬가지일 것이다. 어제 그런 일이 있었으니 극단적인 선택을 한 것이리라.

"스테나의 성격을 봐도 그렇지만 상황만 봐도 그래. 음독은 분명한 목적이 있을 때 쓰는 수다. 스테나가 죽으면 직접적으로 이득을 보는 사람은 아무도 없어. 가시적인 적대자는 그대이지만, 그대가 스테나를 죽일 필요가 있을까?"

나는 고개를 저었다. 황태자는 그런 나를 빤히 바라보며 말을 이었다.

"내 황후는 오직 그대뿐이야. 스테나의 협박도 해결했으니 더 이상 걸릴 것도 없어. 내 마음도 그렇고, 그대의 능력도 마찬가지다."

"하지만 다른 귀족들의 생각은 다르겠죠."

"그렇겠지."

그가 걱정하지 말라는 듯 내 손을 붙잡았다.

"또 이득을 보는 사람을 꼽으라면 내가 있겠지."

"전하요?"

"날 협박하기도 했고 그대와의 관계에 걸림돌이 될 수 있으니까. 정치적으로도 그럴 수 있고."

"뭐, 정치적으로 시한폭탄 같은 면이 있긴 하죠."

"하지만 이렇게 손쓸 정도는 아냐."

아이린 따위는 감히 내게 어떠한 영향도 끼치지 못한다. 오만한 미소가 그렇게 말하고 있었다. 맞는 말이었기에 나는 고개를 끄덕였다.

"그에 반해 누군가가 아이린을 음해했다는 사실에 이득을 보는 사람은 있지. 그 '누군가'에 반드시 그대가 유력한 용의자로 지목될 테니까."

황태자와 아이린 사이의 유감은 나밖에 모르니 당연했다.

"그게 아이린이라는 거죠."

"그래, 그리고 모후도 계시지."

"황후 폐하께서요?"

"어떻게든 그대가 황후가 되는 것을 막고 싶어 하시니까."

예전에 카일론이 황태자에 대한 지지를 전면철회하고 7황자를 지지하며 글이 싫어졌을 테니 어쩔 수 없는 일이다. 황태자에게도 할 말이 없어 고개를 숙였다.

내가 무슨 생각을 하는지 아는 것처럼 그가 잡고 있던 내 손을 끌어올려 부드럽게 쪽, 입을 맞췄다. 그 나른한 온기가 내 마음을 따뜻하게 달궜다.

"하지만 이건 모후가 좋아하는 방법이 아니야. 차라리 그대를 직접……."

말하다 말고 황태자가 미간을 찌푸렸다. 노란 눈동자가 고통스럽게 일그러졌다. 더듬더듬 그의 손이 날 찾았다. 나는 자리에서 일어나 그의 옆에 앉았다. 긴 소파에 나란히 앉자마자 그가 날 껴안았다.

이 사람은 대체 얼마나 나를 사랑하면 내가 다친다는 가정을 하는 것만으로도 이렇게 괴로워할까.

"그때 만약 그대에게 무슨 일이 생겼다면 나는 나를 용서할 수 없었을 거야."

그가 뭘 말하는지 바로 알았다. 겨울 숲에서 일어난 시스테인의 습격. 그때의 아찔했던 감각이 다시 살아났다.

"이렇게 무사하잖아요."

그의 품에 얼굴을 묻었다. 다시금 고개를 들자 햇빛과도 같은 눈동자가 보였다. 그때와 똑같이 안심이 됐다.

"전하 덕분이에요. 앞으로도 지켜 주겠다고 하셨으니 앞으로도 무사하겠죠."

"그대 곁에서 떠나질 말아야겠어."

고집스러운 말에 쿡쿡 웃음이 나왔다. 이미 가깝던 얼굴이 더 가까워졌다. 그의 숨결이 내 입술을 간질였다. 나도 모르게 살포시 눈이 감…….

"아니, 아니, 아니!"

황태자를 휙 밀어냈다. 그는 아쉬운 표정을 지으면서도 순순히 밀려났다.

"저 아직 안 넘어갔거든요!"

"꼬시라며?"

"좋아하게끔 만들라는 거지 누가 이, 이런 뜻으로 꼬시래요?"

그가 빙긋 웃으며 내 허리를 감쌌다.

"나는 둘 다 꼬시고 싶은데."

이 혈통 좋은 변태님이……?

파르륵 몸을 떠니 그가 허리를 놓아줬다. 슬금슬금 움직여 소파 끝으로 가자 못마땅한 눈으로 날 쳐다본다.

왜, 뭐, 웨.

그가 다가올까 불안했는데 그러진 않았다. 나는 안심했다. 진짜다. 정말로 안심했다.

"그렇게 아쉬운 눈으로 쳐다보지 마."

내가 언제! 난 안심하고 있다고!

"너무 쫓아가면 도망간다니까 참는 거야."

그 말에 기분이 미묘해졌다. 황태자가 밀당을 시전하고 있었다니. 이렇게 다 알려 주는 것도 밀당인가 싶지만…….

"누가 그랬어요?"

"저번에 그대와 키스했을 때."

"그건 키스가 아니었죠!"

"키스였지."

"단순한 접촉사고일 뿐이에요!"

"입술과 입술이 맞닿은 게 키스가 아니면 뭐지?"

으앙앙아!!

저렇게 적나라한(?) 묘사를 들으니 죽을 것 같았다.

그나저나 그때 쫓아오려는 황태자를 막은 게 호위기사단이었지. 무슨 일이라도 생긴 줄 알았는데 그게 밀당하라는 훈수였어?

"……."

뒤늦은 쪽팔림이 밀려왔다.

"하아, 그래서 제가 스테나 영애를 간호하려구요."

본론으로 돌아가서 이야기를 끝내고 내보내자. 그게 내 심신에 가장 좋을 것 같다.

"그대가 스테나를?"

"네."

내가 약학이나 의술에 조예가 깊은 사람도 아니고 당연히 아이린을 고칠 순 없다. 하지만 아이린은 죽지 않을 것이다.

독이라는 게 사람을 가리는 거라 안 죽을 정도의 양만 먹어도 재수 없으면 죽거나 귀나 눈이 멀기도 한다. 하지만 아이린은 무사할 거라는 확신이 있다.

아이린은 그냥 나한테 엿 먹이려고 이 미친 짓을 저지른 게 아니니까. 이렇게까지 해서라도 황태자를 갖고 황후가 되고 싶은 것이다.

그러니 죽을 리가 없다. 그 어떤 때보다 치밀하게 계산해서 일을 꾸몄을 거다.

"너무 위험해. 만에 하나라는 말이 있어."

"아뇨. 양 조절을 잘못했거나 몸에 안 받아서 이대로 못 견디겠다 싶으면 해독제를 먹겠지요. 반드시 살아날 겁니다."

"말려도 소용없다는 눈이군."

황태자가 작게 한숨을 쉬더니 웃었다.

"좋아. 그대가 아이린을 간호하겠다고 자원했고 내가 허락했다고 하지."

"전하께선 독을 어떻게 구하게 되었는지 알아봐 주세요."

아무래도 어제오늘 사이에 구한 게 아니라 그전에 구했을 가능성이 크다. 끝을 선고받기 이전부터 미리 최악의 상황을 준비했을 것이다.

그래도 황태자 탄신연회 이후일 가능성이 크다. 그때 처음 계약 파기를 말했으니까.

그간 아이린이 왜 그랬는지 알겠다. 더불어 황태자도.

"최대한 빨리 알아내도록 하지."

일어서는 그를 배웅하고 나니 한숨이 푹 나왔다. 산 넘어 또 산이다.

시녀들에게 아이린을 간호하기로 했다고 말하니 난리가 났다. 그녀들의 걱정을 이해하지만 결국 하는 수밖에 없다. 당장 여론을 잠재우기엔 이보다 효과적인 게 없으니까. 또, 황태자가 독의 입수 루트를 알아낼 것을 믿기에 할 수 있는 일이었다.

"내일부터 힘들 테니 오늘은 뒹굴거릴래."

옷을 갈아입고 침대에 풍덩 뛰어들었다.

다른 것 다 제쳐 놓고 아이린에 대해 생각나야 정상일 텐데 이상하게 황태자가 했던 오글거리는 말들만 생각났다. 나도 모르게 베개를 퍽퍽 때렸다가 끌어안았다 다시 때리고 난리를 쳤다.

한창 베개에게 병 주고 약 주고 있을 때.

"크흠!"

"아, 깜짝아!"

유모가 침대 가에 서서 엄격하고 근엄하고 진지하게 날 쳐다보고 있었다.

"무, 무슨 일이야? 언제 왔어?"

유모는 내 행동에 대해 일장연설을 늘어놓을 것처럼 숨을 후욱 들이켰다가, 한숨을 푹 내쉬었다.

"황태자 전하께서 선물을 보내셨습니다."

"전하께서?"

냉큼 일어나서 상자를 받아 들었다. 대체 뭘까?

포장을 풀자 바로 미니 카드가 나왔다. 재빨리 카드를 보는데 그림자가 졌다. 그림자의 주인이 누구일지는 뻔하다.

"유모."

"네?"

유모는 아닌 척 고개를 들었지만 통할 리가.

"전해 줬으면 이만 나가 봐."

유모는 대체 어쩜 이럴 수 있냐며, 젖 먹여 키워 봤자 소용없다고 툴툴 거렸지만 결국 나가며 문을 닫았다.

조용해진 방 안에서 카드를 폈다.

『큰일이 있었으니 그대가 기운 냈으면 해서.

p.s. 내가 더 잘해.』

내가 더 잘한다는 건 무슨 뜻이지? 뭘 잘한다는 걸까.

그 의문은 선물을 보는 순간 깨달았다.

〈마담 밀크 바람났네〉.

날 빨아 당기는 제목에서 아주 익숙한 향기가 났다.

"이 변태 황태자가!"

베개에 치한 퇴치 헥토파스칼킥을 먹였다. 봉긋했던 베개가 푹 꺼지며 거위털이 날렸다.

"꼬셔 보라고 한 내가 미쳤지."

씩씩거리며 다른 베개를 베고 누웠다. 이불을 야무지게 덮고서 눈을 감았다.

3초나 지났을까. 번쩍 눈이 떠졌다. 물론 황태자는 변태에 치한에 성희롱범이다.

하지만 야설엔 죄가 없잖아?

꼬물꼬물 손이 저절로 야설을 향해 갔다. 이건 절대 내 의지가 아니었다. 황태자가 이상한 마법이 걸려 있는 책을 줬나 봐.

어느새 내 손안에 들어와 있는 책을 보고 결심을 다졌다.

제목이 좀 의심스럽지만 이 책은 야설이 아닐 수도 있다. 보지도 않고 어떻게 판단하겠는가. 야설이 아니라 교양서적일 가능성도 충분하다. 그렇다면 교양 있는 레이디인 내가 보지 않을 순 없다.

나는 책장을 펼쳤다.

흠흠, 그래서 마담 밀크가 바람났구나. 그래, 그러면 바람날 수밖에 없지, 암. 아, 덥다. 겨울인데 왜 이리 덥지?

이런 교양 넘치는 책을 다른 사람이 볼까 두려워 숨기는데 황태자가 보낸 카드가 눈에 들어왔다.

'p.s. 내가 더 잘해.'

너 잘한나고? 내체 뭘 너 잘한다는 건지 모르겠네, 하하. ……진짜 잘하나? 아니, 아니! 내가 무슨 생각을……. 근데 어떻게 더 잘하는지 아는 거야?

엄청나게 신경 쓰였다. 결국 나는 밤을 꼬박 새우다시피 했다.

아이린을 간호하기 시작한 첫 며칠간은 큰일이 없었다. 간호한다고 해서 내가 힘든 병수발을 들 리가 없다. 그런 건 보통 하녀들이 하고 나는 한두 시간 정도 곁을 지키며 시간을 보내다 가끔씩 이마를 짚었다.

이제 겨우 삼 일째. 아이린의 상태는 별다른 진전이 없었다. 좋아지나 하면 다시 나빠지고, 위험하다 싶으면 나아졌다.

나는 무심히 아이린을 내려다봤다. 아직 스무 살. 아니, 이제 스물한 살. 삶을 바꿀 기회는 많다.

어떻게 스스로를 몰아갔길래 이 사달이 난 건지.

한숨을 푹 쉬는데 아이린의 눈매가 떨렸다. 이러고서 눈을 못 뜨는 경우도 많았고 눈을 떠도 온전히 정신을 차린 적은 극히 드물었다.

별 기대 없이 바라보는데 아이린이 눈을 떴다. 그리고 분명하게 날 인식했다. 얼굴이 썩어 들어갔으니까.

"왜, 또 날 비웃으려고?"

정신을 차리자마자 내뱉은 첫마디에 한숨이 나왔다. 대체 아이린 안에서 내 이미지는 어떤 거지. 상대가 죽어 가든 말든 막말하는 이미지인가.

"그래도 상관없어. 결국엔 내가…… 손에 넣을 거니까."

아이린의 목소리는 거칠고 퍽퍽했다. 말 사이사이에 색색거리는 숨소리가 섞였다. 아이린이 시비 거는 걸 상대하기보단 사람을 불러 물을 주는 게 급해 보였다.

"결국에 웃는 사람은 나야. 나라고!"

마지막 외침은 절규에 가까웠다. 말하는 게 고통일 정도로 힘겨워 하면서도 그녀는 계속해서 말을 이어 나갔다.

나는 시녀를 부르기 위해 잡았던 시령줄을 놓았다.

"너, 그렇게 황태자가 좋아?"

내 물음에 아이린이 웃었다. 마른 웃음은 곧 기침이 되었다. 하지만 그녀는 멈추지 않았다.

"너는 몰라. 그가 내게 어떤 의미인지."

아이린의 시선이 나를 빗겼다. 황태자를 떠올리는 듯했다. 그 눈에 들어찬 진득하고 시꺼먼 욕망을 보니 진저리가 났다.

"단순히 사랑하는 사람은 아니네."

내 말에 아이린이 다시 날 바라봤다.

"갖고 싶은 것. 가져야 하는 것. 가지면 내게 부와 명예와 힘을 가져다줄 것. 내 삶을 바꿔 줄 것. 그를 손에 넣기만 하면 모든 것이 해결될 거라고 믿는구나. 그래서 그렇게 집착하고."

"원래 내 것이야!"

아이린이 앙칼지게 소리 질렀다. 날 노려보는 눈엔 증오가 가득했다.

"너는 모르겠지. 처음부터 공작가의 금지옥엽으로 태어났으니까!"

피식 웃음이 나왔다. 나는 아이린보다 훨씬 못 사는 집에 환영받지 못하는 딸로 태어났다. 이곳에 왔을 때 좋은 가정이 생겼지만 다른 상황은 어땠는가. 조금 숨을 쉴 만하면 금세 숨통을 막듯 최악으로 치달았다.

상황이 바뀌고 나아진 건 내가 공작가의 딸이었기 때문이 아니다.

"난 너 같은 사람 잘 알아."

"주제를 모르고 허황된 꿈을 꾸는 사람?"

아이린이 픽 웃으며 대꾸했다. 너는 날 그렇게 경멸하고 있지 않느냐고, 항상 위에서 날 깔보면서. 그렇게 눈으로 말하고 있었다.

나는 고개를 저었다. 정작 그녀를 그렇게 보는 건 내가 아니라 그녀 자신이다.

"그게 너와 나의 차이야."

현실에 만족하지 못하고 나아지고 싶어 하는 건 좋다. 나도 그랬고 지금도 그렇다.

"나는 내 주제를 알고 확신 있는 꿈을 꾸거든."

내 주제를 모른다고 자학하면서 박탈감을 느끼고 남의 것을 부러워하고 빼앗고 싶어 하고. 그렇게 살고 싶지 않다. 현재 처한 상황을 제대로 인식하고 목표를 이뤄 가고 싶다.

"처음 출발선에 섰을 때 너와 나는 똑같았어. 우리 둘 다 자기 자신을 위해 권력을 갖고 싶어 했지."

나는 나와 내 가족을 지키기 위해서, 아이린에게도 그녀를 위한 이유가 있었을 것이다.

"네가 지금 이렇게 된 것은 네 비뚤어진 선택의 결과야."

아이린이 이를 갈았다. 조금만 힘이 있었다면 내게 달려들었을 것 같은 기세로 외쳤다.

"내가 밑바닥에서 기어오르기 위해서 그것 말고 뭘 선택해야 했다는 거야? 넌 다 가졌으니 내 발악이 우습지!"

"다른 선택이 없었다는 것처럼 말하지 마. 네가 그렇게 생각하고 싶은 것뿐이겠지."

아이린이 입술을 깨물었다. 말라비틀어진 입술에서 살이 뜯겨 나가고 피가 흘렀다. 이상할 정도로 동정심은 들지 않았다.

"네가 내 상황이었으면……!"

"내가 너였으면 이딴 선택은 안 했어. 황태자와 계약을 했더라도 그 이후는 달랐어. 대체 네가 선택한 건 뭐지?"

아이린은 대답하지 못했다. 애초에 답을 바라고 물은 게 아니었다. 나는 그녀를 내려다보며 조용히 그녀의 선택을 읊었다.

"귀족들 비위 맞추며 인기 얻기? 티 안 나게 남을 깎아 내리는 거? 그러면서 자기 자신을 높이는 거? 황태자의 약점을 쥐고 협박하는 거? 나를 떨어트리기 위해 독약을 먹는 거? 사실 황후가 아니어도 상관없는 거지? 황후가 되어서 할 수 있는 수많은 것들, 의무나 책임 같은 건 생각도 안 해 봤잖아."

아이린이 외면하듯 눈을 꽉 감았다. 나는 무감하게 말을 이었다.

"넌 그냥 무시당하기 싫었던 거야. 비위 맞추고 겸손한 척하기 싫은 거야. 그래, 싫겠지. 이해해. 하지만 왜 황태자한테 기생하려 해? 네가 바꾸면 됐잖아. 황태자와 계약하는 것보다 그게 더 쉬웠을걸?"

아이린은 아예 귀를 틀어막았다. 그래 봐야 힘없는 손은 내 작은 목소리조차 막지 못했다.

"계약한 후에도 마찬가지야. 넌 왜 아무것도 하지 않았어? 그러니까 지금까지 아무것도 이루지 못했지. 레지나가 되고 나서 한 게 뭐야? 황후가 돼서 뭘 할지 생각해 본 적은 있어?"

"닥쳐!"

"넌 그냥 언제나 착하고 정숙한 레이디이고 싶은 거야. 주변 상황이 변해 지위가 올라가고 권력 구도가 변할 뿐, 네 스스로 하는 건 하나도 없어야 편한 거지. 네가 주체적으로 결정하면 책임이 따르니까. 반발하는 사람도 생길 거고. 그게 싫은 거지? 그냥 모두의 사랑과 존경을 받고 싶을 뿐이잖아. 내가 장담하는데 넌 황후가 되더라도 지금처럼 살 거야. 여전히 겸손한 척하고 상대의 비위나 맞출 거라고."

"닥쳐! 닥쳐! 닥치라고! 이제 사라져!"

아이린이 눈을 번쩍 뜬 채 소리를 질렀다. 날 노려보는 눈동자가 형형했다.

"원래 네 것이었다고 소리를 지르면서도 사실은 그렇게 생각하지 않지? 널 가장 못 믿는 사람은 너 자신이야. 그래서 질투하고 탐내는 것밖에 못하지. 모르나 본데, 네가 그렇게 살기 싫어하는 삶, 네가 만든 거야. 가증 떨며 남의 비위나 맞춘 건 네 선택이라고."

아이린의 눈동자에 눈물이 차올랐다. 그러면서도 그녀는 눈 한 번 깜박이지 않고 날 노려봤다.

나는 동요 없이 그녀의 얼굴을 내려다봤다. 아까부터 말을 쏟아냈지만 쏟아 낼수록 머리는 냉정해졌다.

낮고 차가운 내 목소리에 반해 아이린의 외침은 금방이라도 터질 활화산 같았다.

"내가, 내가 너였으면, 내가 그 말을 하고 있었을 거야. 그렇게 깔아 보면서! 넌 이렇게 누워서 눈물이나 흘리고 있었을 거라고!"

"내가 너였다면 안 그랬어."

"뭐라고?!"

"아이린 루폰 스테나, 넌 절대로 내가 될 수 없어."

그 말에 경련하듯 아이린의 몸이 부들부들 떨렸다. 금방이라도 발작이 일어날 것 같았다. 황궁의를 불러야겠다는 생각을 하면서도 나는 말을 멈추지 않았다.

"네가 카일론 공녀로 태어났으면 황후가 되지 못했을 거야. 황태자의 권력 개편에 휩쓸려 볼모 같은 황비가 되었겠지."

처음 황태자가 계획했던 것처럼. 스스로 아무것도 하지 않는다면 휩쓸릴 수밖에 없다.

"더 이상 내게 널 투영하지 마. 내가 노력해서 얻은 것들을 마치 네가 응당 누려야 했을 거라고 생각하는 거, 불쾌해."

아이린의 눈동자에서 빛이 꺼졌다. 그녀는 날 노려보던 것을 멈추고 희미하게 웃었다. 눈물은 마르질 않았다.

"꿈꾸는 것도 못해……? 그렇게 살 수도 있다고 생각하는 것도? 역시 넌 잔악하고 악독해."

"피해자인 척하지 마. 넌 가해자야."

"내 것을 빼앗아 간 건 너야! 그건 원래 내 거야! 내 거라고!"

아이린이 절규했다. 그녀 스스로 가질 수 없다고 생각하기에 더 참혹한 외침이었다.

"주제도 모르고 넘본다고 말하는 게 아니야. 왜 그렇게 꼬였어? 네 길을 가라는 거잖아. 남이 가는 길 탐내면서 손수건 물어뜯지 말고."

본인의 삶을 찾으려면 결국 자기가 걸어가는 수밖에 없다.

아이린이 벌떡 일어났다. 제대로 움직이지 못하고 소리를 지르는 것에도 온 힘을 쏟아부어 겨우 쥐어 짜내는 목소리를 냈는데, 어디서 그런 힘이 나는 긴지.

땀에 젖은 손가락이 내 목을 쥐었다. 손가락은 덜덜 떨렸지만, 꽉 압박하는 힘은 강했다.

"죽어, 죽어, 죽어! 너만 없었어도!"

"내가, 죽어도…… 네 것이 되지, 않아."

확 밀쳐 내자 아이린은 허무하게 나가떨어졌다. 침대 위로 풀썩 쓰러진 그녀의 몸이 잘게 떨렸다.

"아니야, 아니야, 아니야……."

중얼중얼대던 목소리가 꺼질 듯 희미해졌다. 곧 눈이 감겼다.

아이린이 졸랐던 목을 매만졌다. 큼큼, 기침을 해 보니 딱히 이상은 없는 것 같다.

한숨을 쉬고 아이린의 몸 위에 이불을 덮었다. 잠시 한 대 칠까 생각도 했지만 환자라서 참았다.

"대체 뭘 그렇게 두려워하는 거야? 넌 이미 미움받고 경멸받았어. 모든 사람의 성녀는 이제 없다고."

들리지 않을 말을 중얼거렸다. 많은 일이 있었지만 이제 스물한 살. 다르게 살려고 하면 얼마든지 그럴 수 있다.

아이린을 미워했고 경멸했다. 어떤 때는 동정하기도 했다. 우월감이 수반된 동정이었다. 하지만 지금은 정말 순수하게 그녀가 가여웠다.

나는 프래쳇 부인이 들어올 때까지 아이린의 곁을 지켰다.

“찾아냈어.”

황태자의 말에 눈을 동그랗게 떴다. 생각보다 훨씬 빠르다.

“그대가 간호하느라 고생하는데 시간을 끌 순 없지.”

“간호라고 해도 하는 건 없는데요.”

그래도 듣기 좋은 말이라 웃음이 나왔다. 이렇게 빨리 찾아낼 줄 알았으면 간호할 필요도 없었는데. 물론 여론 잠재우기엔 좋았지만.

“하지만 문제가 있어.”

“죽었나요?”

황태자가 고개를 저었다.

“더 복잡해. 스테나에게 모후에 얽힌 증거를 준 자, 그자가 독을 줬어.”

이건 죽은 것보다 더 안 좋다. 절로 한숨이 나왔다.

“이번 일로 그 자를 벌한다면 분명 황후 폐하에 대한 일도 발설하겠네요.”

“그렇겠지.”

황태자가 굳은 얼굴로 고개를 끄덕였다. 황후의 죄를 밝히는 것은 여러 의미로 그에게 힘든 일일 것이다.

황후는 황태자의 가장 큰 지지자다. 그녀를 잃는다는 것은 곧 황태자의 세력이 꺾이는 것이나 마찬가지다.

물론 지금 그의 위치는 누가 넘볼 수 없이 공고하지만, 정치판에서 귀족과 알력 다툼할 때는 말이 많을수록 좋으니까. 거기다 마르켈 후작가는 일반 말이 아니고.

무엇보다 자기 엄마의 죄를 들춰 벌하는 것이다. 그것도 황자 살해라는 죄목으로. 이건 아무리 황후라도 용서받을 수 없다. 단순히 폐후되는 것으로 단죄가 끝나진 않을 것이다.

"밝힐 생각이세요?"

황태자의 굳은 표정을 보니 이미 각오를 끝낸 듯했다.

"그래."

"하지만……."

"나도 어떤 영향이 올지 안다. 나에 관한 게 아니어도 평화로운 정국에 파란이 일겠지. 하지만 밝히지 않으면 그대가 의심받는 상황은 끝나지 않아."

"제가 간호하다가 스테나 영애가 완쾌하면 의혹도 사그라들 거예요. 지금도 꽤 잠잠해졌잖아요."

"그렇겠지. 하지만 조사는 계속될 거다. 이대로 의심이 완벽히 가라앉진 못해."

그야 그렇겠지만, 그뿐이다. 끈질기게 붙드는 사람도 있겠지만 대다수는 의심을 접을 테니까. 또 내가 차기 황후가 될 게 점점 확실해질 상황에서 나를 걸고넘어질 사람은 극히 드물 거다.

"황후 폐하의 일을 밝히는 것보단 나아요."

"난 그대가 억울한 건 못 봐."

이전 같았으면 논리적으로 반박했을 황태자가 엄한 고집을 부렸다. 저렇게 말하니 할 말이 없다. 이건 아닌데, 싫으면서도 또 싫은 건 아니라 곤란했다.

"그, 그래도……."

이 문제로 아이린에게 협박당할 정도였으면서, 나 억울한 거 보기 싫다고 마음을 바꾸다니.

"일단 스테나 영애가 깨어날 때까지 기다려 봐요. 자백을 받아 낼 수도 있으니까."

그 스테나가? 독약을 스스로 먹어 놓고? 황태자의 눈이 그렇게 말하고 있었지만 그는 잠자코 고개를 끄덕였다.

"그래, 그대에게도 생각할 시간이 필요하겠지. 정국이 달라질 테니."

결과적으로 날 위해 유예하겠다는 말이다. 아니, 이 남자 원래 이렇게 사랑밖에 몰랐나? 나한테 고백하기 전에는 되게 객관적인 말만 했던 거 같은데, 그간 어떻게 참았던 거지?

"하여간 이제 정리됐으니 조선 사업 이야기로 돌아가죠. 피오겔 백작과는 어떻게 진행되고 있나요?"

"순조로워. 그대의 인재 기용은? 나한테 인선도 알려 주지 않아서 굉장히 궁금한데."

말은 그렇게 해도 퍽 섭섭한 얼굴이다. 시무룩한 미남은 또 나름대로 보는 맛이 있지만 그건 그거고 이건 이거.

"인선이 확실해지면 말할게요. 그때까진 비밀이에요."

"할 수 없지."

그 후로 황태자와 사업 진행에 관한 구체적인 이야기를 주고받았다. 그때 안 한다고, 안 한다고 말했던 일이 우습게 사업추진은 꽤 재밌었다.

이야기를 마무리 지은 후 끊지 않으려는 황태자를 달래서 통신을 끊었다. 얼마나 수다를 많이 떨었는지 목이 아팠다.

"공녀 저하!"

다급한 외침이 들려와 고개를 돌렸다.

"스테나 영애가 완전히 의식을 차렸다고 합니다."

"완전히? 몇 분 깨 있다가 다시 잠드는 게 아니라?"

"예, 미음도 드셨다고 합니다."

아이린이 뭘 먹을 수 있을 정도로 정신을 차린 건 이번이 처음이다. 지난번 나와 이야기를 나눴을 때처럼 길게 깬 적도 그때 한 번뿐이었다.

나는 책상에서 일어나 아이린의 방으로 향했다.

"아, 카일론 공녀. 어서 와요. 누워서 공녀를 맞는 무례를 이해해 주세요."

아이린은 침대에 누워 병약한 미소를 지은 채 날 맞았다. 여전히 핏기 없고 거칠거칠한 얼굴이었지만 뭐라도 먹어서 그런지 상태가 조금 나아 보였다.

"이렇게 몸소 병문안을 와 주시고, 정말 고마워요."

가는 목소리로 힘겹게 말하는 아이린을 멍하니 쳐다봤다. 말간 눈동자가 어색했다. 내게 소리 지르며 목을 조르던 모습은 상상조차 할 수 없었다.

마치 그 일은 없었던 것 같이……. 아니, 같은 게 아니라 없었던 일이다. 아이린의 반응에 나는 그녀가 그 일을 꿈이라고 생각한다는 걸 깨달았다.

열에 들뜨고 독에 잠식되어 현실감이 없었을 것이다. 그녀가 긴긴 시간 동안 잠을 자며 무슨 꿈을 꿨을지 빤했다.

'꿈이어서 그렇게 반응했던 거구나.'

아이린은 자존심이 강하다. 맨 정신이었다면 절대 자기 자신을 놓지 않았을 것이다.

"아니에요, 스테나 영애. 당연히 와야죠. 몸은 좀 괜찮은가요?"

그 꿈을 다 기억할지도 의문이다. 이미 머릿속에서조차 없던 일이 되었는지도 모른다. 나는 내색 없이 빙긋 웃었다.

"저는 괜찮아요. 어쩌다가 이런 일이 일어났는지 모르겠지만."

녹색 눈동자가 의미심장하게 나를 훑었다.

"괜찮다니 정말 안심이 되는군요. 그간 영애를 간호했던 보람이 있어요."

"네?"

"제가 그간 영애의 간호를 맡았거든요. 다른 분들께서 말씀해 주시지 않았나요?"

아이린의 얼굴에 순간적인 낭패감이 스쳤다. 내가 그녀를 간호하며 의심을 피했다는 걸 깨달은 것이다.

"몰랐습니다……."

아이린은 한동안 말이 없었다. 독까지 먹었는데 내게 아무런 타격도 주지 못한 게 심히 충격인 모양이다. 겨우 정신을 수습한 그녀가 뒤늦게 내게 인사했다.

“정말 고마워요, 공녀.”

“별말씀을. 푹 쉬는 게 좋을 테니 이만 저는 일어날게요.”

“네, 그럼 다음에.”

말을 하고는 있지만 아이린에게선 영혼이 빠져나간 듯했다.

목숨을 건 계략이 무위로 돌아갔다. 그녀에게 남은 건 변함없는 현실이다. 다 사라지고 아무것도 없는 현실.

나는 그녀를 위로하지 않았다.

20장

파티의 시작은 밀당의 시작

파티의 시작은 밀당의 시작

마니 호수는 은빛으로 빛났다. 듣던 대로 아름다웠다. 원래대로라면 이 풍경에 넋을 놓았겠지만, 지금은 그저 아름답다는 감상이 끝이었다.

얼마 전 비스나테프의 정자에서 봤던 정경이 아직 잊히질 않았다. 그 비현실적이고 압도적인 아름다움 앞에서 다른 풍경은 빛을 잃었다.

그래도 은빛 호수는 아름다웠고 나는 만족했다.

"정말 멋진 파티예요."

"맞아요. 처음 파티를 주최하신 거라고 믿어지질 않을 정도예요."

"그것도 단순한 티파티도 아니고 이렇게 큰 규모를요."

"감사해요. 여기 계신 레오나 부인께서 많이 도와주신 덕이에요."

수줍게 웃으며 레오나 부인을 추켜올렸다. 그 말이 사실이기도 했으니까.

솔직히 말해서 나는 이 파티에 거의 관여하지 않았다.

레오나 부인과 라브엘 그리고 유모의 힘이 컸다. 세 사람의 진두지휘 아래 시녀들이 자잘한 걸 도왔다.

내가 한 일이라곤 파티 데커레이션이나 식기, 디저트 메뉴 같은 걸 고르는 재밌는 일뿐이었다. 그것도 최종 후보로 추린 것들을 보는 게 전부였다.

다른 누구도 아니고 알테를 위한 파티니까 내가 이끌고 싶은 마음도 있었다. 하지만 이제 곧 봄, 마지막 경합을 앞둔 시점이다. 거기다가 조선 사업에도 관여하고 있으니 통 시간이 나지 않았다.

파티 호스트로서 파티가 시작할 때부터 있으니 따분할 수 있겠다고 생각했는데, 눈코 뜰 새 없이 바빴다. 끊이지 않고 도착한 사람들은 당연히 나를 찾았다. 나는 계속해서 비슷한 인사를 웃으며 들어야 했다.

그래도 기분이 좋았다. 사람들의 반응은 한결같이 호의적이고, 잔뜩 힘줘서 꾸민 젊은 남녀를 보는 것도 흥미로웠다.

무엇보다 알테가 이제 제도에 계속 머무른다는 사실을 기념하는 파티다. 바쁘고 피곤해도 기분 좋을 수밖에.

"샤티."

"오라버니!"

가까이 다가온 알테가 날 살짝 끌어안고 뺨에 입을 맞췄다. 오랜만에 본 거지만 이런 인사는 처음이다.

확실히 전에 마음을 표현하라고 했던 게 효과가 있는 듯하다. 괜히 뿌듯했다. 절대 미남의 키스를 받아서 그런 게 아니다.

"늦게 오라고 했잖아요."

원래 주인공은 가장 늦게 등장하는 법이다.

"네가 날 위해 준비한 파티라는데 지각할 수야 있겠어?"

"오라버니……!"

감동해서 반짝이는 눈으로 쳐다보니 알테가 피식 웃었다.

"진짜로 지각했다가 얼마나 시달리려고."

"오라버니!"

"어허, 레이디가 그렇게 소리 질러도 되나."

"완전 괜찮으니까 걱정 마시죠, 카일론 소공작님!"

"저런, 카일론 공녀께서 삐지셨나 보군."

"안 삐졌거든요?"

"삐졌구만."

"아니라니까욧!"

"그래, 그래."

알테가 날 토닥였다. 완전 애 취급이었다.

뭔가 페이스에 말려든 것 같다. 따지고 보면 알테는 나보다 어린데 내가 왜 휩쓸려서 이런 유치한 말장난을……. 그래도 삐진 건 진짜 아니다.

"오랜만에 두 사람이 티격태격하는 걸 보니 예전이 그립구나. 우리 딸이 집에 있을 때 얼마나 활기찼는데."

"아빠, 엄마."

알테와 아웅다웅하느라 엄마, 아빠를 보지 못했다.

"멋진 파티구나, 샤티. 역시 이 엄마를 닮아 감각이 좋아."

"사실 저는 손만 얹었어요."

"어머나? 엄마도 그랬단다."

살짝 윙크하는 엄마를 보니 웃음이 나왔다.

"이 오라버니를 팔아서 한몫 든든하게 챙겼다고 하던데."

"팔았다니요. 무슨 말을 그렇게……. 이게 다 모태솔로인 오빠를 위해서 준비한 거죠. 설마 날 위한 거겠어요?"

입에 침도 안 바르고 말하자 알테가 고개를 갸웃거렸다.

"모태……?"

"오라버니 여태까지 여성분과 어떤 인연도 없었잖아요."

알테가 화들짝 놀라 날 바라봤다. 곧 그가 정색하고 말했다.

"샤티, 네가 이 오라버니에 대해 아주 큰 착각을 하고 있구나. 이 오라버니는 네가 생각하는 것보다 인기가 많아."

물론 인기는 많겠지, 인기는! 알테가 돌아온다는 소식에 초대장을 받고 싶어 하던 사람들만 떠올려도 그렇다.

"그럼 뭐해요. 인연이 없었는데."

"놀라지 마라. 내게도 인연이 있었다."

서, 설마……?

"대체 어느 레이디와 언제? 구체적으로 자세히 말해 봐요."

"예전 어느 티파티에서 구두 굽이 부러져 곤란에 처한 묘령의 레이디가 있었지. 그 레이디를 도와주고 몇 번 만남을 가졌다."

"그게 언제였어요?"

"네가 세 살 때인가."

그럼 알테가 다섯 살일 때다. 지금쯤 그 레이디에겐 다섯 살 알테보다 더 큰 아이가 있을 것이다.

"오빠, 그냥 인연이 없었다고 해요……. 이게 더 비참해요."

내 말에 알테는 큰 충격을 받았는지 '내게 여자는 필요 없어!'라고 말하고 내게서 멀어졌다.

“알네가 안 그런 척 수줍음이 많지.”

“섬세하고.”

사라진 알테의 뒷모습을 보며 엄마, 아빠가 한 마디씩 보탰다. 나는 고개를 끄덕였다. 그럼 그럼, 알테는 새침부끄파니까.

파티가 무르익을수록 나는 한결 편해졌다. 젊은 남녀들은 짝을 찾는 데 여념이 없었고 귀부인들은 담소를 주고받는 척 혼인 가문을 물색했다.

아무리 내게 호의적인 귀족들이 초대받은 거라고 해도 아이린의 음독에 관한 말이 나올 법한데 마치 함구령이라도 내려진 듯 말이 없었다.

아무래도 황태자가 압박을 강하게 한 것 같았다. 나 억울해하는 건 못 본다더니. 킥킥 웃음이 나왔다.

“왜 웃어?”

도망갔던 알테는 어느 순간부터 내 곁에 돌아와 있었다. 자리도 깔아 줬는데 여자 좀 만나라는 말이 입술을 두드렸지만 또 삐질까 봐 말하지 못했다.

“그냥.”

내 말을 어떻게 해석했는지 알테의 입꼬리가 뿌듯하게 올라갔다. 아니, 님 때문에 웃은 거 아니거든요? 물론 같이 있으니 좋지만.

“오라버니는 춤 안 춰요?”

“추고 싶어?”

“아니, 내가 아니라…….”

포기하고 알테의 손을 잡았다. 춤은 즐거웠다. 몇몇 영애들이 부러운 눈으로 날 쳐다보는 게 보였다. 알테는 신경 쓰지도 않았다. 아니, 아예 저 열렬한 시선을 느끼지 못하는 듯했다.

이러니까 인기가 많은데도 여자가 없지.

"내 동생이랑 춤추는 것도 오랜만이네."

춤이 끝나고 알테가 환히 미소 지었다.

"이제 제도에 돌아왔으니 자주 춤추겠죠."

"그래, 파트너도 하고."

음, 파트너는 예약한 사람이 있는데…….

법도상 알테는 진짜 파트너가 될 수 없다. 그냥 아쉬움에 하는 말이란 걸 알기에 웃으며 고개를 끄덕였다.

"네가 집에 있을 땐 시끄러워서 죽겠더니 없으니까 너무 조용해."

"오라버니……."

간만에 본 알테는 새침이 빠지고 귀염이 붙었다. 어쩐지 나도 조금 먹먹해졌다.

그때였다.

"익숙해지는 게 좋을 거다."

목소리가 들리는 것과 동시에 커다란 손이 내 어깨를 끌어당겼다.

"황태자 전하를 뵙습니다."

황태자는 날 끌어당긴 걸로 모자라서 아예 내 앞에 섰다. 아니, 뭔데? 알테는 내 오빠라고.

"카일론 소공작이 된 걸 축하하네."

"감사합니다, 전하."

"그대의 지위가 변했듯 카일론 공녀의 지위도 곧 변할 것이다.

익숙해지는 게 그대에게도 좋아."

알테가 입을 꾹 다물었다. 고집스러운 입매를 보니 금빙이라도 황태자에게 뭐라 할 것 같아 조마조마했다. 황태자도 그렇지만 알테 성격도 장난 아닌데.

"또 앞으로 공녀가 참석하는 모든 파티의 파트너는 내가 할 것이니 참고하도록."

저걸 굳이 말하다니. 유치하다. 진짜 유치해.

알테는 황태자에게서 시선을 돌려 날 빤히 바라봤다. 응?

"명심하겠습니다, 전하. 하지만 샤티가 어느 지위에 있든 제 동생인 건 변하지 않습니다. 그리고 지금은 황태자 전하와 아무 관계도 아니죠. 레지나는 황녀 전하의 예동이니까요."

황태자가 미간을 찌푸렸다. 이건 좀 위험한데. 알테의 생명을 위해 나는 두 사람 사이에 끼어들었다.

"와아, 전하께서 이 파티에 오실 줄은 몰랐어요. 놀랐어요. 지금 바쁘실 텐데……."

황태자가 바로 얼굴을 누그러트렸다. 누그러트리다 못해 미소까지 지었다.

"그대가 처음으로 주최하는 파티니까."

"호호, 감사합니다. 그럼 부디 재밌게 즐겨 주세요."

알테의 옷자락을 잡고 그대로 자리에서 벗어났다. 거리가 벌어지자 알테가 내 손을 가볍게 뿌리쳤다.

하여간 구해 줘도. 저 싸가지.

"좋냐?"

알테가 삐딱하게 물었다.

"뭐가."

"전하께서 너랑만 파트너 하겠다고 해서. 완전 침 발랐다 선언하듯 말하던데."

"그게 뭐가 좋아? 유치하다고."

"입꼬리가 올라가던데?"

"내가 언제?"

알테는 탐탁잖은 듯 미간을 찌푸리고 바닥을 툭툭 찼다.

"난 전하 달래 주고 올 테니까 다른 사람들 좀 만나 봐. 여기 예쁜 아가씨들도 많잖아. 봐 봐, 오빠 친구들은 다 영애들이랑 놀고 있네."

"왜 네가 전하를 달래 줘? 달래 줄 일이 뭐가 있다고. 가만히 있다가 시비 걸린 건 난데."

……설마 지금 나보고 자기를 달래 달라는 건 아니겠지?

"오빠, 진짜 여자 좀 만나야겠다."

"뭐?"

"나한테서 독립할 때가 왔어."

알테가 뭔 헛소리야, 하는 얼굴로 날 쳐다봤다.

"솔직해지라고 했지만 여기까진 아냐."

"뭐래?"

알테가 묻든 말든 나는 몸을 돌려 그에게서 멀어졌다. 혼자 있으면 여자들이 알아서 접근하겠지.

황태자는 그사이 엄마, 아빠와 이야기를 나누고 있었다. 그의 등장에 귀족들은 결혼 탐색을 일시 정지했다. 귀족이 주최하는 파티에 황족이 오는 것은 크나큰 영광이다. 하물며 그 황족이 황태자 같은 거물이라니.

"완벽한 선전이 되겠네요."

어느새 다가온 레오나 부인이 내 귓가에 소용히 속삭였다.

"부인 덕이에요."

"감사합니다. 하지만 전하께서 오실 줄은 몰랐어요. 언질 좀 해주시지."

레오나 부인이 곱게 날 흘기며 부채를 살랑거렸다.

"저도 몰랐어요."

"어머나?"

부인이 부채를 접더니 뺨에 댔다. 그러더니 씩 웃었다. 조금 짓궂어 보이는 웃음이었다.

"이것 참, 줄을 잘 댄 것 같네요."

"저도 부인과 친해져서 기뻐요."

레오나 부인은 중앙 중도파의 중심 중 하나다. 그녀가 레지나궁을 드나들며 완전히 내 사람이 되자 중앙 중도파 역시 엉덩이를 움직였다.

"후후, 앞으로도 좋은 관계를 유지할 수 있을 것 같네요."

눈을 찡긋한 부인이 사람들 틈으로 사라졌다.

황태자 쪽으로 가자 그가 내 허리를 감쌌다. 별것 아닌데 부모님 앞이라 그런지 조금 민망했다.

"무슨 이야기 중이셨어요?"

"조선 사업에 대해 이야기했단다. 샤티, 네가 아주 잘하고 있다고."

아빠의 말에 멋쩍은 웃음이 나왔다. 부모님께 내 칭찬을 하고 있었다니 내 속에서 황태자에 대한 점수가 올라가는 것 같았다.

엄마, 아빠와의 대화는 언제나 즐거웠다. 좀 더 어리광을 부리고 싶은데 그럴 수 없어서 아쉬웠다.

"이만 가 봐야겠군."

황태자가 말했다. 그러고 보니 그는 바쁜 시간을 쪼개서 온 거였다. 생각보다 파티에 오래 있었다. 배웅하려는데, 그는 너무나 당연하다는 듯 내 허리에 팔을 감은 채 걸음을 옮겼다.

아니, 그래도 내가 이 파티의 호스트인데?

황당한 얼굴로 쳐다봤지만 황태자는 거침없었다. 주변을 둘러보니 부모님이 잘 가라며 손을 흔들어 주셨다. 그게 아니잖아요!

각자 파티를 즐기고 있던 내 시녀들도 웃으며 손을 흔들었다. 이디스 옆에 알테가 있었는데, 못마땅해하는 알테를 그녀가 붙들고 있었다.

유일하게 에스더만 남친이랑 꽁냥대느라 날 보지 않았다. 이래서 친구 사귀어 봐야 소용없다.

정신을 차리고 보니 어느새 황궁으로 돌아가는 마차 안이었다.

"전하, 저는 파티에 남아 있어야 하는 거 아닐까요?"

"아니."

"그래도 제가 호스트인데……."

"다들 알아서 잘 놀던데."

그야 그렇지만.

"왜 저까지 끌고 나왔어요."

그가 입을 꾹 다물었다. 대답을 듣고 싶었던 것도 아니고 그냥 푸념처럼 한 말이었는데 저렇게 나오니 궁금해졌다. 집요하게 쳐다보자 그가 시선을 슬슬 돌렸다. 이런 모습은 또 처음이다.

시선을 돌린 채 턱을 쓸던 그가 결국 항복했다.

"그대가 돌아오지 않을까 봐."

"네……?"

정말 예상치 못한 말이었다. 기껏해야 요 며칠간 하던 오글거리는 말일 줄 알았는데.

"그렇게나 그립다는 눈으로 쳐다보니까 알 수밖에 없지. 집에 돌아가고 싶어 하잖아."

그가 씁쓸하게 웃다가 나와 눈을 마주쳤다. 황금빛 눈동자가 흐무러졌다.

"그대가 이렇게 나를 나약하게 만들어. 오직 그대만이."

나도 모르게 그의 시선을 피했다. 뺨에 열이 오른다.

"저, 저는……."

쫓기듯 입을 열었다.

"저는 항상 집을 그리워할 거예요."

황태자가 내 손을 꽈악 움켜쥐었다. 절대 놓지 않겠다는 듯이.

"그렇다고 황궁이 싫은 건 아니에요. 지금 생활도 좋아요."

처음엔 정말 싫었지만, 그 후로 그럭저럭 괜찮은 걸 거쳐 지금은 좋아졌다.

"언젠가 황궁을 집만큼, 아니 집보다 더 좋아하게 되어도 집은 그리울 거예요."

잡힌 손이 아플 정도로 악력이 거세졌다. 나는 반대편 손으로 그의 손을 살짝 쓰다듬었다. 그러자 스르르 힘이 빠진다.

"그렇지만 집보다 좋은데 왜 떠나겠어요? 그냥…… 그리움은 가족을 사랑하는 한 계속 있는 거예요."

"나로서는 알 수 없는 감각이군."

그가 씁쓸하게 중얼거렸다. 옆얼굴이 어쩐지 외로워 보였다.

"하지만 그대가 계속 곁에 있겠다고 말한 건 확실히 알아들었어."

"집보다 더 좋아지면요."

"더 좋아질 거야."

"잘 꼬셔 봐요."

내 말에 그가 웃었다.

"오늘도 꼬시려고 온 건데?"

이번에는 내가 웃었다.

실없는 이야기를 주고받다가 결국 아이린에 대한 이야기까지 닿았다. 정확히는 아이린의 음독자해에 대해 밝히며 나올 황후 문제에 관해.

"죄는 죄다. 모후는 씻을 수 없는 죄를 저질렀어. 응당 죗값을 치러야 한다."

"맞는 말이지만 정국에 큰 혼란을 가져올 수 있어요. 그리고 전하께도 안 좋고요."

비단 정치적 입지만을 말하는 게 아니다. 엄마의 죄를 직접 고발하는 건 너무 가혹한 일이니까.

"위에서부터 바로 서야 아래도 바로 선다. 당장은 혼란스럽겠지만 결국 질서를 바로잡는 일이 될 거야. 고귀한 자라면 더더욱 해선 안 되는 일이야."

"그래도 전하의 어머니시잖아요."

다른 사람들이 할 말을 본인 입으로 하고 있다. 저렇게 냉정하게 말하면서 속은 얼마나 타들어 갈지 걱정되었다.

"물론 죄를 지었지만, 모두 전하를 사랑해서 그런 거잖아요."

입술을 깨물었다. 과거의 일에 카일론이 얽혀 있는 탓에 기묘한 죄책감이 들었다. 정작 황태자는 신경도 쓰지 않았지만 그래서 더 미안했다.

"사랑……? 그건 모후 본인의 이기심 때문에 그랬던 거지 날 사랑해서가 아냐."

황태자가 차갑게 말했다. 근래 나와 이야기할 때는 나오지 않던 차가움이다.

아까 가족에 대한 사랑을 말할 때 자신은 알 수 없는 감각이라고 말하던 게 떠올랐다. 쓸쓸해 보였던 얼굴도.

"그대는 황후 폐하를 너무 과대평가하는군."

"엄마가 아들을 사랑한다는 게 어떻게 과대평가예요."

황태자에게서는 가끔씩 넘을 수 없는 벽이 보인다. 단단한 껍질에 쌓인 것처럼 타인을 받아들이지도 않고 자기 자신을 보이지도 않는다.

벽은 다른 사람을 거부하는 게 아니라 그 스스로를 고립시키는 게 아닐까. 언제부턴가 내게는 조금씩 자기 자신을 보이고 날 받아들였다. 하지만 그에게 그런 상대는 오로지 나뿐이었다.

"모후와 내 관계는 그대의 가족 관계와 달라."

"완전히 같을 순 없겠지만 본질은 다르지 않아요."

아무래도 황후와 황태자라는 입장상 여염집 모자지간과 다른 건 어쩔 수 없다. 자식에게도 존대를 쓰고 조심해야 하니까.

"아니."

황태자의 부정은 단언과 같았다. 잠시 그와 내 눈이 허공에서 맞닿았다. 노란 눈동자 안에서 비통함과 외면이 소용돌이쳤다.

대체 뭐가 저렇게 아픈 걸까? 왜 그 아픔마저 외면하려 하는 걸까? 할 수만 있다면 알려 주고 싶었다. 당신 지금 고통스러워하고 있다고. 아픈 것조차 깨닫지 못하면 영원히 고칠 수 없으니까.

"그대는 대체 내 어디까지 들어올 셈이야?"

그는 알 수 없는 말을 했다. 그러더니 곧 체념 같은 웃음을 지었다.

미소 끝에 그는 어렸을 적 이야기를 시작했다. 7황자의 세력이 커지면서 황후가 어떻게 변했는지에 대해서였다.

나는 잠자코 그의 말을 들었다. 몇 번이나 그게 아니라 말하고 싶었다. 그를 위로하고 가끔은 질책도 하고 싶었다.

하지만 나는 아무 말도 하지 않았다.

말 한 마디, 한 마디에서 느낄 수 있었다. 그가 누군가에게 이 말을 하는 것이 처음이고, 기억을 되새기는 것조차 고통이라는 걸.

이야기가 다 끝났을 때 나는 그를 품에 안았다. 잠시 숨을 멈춘 그가 곧 편히 내게 기대 왔다.

더 이상 황후가 그를 사랑한다는 말은 나오지 않았다.

나는 그곳에 없었다. 그가 들려준 이야기로만 두 사람의 관계를 안다. 그러면서 무작정 황후는 사실 당신을 사랑했을 거라고 말하는 건 기만이었다.

대신 그의 말에서 한 가지 사실을 알 수 있었다. 그 사실 때문에 더 슬펐다.

"전하께서는 폐하를 사랑하셨군요."

"내 말을 어떻게……."

"사랑하셨어요."

확신이 가득한 말에 그가 날 올려다보았다. 항상 내가 그를 올려다봤는데. 내 품에 있는 그가 조금 신기했다.

"사랑하지 않았으면 그렇게 노력하셨을 리 없어요."

어린아이가 하루아침에 세상을 잃었다. 부모를 잃은 것은 세상을 잃은 것과 마찬가지다.

그 넓은 황궁에서 얼마나 외로웠을까.

그럼에도, 그런 어미에게라도 사랑받고자 발버둥 친 거다. 정말로 신경 쓰지 않고 아무 상관도 없는 여자라고 생각했으면 황태자는 자유로웠을 것이다. 황후가 원하는, 그녀가 말하는 이상 그대로의 황태자가 되지도 않았을 거다.

되돌아오지 않는 사랑에 상처받은 어린아이가 마음을 걸어 잠갔다. 상처받지 않기 위해 어미를 미워하고, 경멸한다고 스스로에게 속삭였다. 그러면서도 그 속엔 사랑받고 싶어 하는 알맹이가 있었다.

차라리 반항했으면 나았을 텐데. 나는 살아 있는 사람이라고, 눈물도 흘리고 웃기도 하는, 피가 흐르는 사람이라고 외치고 몸부림쳤으면.

불현듯 장난기 많다는 내 말에 굳었던 그의 모습이 떠올랐다. 장난을 쳐 놓고도 그게 장난인지 자각 못하던 모습. 내 지적에 그제야 자신이 장난기가 많다는 걸 깨달은 모습. 모두 그간 억눌린 채 나오지 못했던 그의 본성이었다.

본연의 모습 그대로 자랐다면 황태자는 장난기 많고 사교적인 사람이 되었을지도 모른다.

나는 가만히 그의 머리를 쓸어 넘겼다.

"이제 내가 곁에 있어 줄게요."

그의 얼굴 위로 입술을 내렸다. 그가 눈을 감았다. 속눈썹이 가만히 내려앉는다.

나는 반듯한 이마 위에 입술을 묻었다.

21장

천재 장님이 뒷걸음질 치면

천재 장님이 뒷걸음질 치면

"저 전하께 넘어간 거 아니에요."

껴안으려는 황태자를 밀쳐 내며 말했다. 그가 대번에 눈매를 좁혔다.

"곁에 있어 주겠다며?"

"네, 곁에 있어 드리는 것뿐이에요."

친구든, 동업자든, 동반자든 뭐든! 어차피 황후가 될 생각이었으니까.

"얼굴 빨개졌어."

"얼굴 빨간 거랑 넘어가는 건 상관없어요."

"귀엽다는 말인데."

"……."

"더 빨개졌어."

아니, 대체 이 사람이 그 얼음장 같던 황태자 맞나? 황후에 관해 이야기하고 난 뒤 어딘지 벽이 없어진 느낌이다.

"여하간! 이렇게 은근슬쩍 껴안지 마세요."

혀를 차면서도 그는 손쉽게 물러났다. 무표정한 얼굴인데도 생각이 다 읽혔다. 더 빡빡해졌어, 대충 그런 생각을 하나 본데 무슨 뜻인지 알 것 같아서 더 부끄러웠다.

언제부턴가 황태자와 은근한 스킨십이 잦아졌다. 그의 입장에선 '왜 이제 와서'라고 생각할 법도 했다.

그치만 한 번 의식하고 나니까 도저히 견딜 수가 없는걸.

모를 땐 몰랐다지만 알고 나니 너무 부끄럽고 창피했다. 가장 큰 문제는 싫지만은 않다는 거다.

'정신 차려야 해.'

어어, 하다가 눈 깜빡할 새 홀랑 넘어가 버릴지도 모른다.

내게서 손을 뗀 황태자는 언제 치근덕댔냐는 듯 차를 마셨다. 한 치의 흐트러짐도 없는 모습을 보면 어쩔 수 없는 괴리감이 몰려온다.

각까지 빈틈없이 갖춘 제복, 예법 교본에나 나올 법한 우아한 자세, 차가워 보이는 무표정한 얼굴.

일견 금욕적으로까지 보이는 완벽한 남자가 내게 사랑을 구하고 있다. 절박할 정도로.

쿵쿵, 심장이 뛰었다. 만월의 밤, 속박에서 풀려난 심장은 잦아드는 기색 없이 계속 쿵쾅거렸다. 짧은 한숨이 나왔다. 이래서야 붙지 말라고 제지한 게 허사다.

황태자는 결국 황후의 죄에 관해 한발 물러섰다. '지금 당장은'이라는 단서가 붙었지만.

그 사건을 묻는 게 가장 좋았다. 황태자는 그간 너무 많은 상처를 받았다. 이제 와 상처를 늘리고 싶지 않았다. 누가 뭐라 하든 황후는 황태자에게 정말 소중한 존재니까. 그의 손으로 단두대에 보내는 건 너무 잔인한 일이다.

모자간의 관계에 대해 말하고 난 뒤로 그는 후련해 보였다. 하지만 그만큼 복잡해 보이기도 했다. 평생 사랑은커녕 경멸한다 생각한 사람에 대한 감정을, 타인인 내가 그건 사랑이라고 말했으니…….

모든 이야기가 끝나고 나는 후회했다. 그가 내게 자신의 가장 여리고 내밀한 부분에 대해 말했지만, 그건 내가 그의 상처를 건드릴 권리가 있다는 뜻은 아니다.

어머니를 사랑하는 아주 당연한 일이 황태자에겐 그 무엇보다 힘들고 고통스러운 일인 것이다.

—제가 주제넘었어요.

헤어질 때 사과하자 그가 내 뺨을 감싸 쥐었다. 시선을 맞추고 속삭였다.

—그대가 어떤 말을 해도 주제넘은 경우는 없어.

그 말이 더 가슴 아팠다. 누군가가 나의 근원적인 상처를 건드리려 한다면 나는 절대 용서할 수 없을 테니까.

"이제 점점 날씨가 풀리네요."

창밖으로 시선을 돌리며 말했다. 벌써부터 매화 봉우리가 맺혔다. 꽃이 피면 순식간에 봄이 올 것이다.

"궁에서 봄을 맞는 건 처음이겠군."

"네, 그리고 마지막 경합을 하겠죠."

"그대에게 너무 유리한 경합이 아닌가?"

그 말에 슬쩍 웃음이 나왔다.

"미인대회라서요?"

"잘 아는군."

뻔뻔한 답에 내 얼굴만 붉어졌다. 나도 내가 미인인 거 잘 알지만 저런 반응은 도저히 익숙해지지 않는다. 속마음을 숨기고 아무렇지 않은 척 새침하게 대답했다.

"어차피 제 미모로 승부하는 것도 아닌데요."

내가 참가했으면 십 점 만점에 백 점, 완전 낙승이었겠지만 안타깝게도 미인대회는 그런 단순한 행사가 아니었다.

아니, 원래는 단순한 콘테스트가 맞다. 펠론 제국의 미인대회는 말 그대로 미인을 뽑는 대회로 남녀를 가리지 않고 참가해 미모를 뽐냈다.

하지만 감히 황후의 자리에 오를 지고한 여인의 외모를 두고 평가할 순 없는 법. 라하딘 기간에는 방식이 바뀌었다.

대회는 팀제로 진행되며 레지나는 디렉터 같은 역할이라고나 할까. 레지나에게 각 지역에서 뽑힌 미남미녀들이 배정되고, 레지나는 이들과 무대를 꾸리는 형식이다.

세오펠 백작 일당이 내가 불리할 거라고 했던 이유는 구휼 때 맡은 지역이 자동으로 배정되기 때문이다. 나머지 지역은 랜덤이고.

하지만 뭘 모르는 말씀. 나는 그 천재 마일러트 남작과 함께 영적 세계를 공유하는 사이, 초 천재의 뮤즈다.

무엇보다 나는 현대의 화려하고 세련된 미디어에 익숙하다. 뮤지컬, 오페라, 아이돌 무대, 거대 자본이 만들어 낸 온갖 상업 예술의 극치!

땅 넓고 부유한 나라인 만큼 펠론 제국의 축제도 물론 굉장하겠지만 관점의 차이라는 게 있다. 한국 아이돌처럼 막 허공에서 뿅 하고 솟아나고 연기 깔리고 폭죽에 레이저 쏘면 뻑 갈 수밖에.

나는 내 팀원들을 줄 세워 놓고 '이쁘죠?'라고만 할 생각은 없다. 제대로 연출해서 확실하게 이겨야지.

"스테나 영애도 이제 건강을 회복했으니 무리 없이 활동할 수 있겠지요."

아이린에 대해 말하자 황태자가 대놓고 얼굴을 굳혔다. 그는 아이린과 의무적으로 갖는 만찬조차 참석하지 않고 있었다. 아이린 쪽에서는 황태자가 몸이 안 좋은 그녀를 배려하는 거라고 말을 흘리지만, 그 말을 믿는 사람은 없다.

나는 서둘러 말을 돌렸다.

"참, 드디어 조선 사업에 함께할 사람을 뽑았어요."

녹화사업, 고아원 실태 조사 등 그간 나와 황태자가 공모한 사업은 많았다. 하지만 나는 고문 같은 역할을 할 뿐, 실질적인 진행은 황태자가 했다.

이번에는 나 역시 전담팀을 만들어 더 깊게 관여하기로 했다. 물론 황태자도 팀을 꾸리긴 하지만.

이렇게 점점 영역을 늘려 가면 역량도 높아져서 나중에는 혼자서도 대규모 사업을 추진할 수 있을 것이다.

"그렇게 꽁꽁 숨기더니 누군지 궁금하군."

"놀라지 말아요."

손가락을 착 펼쳐 들자 황태자가 피식 웃었다.

"바로바로, 마스터 쉘메오입니다!"

"마스터 쉘메오?"

황태자가 눈을 크게 떴다. 놀라는 걸 보니 아주 보람찼다.

"그 뱀 같은 작자를 용케 섭외했군."

"제 뛰어난 능력 덕이지요."

프로젝트에 관해 설명하자마자 쉘메오는 흥미롭다는 듯 눈을 가늘게 떴다.

—강선이라니……. 확실히 공녀와 연을 만들어 놓길 잘했군요.

내 밑이 아니라 협력자 같은 개념으로 섭외한 거지만 너무 흔쾌히 답해서 놀랐다. 그때 빚을 지운 사람은 내가 아니라 그인데.

"그리고 코겐 남작 영식과 샤리안 경도요."

"알베르를?"

"네."

그가 못마땅한 듯이 인상을 찌푸렸다. 황태자의 명을 받들고 있는 두 사람이니 사람을 빼 간 셈이다.

"녹화사업이 끝나는 대로 제도에 올라와 조선 사업에 합류하기로 했어요."

중간에 빼 오는 건 아니니 기분 풀라는 말에도 황태자의 미간은 풀어질 줄 몰랐다. 두 사람 모두 국가에 소속된 인재라 발탁하는 건 내 자유지만, 어찌 보면 뒤통수를 친 거나 다름없다.

두 사람이 신년 연회 때문에 제도에 머무는 동안 나는 열심히 포섭 작전을 펼쳤다. 나도 상도덕이 있는 사람이라 포섭에 앞서 먼저 물었다. 혹시 녹화사업 끝나고 전하께서 맡기신 일이 있는지.

대답은 '아니요'. 결국 먼저 침 바른 사람이 임자다.

솔직히 돈 많이 주고 골수까지 빨아먹는 황태자보다 돈 많이 주고 적당히 뽑아먹는 내가 훨씬 낫지 않나?

어쨌든 녹화사업과 함께 끝날지도 몰랐던 알베르의 짝사랑은 나의 채용 덕택에 한동안 지속될 예정이다.

카일론 공녀께서 추진하는 사업이라면 아묻따 참가라며 팬심을 드러냈지만, 아무래도 샤리안 경 때문이 아닌가 의심이…….

"왜 자꾸 알베르에게 집착하는 거지?"

"집착이라뇨? 그냥 능력이 뛰어나니까 그런 거죠."

황태자는 불편한 심기를 감추지 않았다. 삐딱한 질문에 내 마음도 불편해졌다. 집착이라니…….

비죽 튀어나온 완벽한 입술과 턱선의 조화를 보다 문득 깨달았다. 혹시……?

"설마 질투해요?"

"서부 지역 때부터 마음에 안 들었어."

어머머머! 질투 맞구나!

흐흥, 왠지 기분이 좋아졌다.

"왜 마음에 안 들었는데요? 응? 말해 봐요."

황태자가 슥 고개를 돌렸다. 달라붙어서 '응? 응?' 공격을 퍼붓자 귀 끝이 빨개졌다. 이 나라 최고 권력자 놀려먹는 맛이 아주 쏠쏠했다.

그리고 훗날 알베르는 내 놀림에 대한 복수까지 더해 황태자 밑에서 밤샘 철야하는 현대인처럼 굴러야 했다.

"여기서 뭐하세요?"

"기다리고 있는데."

아니, 그러니까 왜 댁이?

오늘은 내 팀원들과 나의 첫 만남인데 대체 왜 자기가 기다리고 있는 거야. 그것도 이렇게 당당하게. 황당한 눈으로 황태자를 쳐다봤지만 돌아오는 답은 없었다. 포기하고 옆에 앉았다.

신경 끄자.

오늘은 알베르와 샤리안 경 그리고 마스터 쉘메오가 황궁에 오는 날이다.

드디어 서부 지역의 정비가 완전히 끝났다. 마스터 쉘메오가 더 일찍 제도에 오겠다고 했었지만 고개를 저었다. 그가 먼저 와 봤자 알베르와 샤리안 경이 없으면 일을 시작할 수 없다.

그리하여 오늘, 내 팀원들이 전부 집결하게 된 것이다.

이날을 위해 외궁 해무성에 전담 집무실을 마련했다. 궁에 들어와 여러 가지 일을 했지만 집무실을 갖게 된 것은 처음이다.

채광이 잘 되는 창이나 호화로운 인테리어는 내 방과 큰 차이가 없지만, 집무실 특유의 느낌이라는 게 있다.

벽면을 한가득 메운 책장, 단단한 원목으로 만든 커다란 책상, 한편에 자리한 회의 공간. 집무실에 발을 들인 것만으로도 뭔가 대단한 일을 하는 느낌이라 의욕이 듬뿍 생긴다.

전생에서 인턴 했을 때가 생각났다. 사무실에서 복작하게 일하다가 심부름으로 이사실에 들어갔을 때 이런 느낌을 받았다.

커다란 원목 책상에 앉아 있는 이사를 보며 언젠간 나도 저 자리에 앉고 싶다고 생각했었지. 어찌 보면 인턴이었을 때의 꿈을 이룬 셈이다. 아니, 그보다 더 커다란 일을 맡게 되었지.

나는 조용히 소파를 쓸었다. 괜히 드라마에서 주인공이 출세하면 명패를 쓸어 보는 게 아니구나.

사실은 나도 명패를 쓸어 보고 싶었는데……. 그게 말이지.

"그만 좀 쳐다봐요. 나 예쁜 거 나도 아니까."

참다 참다 못해서 버럭, 황태자에게 한 소리 하고야 말았다. 도저히 신경 쓰지 않으려 해도 그럴 수가 없다. 일부러 황태자 쪽은 쳐다보지도 않고 방만 둘러봤는데도 아무 소용이 없다.

내가 들어온 순간부터 황태자는 눈도 깜빡이지 않고 나만을 바라보고 있었다.

"그렇다면 쳐다볼 수밖에 없다는 것도 알아야지."

아니, 모르겠는데요! 내 손발이 오그라드는 건 확실하게 알겠어!

황태자가 내게 손을 뻗었다. 뺨에 뜨거운 손가락이 닿는다. 살살 매만지는 손길에 나도 모르게 호흡이 멈췄다.

그와 눈이 마주치고, 나 역시 눈도 깜빡일 수 없었다. 깊고 강렬한 황금빛 눈동자가 나를 꿰뚫어보는 듯했다. 그의 손가락이 내 입술을 쓸었다. 아랫입술을 꾹 누르자 자연스럽게 입술이 열렸다.

그가 내 쪽으로 고개를 숙인 순간—.

"이야, 뜨겁군요."

갑자기 들린 목소리에 황태자를 확 밀어냈다. 벌떡 일어나 문을 바라보니 살짝 처진 눈이 싱긋 웃고 있었다.

"마, 마스터 쉘메오?!"

"안녕하세요, 공녀. 그리고 황태자 전하도."

여유로운 인사에 더더욱 말문이 막혔다.

"대체 언제, 아니, 안녕하세요."

허둥지둥 인사하는 사이 쉘메오는 집무실 안으로 들어와 맞은편 소파에 앉았다. 자기 집까진 아니어도 수십 번은 와 본 것같이 여유로운 움직임이었다.

“아까부터 와 있었습니다만. 정확히는 공녀께서 본인이 예쁜 거 안다고 했던 때부터요.”

하필이면……!

쉘메오는 여전히 미소 짓고 있었다. 그 웃음기 어린 얼굴이 나를 놀리는 건지, 아니면 원래 그런 표정인 건지 헷갈렸다.

“흠흠, 오셨으면 기척을 하시지 그랬어요.”

“끼어들기엔 조금 미안한 분위기여서요.”

“가장 미안한 순간에 난입해 놓고 말은 잘하는군.”

“그랬던가요?”

쉘메오의 웃음이 짙어졌다.

이 사람, 재밌어하고 있다. 완전히 황태자를 놀리고 있잖아. 일부러 가만히 있다가 ‘그’ 타이밍에 말을 건 게 분명하다.

“제가 가장 미안한 순간에 끼어들었나요, 공녀?”

“아, 아니요!”

오히려 고마운 순간이었지. 처음부터 지켜보고 있었던 건 괘씸하지만, 만약 접촉사고가 나는 중이나 그 후에 말 걸었다면…….

생각만으로도 아찔하다. 물론 접촉사고가 일어나기 전에 내가 황태자를 밀쳤겠지만! 분명 그랬겠지만!

“미안할 게 아니라는군요, 전하. 참 다행입니다.”

싱긋 웃는 온화한 표정이 내가 봐도 얄미웠다. 당사자인 황태자는 오죽할까.

황태자는 쉘메오를 아주 잡아먹을 것처럼 노려보고 있었다. 저 시선을 저렇게 생글생글 웃어넘기는 쉘메오가 내단했다.

전류가 흐르는 듯한 분위기에 나는 속으로 한숨을 쉬었다. 드디어 팀원들과 만나고 일을 시작하는 날인데 어째 첫 단추를 잘못 끼운 것 같다.

분위기 흐리는 불청객은 좀 가 줬으면 좋겠는데, 가라고 하면 진짜 삐지겠지. 황태자를 째려봤지만 돌아오는 건 뭐라 할 수도 없게 만드는 달콤한 미소였다.

"공녀께서 큰일을 당할 뻔하셨다고요."

쉘메오가 무난한 안부 인사로 분위기를 환기시켰다.

워낙 큰일이 많아서 뭘 말하는 건지 모르겠다. 어쩌면 그 모든 걸 전부 일컫는 것일지도.

그와 처음 이야기를 나눈 게 가을. 이제 봄이니, 고작 한 계절이 지난 건데도 참 다사다난했다.

"별일 아닙니다. 사람 사는 게 다 그런 법이죠. 그게 황궁 생활이라면 더욱더."

"흐음."

쉘메오가 외알 안경을 고쳐 쓰며 날 쳐다봤다. 눈빛이 어딘지 의미심장하다. 시선의 의미를 파악하기 전에 그가 빙긋 웃었다.

"직접 뵈니 더 아름다우시군요."

"제 외모에 관심 있으신 줄은 몰랐는데요."

"공녀님 자체에 관심이 많습니다."

새침하게 농담을 섞어 답하자 쉘메오가 내 쪽으로 몸을 기울였다.

"아주 많이."

가늘게 웃는 눈이 나긋했다. 그가 내 손을 잡아 올렸다.

"만나 뵙게 되어 영광입니다, 공녀."

그대로 내 손등에 키스하려는데 그의 손을 매섭게 쳐 내는 손길이 있었다.

"지금 뭐하는 거지?"

황태자가 쉘메오의 손을 낚아채곤 날카롭게 물었다.

'아니, 내 팀원과의 첫 만남이 왜 이렇게…….'

황태자를 말리려 하는데 쉘메오가 황태자의 손을 고쳐 잡았다. 그러고는 그대로 황태자의 손등 위에 입술을 찍었다.

나도, 황태자도 얼음처럼 굳어 있는데 쉘메오가 빙긋 웃었다. 아주 여유롭게.

"전하를 뵙는 것도 영광입니다."

제 키스를 받고 싶으시면 말씀하시지 그랬어요. 반달로 휜 눈이 그렇게 말하고 있었다.

황당한 눈으로 쉘메오를 바라보다가 황태자를 살폈다. 산전수전 다 겪은 그 역시 이런 경우는 처음인지 침묵한 채 쉘메오만 쳐다보고 있다.

나 팀원 잘 뽑은 거 맞지……? 학연 지연 혈연 없이 능력만 보고 뽑았는데 왜 이렇게 불안하지?

쉘메오가 다시금 내 손을 잡았다. 그대로 키스하려는 걸 또 황태자가 막았다.

"인사는 그쯤 하지."

"이런. 너무 그러면 여성분이 싫어합니다."

쉘메오는 여유로운 미소를 띤 채 내 손을 놓아줬다. 황태자는 그 말에 으르렁대다가 슬쩍 멈추고 내 눈치를 봤다.

빠르게 내 얼굴을 훑는 노란 눈동사가 웃기기도 하고, 좀 귀엽기도 하고. 뭘 또 진짜 싫어하는지 확인하고 있는 거지. 어차피 놀리는 게 확실한데. 그걸 모를 리도 없고.

“하아, 저도 반가워요. 앞으로 잘 부탁드립니다, 마스터 쉘메오.”

손을 뻗자 쉘메오가 흥미롭다는 듯이 손을 잡는다. 그가 손등에 키스하기 전에 나는 힘을 주어 손을 흔들었다. 건조한 악수에 쉘메오가 눈썹을 한 번 치켜세웠지만 곧 손을 마주 흔들었다.

그만 놀리라는 내 뜻을 충분히 알아들은 것 같으니 그럼 이제 황태자를 치워야지.

“전하, 바쁘지 않으신지요.”

“전혀.”

“바쁘실 텐데요?”

좀 가라.

“내 걱정을 해 주는 건가?”

아니, 내 걱정을 하는 건데.

내 말이 무슨 뜻인지 알면서도 빙긋 웃으며 묻는 얼굴이 얄미웠다.

쉘메오에겐 날을 세우던 노란 눈이 지금은 유순하게 접혔다. 꼭 맹수를 길들인 느낌이라 조금…….

“오늘 하루 일정을 전부 비워 뒀으니 걱정하지 마. 마스터 쉘메오, 그대도.”

황태자가 나를 본인 품에 숨기듯이 끌어당기고선 쉘메오를 바라봤다. 마치 경고하는 것처럼. 쉘메오는 재밌다는 듯이 빙글빙글 웃으며 우리 둘을 바라볼 뿐이었다.

잠시간 침묵이 방 안을 메웠다. 찌를 듯한 황태자의 시선과 낙낙하니 웃음기 가득한 쉘메오의 시선이 허공에서 부딪치길 수 분.

으아아 불편해, 불편해! 애써 수습했던 게 다 무용지물이 됐다. 다른 사람들은 대체 언제 도착하는 거지?

그렇게 생각한 순간 노크 소리가 들렸다. 구세주의 등장이다. 나는 반색하며 벌떡 일어났다. 문이 열리고 알베르와 샤리안 경이 들어왔다. 나는 그들 곁으로 다가가 덥석 손을 잡았다.

"어서 와요. 먼 길 오느라고 고생했어요."

과한 환영에 두 사람이 눈을 끔뻑였다. 샤르안 경이 빠르게 당황을 수습하고 고개를 저었다.

"아닙니다. 늦어서 죄송합니다. 오랜만이군요, 공녀."

내게 인사하던 그녀가 방 안을 둘러보다 멈칫했다.

"황태자 전하를 뵙습니다. 전하께서도 계실 줄 몰라 인사가 늦었습니다."

"전하를 뵙습니다."

샤리안 경을 따라 알베르가 허둥지둥 예를 갖췄다.

"오랜만이군, 두 사람. 그간 고생이 많았다. 다음에 따로 자리를 마련하도록 하지."

"황공합니다, 전하."

두 사람의 등장으로 아까의 분위기가 누그러졌다. 무엇보다 아까의 황태자보다 더 열렬한 시선으로 쉘메오를 쳐다보고 있는 알베르의 공이 컸다.

"저, 마스터 쉘메오?"

"네, 안녕하세요."

알베르는 쉘메오의 대답에 감동한 듯 몸을 부르르 떨었다. 그가 샤리안 경을 좋아한다는 걸 몰랐으면 성적 취향을 오해했을 정도로 격한 반응이었다.

"이번에 함께 일하게 되어 영광입니다, 마스터. 저는……."

"알베르 코겐 남작 영식. 맞죠?"

"저, 저, 저를 아시다니……! 아, 당연히 아시겠군요. 사전에 들으셨을 테니."

감격에 몸서리치던 알베르가 축 늘어졌다. 쉘메오가 부드럽게 웃으며 고개를 저었다.

"코겐 남작 영식의 마력 회로 유도 논문을 모르는 사람은 마법사라 할 수 없지요. 이번에 녹화사업을 진행하며 쓰신 논문도 좋았습니다. 식물과 마법을 접목하는 새 지평을 여셨지요."

"가, 감사합니다. 하지만 그건 공녀께서 열었다고 봐야죠. 저는 공녀께서 말씀하신 걸 추진하기 위해 연구한 것일 뿐인데요."

반짝반짝한 알베르의 시선이 내게 꽂혔다.

아니, 나는 그 연구를 못해서 댁한테 떠넘긴 건데……. 하긴 한국에서는 상식이지만 여기에선 파격적인 일이니까.

내가 소개하지 않아도 샤리안 경까지 합세해 집무실이 화기애애해졌다. 훈훈한 분위기에 뿌듯했다. 제국의 공무원과 외부 세력인 마탑의 마스터라 알력다툼이 있으면 어쩌나 했는데.

"그런데 들고 있는 건 뭔가요?"

"아, 사실 이것 때문에 들어오는 게 늦었습니다. 성문에서 마도구 검열을 해서요. 원래 외궁에선 마도구 검사를 안 했던 거 같은데……. 무사히 허락받긴 했지만 시간이 꽤 지체되었습니다."

"아아, 저도 들어오면서 잠시 붙잡혔죠."

검열이 강화된 건 황후와 아이린의 일 때문이겠지. 그럼 저게 마도구인가? 겉으로 보기엔 투명한 판같이 생겼는데.

"세상에 존재하는 마도구에는 빠삭하다고 자부했는데 저도 처음 보는 것이군요."

쉘메오가 흥미롭다는 듯 턱을 쓰다듬으면서 말했다.

"아, 이건 제가 이번에 새로 개발한 것입니다. 새로운 종류의 마도구라 검열에도 좀 오래 걸렸던 겁니다."

"어떤 용도지?"

황태자가 판을 살피며 물었다.

"신체의 상태를 확인할 수 있는 마도구인데……."

알베르의 설명이 이어졌다. 허당끼 가득한 평소와 달리 이럴 땐 꽤 듬직했다. 눈은 열의로 반짝반짝 빛나고 어조는 평소와 다르게 확신에 차 있다.

쉽게 말해 마도구는 건강검진용이었다. 마력을 투사해서 뭐 어쩌고 하는 설명이 길게 이어졌지만 두 공돌이, 아니, 마법사만 신나고 나머지 사람들은 졸리기 시작했다.

"확실히 대단하군요. 마탑에서도 탐나는 인재입니다."

쉘메오의 말에 졸음이 싹 달아났다. 웃으며 가볍게 말했지만 진심이 담겨 있었다.

"호호, 코겐 영식께선 우리 펠론 제국의 복이죠."

바짝 경계하며 미소 짓자 쉘메오가 더 깊게 웃었다.

"이런, 저는 공녀도 무척 탐이 나는데요."

이번에는 황태자가 경계하기 시작했다. 이대로 두면 아까의 2차전이 될 것 같다. 서둘러 화제를 돌렸다.

"녹화사업으로 바쁘셨을 텐데 이런 것까지 만드시고, 성발 영식은 대단하세요."

"궤도에 오르고 나서는 전처럼 바쁘지 않았으니까요. 그리고 가뭄으로 아픈 사람들이 많아서……. 저는 치료는 못하지만 이렇게라도 도움을 줄 수 없을까 생각했습니다."

"그리고 실제로 도움이 됐죠."

샤리안 경의 칭찬에 알베르가 볼을 붉혔다.

"미약한 도움이었죠. 아 참, 공녀께서 요즘 건강이 좋지 않다는 말을 들었어요. 한번 검사해 보시겠어요?"

"그래, 그러도록 하지."

내가 뭐라고 하기 전에 황태자가 냉큼 수락했다. 그가 날 부산스레 일으켜 세웠다.

"어머나."

샤리안 경이 입을 가린 채 살짝 웃었다. 나와 황태자를 번갈아 보는 눈이 묘하다. 나는 그녀의 시선을 피했다.

당당하게 애처가 노릇을 하는 황태자 때문에 괜히 얼굴이 붉어졌다. 세 사람의 놀리는 듯한 시선을 감당하는 것은 오로지 내 몫이었다.

검진기에서 나온 빛이 내 몸을 스캔했다. 무언가가 몸을 관통하고 샅샅이 훑는 느낌이 났다. 이게 마력일까?

"음, 다 회복하신 것 같네요. 무척 건강하신 상태예요. 영양상태도 양호하구요."

"다행이군."

황태자가 만족스럽게 고개를 끄덕였다. 알베르의 권유에 황태자와 쉘메오까지 덩달아 건강검진을 했다.

황태자의 상태를 살피던 알베르가 눈을 동그랗게 떴다. 황태자와 검진기를 번갈아 보는데……. 무슨 일이지? 검진기가 투명한 판이라 쓰여 있는 글씨가 다 보이는데도 마법수식이라 알아볼 수 없었다.

쉘메오는 항상 짓던 웃음마저 지운 채 심각한 얼굴로 황태자를 쳐다봤다.

어디 안 좋은가, 하고 걱정할 만한 상황이긴 한데 둘이 쳐다보는 위치가, 위치가 말이지……. 알베르는 두 뺨을 발그레하게 붉히기까지 했다.

"흠흠, 역시 황태자 전하십니다. 정말 건강하시군요. 힘도 좋으시고."

알베르가 수줍게 말했다. 쉘메오가 옆에서 슬쩍 엄지를 치켜 올렸다.

아니, 무슨 드래곤볼 스카우터도 아니고 저게 무슨 정력측정기라도 된단 말인가!

샤리안 경이 나를 툭 치더니 묘한 웃음을 지었다. 아까보다 배는 엉큼한 미소였다. 언니까지 왜 이래요.

나도 모르게 황태자의 몸을 훑다가 정신 차리고 고개를 돌렸다. 온도조절기가 고장 났나, 아까부터 계속 덥다.

"아, 그러고 보니 스테나 백작 영애께서도 몸이 안 좋으시죠? 얼마 전에 그, 뭘 잘못 드셨다고……."

돌려 말하는 알베르를 보고 고개를 끄덕였다.

"네, 음독했어요."

"그, 그럼 스테나 백작 영애도 검진을 받으시는 게 어떨까요?"

알베르의 순박한 눈동자는 호의로 가득했다. 나와 아이린 사이에 얽힌 문제는 하나도 생각하지 않는 얼굴. 그는 이미 나와 같은 배를 탔는데도.

천재는 사회성이 없다는 속설이 생각났다. 이런 걸 보면 알베르도 어떤 의미로 사회성이 없다. 귀족 사회에서 알베르는 눈 뜨고도 못 보는 장님 같다.

내 사람이 이렇게 눈치가 없으면 곤란한데. 하지만 나는 그가 계속 앞을 못 보길 바랐다. 황궁에서 지내는 이상 불가능하다는 걸 알면서도.

조금이라도 더 오래 그가 장님일 수 있도록 주변을 살펴 주자고 생각하면서, 나는 고개를 끄덕였다.

"그래요. 그게 좋겠어요. 많이 좋아졌다고 들었지만 저도 걱정되거든요."

알베르의 호의는 호의고, 내 상황은 내 상황이다. 이걸로 아이린의 건강상태를 알게 되면 내게 이득이다. 이왕이면 완쾌 판정을 받았으면 좋겠는데.

"말 나온 김에 지금 함께 가 보죠. 전하, 기별을 넣어 주세요. 스테나 영애에게 찾아가겠다고."

빙긋 웃는 나를 보더니 황태자가 시종을 불렀다.

나는 사무적인 얼굴로 돌아온 샤리안 경과 대놓고 흥미진진한 표정을 짓고 있는 쉘메오를 돌아봤다. 샤리안 경은 몰라도 쉘메오는 좀…….

"저도 함께 가죠."

내가 말하기도 전에 쉘메오가 냉큼 선수를 쳤다. 팝콘거리 취급하는 건 알지만 대놓고 반대할 이유는 없었다. 한숨과 함께 고개를 끄덕였다.

"어머나, 전하!"

아이린의 목소리가 높고 가늘게 올라갔다. 반가움과 기쁨이 단번에 느껴지는 목소리였다.

그 짧은 틈에 새로 단장을 했는지 아이린은 완벽한 상태였다. 곱게 틀어 올린 머리칼과 우아한 드레스, 청순한 화장. 꽃처럼 피어난 얼굴이 황태자의 곁에 있는 날 보고 파사삭 시들었다.

"……공녀."

"안녕하세요, 영애."

황태자의 시종이 황태자의 방문을 알렸으니 내가 함께 올 거라고는 생각도 못했을 거다. 딱히 의도한 건 아니지만…….

아이린의 녹색 눈동자가 순식간에 질투와 증오, 실망과 구겨진 자존심으로 뒤범벅된 걸 보니 기분이 좋았다. 어떻게 엄마를 두고 협박을 할 수 있는지. 앤 진짜 좀 당해 봐야 한다.

"인사하세요. 여긴 마탑의 마스터 중 한 분이신 마스터 쉘메오, 이분은 아실 테지만 샤리안 경, 그리고 코겐 남작 영식이에요."

"안녕하세요."

아이린은 애써 미소를 지었지만 안 웃는 게 나을 정도로 입매가 바싹 굳었다.

"코겐 영식이 건강 상태를 확인하는 마도구를 만들었는데 공녀가 영애의 건강을 염려해 검진을 해 보자고 해서 왔다. 궁의가 잘 진단하고 있겠지만 해서 나쁠 건 없으니."

"공녀가요……."

조용한 대답엔 전하께서는 염려하지 않으셨냐는, 차마 묻지 못한 질문이 녹아 있었다.

하지만 아이린을 향한 황태자의 얼굴은 증오도, 애정도 없이 그저 무감각했다. 사실을 전할 뿐이라는 듯 목소리도 지극히 사무적이었다.

그래서 더 차갑게 느껴진다. 여태까지 아이린이 한 모든 행동이 그에게 어떤 의미도 되지 않는다는 걸 체감했다.

아이린의 원망은 내게로 향했다. 네가 있어서. 네가 내 자리를 뺏었어. 두 눈동자엔 아직도 그런 생각이 가득했다.

"공녀께서 절 찾아오실 때 기별을 넣으신 건 오늘이 처음이네요."

일부러 황태자가 찾아오는 것처럼 포장해 당황하는 절 보며 즐긴 건 아니냐는 말이다. 나는 생긋 웃었다.

"한 궁을 쓰는 막역한 사이라 여태 그리했지요. 하지만 오늘은 보다시피 동행이 많지 않습니까. 영애가 처음 보는 사람도 있고요. 기별을 넣지 않았으면 오히려 폐였을 거라 생각했는데, 제가 틀렸나요?"

"……아닙니다."

"다행입니다. 그럼 검사를 시작하죠."

나는 상황을 정리했다.

아까부터 아주 팝콘을 씹는 것처럼 재밌는 표정을 짓는 쉘메오가 신경 쓰였다. 나도 삼각관계가 옆에서 볼 때 얼마나 재밌는지 알지만 그 대상이 내가 되니까 좀…….

알베르가 검진을 시작했다. 아이린은 그의 지시에 따르면서도 불만이 가득한 얼굴이었다.

알지도 못하는 마도구로 검진을 받는 것도 그렇고 그게 내 생각이라니 더더욱 탐탁잖은 것 같다. 하지만 황태자의 지시이니 불응할 수도 없다.

검진기를 살피던 알베르가 고개를 갸웃했다. 곁에서 같이 살펴보던 쉘메오의 표정은 여전히 웃는 얼굴 그대로였지만, 알베르가 수식을 집고 쳐다보자 고개를 끄덕였다.

“어디가 안 좋은가?”

황태자의 물음에 알베르가 고개를 저었다.

“아직 독에서 완전히 회복되진 않으셨지만 이 정도면 큰 문제없이 완쾌하실 수 있을 겁니다. 장기가 상하지도 않았고요. 회복하시면 전과 같이 건강해지실 겁니다.”

“다행이네요.”

내 말에 황태자가 고개를 끄덕였다. 아이린 역시 내심 안도한 기색이었다.

궁의가 잘 회복하고 있다고 말했지만 전과 같이 건강할 거란 장담은 하지 못했다. 회복할 수 있는 독이라는 얘길 듣고 먹었겠지만 그 말을 완전히 신뢰할 순 없었을 터.

“차라도 한잔하고 싶지만 아직 완쾌하지 않은 영애께는 힘들 것 같네요. 저뿐만 아니라 사람도 많으니 몸에 무리가 가지 않을까 염려돼요."

나도 더 이상 아이린에게 볼일이 없고 그녀 역시 나와 내 사람임이 분명한 이들을 상대하고 싶진 않을 거다.

"저는 괜찮습니다만, 공녀의 배려를 거절하는 것도 예의가 아니겠지요."

그렇게 말하면서도 아이린은 황태자를 아쉬운 눈으로 쳐다봤다. 아쉬움 속엔 버리지 못한 애증과 집착이 남아 있었다. 하지만 황태자는 나를 에스코트하느라 그녀에겐 눈길도 주지 않았다.

밖으로 나와 회랑을 걷는데 알베르가 소리 죽여 내게 물었다.

"저, 스테나 영애가 해독제를 못 먹었다고 하지 않으셨습니까? 회복제만 복용했다고……."

"네, 무슨 독을 복용했는지 몰라서요."

안 그래도 아까 알베르의 반응이 신경 쓰였던 차였다. 알베르가 슬쩍 쉘메오를 쳐다봤다. 완전히 눈치 없는 줄 알았는데 그건 또 아닌가 보다.

"괜찮아요."

나는 얕게 고개를 끄덕였다. 쉘메오가 외부 세력이긴 하지만 황실 문제도 아니고 이건 아이린과 내 싸움이다. 그리고 쉘메오는 저번 구휼 때 나와 손을 잡았고.

이번에 그를 부르면서 내 편으로 끌어들이겠다는 의사를 비쳤다. 그런데 여기서 선 밖으로 밀어내면 여태까지의 관계가 무용지물이 된다.

지금은 끌어안아야 할 때다. 쉘메오도 검진 결과를 봤으니 감춰 봐야 소용없기도 하다. 느긋한 인상과 달리 마탑의 마스터는 그렇게 헐렁한 상대가 아니다.

"하지만 이목이 신경 쓰이는 이야기라면 방에 돌아가서 하죠."

알베르는 고개를 끄덕이고 물러났다. 황태자를 쳐다보자 그가 내게 눈짓했다. 어쩐지 뜻밖의 수확이 생길 것 같다.

방에 도착하자마자 시녀들을 전부 물렸다. 재촉하는 시선에 알베르가 입을 열었다.

"스테나 백작 영애의 상태는 해독제를 복용했다고 봐야 합니다. 몸에 해독 작용을 하는 성분이 남아 있어요."

역시 해독제를 먹었구나. 그래, 양 조절만으로는 불안해서 음독 자해하기 힘들지. 해독이라는 수를 함께 두어야 용기를 낼 수 있을 것이다.

"제가 옆에서 확인한 바로도 그렇습니다. 생체 내에 독성을 몰아내거나 몸을 보호하는 게 아니라, 확실히 없애는 알고리즘이 있었습니다."

쉘메오가 덧붙이는 말은 확신에 가득 차 있었다. 침묵을 지키던 샤리안 경이 입을 열었다.

"영애가 따로 해독제를 구하거나 궁의가 최근 처방했다는 말은 없었습니까?"

"없었다."

"그 깜찍한 아가씨가 독을 복용한 게 자작극이군요. 공녀의 반응을 보니 알고 계셨던 것 같은데요?"

쉘메오의 물음에 혀를 내둘렀다. 정말 판단이 빠르다. 그는 제국의 내부 사정에 대해 자세히 모를 텐데.

나는 감탄을 내색하지 않고 차분히 고개를 끄덕였다.

"네, 그렇지 않을까 짐작만 했을 뿐이지만요."

사실은 독을 구해 준 증인까지 확보했지만 거기까지 말할 순 없다. 황후와 얽혀 있으니까.

"흐음……."

가만히 턱을 쓸던 쉘메오가 싱긋 웃었다.

"뭐, 어찌 됐든 이걸로 완전히 보내 버릴 수 있겠네요."

보내다니 어디로? 그렇게 상큼한 표정으로 그런 말 하지 마실래요? 금방이라도 아이린을 골로 보내 버릴 것 같은 포스에 나는 침을 꼴깍 삼켰다.

"글쎄요. 스테나 영애가 해독제를 복용했다는 것 가지고는……. 이 검진기에 대해 스테나 측에서 의심할 수도 있고요. 분명 가만있지 않을 겁니다. 코겐 영식과 공녀가 함께한다는 건 모두가 아는 사실. 또, 마탑이 검진기를 보증한다고 해도 지금 이 상황에서 마탑이 중립적이라고 생각할까요?"

샤리안 경의 지적에 쉘메오가 깊게 미소 지었다. 올라간 입꼬리며 부드럽게 휜 눈매와 달리 어딘지 날카로워 보이는 미소였다.

"지금 마탑을 의심할 거란 말을 하시는 건가요? 마탑은 마법에 대해서 언제나 진솔합니다. 그게 마탑의 근간이니까."

"하지만 정치적인 집단이죠."

샤리안 경이 차분하게 맞받아쳤다. 그녀의 말대로 마탑이 마법의 진리만 추구하는 곳이었다면 구휼 때 책임을 회피하며 나와의 연을 만들지 않았을 것이다.

어쨌든 지금 여기서 서로 날을 세워 봐야 아무런 도움도 되지 않는다. 나는 박수를 짝 치고 상황을 정리했다.

"마탑 같은 외부 검증 기관 없이 검진기가 진짜라는 걸 증명하기엔 시간이 너무 많이 걸려요. 스테나 영애가 완쾌하면 해독제 복용을 멈출 테니, 알아낸 지금 움직여야 해요."

반발을 감수하고서라도. 나는 힐끔 황태자를 쳐다봤다. 반발에 가장 직접적인 영향을 받는 건 황태자다.

그는 걱정 말라는 듯이 미소를 지었다. 그래, 걱정하지 않는다. 그가 내 능력을 믿었듯 나도 그를 믿는다.

"또 한 가지. 영애가 해독제를 복용했다고 해서 이게 직접적으로 음독 자해를 했다는 증거가 될 순 없어요. 정황상의 자료지요."

"하지만 조사할 명분은 되죠. 귀하게 자란 귀족 영애께서 모진 고초를 견딜 수 있을까요."

그리 말하는 쉘메오는 여전히 웃는 얼굴이었다. 이 남자 점점 무서워지는데.

어쨌든 그의 말은 맞다. 전에는 아이린이 독을 구했다는 걸 알면서도 수색조차 할 수 없었다.

지금은 다르다. 고초라고 해 봤자 안락한 독방에 며칠 있는 것뿐이겠지만 귀족 아가씨 입장에선 충분히 고초일 만했다.

게다가 곱게 자란 귀족답게 아이린은 음독까지 했으면서도 어딘지 어설펐다. 제 시녀들을 공모자로 끌어들이지도 않았고, 날 함정에 빠트리려 했음에도 내 방에 증거품을 숨기지도 않았다.

아이린이 쓰러지고 매일 밤 내 방을 수색했지만 독약은 나오지 않았다. 아무래도 공모자가 없다 보니 숨기기 힘들었겠지.

공모자가 없는 건 그 모두에게 사랑받는 착하고 자애로운 성녀상을 버리지 못했기 때문일 테다. 그렇게 변한다, 변한다 하면서도 끝끝내 버리지 못하는 최후의 보루 같은 것이다.

그녀가 쌓았던 견고한 이미지는 이미 모래성이 되어 사람들의 입김에 흩어졌는데도, 다 사라지고 남은 한 줌의 잔해라도 움켜쥐려 하는 것이다. 허상이라는 걸 알면서도 믿음인지 미련인지를 버리지 못하고.

“마스터의 말이 옳아요.”

수색은 레지나에 대한 권한을 갖고 있는 황태자가 맡게 될 것이다. 그가 내 귓가에 조용히 속삭였다.

“이제 그대가 억울할 일은 없겠어.”

아니, 억울할 일 자체가 없었는데……. 음독 사건 직후에 열린 알테 환영 파티에서도 독은커녕 아이린에 대한 말 자체가 나오지 않았다.

이미 함구령처럼 강하게 압박해 놓고선. 무엇보다 지금 중요한 건 그게 아니잖아!

아주 흥미진진한 눈으로 우리를 지켜보는 세 사람의 시선이 부담스러웠다. 하지만 더 부담스러운 건 따로 있었다.

내 얼굴을 매만지는 황태자의 손과 날 지긋이 응시하는 황태자의 눈빛에 얼굴이 발갛게 익었다. 민망해 죽겠다.

하지만 무엇보다 이상한 것은 그를 뿌리치지 않고 가만히 음미하는 나였다.

황궁이 발칵 뒤집혔다.

당연히 이야기는 일파만파 퍼졌다. 어느 정도의 사실과 어느 정도의 거짓도 함께.

아이린을 지지하는 귀족들은 강하게 반발했고 황후 역시 마찬가지였다. 황제는 고개를 끄덕였다. 레지나에 관한 일은 원래 황태자에게 전임한다는 게 그의 말이었다.

레지나 초기와 달리 내 세력이 굳건하고 더 커졌기에 귀족회의에서는 수사해야 한다고 결론 났다. 하지만 회의 때마다 당장 수사를 중지해야 한다는 말과 속행해야 한다는 말이 시끄럽게 오갔다.

논란에도 일은 착착 진행되었다. 아이린의 처소를 봉쇄하고 조사한다는 말에 궁인들이 수런거렸다.

모두가 몸을 낮추고 귀를 곤두세운 채 여느 때보다 눈치 빠르게 굴었다. 독살 소동이 있었을 때보다 더.

궁 내부의 동향에 민감한 궁인들은 이 일이 예삿일이 아니라는 것을 눈치챘다. 황태자가 내 처소에만 발걸음하기 훨씬 이전부터 나를 대하는 태도는 변했었다.

이 일에 대해서 자세한 건 하나도 모르면서도, 아이린이 황궁에서 쫓겨날 거라고 생각하는지 내게 살가웠다. 아니, 살갑다는 말론 부족하다.

내 그림자만 봐도 허리를 깊게 숙이고 내가 사라질 때까지 허리를 들지 않는 궁인들을 보고 속으로 혀를 찼다. 완전히 황족 취급이었다. 그중에서도 고귀하고 지고한 존재에게 하는 것과 비슷하다.

그리고 지금, 나는 아픈 머리를 꾹꾹 눌렀다. 당연히 과한 예를 차리는 궁인들 때문에 머리가 아픈 건 아니었다. 방금 전해 들은 소란 때문이었다.

소란의 중심으로 다가갈수록 날카로운 소리가 커졌다. 겁에 질린 궁인들이 벌벌 떨고 있었다. 그 와중에 날 발견한 몇몇의 얼굴에 반가움과 안도가 스쳤다. 내가 궁인들에게 살가운 적이 없었음에도 내 등장은 그들에게 큰 위안이 된 듯했다.

궁의 주인이 나섰다는 기대감. 전처럼 양분되는 일 없이 나를 완전히 주인으로 받아들인 모습이었다.

아무리 그래도 상대가 상대인데 말이지. 내가 쓴웃음을 짓는 것과 동시에 카랑카랑하면서도 깊은 목소리가 회랑을 울렸다.

"이 무슨 무도한 짓이냔 말이다!"

황후의 노호에 아이린의 처소를 봉쇄한 근위병들이 고개를 숙였다.

"당장 수색을 멈춰라! 독살을 당할 뻔한 아이가 무슨 죄가 있다고 이러는 것이냐!"

"송구합니다, 폐하."

"네놈들이 멈추지 않겠다면 내 손을 빌려주도록 하지. 내 직접 들어가 살펴볼 것이다."

"통촉하여 주십시오, 폐하!"

근위병들이 황후의 앞에서 무릎을 꿇었다. 하지만 누구도 비켜서 길을 트는 사람이 없었다.

"감히 누구 앞을 막는 게냐! 어서 비켜서지 못할까?"

"그만하시지요, 폐하."

갑자기 끼어든 내 목소리에 황후가 고개를 돌렸다. 그녀는 별 반응 없이 눈썹 한쪽만 치켜 올렸다. 당황하지 않는 걸 보니 내가 올 거라고 예상한 듯했다.

"카일론 공녀. 지금 내게 뭐라……. 그만하라고……?"

"폐하의 건강이 염려됩니다. 지난겨울에도 편찮으셨는데 혈압이 오르면 몸에 좋지 않습니다. 우선 심기를 가라앉히시지요."

"공녀가 이리 날 걱정해 주니 아주 믿음직스럽구나."

"황공합니다."

황후의 비꼼에도 아랑곳하지 않고 곧게 고개를 숙였다.

"이렇듯 공녀가 날 생각하니 내 시름을 덜어 줄 수 있겠구나."

무슨 말이 나올지 알 것 같았다. 나는 대답 없이 눈을 내리깔았다.

"공녀와 아이린 영애는 함께 동고동락하며 서로를 거울삼아 발전하는 사이. 제국의 지고한 자리에 가장 가까이 오를 수 있는 레지나다. 동기간의 우애가 있으니 공녀도 이번 일로 심기가 어지러울 터. 영애가 겪고 있는 수모에 가슴이 아프겠지."

어쩜 예상한 것과 똑같은 말을 하지? 나는 나오려는 웃음을 속으로 갈무리하고 순종적인 재벌집 며느리의 탈을 썼다.

"나 또한 그러하니 공녀가 이 일을 해결해 주지 않겠나? 영특한 공녀이니 방법을 알 텐데. 독살 사건의 진범을 모를 리 없으니 말이야."

자수하고 광명 찾으셈. 황후의 말은 한 마디로 그거였다. 하지만 번지수를 잘못 찾았다. 자수할 사람은 따로 있다.

황후도 정말로 내가 독살을 시도했다고 생각하진 않을 것이다.

내게 어떻게든 잘 보이기 위해 혈안이 된 몇몇 귀족이 저지른 일이라고 추측하겠지.

뭐, 내게도 독살 사건의 진범을 잡으라는 말을 거절할 이유는 전혀 없다.

"폐하의 말씀인데, 여부가 있겠습니까. 제가 반드시 이 일의 진상을 밝혀 폐하의 심기를 평안케 하겠습니다."

공손히 답한 뒤 수색 책임자를 바라봤다.

"로트겐 백작, 안녕하신가요."

"안녕하세요, 공녀."

"이번 일로 무척 고생이 많으십니다. 한가롭게 인사나 나누고 있을 상황은 아니군요. 황후 폐하의 명도 있으니 수색을 더 면밀하고 꼼꼼히 부탁드립니다. 봉쇄 영역을 넓히는 것도 괜찮을 듯하군요."

생긋 웃으며 말하는 동안 뒤통수에 어마어마한 시선이 꽂혔다. 로트겐 백작의 얼굴이 점점 하얗게 질려 가는 것만 봐도 그렇지만, 피부가 따끔거리다 못해 아릴 정도라 알 수밖에 없었다.

나는 웃는 얼굴 그대로 황후를 돌아봤다.

"비록 정치 관계에 얽혀 있어 논란이 될까 제가 직접 수사에 착수하지는 못하지만, 폐하께서 안심하실 수 있도록 적극 협조하겠습니다. 레지나궁 내에서 수사관들이 편히 작업에 몰두할 수 있게 편의를 제공하지요."

몇 날 며칠이고 머물며 먼지 한 톨까지 조사하게 말이야.

"지금 내 뜻을 모르는 척하는 게냐?"

황후가 날카롭게 물었다. 나는 안타까운 미소를 짓고 타이르듯 답했다.

"폐하께서도 아시지 않습니까. 수사권은 수사관의 것. 아무리 폐하께서 원하신다 하셔도 제가 끼어들어 수사를 지휘할 수는 없습니다. 제국의 지엄한 법을 수호하는 것은 황족의 역할. 누구보다 국법을 잘 아시고 잘 지켜야 할 분은 폐하가 아니십니까."

내가 한 마디, 한 마디 뱉을 때마다 황후의 얼굴에 경련이 일었다.

"지금, 네가 나를, 가르치는 것이냐?"

"간언을 올리는 것 역시 충신의 역할이라 배웠습니다."

"네년이!"

화를 참지 못한 황후가 손을 치켜들었다.

여기서 막으면 나중에 할 말이 궁색해지니 한 대 쿨하게 맞아 주자 생각하면서도 눈이 꽉 감겼다. 황후의 자세가 너무 숙련되어 있어서 진짜 아플 것 같았다.

짜—악!

그리고 정말 내 예상대로 맞는 소리가 찰지게 회랑을 울렸다. 어찌나 큰지 쇳소리가 살짝 섞였다. 하지만 내 얼굴이 돌아가거나 뺨이 불에 델 듯 타오르진 않았다.

슬며시 눈을 뜨니 내 앞에 굳건히 버티고 있는 커다란 등이 보였다.

"태, 태자……."

황후의 부름이 신음 같았다. 나는 그를 부르지도 못하고 멍하니 뒷모습만 올려다보았다.

왜, 당신이 여기에…….

"지금 뭐하시는 겁니까, 폐하."

황태자의 차가운 물음에 황후가 움찔했다. 그러나 곧 정신을 차리고 위엄 있게 물었다.

"지금 내게 대드는 겁니까, 태자."

"그저 질문하였을 뿐입니다."

"태자가 상관할 일이 아닙니다."

"어찌 상관하지 않겠습니까!"

황태자가 내 어깨를 감쌌다. 황금빛 눈동자가 유심히 내 얼굴을 살폈다. 어디 다친 곳이 있나, 안 좋은 곳이 있나 세심하게.

"제가 상관하지 않을 수 없는 일입니다."

"하! 태자, 색에 휩쓸리는 것은 우군이 되는 지름길입니다."

그 말에 황태자가 입꼬리를 올렸다. 맞은 뺨이 붓기 시작했는데 아프지도 않은지.

"걱정 마십시오, 모후. 휩쓸리고 싶은 마음이야 굴뚝같지만 도저히 허락해 주지 않습니다."

아니, 언제 허락을 구했다고? 키스도 그렇고 스킨십도 다 그냥 했으면서! 그렇다고 내가 허락해 준다는 건 아니지만……!

얘는 참 엄마 앞에서 어떻게 그런 말을……. 어휴, 아주 발랑 까졌다.

"공녀는 내가 패도를 걸으면 누구보다 먼저 바로잡을 이입니다."

……그게 그 뜻이었구나. 난 또 착각했지……. 왠지 황태자가 아니라 내가 발랑 까진 거 같은데, 아니다. 진짜 아니다.

얼굴이 달아올랐다. 혼자 속으로 생각했지만 그렇다고 쪽팔리지 않은 건 아니다.

"모후께서도 잘 아실 텐데요. 방금 공녀가 폐하께 간언하는 것을 보았습니다."

"간언이라고?"

“국법을 수호하는 황족의 역할을 다시금 일깨운 것이 간언이 아니면 무엇이란 말입니까.”

황후가 입을 다물었다. 치켜든 턱이 애써 감정을 추스르고 위엄을 찾으려는 것처럼 보였다. 한결 차분해진 목소리로 그녀가 입을 열었다.

“태자, 지금 태자의 태도에서 제국의 황후에 대한 예의는 찾아볼 수 없군요.”

“이리 권위만을 내세우시는 걸 보니 충언을 받아들이지 못하는 이유를 알 것 같아 폐하의 자식으로서 가슴이 아픕니다.”

“태자!”

황후가 낮게 소리를 질렀다. 무엄함조차 꾸짖지 못하는 얼굴이 새하얗게 질렸다.

“안색이 좋지 않으시군요, 폐하. 어서 쉬셔야 할 것 같습니다. 여봐라, 황후 폐하를 처소로 모셔라!”

황태자의 명에도 궁인들은 쉬이 움직이지 못했다. 감히 움직일 수 없을 것이다.

황후는 눈을 부릅뜨고 황태자를 바라봤다. 분노와 배신감, 충격으로 크게 열린 눈동자가 잘게 떨렸다.

“어떻게, 어떻게…….”

그렇게 중얼거린 황후가 비틀거렸다. 눈치를 보고 있던 황후의 시녀들이 재빨리 그녀를 부축했다.

“폐하, 일단 처소로 돌아가시지요. 심화가 병이 될까 두렵습니다. 전하께서도 이쯤 하시지요. 폐하께선 전하의 모후가 아니십니까. 어찌 이리 심기를 어지럽힌단 말입니까.”

시녀장이 황태자를 꾸짖었다. 그가 아기일 때부터 봐 온 황후의 시녀장이기에 할 수 있는 말이었다.

그 말에 황태자보다 더 화가 난 건 나였다. 어렸을 때부터 봐 왔다면 황태자가 어떤 유년을 보냈는지 다 알 텐데 저런 말이 나온단 말인가.

시녀들의 부축을 받으며 황후가 걸음을 옮겼다. 우리를 지나치던 황후가 우뚝 멈춰 섰다.

"내 태자가 이 일을 명했다는 것을 믿지 않았습니다. 믿을 수가 없었어요. 하지만 지금 보니 사실이군요. 정녕 과거를 잊었단 말입니까!"

황후가 낮게 짓씹었다. 아이린을 몰아내는 것은 곧 나의, 카일론의 득세를 뜻한다. 황후가 이렇게까지 아이린을 비호하는 건 아이린을 위한 것만이 아니다.

"잊지 않았습니다. 잊을 수 없지요."

황태자가 비뚜름히 웃었다. 그가 말하는 과거는 '카일론에게 배신당한 과거'가 아니었다. 바로 황후가 그를 버린 날, 자애롭고 다정한 부모가 사라진 날, 그의 세상이 끝난 날이다.

나도 모르게 그의 팔을 꽉 붙잡았다.

십 년도 넘는 세월이 지난 지금, 가해자는 끝까지 잘못을 깨닫지 못했다. 자신이 제 아들을 학대했다는 사실조차 모르는 것이다.

그저 학대당하던 어린 황태자만이 그 상처를 여전히 끌어안고 있다. 그 자신조차 돌보지 않아 다 아물었다고 생각하지만, 아직도 피를 흘리고 있다.

황후가 떠나간 자리에는 침묵만 감돌았다. 눈치 빠른 로트겐 백작이 주변을 정리하고 궁인들을 물렸다.

황태자의 뺨은 보기만 해도 아플 정도로 완전히 시뻘겋게 부풀어 있었다. 입 안쪽 살이 찢어졌을지도 모른다.

"미련하게 뭘 맞아요. 그냥 막지."

"그 말 그대로 돌려주지."

저 상태로도 완벽한 발음이 신기할 정도다. 말하면서 아플 텐데 그는 인상 한 번 찌푸리지 않았다.

"안 아파요?"

"아파."

전혀 안 아픈 목소리로 말하며 그가 내 허리를 끌어당겨 안았다. 몸이 자연스럽게 밀착하고 천 아래로 그의 온기가 느껴졌다. 내 몸을 꼭 껴안고 어깨에 머리를 부비는데, 주변이 의식될 수밖에 없다.

로트겐 백작이 주위를 정리했다고 해도 여긴 궁 회랑. 지나가는 사람이 없으면 더 이상하다. 보는 눈이 있을까 주위를 신경 쓰면서도 어리광 부리는 그를 밀어낼 수 없었다.

"전하."

내 품에 얼굴을 묻고 있던 그가 고개를 들었다.

가깝다. 생각보다 얼굴이 가까워서 깜짝 놀랐다. 아무 말 못하고 있자 그가 고개를 조금 더 들었다.

살랑이는 내 숨결이 그의 머리칼을 간지럽혔다. 콧잔등에 입술이 닿아 버릴 것 같다.

"쉬어야겠어."

한껏 낮아진 그의 목소리가 내 목덜미를 오싹하게 스쳤다. 그를 붙잡은 손에 힘이 들어갔다.

"그대도 같이."

안 된다는 말이나 왜 나까지, 라는 실문은 나오지 않았다. 그저 너무 가까이 있는 노란 눈동자를 가만히 바라만 봤다.

"지금 날 두고 쉘메오와 코겐을 만나러 가겠다는 건 아니겠지?"

대답하지 않는 걸 어찌 해석했는지 그가 날카롭게 물었다. 풀려 있던 눈에 바짝 힘이 들어갔다.

"알겠어요. 알겠으니까 이것 좀 놔 봐요."

더 이상 버틸 수가 없어서 그를 꾹 밀어냈다. 황태자는 내키지 않는다는 몸짓으로 날 풀어 줬다. 그러면서도 내 손을 잡고 놓지 않았다.

한숨이 나왔다. 쉘메오와 코겐을 만나러 간다니, 누가 들으면 두 사람과 내 사이를 오해하겠다. 단순히 일하러 가는 것뿐인데 왜 저렇게 싫어하는지. 거기다 샤리안 경은 왜 뺀단 말인가.

저번에 알베르 가지고 질투하는 것도 어이없었는데 쉘메오까지 추가되니 어이없음을 넘어 귀찮아졌다.

그가 내 손을 잡고 이끄는 대로 걸음을 옮기면서도 절로 투덜거림이 나왔다.

"마스터 쉘메오가 좀 그렇게 행동하긴 하지만 그런 의미의 관심이 아니란 걸 아시잖아요. 반응이 재밌으니까 놀리는 거지."

내 반응이 아니라 댁 반응이. 만난 첫날부터 시작된 황태자의 으르렁거림은 여전히 현재진행형이다.

"알면서도 당할 수밖에 없어."

아니, 알면서 왜 당해?

"나도 여유롭고 느긋할 수 있으면 좋겠어."

나도 모르게 그를 빤히 쳐다봤다. 그는 언제나 여유롭고 느긋했다. 나와 관련될 때가 아니면.

"그렇게 제가 좋아요?"

말하고서 아차 했다. 생각이 그대로 입 밖으로 나와 버렸다.

"그렇게 좋냐고?"

그가 세상에서 가장 어처구니없는 말을 들었다는 듯이 날 쳐다봤다. 걸음을 멈춘 그가 내게로 몸을 돌렸다. 마주 선 상태에서 날 바라보는 시선이 차분하게 일렁거렸다.

"나는 그대가 쉘메오와 일하는 게 싫어. 이삼 일에 한 번씩은 꼭 만나고 공적인 이야기만 하는 것도 아니지. 그 망할 자식은 그대에게 계속 추파를 던지고 그대는 그냥 웃으면서 받아 주잖아."

아니, 웃으며 다 받아 주는 건 아닌데. 내가 뭐라 하기 전에 댁이 먼저 날을 세우니까 그런 거지!

무엇보다 쉘메오는 선을 지킬 줄 아는 사람이었다. 내가 기분 나쁠 언사를 한 적은 한 번도 없었다.

"굳이 쉘메오가 아니어도 되지 않나? 물론 마법에 있어서 그를 능가하는 능력자는 거의 없겠지. 하지만 추진기를 개발하는 것은 제국 내 마법사들로도 충분해."

나 대신 맞기까지 한 사람에게 화를 내고 싶진 않지만 인상이 찌푸려지는 걸 막을 순 없었다.

쉘메오는 내가 직접 고른 인선이다. 물론 지금 그를 뽑은 건 소 잡는 칼로 닭 잡는 꼴인지도 모른다. 아니, 그게 맞다. 그래서 내 눈이 잘못되었다는 건가?

내가 처음으로 깊이 관여하는 국가사업이다. 지금은 아이린 문제 때문에 상대적으로 관심이 줄어들었지만 여전히 이목이 쏠려 있다. 보여주기를 위해서라도 가장 잘 드는 칼을 써야 했나.

무려 마탑의 마스터다. 모든 국가가 마탑과 우호 관계를 쌓고 싶어 한다. 여기서 내가 마탑의 마스터와 협업하는 것은 꽤 시사하는 바가 크다. 나보다 정치에 더 능숙한 황태자가 그걸 모르진 않을 텐데.

"보안의 문제, 개발 이후의 점유 문제를 들어서 쉘메오를 이 일에서 빠지게 할 수도 있어."

이젠 정말 참기 힘들다. 내가 입을 열려는 순간, 그가 강하게 말했다.

"하지만 그러지 않아."

뭐……? 무슨 뜻인지, 혹시나 하며 그를 쳐다봤다.

"그대가 싫어할 테니까. 그대가 그를 섭외하고 기뻐하며 내게 말했던 때를 기억해. 그리고 지금 얼마나 즐거워하는지도 알고 있어."

그가 어쩔 수 없다는 듯 미소 지으며 내 얼굴을 쓸었다. 뺨을 매만지는 손길이 언제나처럼 조심스러웠다. 그는 항상 이렇게 소중해서 견딜 수 없다는 듯이 나를 만진다.

"그러니까 방해할 수 없어. 그대가 쉘메오와 일하는 건 싫지만."

정말 싫어 죽겠다는 표정이라서 그만 웃음이 나왔다. 정치적 이득을 떠나 자신의 기분만 생각하면 당장 쉘메오를 쫓아내 버리고 싶단 얼굴.

"잘했어요. 착해."

손을 뻗어 머리를 쓱쓱 쓰다듬어 주자 그가 놀란 듯 눈을 크게 떴다. 하긴 감히 누가 그를 이렇게 쓰다듬었을까.

머쓱해져서 손을 내리려는데 그가 아예 고개까지 숙여 내 손길을 음미했다. 마음에 들었나 싶어서 열심히 쓰다듬었다. 손가락에 감기는 머리칼이 부드러워서 쓰다듬는 맛이 있었다.

황태자가 더 기특해 보였다. 그가 누군가를 위해 자신의 불쾌함을 참는 경우는 내가 유일할 테지. 그렇게 내가 좋냐는 물음에 대한 답으로는 차고 넘칠 정도로 열렬한 말이었다.

어쩐지 계속 어리광 피우는 그를 거절할 수 없어서 방으로 돌아가 그가 날 쪼물딱거리는 걸 내버려 두었다.

저녁 식사까지 함께하고 나니 졸리기 시작했다. 음독 건도, 일도 전부 제쳐 놓고 황태자와 느긋하게 시간을 보낸 후유증이었다.

만찬실에서 방으로 돌아오며 해무성은 그냥 내일 아침에 갈까 생각하는데 방문객이 있었다.

"전하, 공녀."

"샤, 샤리안 경."

샤리안 경의 굳은 얼굴에 찔끔했다. 아직 퇴근 안 했나? 엄한 눈으로 내 모습을 훑던 그녀가 한숨을 쉬었다.

"공녀, 음독 건으로 정신이 없는 건 알지만 일은 똑바로, 제대로, 잘해야죠."

한 글자, 한 글자 또박또박 내뱉을 뿐인데 정말 무서웠다. 박력이 장난 아니다.

"너무 공녀에게 그러지 마. 일하겠다는 공녀를 내가 잡은 거야."

"전하께서야 말로 한창 업무 보셔야 할 시간에 뭘 하고 계시는지."

샤리안 경의 눈에 예기가 서렸다. 날카롭게 벼린 검 같다. 저절로 설설 뒷걸음질 치게 된다.

"황태자 전하, 그리고 공녀. 저는 두 분의 능력을 믿고 있습니다.

그렇기에 따르는 것입니다. 능력이 없는 자, 게으른 자보다 더 나쁜 건 능력이 있으면서도 게으른 사입니다."

차분하면서도 확고한 어조에서는 기백이 넘쳐서 나는 물론이고 황태자도 아무 말 못했다.

"할 수 있으면서 일을 하지 않는 것은 죄악입니다."

샤리안 경이 단언했다. 우리를 보는 눈이 죄인을 쳐다보는 것과 같았다. 절로 고개가 숙여졌다. 미안합니다. 죄송합니다. 잘못했습니다.

"잘못했죠?"

"네."

"열심히 일해야겠죠?"

"네."

"좋아요. 그래서 일감을 가져왔습니다. 내일 아침까지 끝내고 가져오시면 됩니다."

"네. ……네?"

나는 테이블 위에 쌓인 일감을 보고 멍청하게 되물었다. 종이로 만든 산이 세워져 있었다. 규모가 에베레스트급이다.

"저, 저걸 내일 아침까지요?"

지금 이미 저녁인데?

샤리안 경은 뭐가 문제냐는 표정으로 고개를 끄덕였다. 황태자가 날 보호하듯이 앞으로 나섰다.

"공녀는 몸이 약해 밤을 지새우며 일을 할 수 없다. 또 꼼꼼한 성격이라 서류를 대충 보지도 않아."

"그럼 전하께서 보시게요?"

황태자가 서슴없이 고개를 끄덕이려는 걸 샤리안 경이 제지했다.

"그렇다는 말은 하지 마세요. 이 일은 공녀의 일이고, 공녀도 좋아하지 않을 거예요."

저기 언니, 일단 제게 물어봐 줄래요? 물론 내 일을 남한테 떠넘기는 건 싫지만, 저 양을 보니 도움 좀 받아도 좋을 것 같은데…….

"무엇보다, 전하. 지금 남의 일을 거들어 주겠다고 하실 때가 아닐 텐데요? 두 분이 오후 내내 한담을 즐기셨다는 소리를 듣고 트로바센 경에게 전갈을 넣었습니다. 오늘 전하의 일정이 매우 여유로운 것 같으니 일을 빨리 넘기라구요."

트로바센 경은 황태자의 보좌관이다.

샤리안 언니 그렇게 안 봤는데……. 사람이 좀 쉴 수도 있지 쉰다고 일감을 더 주라는 건 좀. 본인이 워커홀릭이라고 너무 한다.

"트로바센 경이 말하길, 황후께서 레지나궁으로 걸음하셨단 소리를 듣자마자 하던 일을 팽개치고 나가셨다던데요. 그리고 돌아오지 않으신다고."

……는 황태자가 잘못했네.

"전하."

샤리안 경이 차분하게 황태자를 불렀다. 눈빛도 어조도 지극히 침착했지만 나는 알 수 있었다. 샤리안 경은 지금 엄청 빡쳤다. 그냥 빡친 게 아니라 더욱더 격렬하게 빡쳐 있다.

"일하세요."

단호한 말에 우리는 조용히 고개를 끄덕였다. 반항은 용서하지 않겠다는 포스가 느껴졌다.

황태자는 그 길로 돌아가고 나는 책상 앞에 앉았다. 소화도 못

시키고 열일하는 날 보더니 샤리안 경이 일을 줄여 줬다.

한순간 샤리안 경이 천사로 보였다. 하지반 그녀가 돌아가고 얼마 지나지 않아 곧 깨달았다. 줄여 주는 척했지만 원래 이만큼 시킬 생각이었다!

결국 밤을 꼴딱 새우고 동이 트고서야 할당량을 끝낼 수 있었다. 나는 샤리안 경을 향해 이를 갈았다. 누가 저런 워커홀릭이랑 일하자 했어!

나구나, 젠장.

탓할 사람도 없으니 앞으로도 열일하는 수밖에 없다.

"이렇게 가는군요."

유모의 말에 서류에서 눈을 들었다. 어차피 글자가 들어오지도 않았다.

누가 가는지 굳이 말하지 않아도 알았다. 궁 안의, 아니, 모든 귀족과 제국민이라면 오늘 누가 궁에서 나가는지 알고 있다.

아이린 루폰 스테나. 심신미약으로 레지나 자격 박탈.

라하딘 기간의 심리적 압박을 견디다 못해 자해한 것으로 결론났다.

수색 끝에 아이린의 처소에서 독과 해독제가 동시에 발견되었다. 증거인멸을 위해 독은 없앴을 거라고 짐작했는데……. 또 쓸 일이 있을 거라 생각한 걸까?

증거품을 들이밀었을 때, 아이린은 고개를 저으며 부정했다.

—아닙니다! 오해예요! 이건 모함입니다! 누군가 분명 제 처소에 침입해서…… 네, 침입해서 저 몰래 숨겨 둔 것입니다!

증거품을 발견했다는 보고가 들어왔을 때, 나는 황태자와 함께 있었다. 그는 곧장 아이린을 추궁하러 갔다.

나도 같이 갔지만 방 안으로 들어가지 않고 밖에서 그 모습을 봤다. 들어가고 싶지도 않았고 들어가 봤자 공정한 수사가 아니라는 잡음이 나올 게 뻔했다.

—제가 스스로 독약을 먹을 리 없지 않습니까? 저를, 저를 함정에 빠트리기 위한 누군가의 계략입니다!

아이린은 얼굴을 일그러트린 채 억지로 미소를 짓고 있었다.

—제가 독약을 먹고 쓰러져 정신이 없었을 때 그랬던 게 분명해요. 그때 공녀가 절 간호하지 않았습니까. 이상하지 않습니까? 왜 공녀가 절 간호했는지……. 공녀는 악독하고 이기적이라 다른 사람을 간호할 리 없는데, 분명 이럴 생각으로…….

아이린의 말은 더 이어지지 못했다. 쾅! 하는 굉음이 울렸다. 완전히 부서진 의자가 나뒹굴었다. 가장 엄격한 감별을 통과한 원목으로 만든 의자가 순식간에 무용지물이 됐다. 저게 얼마 짜린데……!

—다시 한 번 말해 봐.

바닥을 긁는 것처럼 소름 끼치게 낮은 목소리였다. 황태자의 얼굴은 보이지 않았지만 그가 얼마나 분노했는지 알 수 있었다.

아이린은 감히 입을 열지 못하고 부들부들 떨었다. 숨 막히는 정적 후, 겨우겨우 굳은 몸을 푼 수사관이 조사를 이어 나갔다.

—영애의 몸에서 해독 성분이 검출되었습니다. 즉, 영애가 해독제를 복용했다는 것 아닙니까?

—아니, 아니에요…….

—카일론 공녀가 간호 중 영애에게 음식을 먹인 적은 없다고 들었습니다. 이에 관해선 증인들이 다 진술했습니다.

—아니에요. 분명 카일론 공녀가…….

—자꾸 거짓 진술을 하면 죄가 추가됩니다. 직접 독약을 마시고 해독제를 마신 걸 인정합니까?

결국 아이린은 인정했다. 끝까지 다른 의도가 있었다는 건 부인했지만.

그리하여 오늘, 이렇게 궁을 나가는 것이다.

나를 음해하려고 음독했다는 심증은 있지만 확실한 증거는 없다. 독을 제공한 사람은 황후 문제와 얽혀 있어 정식 수사에서 제외했다.

나한테 확실하게 누명을 씌운 것도 아니니 어떤 의도를 가졌는지는 결국 아이린의 진술을 토대로 하는 수밖에 없다.

법정에서는 그렇게 결론 났어도 사람들의 생각은 다를 것이다. 아무래도 아이린은 제도 사교계에 돌아오지 못하겠지. 영지로 내려가야 할 것이다. 아니, 돌아갈 영지도 없어졌지만.

아무리 자해라 해도 죄가 없는 건 아니다. 내궁 안에서 음독 소동을 벌였기 때문에 죄목이 여럿 쌓였다.

독을 내궁에 들여온 것부터가 황족 시해 미수죄로 적용될 수 있다. 게다가 자해 사실을 속였기 때문에 황실 기만죄는 확실하다.

비록 음독할 정도로 아이린의 정신이 불안정했다는 점을 들어 시해 미수죄가 적용되지는 않았지만 기만죄는 피할 수 없었다.

심신미약으로 실형을 살지는 않게 되었으나 스테나 백작가는 귀족 작위를 잃었다. 당연히 영지와 재산을 몰수당하고 제도에서도 영원히 추방됐다.

평생토록 특권 계층으로 살아온 그들에게 있어 죽음보다 더한 벌이었다. 하루하루 죽는 게 나을 거라고 생각하면서도 용기가 없어 죽지도 못하겠지.

"그냥 그대로 있기만 해도 황비가 되었을 텐데 왜 그랬을까요."

"원하는 게 있고 궁지에 몰리면 사람이 극단적인 선택을 하게 되죠……."

세실리아가 멍하니 중얼거렸다. 에스더의 말에 대한 대답이라기보다는 혼잣말에 가까웠다.

글쎄, 내가 보기엔 선택은 오롯이 자신의 몫인데. 상황에 떠밀려서 음독 자해를 했다는 건 핑계조차 되지 못하는 무의미한 변명이다. 만약 아이린과 같은 선택을 했어도 나는 내 결정으로 독을 마셨다고 할 것이다.

뭐, 이제 와서 무엇 때문이다라고 해 봤자 무슨 소용인가. 다 끝난 일이다. 정리된 일에 다른 사람이 말 붙이기는 쉬운 법.

나는 자리에서 일어나 창가로 다가갔다. 근위병의 감시를 받으며 아이린이 걸어가는 게 보였다. 그녀는 이제 황궁 안에서 마차를 탈 수 없다.

작은 뒷모습이 더없이 초라했다. 항상 곱게 빗어 내리던 머리카락은 엉망으로 엉켜 있고 우아했던 드레스는 허름하게 바뀌었다.

그녀를 위로하거나 뒤따르는 사람은 없었다. 그렇게나 성녀로 추앙받았는데.

궁인들은 아이린의 심성을 찬양하고 시녀들은 그녀를 보좌하는 걸 자랑으로 여겼다. 그런데 고작 1년도 되지 않는 시간 동안 아이린은 성녀에서 정신 나간 여자가 되었다. 지금은 모두가 그녀를 경멸하고 멸시한다.

나는 더 보지 않고 등을 돌렸다.

"이걸로 저하의 결백은 곳곳에 밝혀졌겠군요."

라브엘의 말에 쓴웃음을 지었다. 황태자가 아무리 막는다고 해도 날 반대하는 세력이 숨어서 말을 부풀리는 건 막을 수 없었을 거다. 내 귀에 들어오진 않았지만 다른 사람은 또 어땠을지 모르지.

알베르의 난데없는 건강검진 덕에 음독 자해의 진실이 밝혀졌다. 이걸 될놈될이라고 해야 하는 건가.

그러고 보니 알베르는 단 한 번도 뭐에 실패한 적이 없지 않나? 녹화사업 건도 그렇고 그 전에 했던 일들도 전부…….

괜히 천재 소리 듣는 게 아니었다. 나는 알베르를 절대 놓치지 않기로 다짐했다. 이게 황태자보다 더 심하게 그를 부려먹을 다짐이라는 건 이땐 알지 못했다.

다시 일감으로 돌아가려는데 시녀들이 내 앞에 무릎을 꿇었다. 곱게 퍼지는 드레스 자락을 보며 나는 눈을 깜빡였다.

갑자기 왜 이래?

"감축드립니다, 저하."

이구동성으로 외치는 말에 무슨 뜻인지 겨우 깨달았다.

아이린이 레지나 자격을 박탈당했으니 지금 현재 내가 유일한 레지나다. 그리고 황후는 통상 레지나 출신이다. 즉, 내가 차기 황후로서 자리를 공고히 했다는 뜻이다.

아이린이 조사를 받기 시작하며 미인대회는 당연히 취소되었다.

라하딘의 마지막 경합이 무산되면서 사람들이 아무래도 내가 다음 황후가 되지 않겠냐고 했지만, 어디까지나 예측일 뿐이었다.

하지만 이로써 내가 차기 황후로 내정되었을 뿐만 아니라, 황태자의 유일한 후비가 되었다.

—나는 내 사랑을 절대 나누지 않을 거야. 평생토록 그대만을 바라보고 그대만을 사랑할 거야.

황태자가 내게 속삭였던 말이 떠올랐다. 가슴이 울렁거렸다.

김칫국 마신다고 자책하면서도 생각을 막을 순 없었다. 황제가 되면 이러저러한 정치적 상황으로 그가 다른 비를 들일 수 있다는 건 안다.

하지만,

—그대가 유일해.

그의 말을 믿고 싶었다. 나 말고 다른 누구도 그의 곁에 두지 않겠다는 말.

"저하?"

퍼뜩 정신을 차렸다. 시녀들이 아직도 무릎을 꿇고 앉은 채 날 올려다보고 있었다. 나는 열이 오른 뺨을 식히며 그들을 치하했다.

"모두들 고마워. 다 그대들이 나를 잘 보필해 준 덕이야."

"저희가 좀 일조하긴 했죠?"

"좀이 아니라 좀 많이죠."

이디스의 장난스러운 물음에 에스더가 진지하게 답했다. 하여간 에스더의 농담은 아직도 적응이 안 된다.

"뭐, 부정하진 않을게."

"어머나?"

"전하께서 항상 말씀하셨죠? 일한 만큼 대접받아야 한다고."

반짝반짝 빛나는 눈이 심히 부담스러웠다. 황후가 되기도 전에 파산할 것 같은 이 느낌은 뭐지.

에라, 모르겠다. 드레스도 많고 보석도 많은데 나중에 쪼들리면 좀 팔지, 뭐!

"내가 언제 한 입으로 두말했어? 원하는 거 다 말해 봐."

그리고 나는 정말 파산할 뻔했다. 파산의 위기에서 나를 구해 준 사람은 라브엘이었다.

"너무 장난치지 마세요. 기쁜 날이라 이해는 하지만 고귀하신 몸입니다. 이만하지요."

순간 이디스의 얼굴에 절대 장난이 아니었는데, 하는 표정이 스쳤지만 잘못 본 거겠지. 하하, 요즘 기력이 쇠했나. 헛것이 보인단 말이야.

모르는 척 슬슬 책상으로 돌아가는데 라브엘이 날 불렀다.

"저하, 이런 날까지 일만 하지 마시고 바깥 볕이라도 즐기시는 게 어떻겠습니까."

라브엘이 부드럽게 웃었다. 그 웃음을 보고 깨달았다. 단순히 산책하며 여유를 즐기라는 게 아니라 미래의 황후로서 얼굴을 내비치고 오라는 뜻이다.

하긴, 오늘 같은 날은 과시할 필요도 있지.

"안 그래도 허리가 아팠어. 더 이상 책상 앞에 앉기 싫어."

"그럼 마사지도 받으셔야겠군요."

라브엘이 짝, 박수를 쳤다. 평소보다 훨씬 더 기합이 들어간 시녀들이 일사불란하게 움직였다.

고작 산책을 나가는 것뿐인데도 목욕에 피부 마사지까지 받았다. 유모가 고른 드레스는 산책용이라고 하기엔 지나치게 화려했다.

아니, 화려한 게 문제가 아니라 엄청 불편해 보였다. 특히 허리가 말이지. 어제 저녁을 굶었어야 가능한 사이즈인데. 봄철 드레스치고 엄청 무거워 보이고.

싫다는 말이 목 끝까지 올라왔지만 결국 얌전히 몸을 맡겼다. 의욕 가득한 눈빛을 도저히 이길 수 없었다.

드레스를 입고 머리까지 땋아 반만 틀어 올렸다. 머리 위에서 보석이 반짝거렸다. 꼭 티아라처럼.

“파티처럼 과하게 꾸미면 안 돼요. 평소에도 이런 것처럼 자연스럽게, 그러면서도 꾸밀 건 다 꾸민 상태여야 해요.”

에스더가 잔머리를 정리해 주며 말했다.

평소라기엔 이미 과한 것 같은데. 다행히 내겐 그 말을 입 밖으로 내지 않을 이성이 있었다.

치장을 끝내니 내 눈앞엔 정말 끝내주는 미인이 서 있었다. 원래도 끝내주는 미인이지만 매번 볼 때마다 미를 경신한다고 해야 하나?

청순하면서도 도도한데, 이 둘이 어떻게 공존하는지 모르겠지만 정말로 청순하면서 도도했다. 파티 때와는 또 다른 느낌이다.

아름다움이 죄라면 난 사형은 물론이고 3족을 멸하고 후생까지 죽어야 한다……는 너무 나갔군. 자아도취가 점점 심해지고 있다. 하지만 이 정도 미모로 자아도취가 없으면 안 될 거 같기도 하고…….

갈수록 뻔뻔해지는 거 같지만 뭐 어때. 지금 문제는 그게 아니다. 문제는 배가 고프다는 거다.

씻고 치장하다 보니 어느새 점심시간을 넘겼다. 그런데 아무도 식사하시라는 말을 하지 않았다. 이유를 알 것 같지만 나는 슬픈 예감을 무시했다.

"나 배고픈데……."

"참으세요."

"아침도 조금 먹었고 점심시간도 지났는데?"

"아침을 조금 드셔서 그 드레스가 들어가는 겁니다. 지금 밥 먹으면 옷 터져요. 그냥 참으세요."

왜 슬픈 예감은 항상 틀리지 않는 걸까. 눈물을 머금고 산책을 나서는 수밖에 없었다.

레지나궁 하녀들이야 저번 사건부터 그랬지만, 지금은 마주치는 모든 사람들이 내게 공손했다. 거슬리게 비위를 맞추려는 몸짓이라기보단 차기 황후에 대한 예우였다.

모두가 나를 인정하고 있다. 경합이 중간에 멈췄음에도 아무런 이의 없이 이 나라를 이끌 존재로 날 따르고 있다.

가슴이 뭉클했다.

안 좋은 일도 많았다. 뒤통수 얼얼하게 맞을 뻔한 적도 있고 대놓고 비웃음을 당하기도 했다. 치열하게 고민해야 했고 눈물로 베개를 적신 밤도 많았다.

하지만―.

내게 가족이 뭔지 알려 준 엄마, 아빠, 오빠. 항상 다정했던 케일라덴. 어느새 허물없이 가까워진 시녀들. 내 능력을 인정해 준 알베르와 샤리안 경. 각자의 이유로 날 도운 귀족들. 거리를 바쁘게 오가던 평범한 사람들. 가뭄 끝에 내리는 비에 환호하던 사람들.

학대 속에서도 웃음을 잃지 않던 아이들.
수많은 사람들이 어느새 내게 깊이 새겨졌다. 그리고.
최악이었던 첫 만남부터 시작해서 이제는 뭐라 형용할 수 없는, 한마디로 정의할 수 없는 상대가 된 황태자.
나는 이 나라가 좋다. 모국이라고 하기엔 애매하고 여전히 낯선 구석이 더 많지만, 그래도 좋다.
이끈다는 건 내게 버거운 일이다. 하지만 이 나라를 조금이라도 더 살기 좋게 만드는 데 일조하고 싶다.
"저하."
날 부르는 라브엘의 음성엔 긴장감이 서려 있었다. 저편에서 걸어오는 황후가 보였다. 레지나궁을 벗어나 걷고 있으니 마주쳐도 이상할 게 없지만 여긴 황후궁과도 거리가 있는 곳이다.
마주치고 싶지 않지만 대놓고 피할 수도 없다. 나는 걸음을 멈추고 황후가 가까이 다가오길 기다려 고개를 숙였다.
"황후 폐하를 뵙습니다."
"안색이 아주 좋군, 공녀. 앓던 이가 빠진 모양이야?"
"황공합니다, 폐하. 하나 앓았던 적이 없으니 어찌 나을 수 있겠습니까."
아이린 따위는 원래 내 적수가 아니었거든? 내 말에 황후가 비뚜름한 웃음을 지었다.
"내 공녀에게 겸손을 알라고 일렀을 텐데."
"오만을 경계하라던 황후 폐하의 말씀은 항상 가슴에 새기고 있습니다. 무엇보다 가장 좋은 모범이 제 눈앞에 계시니 어찌 배우지 않을 수 있겠습니까."

내가 재수 없는 건 너 따라 행동해서야. 호호. 내 다정한 말에 황후가 마주 미소 지었다.

"배움을 게을리하지 않는 공녀의 태도야 칭찬할 만하나, 정작 그 성과는 아직 마음에 미치지 못했구나. 더더욱 정진하도록 하거라."

황후는 저번에 레지나궁에 찾아왔을 때보다 훨씬 여유로워 보였다. 적어도 저번처럼 감정을 다 드러내며 분노하지 않았다. 하긴, 그땐 갑작스럽게 일이 틀어진 거고 지금은 생각을 수습하고도 남았겠지.

"오늘 공녀가 참으로 곱게도 차려입었구나. 태자가 공녀에게 푹 빠진 것도 이해가 돼. 하지만 만개한 꽃은 언젠가 지는 법. 그 고운 얼굴이 시들 때도 생각해야 할 것이야."

"전하께서는……!"

나도 모르게 발끈해서 강하게 말했다. 내가 쭈글쭈글해질 거라든가 황태자의 마음이 식을 거라든가 하는 말은 아무렇지도 않다. 나야말로 황태자의 사랑이 변할 거라고 생각해서 마음을 열지 못했으니까.

하지만 황태자를 생긴 것만 보고 좇아다니며 속도 없이 다 내주는 얼간이 취급하는 건 참을 수 없다.

아드님, 태자 운운하며 존귀하게 부르면서 정작 실제론 그를 폭군 취급하고 있다.

정말 황태자를 사랑하긴 할까? 황후는 자기 생각대로 움직이는 꼭두각시가 필요할 뿐 자식이 어떤 생각을 하는지 관심도 없다.

"전하께서는 겉모습에 홀려 마음을 어지럽히시는 분이 아닙니다."

내 말에 황후의 미소가 잠시 흔들렸다. 성큼, 그녀가 내 곁으로 한 걸음 더 가까이 다가섰다.

"네년이 뭘 안다고 지껄이는 게냐. 지금 한순간 운이 따른다고 해서 우쭐하지 말아라. 이건 내 진심 어린 충고이니."

내 귓가에 낮게 짓씹은 황후가 다시 한 걸음 물러섰다. 그녀는 어느새 위엄 있는 미소를 짓고 있었다.

나는 황후를 향해 방긋 웃었다.

"제게 운이 따르는 게 아닙니다, 폐하."

이미 황후는 내 적. 자극하지 않는다고 달라질 건 없다. 나와 상관없이 황후는 어떻게든 카일론을 끌어내리려 한다.

그렇다면 나 역시 참을 이유는 없다. 여기가 보는 눈이 많은 파티장도 아니고.

"다 제가 만들어 낸 것입니다."

이 기회도, 이 흐름도 결국 고민과 선택과 행동의 결과다.

이번에는 내가 황후에게 한 발짝 다가섰다. 그리고 똑같이 그녀의 귀에 속삭였다.

"폐하는 이미 제게 지셨습니다."

순간 황후의 눈이 홱 뒤집혔다. 당장 날 때릴 것 같은 눈빛에 움찔했다. 원래 손버릇이 나쁘단 건 알고 있었다. 황후궁에서 깨져 나간 물건이 많으니까.

황태자가 맞지 말랬으니 잡거나 피하는 게 좋을까. 잡는 건 소문이 안 좋게 날 수 있으니까 피하는 게 좋겠지? 근데 옷이 너무 불편한데.

찰나와 같은 순간 오만 가지 생각이 들었다. 그때 갑자기 들린 목소리가 황후와 나의 대치를 깨트렸다.

"폐하를 뵙습니다."

담담한 목소리에 포악했던 황후의 얼굴이 한순간에 자애롭고 위엄 있게 피어났다.

"이게 누군가. 케이 황자가 아닌가."

"케일라덴 전하를 뵙습니다."

케일라덴의 친모가 죽고 황후가 거둬 키웠다더니 과연 사이가 좋았다.

"두 분께서 이곳에 함께 어쩐 일이십니까?"

"수로 보수 사업 때문에 황제 폐하를 뵈러 가던 중에 공녀와 마주쳐 인사를 나누던 차였네."

"아, 지금 폐하께선 알현실에 계십니다. 방금 뵙고 나오는 길입니다."

"알려 줘서 고맙네, 황자."

케일라덴이 작게 고개를 숙이자 황후가 걸음을 옮겼다. 황후의 눈이 짧게 나를 훑고 지나갔다. 황후를 따르는 긴 행렬이 사라질 때까지 나도 케일라덴도 가만히 서 있었다.

"괜찮으십니까?"

케일라덴의 물음에 작게 웃음이 나왔다. 눈치 없는 줄 알았는데.

"곤란해 보였어요?"

대화 소리는 잘 들리지도 않았을 테고 황후가 때리려고 손을 든 것도 아니다.

"폐하와 독대하는 게 공녀께 좋을 리 없습니다. 저번 사냥제 제의에서도 그랬고……. 얼마 전에 레지나궁에서도 일이 있었다 들었습니다."

그 일을 모를 리가 없지. 무려 황태자가 뺨을 맞았는데.

"전 괜찮아요. 이런 일 하나 감당하지 못하고 황궁에서 어떻게 살아가겠어요?"

일부러 밝고 장난스럽게 말하자 케일라덴이 입매를 올렸다. 하지만 어딘지 씁쓸해 보이는 미소였다.

"그래도 감사해요. 전하 덕분에 별일 없이 지나갔네요."

"공녀께 도움이 되었다면 그걸로 족합니다."

무뚝뚝한 얼굴에서 나온 다정한 말에 웃음이 나왔다.

케일라덴 덕인지 아닌지는 몰라도 내 예상보다 황후가 조용하긴 했다. 카일론을 없애기 위해 내가 차기 황후가 되는 것을 어떻게든 막으려 할 테니 마주쳤을 때 저번보다 더한 소란을 각오했다.

하지만 황후는 꽤 냉정하게 행동했다. 하긴, 명백한 증거 앞에서 그녀가 할 수 있는 일은 없다.

결국 그녀는 아이린이라는 꼬리를 완전히 잘라 낸 것이다. 아이린을 아낀 것은 어디까지나 나를 대적한 장기말로써니까. 말이 소임을 못했으니 버리면 그만.

"샤르티아나 공녀."

"예, 전하."

잠겨 있던 상념에서 벗어나 고개를 들자 곧장 케일라덴과 눈이 마주쳤다. 그는 한동안 말없이 내 얼굴을 바라봤다.

내가 무슨 일이냐고 묻기 직전, 그의 입이 열렸다.

"아주 오랜만에 함께 걷지 않겠습니까?"

고민 끝에 고개를 끄덕였다. 그가 사냥제 전리품을 주었는데 감사 인사조차 하지 못했다. 받은 날 짧게 메시지 카드를 전한 게 전부다.

그의 방문을 거절하며 나중에 따로 약속을 잡겠다 했으면서도 지키지 못했다. 아니, 안 지켰다. 해야지, 해야지 하면서 미뤘다. 피하고 싶어서.

여기서 거절하면 무례를 넘어 몰상식한 수준이다. 케일라덴이 마음 정리를 했으면 해서 거리를 두는 거지 예의 없게 굴고 싶진 않다.

조심스러운 마음으로 그와 나란히 걸음을 옮겼다.

봄에 접어든 황궁엔 연녹빛 신록이 여기저기서 기지개를 켜고 있었다. 만개한 봄꽃은 청초하고 향기로웠다. 보는 것만으로도 생기가 전해져 온다.

"괜찮으십니까?"

케일라덴이 재차 물었다. 짙고 어두운 눈동자는 오늘 있었던 일 이상을 묻고 있었다.

아이린이 당신을 음해하려고 음독 자해를 한 게, 당신을 끌어내리기 위해 온갖 계략을 펼치는 사람들이 있는 게 그리고 승리했음에도 끝나지 않는 투쟁이 괜찮으냐고.

"네, 괜찮아요."

나는 분명하고 확실하게 말했다. 황후가 되어 나라를 다스리더라도 언제나 반발에 부딪힐 것이다.

하지만 다른 삶이라고 안 그럴까. 아무런 미래도 꿈꾸지 못했던 시절에도 나는 언제나 싸워야 했다.

위정자의 삶과 소시민의 삶. 둘 다 경험해 봤기에 알 수 있다. 하루하루 먹고사는 게 버거운 삶이라고 해서 그 싸움이 치열하지 않은 건 아니다.

그러니 내가 하고 싶은 걸 하며 살고 싶다. 나는 이곳에 와 여러

일을 하면서, 내 손으로 이뤄 나가면서 그 어느 때보다 행복했다.

"당신은 궁에 어울리지 않습니다."

불쑥 들린 말에 케일라덴을 돌아봤다. 그가 멈춰 서서 날 바라봤다.

바람이 한차례 불고 검은 눈에 푸른빛이 일렁였다. 그 눈동자는 어딘지 고통스럽게 꺾여 있었다.

심각해지지 않으려고 노력하면서 나는 입꼬리를 올렸다.

"처음에는 망했다고 생각했어요."

연인 사이에 끼어든 이물질이 되었을 때, 심지어 샤티가 둘 사이를 훼방 놓았다는 걸 알았을 때. 어쩜 이렇게 기구할 수 있을까 싶었다.

"그다음에는 가족을 위해 황후가 되자고 생각했죠."

겨우 생긴 소중하고 또 소중한 내 가족. 나로 인해 스러지게 할 수 없었다. 그러니 악녀가 되자고, 내 가족의 이기를 위해서 연인이든 정치든 뭐든 어그러트리자고 결심했다.

"그렇게 지내다가 우연히 사람들을 돕게 되었는데 엄청 보람 있는 거예요. 내가 그런 일을 할 수 있다는 게. 그래서 다른 사람들을, 제국민을 위해 좋은 황후가 되자고 생각했죠."

아무런 흔적도 남기지 못했던 전생과 달리, 누군가의 삶에 커다란 족적을 남길 수 있다는 것이 기뻤다. 지쳐서 스스로의 삶조차 포기한 사람들이 생기를 되찾는 걸 보며 가슴이 뜨거워졌다.

"그런데 지금은 또 달라요. 지금은 날 위해 황후가 되고 싶어요. 다른 누구를 위해서가 아니라, 나를 위해."

내가 하고 싶은 일들을 하려면 황후가 되어야 한다.

여전히 내가 하는 일은 제국민들에게 도움이 되겠지만, 그건 그들을 위해서가 아니다. 바로 날 위해서다. 이건 엄청난 차이이다.

황후가 되려고, 권력을 손에 넣고 싶어 하면서도 나는 묘한 결벽증에 걸려 있었다. 날 위해서 권력을 좇는 게 아니라 다른 것을 위해서라고 생각했었다.

하지만 이제 깨달았다. 나는 욕심쟁이에 원하는 것도 많다. 권력자가 되고 싶다.

황후의 말을 맞받아치고 싶고 다른 귀족들에게 무시당하고 싶지 않다. 벽에 기대 주먹을 꽉 쥐는 경험은 한 번으로 족하다. 중심에 서고 싶다.

그리고 무엇보다…… 그의 곁에 다른 사람을 두고 싶지 않다.

"나 엄청 욕심이 많은가 봐요."

"……나는 공녀가 욕심이 없다고 생각했습니다만."

"저도 그랬어요. 우리 둘 다 사람을 잘못 봤네요."

피식 웃는 나와 달리 케일라덴은 웃지 않았다.

"그러니까 저는 이 궁에서 살 것입니다. 이 궁은 욕심쟁이에게 아주 좋은 곳이거든요."

어울리지 않는다고 해도 나갈 수 없다. 나는 지금 이 생활에 만족한다.

"제가 궁에 어울리지 않는 사람이라면, 이 궁을 제게 어울리게끔 바꿀 것입니다."

케일라덴이 작게 미소 지었다. 어딘지 만족스러우면서도 상처받은 얼굴이었다. 그 양가적인 감정을 이해할 수 없었다.

"당신다운 말입니다."

그가 다시 걸음을 옮겼다. 그와 나란히 걸으며 힐끔 눈치를 살폈지만 케일라덴은 평소와 같이 무뚝뚝한 얼굴로 돌아와 있었다.

레지나궁에 도착해서 그가 입을 열었다.

“공녀께서 모피를 두른 모습을 보고 싶었습니다.”

순간적으로 뜨끔했다.

케일라덴이 준 플라타실베르의 모피는 아주 멋진 숄이 되어 내 드레스룸에 걸려 있다. 바라보는 것만으로도 황홀할 정도로 아름다운 빛깔에, 한 번 만지면 손을 뗄 수 없는 감촉. 따뜻한 털이 몸을 폭 파묻고 싶게 만드는 멋진 숄이었다.

하지만 나는 한 번도 그 숄을 두른 적이 없다.

“이제 봄이라 아쉽군요.”

다음에 만날 때 입겠다는 말 대신 그렇게 말하며 빙긋 웃었다. 겨울이 다 지나도록 만남을 피하고 선물에 대한 감사도 서면으로 때운 게 전부. 이 상황이 자존심 상하고 화가 날 법도 한데 케일라덴에게선 그런 기색을 찾아볼 수 없었다.

“감사히 받았습니다. 만나서 인사드리지 못해 죄송합니다.”

“아닙니다. 공녀를 책하고자 한 말이 아닙니다. 그 후로 스테나 영애가 쓰러지고 직접 간호하셨지요. 그다음에는 일이 이렇게 흘렀으니……. 바쁘셨겠지요.”

“이해해 주셔서 감사합니다, 전하.”

케일라덴은 뭔가 더 할 말이 있는 듯 날 쳐다보았으나 끝내 말하지 않고 인사했다.

“오늘 만나 봬서 즐거웠습니다, 공녀.”

“예, 저도 오랜만에 전하를 봬서 반가웠어요.”

인사 후에도 그는 돌아서지 않았다. 나는 잠시 기다리다가 먼저 몸을 돌려 방 안으로 들어갔다. 방문이 닫히자 그제야 걸음을 옮기는 소리가 들렸다. 한숨이 절로 나와 문에 이마를 기댔다.

'내 뜻을 알아들었겠지.'

대놓고 황후가 되고 싶다고 했으니 그 역시 마음을 정리할 것이다. 최근 그를 피한 것에 더해 쐐기까지 박았으니.

이 넓은 황궁에서 유일하게 나를 도와줬던 사람. 상처 주기 싫지만 더 큰 상처를 주지 않으려면 생채기를 낼 수밖에 없다.

부디 빨리 아물기를 바라며.

22장

마법은 키스와 함께 풀린다

마법은 키스와 함께 풀린다

대체 이건 또 무슨 상황일까.

나는 억지로 입꼬리를 올리며 불청객들을 바라봤다. 도서관에 다녀왔을 뿐인데 왜 내 방이 만남의 장소가 된 것 같을까? 내 착각일까?

"안녕하세요, 네 분."

나는 소파에 앉아 여유롭게 다과를 즐기는 알베르와 셸메오, 샤리안 경 그리고 황태자를 바라보았다.

네 사람은 각자 내게 인사를 했지만 내 방을 주인처럼 차지하고 있다는 것에 대해선 별생각이 없는 듯했다.

나는 야무지게 사라지는 몽블랑을 우울한 눈으로 쳐다봤다.

"네 분께서 제 방엔 어쩐 일로?"

사무실 근사하게 차려 줬는데 왜 여기서 이렇게 죽치고 있냐. 게다가 황태자, 댁은 또 왜 어울리고 있는데?

"샤리안 경이 공녀에게 서류를 전해 준다고 해서 따라왔어요. 그

김에 티타임도 갖기로 했다길래. 펠론 제국 황실의 차가 궁금했거든요.”

아니, 댁이 외궁에서 마시는 거랑 별반 차이가 없을 텐데? 내가 무슨 황족도 아니고.

“이거 정말 맛있네요!”

해맑게 덧붙이는 알베르를 보니 따지려던 게 쏙 들어가고 한숨만 나왔다.

해무성에 있는 집무실에 차와 디저트가 떨어지지 않도록 할 것이라고 머릿속에 메모했다. 안 그러면 저 둘이 시도 때도 없이 내 방에 찾아올 것 같다.

“디저트는 다른 곳에서도 먹을 수 있으니 나가 줬으면 좋겠군. 뭣하면 태자궁의 일류 파티셰를 보내 줄 테니.”

차갑게 말하는 황태자를 어이없는 눈으로 쳐다봤다. 대체 왜 님이 이 방 주인처럼 말씀하시는지? 댁도 같이 나갔으면 좋겠는데.

“미안해요, 공녀. 혼자 오려 했는데 두 사람도 같이 오고 싶대서. 혹시 실례였나요?”

샤리안 경이 드물게 미소를 짓고 있었다. 미안한 미소였지만 그걸 보니 정말로 뭐라 할 수 없어졌다. 언니랑 개인적인 친분은 다음에 쌓는 걸로.

“괜찮아요. 사람이 많으면 신나고 좋죠, 뭐.”

부디 오늘은 황태자와 쉘메오가 싸우지 말아야 할 텐데. 애들 붙여 놓은 것도 아니고 다 큰 어른들 싸움을 걱정할 날이 올 줄이야.

황태자 옆에 풀썩 주저앉자 그가 차를 따라 주었다. 김이 폴폴 나는 얼그레이에선 감귤향이 났다. 가향했나? 꽤 괜찮다.

찐득한 오페라를 포크에 떠 내밀길래 냉큼 받아먹으니 씁쓸한 맛과 달콤한 맛이 기가 막히게 조화를 이뤄 입안에서 뒹굴었나.

입을 벌리자 이번에는 사이사이에 과일을 넣은 크레이프 케이크가 들어왔다. 입안에서 생크림이 뭉그러지며 과일과 뒤섞였다. 엄청 촉촉하고 부드럽다.

그래, 이 맛이지! 행복하게 음미하고 있는데 따가운 시선이 느껴졌다.

"와, 정말……."

왜 저러지? 고개를 갸웃하자 알베르가 넋이 나간 목소리로 중얼거렸다.

"아니, 전하께서 직접 차를 따라 주신 것도 놀라운데……."

샤리안 경은 굳이 입을 열지 않았지만 혼란스럽게 흔들리는 동공이 모든 것을 말해 줬다.

우리 전하께 저런 면모가 있다니……! 우리 전하가 달라졌어요!

"이거 원. 혼자인 사람은 서러워서 살겠나."

쉘메오가 다 들으라는 듯이 혼잣말했다.

그제야 내가 뭔 짓을 했는지 깨달았다. 세 사람 앞에서 염장질 못해서 죽은 귀신 들린 커플처럼 꽁냥댄 것이다.

이, 이건 내 잘못이 아니다. 잘못한 건 황태자다. 입에 자연스럽게 들어오니까 받아먹게 되잖아.

나는 애써 침착한 척 차를 마셨다. 한 번에 확 마셔서 혀를 델 뻔했지만 불굴의 인내로 표정 관리를 했다. 갖은 노력 끝에 원래의 페이스를 되찾고 새침하게 물었다.

"전하께선 어쩐 일로 제 방에 오신 건가요?"

"그대가 보고 싶어서."

안 묻는 게 나을 뻔했다.

그런데 알베르는 왜 저러는 거지? 다 큰 남자가 두 손으로 뺨을 감싼 채 몸을 비비적대는 걸 보니 입맛이 뚝 떨어졌다. 내가 내심 알베르를 귀여워하지만 저건 정말 아니다. 샤리안 경이 저 모습을 보고도 알베르를 받아 준다면 그야말로 트루럽이다.

이 분위기가 사람을 이상하게 만드는 것 같다. 나는 재빨리 말을 돌렸다.

"아, 참. 드릴 서류가 침실에 있어요."

어제 자기 전까지 일한 탓이다. 이디스에게 가져오라고 하려 하는데 샤리안 경이 먼저 일어섰다.

"생각난 김에 지금 가져오죠."

나는 고개를 갸웃하면서 따라 일어섰다. 침실로 향하면서도 의문을 지울 수 없었다. 샤리안 경은 여성이니 침실에 들여도 큰 상관은 없긴 하지만……. 보통은 안 이러지? 보안 때문인가?

하지만 집무실 밖으로 나가는 서류는 이미 보안 문제가 없는 것들이다.

침실 안으로 들어와 문을 닫는 순간 의문이 풀렸다.

'마침 할 말이 있던 거구나.'

샤리안 경은 사뭇 진지한 표정이었다. 일하다가 오류가 나왔을 때와 똑같은 얼굴이라 절로 긴장됐다.

"저, 공녀. 혹시나 싶어 묻는 건데……."

조심스레 운을 떼는 것을 보고 침을 꿀꺽 삼켰다.

"네, 말씀하세요."

"전하께서 원래 굉장히 냉혹하신 성정이라는 거 아시죠?"

냉혹하다는 말로도 부족한 때가 있어요. 날 보는 눈동사가 그렇게 말하고 있었다. 순간 샤리안 경이 날 놀리나 싶었지만 표정이 너무 진지했다. 이런 장난을 칠 사람이 아니기도 하고.

그 누구보다 황태자의 성깔, 아니, 성격을 잘 알기에 나는 솔직하게 긍정했다.

"경만큼 잘 알 거예요."

"그럼 다행이에요."

"왜 그러세요?"

내 질문에 샤리안 경은 답할까 말까 망설이며 입을 달싹였다. 그녀가 이렇게 갈팡질팡하는 것은 일하면서도 못 봐서 신기했다.

결심을 마쳤는지 샤리안 경이 굳은 얼굴로 입을 열었다.

"혹시 전하께서 공녀를 속인 건가 했습니다. 좋아하는 사람한테 다정해지는 거야 당연히 좋은 일이지만……. 이 정도면 사기 결혼인가 싶어서."

그 정도야?! 물론 갭이 엄청나지만……! 객관적으로 제3자가 보기에 사기 결혼이 의심될 정도야?

뭐랄까. 이 말을 한 게 다른 누구도 아니고 언제나 침착하고 냉정하고 진중한 샤리안 경이라서 기분이 더 이상했다. 대체 황태자는 어떤 이미지지. 밖에서 뭔 짓하고 다니는 거야.

"여하간 알고 계시니 다행입니다. 전하를 따르는 신하지만 결혼생활은 또 다른 문제니까 알려 줘야 하나 했는데. 안심했어요."

나와 다르게 샤리안 경은 참 홀가분한 표정이었다.

서류를 챙겨 들고 방을 나서면서도 어딘지 싱숭생숭한 기분을 지울 수 없었다. 되게 기분 이상한데, 싫냐면 꼭 그런 것만은 아니고. 좋다고 하기에도 뭔가 미묘한데.

나와 눈이 마주치자마자 바로 부드럽게 미소 짓는 황태자를 보니 그런 기분도 날아갔다.

알베르가 세상에서 가장 신기한 걸 보듯 황태자의 얼굴을 힐끔거리고 있었다. 다시 자리에 앉자마자 샤리안 경은 내가 결재한 서류를 확인했다. 마시던 차는 이미 뒷전이었다.

황태자는 저런 모습이 익숙한지 무례를 지적하지 않았다. 하긴 허례를 싫어하고 효율을 중시하는 사람이지.

"마침 두 사람을 만나서 잘 됐군. 물어보고 싶은 게 있어서 말이야."

황태자가 품에서 자그마한 콤팩트를 꺼냈다. 콤팩트처럼 생겨서 콤팩트라고 하긴 했지만 진짜 콤팩트는 아닐 것이다.

……아니겠지? 황태자가 가지고 다니며 파우더를 찍어 바르는 건 아닐 거야. 제발.

콤팩트를 받아 든 알베르가 요모조모를 살피는 사이 황태자가 시녀들을 물렸다. 시녀들이 다 물러난 후, 알베르가 입을 열었다.

"영상구로군요. 조금 특이한 디자인인데요?"

좀 특이한 게 아니라 엄청 특이했다. 콤팩트지만 딱 봐도 '나 마법 물품이요. 뾰로롱!'이라고 써진 디자인이었다. 여기 마법 기준이 아니라, 한국 마법 기준.

한마디로 달빛요정 미소녀 전사나 카드를 모으는 미소녀가 들고 다닐 것 같은 디자인이다.

"이건 어디서 나셨습니까?"

쉘메오가 물었다. 평소의 빙글빙글한 기색은 없고 심각한 표정이었다. 처음 보는 낯선 모습이다.

"스테나 영애의 방에서 나온 거다. 이에 대해 아는 게 있는가?"

이게 바로 그 황태자를 협박할 때 사용했던 영상구인가. 황후가 7황자의 죽음을 사주한 내용이 담겨 있다던 영상구. 황후궁에서 녹화할 때 어떤 마력 파동도 잡히지 않았으니 황태자가 따로 조사할 만했다.

쉘메오는 쉬이 입을 열지 않았다. 황태자는 재촉하지 않고 바라보기만 했다. 무거운 침묵 끝에 쉘메오가 한숨을 쉬었다.

"이건 저희 마탑에서도 만들 수 없는 물건입니다."

조용한 말이었지만 파장은 대단했다. 제국 내에도 마법 연구기관이 있고, 대제국인 만큼 타국에 비해 월등히 우수한 기술력을 보유하고 있다.

하지만 마탑에겐 한 수 접는 수밖에 없다. 마탑은 그야말로 마법사들의 집단 지성이 고여 있는 곳. 마법사의 정수를 담고 있는 곳이다.

그렇기에 제국을 비롯한 모든 나라는 마탑과 우호 관계를 위해 노력하는 것이다.

마탑에서 만들 수 없는 마도구라는 게 존재할 수 있나?

"마탑에서도 만들 수 없다? 그럼 만들 수 있는 자는?"

"모릅니다."

아까보다 더 무거운 침묵이 흘렀다. 황태자는 쉘메오를 쳐다봤다. 쉘메오는 진지한 얼굴로 그 시선을 받았다.

쉘메오의 말이 진실인지, 거짓인지. 진실이라면 어디까지가 진실인지.

"마탑보다 마법에 더 뛰어난 집단이 있을 줄은 몰랐군."

"아마 없을 겁니다."

"없다고?"

지금 본인이 한 말을 부정하는 건가? 황태자의 눈동자에 날카로운 예기가 서렸다. 거짓은 용납지 않겠다는 얼굴이었다.

"예, 없을 겁니다. 지금은."

"그럼 과거에는 있었다는 건가."

"마탑에서는 그렇게 생각하고 있습니다. 진실이야 저희도 확신할 수 없습니다만."

그때까지 영상구를 꼼꼼히 살펴보던 알베르가 고개를 들었다.

"제가 살펴봤을 때는 크게 특별한 점이 없는데요. 굉장히 고순도의 마력석을 박긴 했지만……. 마스터께선 어떤 걸 보고 그리 말씀하시는지요?"

쉘메오는 영상구를 주의 깊게 보지 않았다. 옆에서 알베르가 들고 있는 걸 힐끔 봤을 뿐이다. 그런데 저렇게까지 말하는 게 이상하긴 했다.

"저 문양 때문입니다."

콤팩트 뚜껑 부위에는 기묘한 문양이 새겨져 있었다. 커다란 원을 가로지르는 선과 직선으로 형상화된 별. 열두 방향으로 새겨진 문자.

동심의 세계에서 살 때 많이 봤던 종류이기 때문일까. 묘하게 문양이 익숙해 보였다.

"오래전, 마탑에서는 저런 문양이 새겨진 마도구를 발굴했습니다. 하나같이 당시의 기술을 능가하는 신기였습니다."

"그리고 그건 아직도 그렇다는 거군."

쉘메오의 침묵이 내답을 내신했나.

"이에 관해 자세히 말해 줄 수 있나?"

"죄송합니다."

쉘메오의 얼굴에 다시 웃음이 돌아왔다. 빙긋 짓는 미소가 벽을 치고 있었다. 쉽게 입을 열지 않을 거란 걸 직감했다.

하지만 이건 제국에게도 심각한 일이다. 가장 중요한 곳의 보안이 뚫린 것이니까. 쉘메오를 설득하기 위해서는 어느 정도 위험을 감수하는 수밖에 없다.

"이건 제국에 있어서 굉장히 중요한 문제야. 이 영상구는 내궁에서 발동하고 어떤 흔적도 잡히지 않았다."

알베르가 헉, 하고 숨을 들이켰다. 놀란 얼굴은 많은 이야기를 담고 있었다.

제국의 보안을 뚫을 수 있는 마도구가 존재하는지부터 시작해서 구멍이 있다는 걸 외부 세력인 쉘메오에게 말해도 되는 건지.

아무 말 없이 저렇게 시끄러울 수 있다는 게 신기했다. 그에 반해 쉘메오는 예상했다는 듯 고개를 끄덕였다.

"그럴 수밖에 없습니다. 현존하는 모든 마법은 이 마도구를 따라잡지 못했으니까요. 마탑도 마찬가지입니다."

과거의 유물일까. 만들 기술이 없다는 것에 안심해야 할지, 아니면 그 기술이 없어 보안이 뚫린 채 내버려 둬야 하는 걸 불안해해야 할지.

만약 다른 누군가가 이와 비슷한 걸 발굴했으면, 발굴하면 어쩌지?

"스테나 영애에게 이걸 준 자가 궁금하군요. 한번 알아보시는 게 전하께도 좋을 겁니다. 혹시 붙잡게 되면 저도 만나 볼 수 있겠습니까?"

이미 예전에 붙잡혀 있다. 하지만 쉘메오와 만나게 해 줄 수는 없다. 그자는 황후의 죄와 얽혀 있으니까.

쉘메오가 우호적인 것과는 또 다른 문제다. 황실과 마탑과의 관계를 우선적으로 생각해야 한다. 협력 관계지만 한쪽에 약점이 넘어가는 순간 단숨에 추가 기운다.

"그건 곤란하다."

"아쉽군요."

쉘메오가 웃으며 깔끔하게 물러섰다. 그 담백한 태도에서 그가 이대로 물러서지 않을 거란 걸 알 수 있었다.

"따로 알아보시게요?"

내 물음에 쉘메오가 쓴웃음을 지었다.

"이 문제는 마탑에도 중요한 문제라서요. 이렇게 제국과 척을 지긴 싫지만 손 놓고 있을 순 없군요."

솔직한 대답에 오히려 미더웠다. 결과만 생각하면 나를 속이고 먼저 선수를 치는 게 나았을 거다. 잠시 각자의 생각에 잠겼다. 티타임 치고는 지나치게 분위기가 가라앉았다.

한참 생각에 빠져 있던 쉘메오가 불쑥 물었다.

"공녀, 전에 몬스터의 습격을 받으셨다 하셨지요."

"예."

"혹시 그때의 이야기를 자세히 들을 수 있겠습니까?"

여기서 몬스터 이야기가 왜? 슬금슬금 불안이 차올랐다. 신중한 얼굴을 보니 그냥 호기심 때문만은 아닌 듯했다.

"타스마 산맥에 서식하는 시스테인이 소리보 숲의 결계를 뚫고 밖으로 나왔다. 그리고 공녀를 공격했시."

날 대신해 황태자가 대답했다. 그의 목소리는 아까보다 훨씬 더 딱딱했다. 내게 그 일을 다시 떠올리라 말하는 쉘메오가 마음에 안 든 듯했다.

"그건 저도 알고 있습니다. 제가 궁금한 건 자세한 상황입니다. 시스테인이 출몰한 것치곤 이상하게 피해가 적었지요. 전하께서 금방 죽이셨다고 하지만……. 혹 이상한 점 없었습니까?"

내가 그때 상황을 다시 떠올리기 전에 황태자가 말했다.

"시스테인에게 접근할 때 이상할 정도로 신경을 안 쓰더군. 내가 등 뒤에 올라탔을 때조차 아무런 반응이 없었어."

"공녀만을 보던가요?"

"그래."

계속되는 쉘메오의 물음에 알 수밖에 없었다. 시스테인이 날 노린 건 부자연스러운 일이다. 기형이라고 결론이 났으나, 사실은 그게 아니라 누군가가 확실히 날 노린 것이다.

불가능한 일이지만 쉘메오의 태도는 그게 가능한 일이라고 말하고 있었다.

황태자가 내 어깨를 끌어안았다. 매만지는 손길이 다독거리듯 다정했다. 그 격려에 힘입어 나는 다시 떠올리고 싶지 않은 일을 천천히 의식의 수면 위로 끌어올렸다.

"숲에서 시스테인이 나왔는데 이상하게 그냥 서 있었어요. 곧장 움직이지 않고 두리번거리다가 저랑 눈이 마주치자 제게 뛰어왔죠."

그땐 미처 몰랐지만 지금 돌이켜보니 날 찾고 있던 것 같다. 오싹했다. 나도 모르게 몸이 부르르 떨렸다.

"말씀을 들어 보니 확실한 것 같네요."

쉘메오가 턱을 쓸며 고개를 끄덕였다.

황태자가 크게 입을 열었다가 심호흡과 함께 감정을 가라앉혔다. 이렇게까지 흥분한 모습은 처음 본다. 완전히 감정을 절제한 다음 그가 말했다.

"지금 그대의 말은 몬스터를 조종할 수 있다는 것처럼 들리는데."

"예, 맞습니다."

"그게 가능하다고요?! 마법역학적으로 불가능한 일입니다!"

알베르가 벌떡 일어났다. 말도 안 된다는 듯 고개를 마구마구 저었다.

"그렇게 알려져 있죠."

"마탑은 몬스터를 조종할 수 있으면서 그간 숨긴 건가?"

이 사실이 알려지면 국제적으로 파장이 크다. 강대국은 모두 자국 내 마탑을 유치한 만큼, 이런 안전에 관한 문제는 중요하다.

쉘메오는 고개를 저었다.

"마탑의 기술력으로도 무리입니다."

"아까 영상구를 보고도 그렇게 말했지."

즉, 영상구처럼 현재의 기술을 능가하는 마도구가 있다는 뜻이다.

쉘메오는 입을 다물고 더 이상 말하지 않았다. 아까 전부터 중요한 이야기는 하지 않고 에둘러 말하는 그가 답답했다.

"마스터 쉘메오, 이건 제 안위뿐만 아니라 수많은 사람들의 생명과 관련된 문제입니다. 협조 부탁드려요."

누군가가 몬스터를 조종해 전쟁을 일으키면 속수무책으로 당할 수밖에 없다. 몬스터를 사용한 전쟁 같은 건 생각도 해 본 적 없으므로 당연히 이와 관련된 군사 훈련도 되어 있지 않았다.

셸메오가 툭툭 손가락으로 소파를 두들겼다. 그에게 결정을 재촉할 수는 없었다. 숙고 끝에 그가 빙긋 웃었다.

"미인의 부탁이라면 꼭 들어드려야죠. 그리고 저 역시 공녀가 위험해지는 건 원치 않습니다."

거짓말. 주판알 다 굴려 놓고서 말은 참 잘한다.

되도 않는 작업질에 황태자가 발끈하려는 게 닿은 몸으로 느껴졌다. 그쪽으로 무게를 싣자 그가 내 몸을 받으며 허리를 감쌌다. 내가 무슨 곰 인형도 아니고 그걸로 화가 가라앉은 모양이다. 목덜미에 만족스러운 한숨이 느껴졌다.

"사실을 확인하기 위해서는 저 영상구를 가지고 있던 사람을 봐야 합니다."

이걸 위해 협조하겠다고 했구나. 말하는 걸 보니 몬스터를 조종한 사람과 동일인이나 한패로 보는 것 같은데……. 특별한 이유가 있나? 하지만 만나게 해 줄 수는 없다. 모르쇠로 일관하거나 잡으면 보여 주겠다고 하는 수밖에.

"좋다. 그자를 만나게 해 주지."

"전하!"

황태자의 답에 비명처럼 그를 불렀다. 만나면 분명 황후가 7황자를 죽였다는 말이 나올 거다.

황태자가 날 쳐다봤다. 그 어떤 것보다 내 안전이 중요하다는 눈. 그 견고하고 단호한 노란 눈동자를 보자 수백 가지 안 되는 이유가 쏙 들어갔다.

"일단 나도 상황을 정리해야 하니 지금 당장은 곤란해. 하지만 최대한 빨리 만나게 해 주겠다."

"좋습니다."

"내일 아침에 보도록 하지. 그때까지 필요한 준비는 다 해 오도록 해."

"내일 아침이요?"

쉘메오가 당황해서 되물었다. 내가 생각해도 너무 빨랐다.

"몬스터 습격에 배후가 있다면 빨리 밝혀내야 해. 무엇보다 그게 최우선이다."

황태자가 날 꽉 끌어안으며 말했다. 쉘메오가 외알 안경을 추켜올렸다.

"그럼 저도 최선을 다해 몬스터 습격 건을 밝혀내야 하니 준비하려면 내일 아침까지 무척 바쁘겠군요. 저는 이만 가 보겠습니다."

"저희도 가서 일을 보는 게 좋겠습니다. 이 일에서 도울 수 있는 일은 없으니 맡은 일을 하고 있겠습니다."

샤리안 경이 서류를 챙기며 말했다. 그녀는 알베르의 손에서 영상구를 빼서 황태자에게 줬다.

"이건 전하께서 가지고 계시는 게 좋겠군요."

알베르가 가지고 있으면 쉘메오가 볼 수도 있으니 옳은 선택이다. 협력 관계라고 다 믿을 수 있는 건 아니니까. 이런 상황에서도 샤리안 경은 침착함을 잃지 않았다.

세 사람이 나가는 순간 애써 붙들고 있던 정신 줄이 날아가는 기분이 들었다. 언제나와 같은 하루라고 생각했는데 갑자기 방향이 확 꺾였다. 아이린이 궁에서 나가고 이제 한동안은 좀 조용하겠지

싫었는데.

머리가 아프다. 황태자의 어깨에 머리를 기대니 그가 부드럽게 내 머리칼을 쓸어 넘겼다. 가만히 눈을 감고 그 손길을 음미했다. 참 신기하게도 그것만으로 두통이 가라앉는 것 같았다.

한참 동안 그렇게 있고 싶은 유혹을 떨쳐 내고 눈을 반짝 뜨며 그를 쳐다봤다.

"우리 얘기 좀 해요."

황태자가 내 손을 잡고 일어났다. 테라스로 나가 유리문을 닫자 완벽한 밀실이 됐다.

시녀들은 곁방에 다른 사람은 아예 방 밖에 있다. 이렇게 하면 누구도 엿들을 수 없다.

"마스터 쉘메오가 7황자 전하의 죽음에 대해 알게 될 거예요."

"알고 있어."

"알고 계신 분이 그래요?"

그가 날 의자에 앉혔다. 그리고 내 앞에 한쪽 무릎 꿇고 앉아 날 올려다봤다. 황태자가 이렇게 자세를 낮추다니. 누가 보면 이번엔 놀라는 걸로 그치지 않을 것이다.

노란 눈동자는 그 어느 때보다 다정하고 애절하고, 그보다 위태로웠다.

"말했잖아. 몬스터 습격이 정말 사람의 소행인지 밝히는 게 중요하다고. 그대가 안전하지 않으면 다른 건 다 소용없어."

"하지만……."

이렇게나 나를 위하는 게 기쁘면서도 이게 그의 앞길을 막을 수도 있다는 사실에 괴로웠다.

"그리고 만약 배후가 모후라면."

황태자의 눈동자가 어둡게 조여들었다. 의심하면서도 내가 차마 입 밖으로 뱉지 못했던 말이다. 나는 숨을 멈췄다.

"이번에는 참지 않을 것이다."

그의 단언에 나는 눈을 감았다. 황태자가 날 끌어안았다. 단단한 품은 무척 따스해서 나는 아무 말도 할 수 없었다.

"아가씨."

유모의 걱정스러운 부름에 고개를 들었다.

"차와 함께 티 푸드라도 좀 내올까요?"

"아니, 괜찮아."

"어제 저녁부터 통 식욕이 없으시잖아요. 아침도 거의 안 드시고. 건강을 생각해서라도 좀 드세요."

"몸이 안 좋아서 그런 건 아니야. 점심은 많이 먹을 테니까 걱정하지 마."

애써 미소로 유모의 걱정을 물렸다. 유모는 영 탐탁잖은 표정으로 날 쳐다봤지만 더 이상 권하진 않았다.

초조하다.

나는 시계를 봤다. 열한 시 반에 살짝 못 미친 시각. 아까 전에 봤을 때도 이 시간이었던 거 같은데……. 일 분이 한 시간처럼 흐른다.

황태자와 쉘메오는 아침 일찍 지하 감옥에 갔다. 나도 가고 싶었는데 황태자가 고개를 저었다. 내가 볼 만한 상변이 아니라고 했다. 그 정도야 괜찮다고 배짱을 부리고 싶었지만 이건 영화가 아니라 현실이다.

나는 눈앞에서 누가 찔린다는 생각만 해도 아찔해지는 평범한 사람이다. 괜한 호기를 부려 트라우마를 만들고 싶지 않았다.

무엇보다 진심으로 걱정하는 눈동자를 보니 가겠다는 말이 안 나왔다. 내가 심약해서 말리는 게 아니라, 내게 좋고 예쁜 것만 보여주고 싶어 하는 모습에 잠자코 고개를 끄덕였다.

'아이린일까, 황후일까.'

몬스터 사건에 배후가 있는 게 사실이라면 용의자는 둘로 나뉜다. 그자와 접촉한 황후와 아이린. 또 다른 사람이 있을 수도 있지만 지금 가진 정보로만 살피면 그렇다.

음독사건 때를 생각하면 황후와 아이린이 범행을 공모했다고 보긴 힘들다. 황후는 처음엔 정말 아이린이 자해를 했을 리 없다고 생각했으니까.

'아무래도 황후겠지.'

몬스터를 이용한 일이다. 안전할 거라는 말을 들었어도 쉽사리 그 현장에 있을 순 없었겠지. 티끌만큼만 일이 잘못돼도 자신이 습격당해 죽을 수 있는 상황이었다.

'황태자가 오면 알게 될 거야. 더 생각하지 말자.'

하지만 생각을 멈출 수 없었다. 누군가가 내 목숨을 노린다. 그건 말로 형용할 수 없는 감각이었다. 갑자기 내 주변 모든 것이 낯설어진다. 따뜻한 김을 내뿜고 있는 차, 그 옆의 먹음직스러운 티

푸드. 그걸 가져다준 시녀, 시녀에게 전달했을 궁인.

모든 것이 의심스러워진다. 어느 것이 내 숨통을 틀어막을까. 과연 황후가 한 번 실패했다고 그대로 물러설까.

다시금 시계를 봤다. 이제 겨우 열한 시 반을 넘겼다. 황태자는 대체 언제 올까.

—내가 반드시 그대를 지킬 거다.

그의 목소리를 떠올리자 예민하게 곤두선 신경이 가라앉으며 안심이 되었다.

눈을 감은 채 심호흡을 했다. 걱정한다고 해서 죽음이 날 피해 가는 것도 아니다. 지금 이 문제는 그를 믿고 기다리는 수밖에 없다. 그러니 나는 할 일을 하자.

여느 때보다 열성적으로 펜을 놀렸다. 앞으로 밝혀질 진실을 기다리며.

한참 선박 도면과 보고서를 확인하고 있는데 도면 위로 그림자가 생겼다.

돌아보니 황태자가 날 바라보고 있었다.

"왔어요?"

"좀 쉬고 있지."

그가 내 머리칼을 쓸어 넘겼다. 그 뒤로 셸메오가 싱긋 웃으며 말했다.

“공녀의 신경줄은 저도 존경할 만한데요. 보통 사람이 아니에요.”

“칭찬으로 들을게요.”

나는 자리에서 일어나 소파로 갔다. 두 사람과 마주 앉으니 시녀들이 차를 내왔다.

테이블 위에 가득 쌓이는 연어 샌드위치, 앤초비와 토마토, 모짜렐라 치즈를 올린 카나페를 보니 시녀들이 얼마나 내 상태를 걱정하는지 알 수 있었다.

뭐라도 좀 먹어야지, 생각하면서도 선뜻 손이 가지 않았다. 나도 이성적으로는 독이 들어 있지 않다는 걸 안다. 하지만…….

그런 내 상태를 아는 것처럼 황태자가 먼저 차를 마시고 샌드위치와 카나페를 먹었다. 티타임 때도 차만 마시고 어쩌다 디저트 한 입 먹는 그답지 않은 행동이었다.

내 앞에 샌드위치를 밀어 주는 것으로 그 행동의 의도가 분명했다. 누구보다 고귀한 황태자가 기미를 보는 것이 황당하고 민망하고 고마웠다.

샌드위치는 맛있었다. 황태자의 마음만큼.

두 사람은 내가 샌드위치 한 조각을 다 먹을 때까지 입을 열지 않았다.

“그래서, 알아내신 게 있나요?”

황태자가 내 손을 꽉 붙잡았다.

“짐작하고 있던 게 사실이 되었다고 해야 할까요.”

쉘메오가 품에서 목걸이를 꺼냈다. 주먹만 한 수정이 달린 목걸이. 수정 안에는 어제 본 문양이 새겨져 있었다.

"이건……?"
"몬스터를 조종하는 마도구입니다. 정신 지배의 일환이죠."
나는 눈을 한 번 꾹 감았다가 떴다.
"그걸 이용해 시스테인을 조종한 거군요."
"예, 결계엔 정말로 이상이 없었을 겁니다. 타스마 산맥에서 이걸 이용해 시스테인 한 마리를 잡아 데려왔겠지요. 그리고 아시다시피 사냥제 때……."
"저를 죽이려 한 거군요."
"그렇습니다."
잠시 침묵이 흘렀다. 어제 그 이야기를 듣고 충분히 예상했기에 충격은 크지 않았다. 역시나, 싶을 뿐.
황태자가 잡고 있던 내 손을 쓸었다. 그를 쳐다보자 나보다 더 걱정스러운 얼굴을 하고 있었다. 별 충격도 없고 나는 괜찮다. 미소를 짓는데 그가 내 뺨을 감쌌다.
"억지로 웃지 마."
"나 괜찮아요."
"안 괜찮아."
단언에 말문이 막혔다.
"이렇게 손이 차가운데 그게 어떻게 괜찮은 거야."
나는 슬며시 웃었다. 아깐 진짜 괜찮은 게 아니었는지도 모른다. 하지만 진짜 괜찮아졌다.
"정말 괜찮아요."
혼자서 끌어안고 있어야 했던 것과 달리 그가 있어서. 나보다 더 내 상태에 민감한 사람이 있어서.

“예상했던 일이에요. 이제 앞으로 어떻게 해야 하나 그게 더 문제죠.”

누가 내 목숨을 노린다고 벌벌 떨고만 있을 순 없다.

“흠, 역시 대단한 신경줄이에요.”

놀리듯 한마디 하는 쉘메오를 한 번 째려봤다. 그래도 그의 농담 덕에 분위기가 조금 풀어졌다.

“정신 지배라면 그게 사람에게도 가능한 건가요?”

그래서 7황자를 모두가 보는 앞에서 실족사하게 만든 건가?

“아니요. 사람에겐 쓸 수 없습니다. 이건 몬스터에게밖에 쓸 수 없어요. 일반 동물도 안 됩니다. 몬스터의 피에 흐르는 마력을 이용해야 하거든요.”

그럼 7황자 때는 또 다른 방법을 썼다는 건가. 그 사건의 진실을 아는 것은 앞으로 어떤 공격이 들어올지 예상하는 데 중요하다.

하지만 쉘메오 앞에서 이에 대해 말할 순 없다.

‘나중에 황태자와 의논해 봐야겠어.’

우리 둘 다 마법에는 문외한인 데다가 보통 마법사들도 모르는 특수한 마도구가 나오는 상황이니 불안하지만.

그때 황태자가 입을 열었다.

“스트라빈의 죽음은 다른 문제다.”

“전하……!”

쉘메오 앞에서 말해도 돼? 당황한 내게 황태자가 괜찮다는 듯 고개를 끄덕였다.

“정신 지배는 원래 불가능한 마법입니다. 그걸 가능하게 만드는 건 두 가지. 바로 이 목걸이와 마력이 담긴 몬스터의 피입니다.”

쉘메오는 스트라빈에 대해 알고 있던 것처럼 아무 말 없이 내게 설명을 시작했다.

"이렇게 말씀드렸지만, 사실 저희도 원리는 잘 모릅니다. 단지 여러 번의 실험 끝에 마력이 담긴 피가 아니면 안 된다는 결론을 내렸을 뿐입니다."

그러니까 원리는 못 밝혀내고 연역적인 방법을 썼다는 얘기다.

"7황자께서 돌아가신 곳은 요하란 별궁이지요. 빛나는 계곡으로 유명한 별궁이라 들었습니다. 그리고 그 계곡이 빛나는 이유는 루미란의 서식지이기 때문입니다."

"루미란이요?"

저번에 몬스터 도감에서 봤던 것 같기도 하고 아닌 것 같기도 하고……. 잘 기억나지 않았다.

"루미란은 생태학적으로 몬스터로 분류되긴 해도 보통 사람들은 요정이라고 생각합니다. 호수의 미생물을 먹고 자라고 사람을 공격하지 않기 때문이기도 하지만 가장 큰 이유는 따로 있습니다."

"낮에는 비늘이 무색투명하지만 밤에는 반짝이며 색색의 빛이 나기 때문이지."

"그렇다면 설마……."

루미란을 조종해서 죽인 건가?

"낮에는 눈을 가늘게 떠도 잘 안 보이죠."

쉘메오가 느긋하게 차를 마시며 답했다. 정답이라는 말이다. 그는 충격에 휩싸인 내 모습을 보더니 빙긋 웃었다.

"생각해 보면 이상하죠. 물살이 세긴 하지만 황자님이십니다. 당시 황태자 후보로 유력한. 주변에서 7황자를 구하기 위해 뛰어들었을 것입니다."

듣고 보니 그렇다. 내가 강물에 빠졌을 때와는 상황이 다르다. 당시 7황자에게 호위가 안 붙었을 리도 없고, 여럿이서 떠난 휴양이었는데…….

"실력 있는 기사단도 동행했을 테니 건져 내는 건 그리 어렵지 않았을 겁니다. 운이 나빴으면 바위에 머리를 부딪쳤을 수도 있지만 빨리 건져 내면 크게 다치진 않았겠지요. 하지만 7황자께선 빠르게 떠내려갔고, 결국 절벽 아래로—."

풍덩, 쉘메오가 찻잔에 각설탕을 빠트렸다. 무례한 언사였지만 그걸 지적할 여유는 없었다.

머릿속으로 다시 한 번 쉘메오의 말을 정리하고 받아들이자 의문점이 생겼다.

"마스터께선 이 목걸이에 대해 아주 잘 아시네요."

분명 마탑에서 만든 게 아니라고 했는데.

"마탑에서 나온 거기 때문이야."

황태자의 대답에 쉘메오가 땅이 꺼지듯 깊게 한숨을 내쉬었다.

"전하, 우리 이거 서로 비밀에 부치기로 했는데요?"

과연. 7황자에 대한 이야기를 왜 하나 했더니 서로 약점을 교환한 거였구나.

"카일론 공녀에게는 숨길 수가 없어서."

황태자가 피식 웃으며 뻔뻔하게 말했다.

"그런 식으로 모든 사람에게 말하는 건 아닐 테지요?"

쉘메오가 외알 안경을 쓱 들어 올리며 말했다. 웃고 있지만 날카롭고 신경질적인 기색이 느껴졌다.

"공녀만이 예외다."

두 사람은 한참 동안 서로를 마주 보고 있었다. 특별히 노려보거나 한 것도 아닌데 팽팽한 긴장감이 흘렀다. 먼저 고개를 돌린 건 쉘메오였다.

"지하에서 7황자에 대해 말할 때부터 그렇지 않을까 싶었습니다만……. 뭐, 알겠습니다. 저도 공녀께는 말해도 괜찮다고 생각했으니까요."

쉘메오가 씩 웃으며 날 쳐다봤다. 상냥하지만 어딘지 위험한 구석이 있는 웃음이었다. 나는 차분하게 그에게 미소를 되돌려 주었다.

"그거 다행이군요."

"흐음……."

잠시 날 보며 턱을 쓰다듬던 쉘메오가 빙긋 웃었다. 아까의 위험한 기색이 싹 사라졌다.

"그래서 이 목걸이가 마탑에서 나왔다는 건 무슨 뜻인가요?"

"말 그대로입니다. 몇 해 전 마탑에서 도둑맞은 겁니다."

"마탑에서 도둑을 맞았다구요?"

황당해서 되묻다가 곧 그럴 수 있겠다는 생각이 들었다. 마탑 본탑은 온갖 마법으로 무장한 난공불락으로 불리지만 그 별명을 가진 건 제국의 황궁도 마찬가지였다.

"내부자의 소행이었거든요. 방심했죠."

"그래서 비밀이군요."

마탑이 만들지 못하는, 절대반지 같은 사기템. 그 존재를 숨겨 온 데다가 도둑맞기까지 했다.

"마탑은 어디서 이 목걸이를 구했나요?"

"그건 저도 모릅니다. 제가, 아니, 제 스승님이 마법사가 되기 전부터 마탑에 있던 거라서요."

"아주 오래전에 발굴된 거였네요."

"그렇죠. ……사실 이게 아주 중요한 비밀입니다만."

쉘메오가 입술에 검지를 대고 싱긋 웃었다. 전혀 심각해 보이지 않는 몸짓이었지만 아주 중요한 얘기일 것이다. 나는 귀를 기울였다.

"오래전 마탑은 몇몇 마도구를 발굴했습니다. 그 마도구에는 모두 이 문양이 찍혀져 있죠. 오늘날의 마도구는 대부분 그때 발굴한 마도구가 원류입니다. 그 마도구를 분석해서 만든 거죠. 그전에는 마력석에 효율적으로 마력을 담을 수 있는 수식을 몰랐습니다. 현자가 마력을 담아도 겨우 한두 방울 담길까. 도저히 사용할 수 없을 정도였죠."

이건 마탑의 권력을 뒤흔드는 일이었다. 마탑이 오늘날의 명성을 얻게 된 것은 마력석을 개발한 덕이다.

이론으로만 생각했던 마력석을 만들어 낸 걸 시작으로 대륙의 천재들이 마탑에 몰렸다. 그 전에는 사실 수많은 마법 연구 단체 중 하나일 뿐, 마법사의 결집체라고 보기도 어려웠다.

"그런 거 막 말해도 돼요?"

"안 되죠."

쉘메오는 뭘 그리 당연한 걸 묻느냐는 듯 웃었다.

그럼 대체 왜 말했단 말인가. ……아니다. 알고 싶지 않다. 더 이상 깊게 얽히긴 싫다.

"그 마도구를 가지고 있는 건 마탑 뿐인가요?"

"확인된 건 마탑밖에 없습니다. 하지만 혹시 모르는 일입니다."

"곤란한데요."

"하지만 한눈에 어떤 물건인지 알아보기 힘드니까요. 그만한 연구 인력을 갖춘 곳은 드물죠. 크게 걱정하지 않으셔도 될 겁니다. 마탑에서는 예전부터 다른 유물이 있나 찾았지만 아직 발견된 건 없었습니다."

있다 해도 어쩔 수 없는 일이다. 혹시나 있을지 모르는 위험을 걱정하는 것보다 당장 눈앞의 일을 생각해야 한다.

"이 목걸이는 부수죠."

쉘메오에게서 느긋하던 웃음이 사라졌다. 황태자도 놀라서 날 바라봤다.

"공녀, 이게 어떤 물건인 줄 알고 하는 소립니까? 단 하나밖에 없는 겁니다."

"마스터의 친절한 설명 덕에 아주 잘 이해하고 있으니 걱정 마세요."

"알면서 그렇게 말씀하신 겁니까?"

너 미쳤냐? 쉘메오의 얼굴을 딱 그 표정이었다.

"마탑으로 도로 가져가면 분명 원리를 연구하려고 하겠죠. 마스터를 포함해서요."

"부정하긴 힘들군요."

그것 보라는 듯이 내가 어깨를 으쓱였다. 쉘메오는 포기할 수 없다는 듯 날 설득하기 시작했다.

"하지만 이런 기술의 개발이 꼭 악용되는 건 아닙니다. 이번 건이 특수하지요. 공녀님이라면 잘 아실 텐데요. 여러모로 획기적인 일을 추진하지 않았습니까."

"그렇다면 제국 황실에서 관리해도 되겠네요. 마탑에서 훔친 것이라고 하나 보석처럼 보증서가 있는 것도 아니고 마탑이 수배를 한 것도 아니죠. 이건 제국이 잡은 죄인에게서 나온 증거품입니다. 당연히 제국이 관리해야죠."

쉘메오는 말없이 미소만 짓고 있었다. 느긋해 보이지만 겪다 보니 알겠다. 지금 그 뛰어난 머리로 여러 상황을 종합해서 수를 헤아리는 것이다.

"제국이 갖는 건 또 곤란하죠?"

"공녀께서는 지나치게 영민하시군요."

뭘 이 정도 가지고.

솔직히 말해서 내가 부수고 싶다고 해서 부술 수 있는 것도 아니다. 이건 아무런 직위도 없는 내가 결정할 일이 아니다. 황태자, 아니, 황제와도 논의해야 할 문제였다.

하지만 제국은 부수는 데 아무런 미련도 없다는 식으로 어필함으로써 소유권 분쟁에서 유리한 고지를 점할 수 있다.

"이것 참, 제가 너무 쉽게 봤군요."

"보통 마법에 관한 건 마탑에 의지하려는 경향이 있으니까요."

병은 의사에게, 약은 약사에게, 마법은 마탑에게.

다른 나라였다면 마탑에게 소유권을 넘겼을 것이다. 그 대가로 다른 흥정을 했겠지.

"마법사로서의 저는 파괴만은 안 된다고 하고, 마탑의 마스터로서의 저는 제국의 손에 들어가는 것보단 없애는 게 낫다고 하네요."

"솔직하시네요."

"그런 말을 듣는 것은 참 오랜만이군요."

쉘메오가 빙긋이 웃었다. 언제나 의뭉스러운 그다웠다.

"마탑이 고의적으로 숨긴 마도구의 관리 부실로 제국이 큰 피해를 입었습니다. 그것도 한 번이 아니지요. 이 일의 원흉이 마탑 출신이라는 것도 상당히 걸리는군요."

"마탑 출신이라고 해도 그자는 마탑이 지명수배한 사람입니다만……. 뭐, 도둑맞은 건에 대해선 할 말이 없군요. 저도 보고를 받고 황당했으니."

"저희는 그 때문에 황태자 후보였던 황자의 목숨을 잃었습니다. 또 차기 황후이자 카일론 공작가의 적녀가 죽을 뻔했고, 황태자 전하께선 협박까지 당하셨죠. 쉽게 넘어갈 일이 아닙니다."

쉘메오가 안경을 벗어 옷감으로 닦았다. 천천히 렌즈를 문지르는 동안 그는 입을 다물었다.

다시 안경을 쓴 그가 빙긋 웃었다.

"다른 보상을 해 드린다 해도 필요 없다고 하시겠죠. 목걸이 문제는 다음에 논의하도록 합시다. 저도 탑과 연락을 해 봐야 하고. 제가 마스터이긴 하지만 다섯 중에 하나일 뿐이니까요. 함구할 사항에 대해선 입을 다물 테니 걱정하지 않으셔도 됩니다."

나는 고개를 끄덕였다. 어차피 쉽게 결론 날 일이 아니다. 게다가 목걸이의 소유권보다 훨씬 중요한 문제가 남아 있다. 황후 문제.

"이만 자리를 비켜 주겠나?"

"그러지요."

황태자의 말에 쉘메오가 매끄럽게 답하며 일어섰다. 유유히 빠져나가는 뒷모습이 사라지자 한숨만 나왔다. 지친다.

"왜 아무 말도 안 하고 가만히 있었어요?"

목걸이를 어찌할지는 내가 결정할 일도 아닌데.

"옳은 말만 구구절절 하는데 끼어들 필요가 있나."

"아부해도 뭐 없어요."

"우울해서 축 처져 있던 와중에 모처럼 그대가 신나하기도 했고."

"제가요?"

확실히 이러저러한 문제에 대해 생각하느라고 황후가 내 목숨을 노리고 있는 건 잠시 잊었다.

"무엇보다 예뻐서. 넋 놓고 구경할 수밖에."

그가 내 코를 살짝 잡아당기며 웃었다. 얇게 휘는 황금빛 눈동자와 웃음이 만개한 꽃보다 근사했다.

나는 몸을 꿈지럭댔다. 방 안에는 단둘. 황태자는 바로 내 옆에 앉아 있다. 넓은 소파인데 왜 이렇게 좁게 느껴지는지. 슬슬슬 옆으로 엉덩이를 움직이자 턱, 하고 팔에 가로막혔다.

황태자가 내 허벅지 옆을 손으로 짚는 바람에 자연스레 그와 소파 사이에 갇힌 꼴이 됐다. 도저히 피할 수 없는 거리. 눈을 어디다 둬야 할지 모르겠다. 눈알만 굴리는 사이 그와 눈이 마주쳤다.

내리깐 속눈썹 아래 빛이 어른거리는 눈동자. 고혹적인 미소를 머금고 있던 얼굴이 한순간 떨렸다. 그의 숨결이 어그러져 닿는 게 느껴졌다.

나는 그게 차마 나오지 못한 흐느낌이라는 걸 알 수 있었다.

울 듯이 얼굴을 일그러트리지도 않고 작은 소리 하나 새어 나오지 않았지만, 나는 알 수 있었다. 대체 어떻게 하면 이렇게 미소를 지으며 울 수 있는 걸까. 어떤 삶을 살았기에.

나는 손을 들어 그의 눈가를 쓸었다. 버석하게 마른 눈매가 처연했다.

"전하의 어머님이세요."

"그런 건 상관없어."

짐승처럼 노란 눈동자가 사납게 번뜩였다.

"그대에게 무슨 일이 생긴다면 난……."

"살았잖아요. 전하께서 구해 주셔서. 그리고 그 전하를 낳아 주신 분이시구요."

"그래서 쉽게 끝나는 거야. 다른 자가 그대의 목숨을 노렸다면 본인은 물론이고 그 가족까지 멸했을 것이야."

당신을 어찌해야 좋을까. 어머니를 제 손으로 고발하는 것보다 내가 위험한 게, 그렇게 만든 사람이 자신의 어머니라는 게 끔찍해 우는 사람을.

나라고 황후가 좋아서 덮어 두자고 하는 건 아니다. 날 죽이려 한 사람이다. 그리고 앞으로도 죽이려 할 것이다. 하지만 이건 황태자에게 너무 가혹하지 않은가. 이제야 사실은 어머니를 사랑하고 있다는 걸 깨달은 사람인데.

"후회하실 거예요."

"후회하지 않아."

그가 내 머리칼을 쓸어 넘겼다. 귓가에서 미끄러진 손이 자연스레 내 턱을 쥐었다.

"내게 그대보다 중요한 건 없어."

말려야 한다고 생각하면서도 말릴 수 없었다.

오히려 그가 황후를 감쌌다면 달랐을 것이다. 날 죽이려 하는 사람을 가만둘 순 없으니 어떻게든 황후의 세를 낮추려는 계책을 짰을 텐데.

표적이 된 나보다 그가 더 초조하고 두려워 보여서 나는 입을 다물었다.

언젠가 바람이 스산한 밤에 황태자가 자신의 손으로 어머니를 친 것을 떠올리며 상처받을 수도 있다. 알면서도 나는 침묵을 택했다.

"걱정하지 말아요."

그의 손에 뺨을 기댔다. 손에 고인 온기를 확인하듯 그가 손가락을 움찔거렸다.

"두려워하지도 말고. 무서워하지도 말고. 나 여기 있으니까."

차라리 황후에게 분노하면 좋을 텐데.

"앞으로 곁에 있겠다고 했잖아요."

내가 그에게 치명적이라는 것, 그를 나약하게 만든다는 것을 몇 번이나 깨닫는다. 이렇게 확실하게.

이 사랑이 어떻게 퇴색돼. 어떻게 변해.

그가 말한 대로였다. 그의 생에 내가 유일하다.

내 뺨을 감싼 그의 손에 손을 얹었다. 나 괜찮다고, 여기 있다고. 내 온기를 더 잘 느끼도록.

날 꼬셔 보라고 말했던 때, 사랑을 해 보고 싶다고 느낀 그 순간 나는 이미 그를 사랑하고 있었는지도 모른다.

나는 가까이 다가오는 입술을 막지 않았다.

23장

가족 클리닉 사랑과 전쟁

가족 클리닉 사랑과 전쟁

"……래서 제 생각엔 이게 가장 효율적인 것 같습니다. 초기 비용이야 회전 장치보다는 더 들지만 그 후 유지비가 훨씬 적습니다."

황태자는 뭘 먹고 그렇게 잘생긴 걸까. 대체 어떻게 하면 인간이 그렇게 잘생길 수 있는 거지? 진짜 이해할 수가 없다.

"공녀."

눈은 어쩜 그런 모양에 그런 색이며 코는 또 어떤가. 거기에 입술은…….

"듣고 있습니까, 공녀."

부드러우면서 단단한 입술이 열리고 그의 혀가 내 안으로 파고들었을 때—.

"공녀!"

갑작스레 쾅, 하고 굉음이 들렸다.

"네, 네!"

샤리안 경이 무시무시한 표정으로 날 바라보고 있었다. 책상을 친 서류뭉치로 날 치고 싶은 표정인데…….

“드, 듣고 있었어요!”

살기 위해 그렇게 말하는 수밖에 없었다.

“어머, 그러시군요. 그럼 공녀는 어떤 게 좋아요?”

나는 내 앞에 들이밀어진 서류를 살피며 필사적으로 머리를 굴렸다. 잘못 대답했다간 죽는다. 책상처럼 쾅 소리가 아니라 퍽 소리가 날 거라고.

“어, 음……. 분출기가 나을 것 같은데요. 물론 비용이 부담스럽긴 하지만 시설을 만드는 데 드는 비용이 커서……. 시설은 한 번 만들면 몇 년간 쓸 수 있고 그럼 이 비용은 감가상각으로…….”

떠오르는 생각을 그대로 말하다 보니 어느 정도 결론이 정리됐다.

“음, 처음 들어가는 마력이 많긴 하지만 연비도 좋고. 분출기가 낫겠어요. 아, 근데 나중에 상용화될 때 앞바다에서 어업하는 개인한테는 회전형이 낫겠는데요? 어민들은 그리 돈이 많지 않으니까요. 따로 작업에 착수했으면 좋겠는데…….”

자료에서 고개를 들고 샤리안 경을 향해 어색하게 웃었다.

“공녀가 아주 조금만 덜 유능했어도 이 방에서 내쫓겼을 겁니다.”

이 방뿐만 아니라 이 세상에서 쫓아내 버릴 것 같은 얼굴인데! 나 방금 죽을 고비를 넘긴 거야? 황후만 조심하면 될 줄 알았는데 여기저기가 지뢰밭이다. 황궁은 참 무서운 곳이야.

—내가 반드시 그대를 지킬 것이다.

귓가에 황태자의 목소리가 둥둥 울렸다.

으앙앙아! 왜 생뚱맞게 그게 떠오르는 거야. 하참, 나참, 진짜!

"일에 집중하든지 망상에 젖어 있든지 둘 중 하나만 하세요."

샤리안 경의 싸늘한 말에 정신을 차렸다. 진한 쪽팔림이 몰려왔다.

내 생각이야 그녀가 알 길이 없지만……. 나는 뺨을 양손으로 감싼 채 몸을 비비 꼬고 있었다. 얼마 전 알베르와 똑같은 모습이었다. 젠장.

조용히 아무 일도 없었던 것처럼 손을 내리고 숙연하게 고개를 숙였다.

"죄송합니다."

"그럼 집중합시다."

"네."

이번에야말로 열일하려 하는데 집무실 문이 벌컥 열렸다.

"황태자 전하를 뵙습니다."

샤리안 경은 공손하게 고개를 숙였지만 표정에는 숨기지 못한 짜증이 배어 있었다. 그녀의 눈치를 슬금슬금 보면서 책상에서 일어났다.

"샤티."

황태자가 내게 다가오며 손을 뻗었다. 다른 사람은 정말 안중에도 없는 모양이다.

그의 손을 맞잡자 그가 날 끌어당겼다. 단단한 품으로 쏙 들어가 고개를 드니 이렇게까지 잘생길 필요가 있을까, 싶은 얼굴이 날 내려다보고 있었다.

"전하……."

"오늘은 어떻게 지냈어?"

"그냥 지냈어요. 평소처럼."

사실은 혼났지만.

"일은 힘들지 않고?"

"제가 해야 하는 일인 걸요."

안 해서 혼났지만.

그가 흘러내린 내 머리칼을 만지작거리다 감아올렸다. 뺨과 귀, 목덜미에 그의 손가락이 스친다. 눈이 깊게 마주치고 그가 미소 지었다.

"내 생각은 많이 했어?"

"몰라요."

그의 품으로 얼굴을 숨겼다. 그가 웃는 게 들썩이는 가슴으로 느껴졌다. 미약한 진동과 쿵쿵 뛰는 심장이 기분 좋았다.

"샤티."

대답 없이 그의 품속으로 더 깊게 파고들었다. 한 차례 더 진동이 느껴진다.

"샤티."

그는 나를 부르면서도 억지로 내 얼굴을 들지 않았다. 고개를 들지 않겠다는 듯 그의 허리를 꽉 끌어안았다. 그 순간 '쪽' 하는 소리와 함께 정수리에 따뜻한 온기가 느껴졌다.

'응?'

깜짝 놀라 고개를 드니 바로 앞에 황태자의 얼굴이 보였다. 속눈썹 결이 보일 정도로 가까운 거리다. 그가 다시 입술을 내렸다. 숨결이 먼저 닿고 입술이 닿으려는 순간—.

"네에, 거기까지 하시죠."

쉘메오가 빙긋 웃으며 우리 사이에 손바닥을 끼워 넣었다.

그제야 짜게 식은 얼굴로 우리를 바라보고 있는 세 사람이 눈에 들어왔다. 나도 어느새 황태자처럼 다른 사람은 안중에도 없는 것처럼 굴고 있었다. 부부는 닮는다더니.

어머, 부부래! 나 지금 무슨 생각을 한 거야.

"이런 순간에는 방해하면 안 된다는 것도 모르나?"

적반하장으로 황태자가 미간을 찌푸리며 쉘메오에게 말했다.

"네네, 남의 집무실에 쳐들어와서 애정 행각을 벌이는 일도 안 된다는 건요?"

쉘메오가 생긋 웃으며 받아쳤다. 파지직 둘 사이에 전기 튀는 소리가 요란하다.

"오늘 일은 끝났나?"

"안 끝났습니다만……. 오늘 공녀의 상태를 보니 이만 가시는 게 도움될 것 같네요."

샤리안 경이 냉정하게 말했다. 표정을 보니 일적으로 도움이 된다는 게 아니라 자기네 정신건강에 도움이 된다는 거 같은데. 내 착각이겠지? 응? 착각일 거야.

"내 생각 많이 했나 보네."

샤리안 경의 표정은 보이지도 않는지 황태자가 날 보며 미소 지었다. 그런데 참 이상하지. 그 얼굴을 보니 나도 실실 얼굴이 풀어지려 했다.

"그래서 그런 거 아니에요!"

"그렇겠지."

그가 내 손을 들어 올려 쪽, 손가락에 입을 맞췄다. 슬쩍 눈만 들어 날 쳐다보는데……. 아, 진짜 왜 이렇게 잘생긴 거야. 심장이 남아나질 않는다.

"전하께서는 한창 집무 보실 시간이 아니십니까?"

일할 시간에 왜 여기까지 와서 농땡이냐. 샤리안 경이 날카롭게 물었다.

"이미 다 처리했어."

"벌써요?"

샤리안 경이 놀란 얼굴로 시계를 힐끗 봤다.

"트로바센 경이 일을 줄일 인사가 아닌데……."

"빨리 끝내니 내일 것까지 시키려고 했지."

황태자가 여기 있는 걸 보니 트로바센 경의 마수에서 무사히 벗어난 모양이다.

"그럼 수고하도록."

그가 다른 사람들에게 인사하며 날 에스코트했다. 나는 미안한 웃음을 한 번 지은 뒤 방을 나섰다.

"사랑을 하면 저렇게 바보같이 굴게 되는 걸까요."

알베르가 중얼거리는 소리가 닫히는 문틈으로 들렸다.

이미 충분히 바보스러우니 알베르는 걱정 안 해도 될 것 같은데……. 평소의 허당끼도 상당하지만 샤리안 경과 관련되면 정말 보고 있기 미안해질 정도가 되던데.

잠깐, 지금 내 모습도 그렇게 보인다는 건 아니겠지?

더 이상 생각하기 두렵다. 나는 이 일을 잊기로 했다.

"분위기가 어째 이상한데요?"

회랑을 걸어가는데 묘하게 뒤숭숭하고 어수선한 느낌이다.

"아, 낮에 황후 폐하를 고발했거든."

"네?!"

'날씨가 흐려서 그래.' 라고 답하는 것처럼 평이한 어조로 이런 폭탄을 던지다니. 기가 막혀 쳐다보는데도 황태자는 여상히 걸을 뿐이다.

"지금 뭐라고, 아니, 그걸 이렇게 빨리……. 대체 어떻게 감당하시려고요!"

멈춰 선 날 보고 황태자도 걸음을 멈췄다.

"이 일로 생길 파란보다 그대가 안전한 게 더 중요해. 의심을 받게 된 이상 모후께서 섣불리 움직이지 못하실 거야."

아니, 그래도 그렇지!

무려 제국 황후의 죄를 폭로하는 일이다. 그리고 황후는 황태자의 모후. 황후의 허물이 황태자에게까지 번질 수 있다. 뿐만 아니라 외척은 황태자의 가장 큰 세력이다.

최대한 잡음 없이 처리하기 위해 그물을 촘촘하게 짜고 수풀로 덮어 위장해도 폭탄처럼 터질 일인데.

"분명 마르켈 후작가를 위시한 세력이 들고 일어날 거예요. 마르켈 후작 쪽은 전하를 잘라 내려 할 것이고 귀족파는 황후의 죄를 빌미 삼아 전하의 자질을 걸고넘어질 거예요."

사방에서 황태자를 공격하려 할 것이다. 내 안전을 위해 그의 안전을 포기한 것이다.

"나 걱정해 주는 거야?"

"그걸 말이라고 해요?!"

화가 나서 쿵쿵 발을 굴렀다. 그가 피식 웃으며 내 뺨에 키스했다. 뺨에, 눈에, 이마에, 콧잔등에.

다가온 얼굴은 멀어지지 않았다. 이마가 맞닿은 상태로 한동안 호흡을 골랐다. 흥분이 가라앉고 맞닿은 그에게로 온 신경이 쏠렸다. 코가 스치고 입술이 닿는다.

그의 입술이 내 입술을 물고 부드럽게 빨아 당기자 저절로 입술이 열리며 숨이 터져 나갔다. 뜨거운 손이 내 뒷덜미를 받쳤다. 머리칼 사이를 파고드는 손가락이 단단했다.

"으응……."

내 입안을 훑는 혀가 미끄러질 때마다 막힌 숨 때문에 콧소리가 나왔다. 혀와 혀가 뒤엉키고 호흡이 뒤섞였다. 그가 입 안쪽의 연한 살을 건드릴 때마다 움찔움찔 몸이 떨렸다.

계속해서 숨이 차오른다. 호흡이 거칠어지고 내 머리칼을 헤집는 그의 손도 거칠어진다.

팔을 들어 그의 목을 끌어안았다. 몸이 더 밀착하고 더 뜨거워져 나도 모르게 그의 머리칼을 잡아당겼다.

"아!"

갑작스레 느껴진 날카로운 통증에 신음이 나왔다. 입술이 화끈거린다. 눈을 뜨자 그가 장난스레 웃고 있었다. 장난스러운 미소와 달리 노란 눈동자는 날 태워 녹일 듯이 사나웠다

그가 깨문 입술이 아렸다. 혀로 아픈 곳을 느릿하게 쓸자 그의 눈매가 더 깊어지며 짙게 가라앉았다.

끄응, 하고 신음한 그가 내 얼굴을 감싸 쥔 채 도장 찍듯 입술을 꾹 눌렀다. 그러고는 날 꽉 끌어안았다.

"원래 꽤 참을성이 많다고 생각했지만 말이야. 이번에는 정말로 나 자신한테 감탄했어."

무슨 말인지 잘 알겠어서 아무 말도 할 수 없었다. 잘했다고 등을 쓰다듬어 줄까, 생각하다가도 그를 자극할까 봐 걱정됐다. 결국 이러지도 저러지도 못하고 몸만 꼼질댔다.

“좀 가만히 있어 봐. 지금 닿은 몸으로 그대의 움직임이 다 느껴진다고.”

그 말에 온몸에 열이 올랐다. 새삼스레 그의 몸에 짓눌린 가슴이 의식됐다. 쾅쾅, 그를 두들기며 품에서 벗어나려고 했지만 단단한 팔은 날 놓아주질 않았다.

결국 포기하고 얌전히 안겨 있었다. 팔을 가슴 앞에서 교차해 가린 채로.

“전하, 의외로 상상력이 풍부하신 편이군요.”

아무리 그래도 그렇지. 그는 정복을 입고 있고 나는 질 좋은 비단으로 만든 드레스를 입고 있다.

조금 꿈지럭댄다고 해서 그렇게 예민하게 받아들이다니. 자기가 무슨…… 어라?

—전하께서는 르웬다나의 축복을 받으신 몸이 아닙니까. 귀를 기울이셨다면 그 정도 벽을 사이에 둔 대화는 충분히 들렸을 겁니다.

—신체 능력을 강화하는 것도 축복 중 하나니까요.

벽을 사이에 둔 대화가 바로 옆에서처럼 들린다면 옷감을 사이에 둔 촉감은 어떨까.

“당장 이거 놔요, 이 변태!”

다음 날, 바로 재판이 열렸다. 사안이 사안인 만큼 빠른 처사였다.

마르켈 후작을 따르는 귀족들은 이건 말도 안 되는 일이니 재판 자체가 열리지 말아야 한다고 부르짖었지만, 황제는 결백하다면 아무 문제 없을 거라고 일축했다.

"전하, 꼭 전하께서 해야 하는 일은 아니에요. 다른 사람이 해도……."

"아니, 내가 할 거야."

황태자가 확고하게 말했다. 나는 입술을 깨물었다. 황태자는 황후의 죄를 공소한 사법관으로서 법정에 설 예정이었다.

"그대 말이 맞아. 나는 모후를 사랑했어. 그러니 내가 해야 해."

담담하게 말하는 목소리는 흔들림이 없었다. 그는 이미 결심을 마친 것이다.

"그렇게나 혐오하던 사람인데 부모 자식 간의 연이 뭐라고 사랑하지 않을 수 없었어. 그대가 아니면 깨닫지 못했겠지."

나는 입술을 깨물었다. 어머니를 사랑하는지도 모르는 채 죄를 묻는 것과 사랑하는 어머니의 죄를 묻는 것, 둘 중 어느 게 더 아픈 일일까.

"모후께선 그 질긴 연에서 자유로운 것 같아서 참 부러워."

황태자가 경멸하듯 중얼거렸다.

그의 모습을 보며 결심했다. 내가 당신의 가족이 되어 줄게. 더 이상 가족으로 인해 상처받지 않도록.

"잘하고 오세요."

다 끝내고 돌아와요. 내 품으로.

내 미소에 그가 마주 미소 지었다. 나는 방청석으로 돌아갔다.

"황제 폐하와 재판부 입장합니다."

모두가 자리에서 일어났다.

황후의 죄를 저울질할 수 있는 건 오로지 황제뿐이다. 황제가 재판정으로 들어서고 개정을 알렸다. 이중에서 공소 내용을 모르는 자는 없다.

"7황자 스트라빈 페리 페레칼로닌과 샤르티아나 알티제 카일론을 살인 교사한 혐의로 황후 유라카리나 이롬 페레칼로닌을 공소 제기합니다."

그럼에도 황태자의 말에 재판정이 한순간 술렁였다. 황태자가 직접 나설 줄 몰랐던 탓이다. 사람들은 사실 여부보다 황태자가 대체 무슨 생각인지에 더 관심이 많았다.

어차피 대다수의 사람들은 황태자의 고발을 믿지 않았다. 7황자가 죽었을 때, 혼자 실수로 계곡에 빠진 걸 목격한 자들이 이 자리에도 많다.

내 경우는 더더욱 말이 안 된다. 몬스터가 숲을 빠져나온 사고 현장에 우연히 내가 있었을 뿐이다.

둘 다 황후와 아무런 관련이 없다.

"전하도 정말 너무하시군. 본인의 모후 아니신가. 최근 두 분 사이가 전 같지 않다는 소문은 들었지만 이렇게 모함을 하실 줄이야."

"아무래도 마르켈 후작가를 쳐 낼 생각인 듯한데……."

그리 말한 사람이 날 힐끔 쳐다봤다. 의미는 명백했다. 황후가 날 탐탁잖아 하는 건 모두가 아는 사실. 내가 베갯머리송사라도 한 게 아니겠냐는 뜻이다.

"전하답지 않은 무리수입니다만."

"이것 참, 이제 라하딘 경합도 끝났겠다 정국이 안정되나 싶었는데 더 큰 파란이 불겠군요."

여기저기서 웅성거리는 소리가 들렸다. 정숙하라 외치는 소리가 크게 울려 퍼지고 침묵이 찾아왔다.

"황후는 8년 전, 궁에 따로 사람을 불러 7황자를 죽이라 명했습니다."

"황후, 혐의를 인정하는가?"

"인정할 수 없습니다."

황후는 어떤 변명도 하지 않았다. 그저 자신의 아들이 대체 왜 이러는지 모르겠다는 듯이 안타깝고 슬픈 눈으로 황태자를 바라봤다.

"증인이 있습니다."

문이 열리고 증인이 들어섰다. 목과 팔목을 연결하는 수갑을 찬 남자가 들어섰다. 씻겨서 깨끗한 옷을 입혔지만 이마에 난 화상 자국과 여기저기 터지고 멍이 든 탓에 남루해 보였다.

다들 증인에게로 시선이 쏠린 사이 나는 황후만을 쳐다봤다.

남자의 얼굴을 확인한 황후의 눈이 한순간 떨리더니 의자 손잡이를 콱 틀어쥐었다. 작지만 명백한 동요다. 하지만 증인이 무릎 꿇는 것과 동시에 동요가 지워졌다.

"저는 8년 전 황후의 명을 받아 7황자를 시해했습니다. 황후께선 목격자가 많게 사고사로 위장해 죽이라 명하셨습니다."

"지금 네놈은 네가 황자를 시해한 장본인이라 인정하는 것이냐?"

"인정합니다."

남자의 말에 장내가 술렁였다. 소란이 잦아들 때 황후가 차분히 입을 열었다.

"저는 저자를 본 적이 없습니다. 보십시오. 저자에겐 모진 고문을 당한 흔적이 남아 있습니다. 아무래도 협박을 당한 것이겠지요. 태자, 어찌 무고한 이를 황족 시해범으로 모는 겁니까."

"정말 협박했다면 꼬리를 잡히지 않기 위해 상처를 내지 않았겠지요. 굳이 폭력으로 협박하지 않아도 돈으로 사는 쉬운 방법이 있습니다, 모후. 모후께서 그랬던 것처럼요."

황후의 얼굴이 꿈틀거렸다.

"태자! 태자의 어미로서 그간의 무례를 참았으나 갈수록 언사가 심해지는군요! 태자는 정녕 이 어미가 돈으로 스트라빈의 목숨을 거뒀다 하는 겁니까!"

"진실은 모후께서 가장 잘 아실 텐데요."

한 치의 양보도 없는 둘의 설전에 분위기가 팽팽하게 날 섰다.

"그만들 하시오!"

황제가 지팡이로 바닥을 내리쳤다. 쩌정, 하는 소리가 귀 아프게 울려 퍼졌다.

"증거는?"

황제가 증인에게 직접 하문했다.

나는 입술을 깨물었다. 증거는 원래 아이린이 가지고 있었지만 지워 버렸다. 더는 황태자를 협박 못하게 하려고.

여기에 아이린을 불러온다고 해도 그녀는 증언하지 않을 것이다. 황태자가 원하는 말, 내게 도움이 되는 말은 하지 않겠지.

"없습니다."

"범행 방법은?"

몬스터를 조종하는 목걸이에 대해 발설할 순 없다. 그 존재 자체가 파장을 불러일으킬 테니까.

"공개 재판에선 답할 수 없습니다. 황태자께는 말했습니다."

하나같이 맥 빠지는 대답뿐이었다. 방청객들은 아무 말도 하지 않았지만 그것 보라고 하는 듯한 야유가 느껴졌다.

역시 너무 빨리 일을 터트렸다. 제대로 된 준비를 해도 모자랄 판이었다. 아무리 내 안전을 생각해도 그렇지. 황태자가 그렇게 무모한 사람은 아닌데, 왜.

"하! 증거는 없고 범행 방법은 태자에게만 말했다? 증인으로 온 건지 태자를 돕기 위해 온 건지 모르겠군요."

증인이 아무런 확신도 못 주는 걸 깨닫자마자 황후가 자리에서 일어서며 말했다. 그녀는 좌중을 쭉 둘러보며 위엄 있게 어깨를 폈다.

"비록 결백하다고 해도, 재판정에 피고인으로 서는 것 자체가 내겐 치욕이고 모욕이고 수치입니다. 이건 나뿐만 아니라 제국을 욕보이는 겁니다. 감히 이 나라의 황후를 이런 일에 엮다니요! 아무리 황태자라 해도 이 일을 그냥 넘어갈 순 없습니다!"

"그런 말은 재판이 끝나고 해도 늦지 않습니다, 모후. 앉으시지요."

"더 이상 재판에 의미가 없는 것 같습니다만?"

황후가 삐딱하게 묻자 황태자가 입매를 비틀어 올렸다.

"제가 언제 증인이 한 명뿐이라 하였습니까."

황태자의 말이 끝나는 것과 동시에 문이 열렸다. 얼굴에 주름이 진 중년 여인이 고개를 수그린 채 재판장 안으로 들어왔다.

그녀는 황족과 감히 눈을 마주치지 못하고 고개를 조아렸다. 하는 품새를 보니 황궁에서 일한 전적이 있는 것 같은데…….

"저는 황후궁에서 20년 넘게 일한 하녀입니다."

황후궁의 하녀라고?

고작 나흘 만에 새로운 증인을 찾아낸 황태자가 대단했다. 그것도 황후궁 하녀를 궁의 주인인 황후조차 모르게 찾아내다니. 나흘 만에 가능한 일이 아니다.

그래, 황태자가 어떤 사람인데. 그렇게 무모할 리 없지. 새삼 희망이 생겼다.

"8년 전, 황후궁에 하녀들이 대대적으로 충원된 적이 있습니다."

"소상히 말하거라."

궁인들을 관리하는 것은 황후의 소관이기에 황제는 자세히 몰랐을 것이다.

"형식적으로는 황태자 즉위식을 준비하느라 인원을 충원한 것이었지만 실상은 황후궁 내 하녀를 교체하기 위한 눈속임이었습니다."

"닥치거라, 네 이년!"

황후가 날카롭게 외쳤다. 눈동자가 형형하게 불타오르며 하녀를 노려봤다.

"네년이 감히 어느 안전이라고 삿된 입을 함부로 놀리는 것이냐! 황족을 능멸한 죄는 죽음으로 갚아도 부족하다! 네년이 지금 당장 죽고 싶은 게냐?"

"주, 죽여 주시옵소서, 황후 폐하!"

하녀가 바닥에 납작 엎드렸다. 바들바들 떨리는 등이 가련했다. 그녀는 누구보다 오랫동안 가까이에서 황후의 패악을 지켜봤을 것이다.

"황후는 증인을 압박하지 마시오!"

"하오나, 폐하. 저것이 저를……."

"증인은 증언하고 있을 뿐이오! 만약 거짓이라면 그땐 내가 용서치 않을 것이외다!"

그 말에 황후는 어쩔 수 없이 입을 다물었다.

"증인은 고개를 들라."

하녀가 고개를 들었다. 고개를 들어도 절대 황제와는 눈을 마주치지 않고 내리깔았다.

이런 상황에서도 저렇게 행동하는 것을 보니 황후가 하녀들을 어찌 대했는지 알 수 있었다.

레지나궁 하녀들은 지금도 날 좀 두려워하지만 눈도 못 마주치진 않는다. 가끔은 먼저 내게 말을 건네고 시시콜콜한 이야기를 하기도 했다.

내가 느낀 걸 황제가 못 느꼈을 리 없다.

"지금부터 하는 말에 한 톨의 거짓이라도 묻어 있다면 쉽게 죽지 못할 것이다. 알겠나?"

"명심하겠나이다, 폐하."

"계속하거라."

"예에……. 황태자 책봉이 끝나고 충원된 하녀들이 필요 없어졌을 때, 궁 밖으로 나가는 것은 그녀들이 아니었습니다. 바로 기존에 있던 하녀들이었습니다. 그전부터 황후궁에서 일하던 하녀들은 모두 다 빠짐없이 궁을 나갔습니다."

"너는 20년 넘게 황후궁에서 일했다 하지 않았느냐?"

"그렇습니다. 저는 출궁하신 2황녀님의 도움으로 궁에 남을 수 있었습니다."

"레이안느의 도움으로……?"

2황녀는 황후 소생의 황녀다.

"예, 전 2황녀님이 어렸을 때부터 황후궁에서 일했기 때문에 황녀님과 작은 인연이 있었습니다. 제가 퇴직할 위기에 처하자 황녀님께서 절 위해 힘을 써 주신 겁니다. 제 가정형편이 좋지 못해서 꼭 일을 해야 했거든요. 마침 새로 온 하녀 중에는 저와 동명인 하녀도 있었기에 일이 수월했습니다."

그녀가 고변하는 동안 나는 황후만 쳐다봤다. 아주 조금씩 변하는 표정이 볼 만했다. 황후는 의식적으로 표정을 풀다가도 이어지는 말에 다시 입매를 떨었다.

"저는 2황녀님의 은혜에 감읍하며 궂은일을 마다하지 않고 더욱더 열심히 일했습니다. 그러던 중 이상한 일이 생겼습니다."

"계속 말하라."

"당시 제 복무 기간이 십 년을 훌쩍 넘겼기에 궁을 나간 하녀들과도 꽤 친분이 있었습니다. 몇몇 지인들과 편지를 주고받는데 어느 날부터 하나둘, 연락이 끊기기 시작했습니다. 그리고……."

"부고가 날아왔군."

"예……."

황제는 지친 얼굴을 감췄다. 이마를 감싼 손을 내렸을 때 그는 언제나와 같은 근엄한 황제의 얼굴로 돌아와 있었다.

황후가 하녀들을 다 죽인 이유야 명백했다. 증거인멸.

시녀들의 동선은 제한되어 있다. 항상 주인의 곁에 있고 명을 수

행할 때만 움직이기 때문이다.

근위병도 마찬가지다. 내궁을 통과할 땐 마차 안에 태워서 보이지 않게 하고, 황후궁 앞에서 내리는 잠깐은 핑계를 대 근위병을 치우면 그만. 어차피 정문으로 오지도 않았을 거다.

그에 반해 하녀들은 통제할 수 없다. 회랑을 비우고 길목을 치운다고 해도 언제 어디서 하녀가 '손님'을 볼지 모른다.

"지금 설마, 궁을 나간 하녀들의 죽음과 제가 연관 있다고 보시는 건 아니겠지요, 폐하."

"황후가 보기엔 아니오?"

"저는 결백합니다. 네, 분명 궁에 하녀가 많기에 일부를 내보내라 명했습니다. 하지만 어떤 하녀를 내보냈는지 저는 알지 못합니다. 황태자 책봉 건으로 일손을 늘렸지만 끝나고 나니 그 많은 인원은 예산 낭비였죠. 그랬기에 인원을 줄이라 명한 것이었습니다."

"보통 그럴 땐 충원한 인원을 기간제 계약으로 쓰지."

"태자가 황태자궁으로 거처를 옮기니 하녀들이 더 필요할 거라 생각해서 그런 것입니다. 황태자궁은 크니까요. 하지만 태자의 성정이 검소해 옮긴 후에도 이전 인원만으로도 괜찮다 하여 무산된 것입니다."

황후의 변론은 생각보다 견고했다. 물론 저 말이 믿음직스러운 건 아니다. 하지만 황후에게는 하녀들을 충원하고 다시 내보낼 명분이 있다.

정황상 그래 보인다는 걸로는 죄를 입증할 수는 없다. 그것도 이런 중죄는 엄정히 다뤄야 하는 법. 손이 땀으로 미끌거렸다. 하녀의 말을 들을 때는 이제 다 끝났다고 생각했는데 쉽게 끝나진 않을 것 같다.

"증인, 나간 하녀들은 다 이전에 일하던 자들이었느냐? 한 명도 빠짐없이?"

"예, 그렇습니다."

"이게 우연인가, 황후?"

"저는 모르는 일입니다. 그저 하녀를 내보내라 명했을 뿐. 실질적으로 명단을 작성한 것은 당시의 시녀장입니다."

8년 전의 시녀장이라면 라브엘이 잘 알 텐데. 라브엘이 예전에 1황녀의 시녀로 봉사했으니 황후의 시녀장도 봤을 것이다.

방청석에 앉아 있는 라브엘을 찾아 눈으로 묻자 짧게 고개를 저었다. 이미 고인이 되었구나.

눈짓으로 황후를 가리키니 또다시 고개를 젓는다. 황후가 죽인 건 아니고 그럼 자연사인가. 살아 있었다면 사실과 다르다는 증언을 했을 텐데……. 하긴, 그랬다면 황후가 저런 변론도 하지 않았겠지.

"시녀장이 당시의 하녀장과 사이가 안 좋긴 했습니다. 황궁은 권력이 집중되는 곳. 그러다 보니 궁인들 사이에서도 권력을 놓고 쟁탈전을 벌이기도 하지요. 시녀장이 하녀장을 내쫓으며 이전에 있던 자들을 내보내고 새 사람을 들여 분위기를 쇄신한 듯합니다."

황제가 턱을 쓰다듬었다. 그가 무슨 생각을 하는지 알 수 없었다.

최근 황제와 황후가 대립각을 세우고 있으나 마르켈 후작가는 황제파다. 카일론과의 일로 틀어졌을 뿐이다. 차라리 마르켈 후작이 귀족파였으면 달랐을 텐데 누구 한쪽 편을 들긴 애매했다.

이건 후대에도 계속해 회자될 사안. 아무래도 황제는 가장 공정하게 처리하려 할 것이다. 그렇다면 어떻게 해서든 죄를 밝혀내는 게 중요하다.

"증인, 궁에서 나간 하녀들은 다 죽었는가?"

"저와 계속 연락을 하던 이들은 다 그랬습니다."

하녀의 대답에 황후가 미소를 지었다.

"연락하던 이가 몇이었지?"

"네 명이었습니다."

"나간 하녀가 몇인데, 그중 넷은 운이 따르지 않았을 수도 있지요."

"그렇다면 넷이 아니라 전부면 확실히 수상하겠군요."

황태자가 조용히 말을 받았다.

"조사 결과 전부 죽었습니다. 여기 그 자료입니다."

황태자의 눈짓에 사무관이 자료를 재판부에 올렸다. 자료를 살핀 황제가 눈살을 찌푸렸다.

"황후, 이게 어떻게 된 일인가!"

"저는 모르는 일입니다, 폐하!"

하얗게 질린 황후가 외쳤다.

"제가 아까 말씀드린 것만이 진실입니다. 저는 궁에서 어떤 하녀가 나갔는지도 모르기에 그 이후의 일은 당연히 알 도리가 없습니다. 궁내부를 관리하면서도 궁 안의 일을 다 파악하지 못한 죄라면 물으셔도 마땅하나 억울한 죄는 덧씌우지 말아 주소서."

"황후!"

황제가 일갈했다.

"진실만을 말해야 할 것이오!"

"저는 제국의 황후. 일신의 안위를 위해 가벼이 입을 놀리지 않습니다!"

황후가 결연하게 외쳤다. 정말 겉으로 보기엔 죽음을 불사르는 열사 같았다.

잠시 황제와 황후가 대치하며 싸한 정적이 흘렀다. 황제는 이미 황후가 7황자를 죽였다고 결론을 내린 듯했다. 하지만 이를 처벌하려면 확실한 증거가 필요하다.

"아직 가장 중요한 말이 안 끝났습니다."

얼어붙은 공기를 깬 것은 황태자였다. 모두의 시선이 그에게 집중되었다. 황태자가 느긋하게 미소 지었다. 이 상황에서조차 잘생겼다. 저 남자가 내 남자라니.

그 자신감에 찬 잘생긴 얼굴을 보자 걱정할 필요가 없다는 걸 깨달았다. 황태자는 언제나 냉철하고 빈틈없다. 나에 관한 일을 빼고는.

이건 황후를 고발하는 일. 고발한 이유는 나 때문이지만 상대는 황후였다. 내가 상대도 아닌데 그가 예외를 둘 리가.

"증인, 남은 말을 계속하라."

황태자의 명령에 하녀가 머리를 숙였다.

"저는 이 남자를 8년 전에 본 적이 있습니다. 황후궁에서요."

"거짓말!"

황후가 벌떡 일어났다.

"이건 모함입니다! 누구보다 폐하께서 잘 아실 겁니다."

"증인, 거짓을 고할 시 내 친히 엄벌을 내릴 것이라 경고했네."

황제의 말에 하녀가 납작 엎드려 빌었다.

"어느 안전이라고 감히 거짓을 고하겠나이까. 제 입에서 나온 이야기는 모두 다 사실이옵니다. 당시 하녀장의 심부름으로 빨래터에 다녀오던 차였습니다. 그때 먼발치에서 저 남자를 봤습니다. 8년이 지난 지금도 기억하는 건 저 남자 이마에 있는 화상 흉터 때문입니다."

저 흉터가 고문 때문인 줄 알았는데 예전에 생긴 거구나. 저렇게 큰 화상 자국은 본 적이 없어 잘 모르지만 최근 난 흉이라고 보기엔 피부가 완전히 아물긴 했다.

"황후, 모든 정황이 그대가 저 남자에게 살인을 교사한 게 사실이라 말하고 있네. 거기다 확실한 증언까지 나왔지."

"저 하녀가 사주를 받은 겁니다! 분명 누군가의 지시로 저런 말도 안 되는 말을 지껄이는 겁니다!"

황후가 분연히 외쳤지만 황제의 귀에는 닿지 않았다.

"우선 황후를 궁에 연금한다. 황후궁은 대대적인 조사를 해야겠으니 거처를 라스텔리궁으로 옮기도록."

라스텔리궁은 황궁 변두리에 있는 궁으로 소박하다는 말이 양반으로 들리는 궁이다. 황후궁에 비하면 감옥이라 해도 좋은 곳.

"폐하, 억울합니다! 저를 죄인 취급하시는 겁니까!"

"당장 탑에 연금하라 명하지 않은 것을 내 자비로 알아야 할 것이오."

황후가 고개를 돌렸다. 잠시 재판장을 혼란스럽게 훑던 눈동자가 황태자에게서 멈췄다.

"태자, 내가 태자를 어찌 키웠는데 내게 이러십니까. 정녕 이 어미가 죽는 꼴을 보고 싶어서 이러시는 겁니까!"

"모후께서 절 어찌 키우셨는지 잘 압니다."

황태자가 비뚜름히 웃었다. 나 역시 조소를 머금었다.

어떻게 키웠냐니. 자신의 권력을 유지하고 강화시키는 수단으로만 취급했지. 정말 뻔뻔하다.

"아직 연치가 어려 여인에게 쉽게 미혹된다 하더라도 이건 아닙니다. 후대가 태자를 어찌 판단하겠습니까!"

"말씀을 삼가십시오."

황태자가 미간을 찌푸렸다. 내가 관련되자 곧장 예민하게 반응한다.

"삼가야 할 사람은 태자입니다. 이런 일을 벌이다니 대체 어떻게 된 겁니까! 지금이라도 늦지 않았습니다. 현안을 되찾으세요!"

"정당한 일을 한 것뿐입니다."

"어미를 구금시키는 것이요!"

황후가 기가 차다는 듯 웃었다.

"죄는 죄. 이 나라의 법도를 세운 것은 바로 이 황실입니다. 황족이라고 해서 그 법도를 벗어날 순 없습니다. 제국민의 모범이 되어야 하니 가장 청렴하고 결백하게 법을 지켜야지요. 모후의 뛰어난 교육 덕에 이리 공명정대한 그릇으로 성장했으니 기뻐하시지요."

황태자의 말에 황후가 아무런 말도 못하고 부들부들 떨었다. 온 얼굴이 시뻘겋게 달아오르고 힘줄이 돋아 평소의 위엄은 찾아볼 수 없었다.

"황후께선 7황자뿐만 아니라 카일론 공녀까지 살해하려 했습니다."

"그래, 그것도 있지."

황태자의 말에 황제가 심각하게 고개를 끄덕였다.

"똑같이 시해범에게 교사했습니다. 이번엔 증거를 남기지 않기 위해서 아이린 스테나를 이용했습니다."

갑자기 생각지 못한 이름이 나오자 여기저기에서 소란이 일었다.

아이린은 귀족 지위를 잃었기에 더 이상 영애라고 불리지 않았다. 알고 있는 사실이지만 막상 저리 부르는 걸 들으니 어색했다.

"사냥제 전, 스테나가 전 백작저로 다녀온 적이 있습니다. 이때를 맞춰 백작저에 시해범이 방문하였고, 황후는 스테나와 통신하는 척하며 시해범과 밀담을 주고받았습니다. 통신이 연결된 후에는 스테나를 방 밖으로 내보내고 공모했기 때문에 그녀는 자세한 내용은 알지 못했을 겁니다."

아하, 그렇게 해서 저자와 아이린의 접촉점이 생겼구나.

황후는 설마 저자가 아이린에게 7황자에 관한 일을 알려줄 줄은 몰랐겠지. 증거가 있을 줄은 상상도 못했을 테고.

이번에는 나를 죽이는 일이니 아이린이 알아도 가담하거나 모르는 척할 거라고 여겼을 것이다. 실제로 저자와 접촉한 건 아이린이니 일이 틀어지면 그녀에게 뒤집어씌우기도 편하고.

결국 황후가 아이린을 이용해 먹느라 제 약점을 넘겨준 셈이다. 그런데 정작 본인은 까맣게 모르고 애꿎은 황태자만 협박당했다.

아이린과 황후는 서로 이용했으니 참으로 공평한 관계인데 황태자는 무슨 죄인지.

"시해범이 스테나가 음독할 독을 제공한 자입니다. 본인이 자백했습니다."

"내궁통신소의 기록을 보면 그때 당시에 정말 통신을 했는지 알 수 있겠군."

"여기 기록이 있습니다."

황태자가 눈짓하자 사무관이 자료를 올렸다.

"제가 그때 스테나와 통신한 것은 사실입니다. 하지만 저자와는 아닙니다."

황후가 빠르게 변론했다.

"증인이 있나?"

황제의 눈짓을 받은 황후의 시녀장이 일어났다.

"황송하오나 폐하, 황후께서 통신하는 내내 시녀들이 곁에 있지 못했사옵니다."

"시녀들이 황후의 곁에서 자리를 비우는 일은 흔치 않은데?"

황후는 옹위받길 매우 좋아하는 사람이었다. 거느리는 시녀의 수는 곧 권력의 상징. 혼자 있을 때가 없을 정도로 항상 누군가를 곁에 두며 시중을 받았다.

"황후께서 스테나와 편히 이야기를 나누고 싶으니 물러가라 하셨습니다. 이례적인 일이긴 하나 워낙 스테나를 아끼셨으니 크게 생각하지 않았습니다."

황제가 시녀장의 착석을 허락했다. 장내가 조용했다. 모두 개정할 때와는 전혀 다른 시선으로 황후를 보고 있었다. 절대 그럴 리 없던 일이 이제는 확실한 사실이 되었다.

"황후, 지금까지 몇 번이나 고백할 기회가 주어졌소. 하지만 새로운 증언이 나올 때마다 부정하고 핑계 대기 급급했지."

"폐하!"

"아직도 부정할 셈이오?"

황제의 역정에 황후가 입을 다물었다. 여기가 기로다. 다른 것도 아니고 황자를 시해한 죄. 이제 와 자수한다고 해서 가벼워지진 않겠지만 참작은 될 것이다.

하지만 과연 황후가 자신의 죄를 인정할까?

“저는 정말 억울합니다. 이건 모함입니다.”

역시 기대를 저버리지 않는다. 여태까지 나온 것이라곤 증인과 증언뿐이니 끝까지 모함으로 밀어붙일 셈이다. 이미 모함이 아니게 되었는데도.

“전부터 저를 경계하는 자들이 많았습니다. 나아가 제 친정인 마르켈 후작가도 그랬지요. 여기에 앞장선 게 카일론 공작가입니다.”

“거기까지 하십시오, 폐하.”

황태자가 날카롭게 말을 막았다.

“이 이상 말씀하시는 것이야말로 모함입니다. 지금 폐하께서는 어떤 증거도, 증인도 없이 추측만으로 배후가 있다고 하시는 겁니다.”

“태자가 이리 카일론을 싸고도는 것이 증거 아닙니까.”

“제가 카일론을 싸고도는 걸로 보이십니까?”

황태자가 웃었다. 느긋하지만 짐승처럼 위험한 웃음이었다. 황후는 더 말하지 못하고 입을 다물었다. 황태자는 누군가를 배후에 두고 지시를 받거나 할 인물이 아니었다. 그게 사랑하는 여인의 달콤한 속삭임이라도.

그가 날 위해 재판장에 선 건 맞다. 하지만 내가 황후를 벌해 달라고 해서 선 것은 아니다. 그 자신의 의지로, 그의 뜻대로 움직인 것뿐이다.

본인의 아들인데도 황태자를 모른다. 그를 제대로 본 적이 없으니 당연하다면 당연한 걸까.

“말한 대로 황후는 라스텔리궁에 연금한다. 최종 판결은 범행 과정에 대해 듣고 황후의 처소와 스테나 전 백작저를 조사한 뒤 내리겠다.”

황제가 폐정을 선언하고 귀족들은 재판장에 들어설 때와 전혀 다른 생각을 가지고 자리를 떴다.

이번 재판으로 파란이 일 거라고는 예상했지만 이런 방향은 생각지도 못했을 것이다.

황후가 7황자를 죽이고 나를 죽이려 했다. 헛소리로 치부하던 말이 진짜가 됐다.

엄마, 아빠, 오빠가 재판장을 나서며 날 걱정스러운 눈으로 쳐다봤지만 따라 나갈 순 없었다. 지금 나는 아무렇지도 않아도 황태자는 아닐 테니까. 부모님께 위로받을 때가 아니라 내가 그를 위로할 때다.

걱정하는 부모님을 향해 환한 미소를 지었다. 나중에 통신을 넣거나 해야지.

방청객이 다 빠져나가고 황제의 눈짓에 재판부와 사무관도 물러났다. 어느새 재판정에는 황제와 황후, 황태자 그리고 나 이렇게 네 사람만 남았다.

"전하."

황태자에게 다가가며 그를 부르자 황후가 날 획 돌아봤다.

"네 이년!"

쿵쾅거리며 오더니 손을 높이 치켜들었다. 하지만 손을 휘두르기도 전에 황태자에게 잡혔다.

"두 번째입니다. 한 번만 더 공녀에게 손대려 한다면 이것으로 끝나지 않을 것입니다."

황태자의 두 눈이 살기를 품고 번뜩였다. 황후가 비틀거리며 입술을 깨물었다. 그러면서도 끝까지 황태자를 노려본다.

"어서 죄인을 끌고 가라!"

황태자의 외침에 근위대가 다가와 황후의 양팔을 잡았다.

"이거 놔라! 난 죄인이 아니다. 끌려갈 이유가 없어! 내 발로 갈 것이야."

황후가 근위대를 뿌리치고 황제와 황태자 그리고 나를 노려봤다. 눈빛에는 일말의 죄책감도 없었다.

끝까지 정말 대단하다. 어떤 의미로는 존경스러웠다. 황후는 고개를 들고 당당히 재판장을 나섰다. 한 마디를 남긴 채.

"내 이 일은 잊지 않을 것이다."

두고 보자는 사람치고 무서운 사람은 없는데.

"공녀가 고생이 많았겠구나."

"아닙니다, 폐하."

"공녀의 안전에 만전을 기하도록 할 테니 걱정하지 말거라. 다음 대의 황후인데 응당 황족과 같은 보호를 받아야지."

황태자와 결혼하지도 않았는데 황제는 벌써부터 차기 황후라고 단언했다. 다른 사람이 하는 것과 무게가 다른 말이다.

"걱정하지 않습니다."

그렇게 말하며 황태자의 손을 살짝 잡자 그가 내 손을 꽈악 맞잡는다. 황제가 그 모습을 흐뭇하게 바라보는 걸 보니 어딘지 심통이 난다. 아니, 황제 좋으라고 이러는 거 아닌데!

도와줄 수 없다고 말했던 것치고 그간 황제는 몇 번이나 내 편을 들어 주었다. 하지만 왜 자기가 싼 똥을 나더러 치우라는 건지 억울하고 화났던 그때의 기억 때문에 마냥 좋게 보이지 않았다. 결국 황제가 원하던 대로 되어서 더더욱.

"두 사람의 시간을 방해하며 눈치 없이 굴 순 없지. 이만 들어가 보거라. 태자는 내일 따로 찾아오고."

아직 완전히 일이 마무리되진 않았지만 황제가 목걸이에 대해 알게 되면 황후는 곧장 처벌받을 것이다. 오늘 재판으로 귀족들 역시 황후가 범행을 저질렀다는 걸 알게 되었으니 성공적이었다.

재판장 밖으로 나오자 가족들이 날 기다리고 있었다. 이리저리 살피는 부모님을 안심시켜 드리는데 아빠가 황태자에게 언성을 높였다.

"전하, 현재 제 딸아이의 신변은 전하께 일임되어 있습니다. 전하를 믿고 샤티를 황궁에 보낸 겁니다. 그런데 대체 몇 번이나 위험에 처한 것입니까! 스테나가 그 독약을 샤티에게 썼다면……."

"앞으로는 이런 일이 없을 겁니다, 공작."

평소와 달리 그 말에 순순히 답하는 황태자를 보니 기분이 싱숭생숭해졌다. 일단 목숨이 위험해진 건 사냥제 때 딱 한 번이고, 황태자가 잘못한 것도 아닌데.

"아빠, 전하께서 절 구해 주신 거잖아요."

아빠를 말리려고 한 말인데 아주 조금 책망하는 기색이 묻어나 버렸다. 아빠는 충격받은 얼굴로 날 쳐다봤다. 푸른 눈동자에 파문이 일고 아름다운 얼굴에 수심이 어렸다.

뭐랄까. 좀 죄송한데……. 아빠의 마음은 이해하지만 그래도 상황이 그렇잖아.

황태자는 사냥제 때도 날 구해 줬고, 정치적으로 손해를 보는데도 날 위해 황후를 고발한 데다가 고발당한 사람은 무려 본인의 어머니였다.

이 상황에서 황태자에게 뭐라고 하는 건 좀…….

솔직히 엄마가 황태자를 죽이려……하진 않겠지만 음, 계란을 터트려도 엄마를 고발하진 못할 것 같다.

와, 진짜 다른 의미로 말 못하겠는데? 그 말을 어떻게 해.

엄마가 충격에서 쉬이 헤어 나오지 못하는 아빠의 영혼을 붙들었다. 가족들을 마차까지 배웅하고 우리도 마차를 탈까, 걸을까 하다가 걷기로 했다.

"미안해요, 아버지께서 좀 불같은 성격이라."

아주 차갑고 냉정한 성격인 거 너도 알고 나도 아는 상황이지만 어쩌겠는가. 이렇게라도 변호해야지.

"공작이 분노하지 않았다면 오히려 화가 났을 거야. 전혀 기분 나쁘지 않았어. 그만큼 그대가 소중하다는 뜻이니까."

항상 사랑받으라고 말한다. 자신은 부모의 사랑을 제대로 받지 못했으면서. 그와 맞잡은 손에 힘을 꽉 줬다. 부끄럽고 애틋하기도 해서 가슴이 부풀어 올랐다.

"그, 어, 부모님 앞에선 그러지 말아요."

내가 당신 가족 몫까지 사랑해 주겠다거나 그런 말을 하려 했는데 정작 나온 말은 엉뚱한 말이었다.

"뭘?"

"몰라서 물어요?"

부모님 앞에서 황태자가 계속 날 끌어안으려 해서 민망해 죽는 줄 알았다.

"부모님 앞에서 끌어안고 쓰다듬고 주물럭대지 말라구요."

"왜?"

왜라니. 왜라니?

“공작부인께선 좋아하시던데.”

물론 엄마는 꽤 음흉한 눈길로 내게 계속 윙크했다. 엄마가 좋아한다고 해서 내가 민망하지 않은 건 아니다.

내 민망함보다 더 큰 문제는 아빠와 오빠였다. 황태자와 내가 조금 스치기만 해도 어찌나 도끼눈을 뜨던지. 슬그머니 잡고 있던 손을 놓으니까 눈치 없는 황태자는 다시 꽉 쥐다 못해 막 끌어안으려 하고.

안 그래도 아빠는 내가 황태자 편을 들어서 충격받았는데 이것 때문에 더 기분이 언짢으신 것 같았다. 다 큰 성인이고 결혼할 사이인데 겨우 손잡는 것 가지고 눈에서 레이저빔이 나오면 어쩌나 싶긴 한데…….

일단 오빠가 나한테서 빨리 졸업해야 한다는 건 확실하다. 한숨이 나왔다.

마르켈 후작을 위시한 세력이 대대적으로 상소를 올리며 이번 사건에 대해 반발했다. 하지만 그들과 뜻을 같이하는 자들은 없었다.

내 예상과는 다르게 황태자는 굉장히 공정한 인물로 박수를 받았다. 정치적 불이익을 감수하고 자신의 어머니임에도 불구하고 황후를 고발했으니 공정하긴 했다.

하지만 이렇게까지 한목소리를 내는 게 참 신기했다. 다시 한 번 황태자가 정말 수완이 좋다는 걸 깨달았다.

귀족들은 어머니를 직접 고발하기까지의 인간적인 고뇌를 이해했고 그 결정에 존경심을 표했다. 뭐, 마르켈 후작가는 침몰하는 배가 되었고 카일론은 이로 인해 더 승승장구하게 되었으니 이쪽에 편승하는 게 이득이었다.

황태자의 세력을 뒤흔들 기회이기도 해서 귀족들이 다르게 나올 확률이 크다고 생각했는데 그런 건 없었다.

'어째 다들 몸을 사리는 것 같지?'

황태자는 본인의 가장 큰 세력이라도 바로 꺾어 버릴 수 있다는 과단성을 보였다.

이게 본인 마음에 안 들어서 그랬다면 그냥 폭군일 텐데, 공정함의 결과라는 것까지 더해져 완전히 다른 의미가 되었다. 어려서부터 천재라 불렸던 뛰어난 능력까지 합쳐지자 따를 수밖에 없는 군주의 상이 되었다.

"뭐, 잘돼서 다행이긴 한데……. 설마 처음부터 이걸 노렸던 거예요?"

"말했잖아. 그대를 죽이려 한 사람을 그대로 둘 순 없다고."

"흐음……."

황태자를 빤히 쳐다보자 그가 어깨를 으쓱였다.

"그래서 고발한 거긴 하지만, 고발 후의 일을 생각하긴 했어."

그럼 그렇지. 뭐, 그랬기에 잘 된 거긴 하지만 어쩐지 맥이 빠졌다.

"내 지위가 위태로워지면 그대가 다른 사람의 부인이 되거든. 절대 그럴 순 없지."

뒷말을 덧붙일 때 허리를 안고 있던 팔에 힘이 잔뜩 들어갔다. 그

강한 손길과 달리 내 귓가와 뺨에 쪽쪽 부드럽게 입술을 내렸다.

왜인지 입꼬리가 올라가는 것을 막을 수 없었다.

"전하, 시간 다 되었습니다."

시종장이 아뢰었다.

"5분만 더."

"5분 전에도 그 말 하셨습니다, 전하."

"그러니까 또 5분만 더."

어린애처럼 고집을 부리는 그의 모습에 푸슬푸슬 웃음이 나와 그의 코를 앙 하고 깨물었다.

"이 이상은 안 돼요. 나도 가 봐야 하고."

그렇게 말해도 황태자는 허리에 감은 팔을 풀지 않았다.

"열심히 일하고 계시면 나중에 집무실로 찾아갈게요. 그러니까 이것 좀 놔요."

손등을 찰싹찰싹 때리고 나서야 겨우겨우 힘을 풀었다.

소파에서 일어나려는데 그가 내 손목을 잡고 다시 소파로 끌어당겼다. 그 탓에 뒤로 발라당 넘어가자 푹신한 소파가 날 받쳤다.

"전하!"

"진짜 5분도 안 돼?"

"그게 대체 몇 번째…… 으읍!"

따뜻하고 말캉한 입술이 내 말을 막았다. 그의 등을 쾅쾅 두들겼지만 단단한 몸은 미동도 없다.

곧장 혀가 들어와 간지럽히듯이 혀끝을 세워 안쪽 치열과 잇몸 경계부를 쓸었다. 순식간에 온몸이 간지러워지며 오싹해졌다.

에라 모르겠다. 나는 눈을 감았다. 내 입안에서 꿈틀거리는 그의 혀를 톡 건드리자 곧장 강하게 얽어 온다. 머릿속이 몽롱해진다. 황태자의 등을 두들기던 손이 어느새 그의 정복을 구기고 있었다. 각도를 바꿔 더 깊이 키스하려는 순간—.

"전하, 5분 지났습니다."

시종장이 아뢰었다.

나도 모르게 퍽, 하고 그를 밀어냈다. 무방비 상태였던 황태자가 뒤로 밀려나며 미간을 찌푸렸다.

그러건 말건 쪽팔려서 죽을 것 같다.

전엔 지나다니는 사람이 있을지도 모르는데 궁 회랑에서 키스를 하지 않나, 이번엔 시종장이 번듯이 지켜보는 앞에서 키스를 하다니!

분위기에 휩쓸린 내가 나쁘다. 분위기라도 좀 달빛 은은하고 잔잔한 음악이 나오고 몇 마디 말 나누다가 그윽하게 쳐다보며 잡은 거면 몰라.

하지만 황태자 키스 엄청 잘하고 전에 왜 잘한다고 추신을 남겼는지 알겠고 기분도 좋은데……는 내가 무슨 생각을……!

다음번엔 절대 넘어가지 말자고 다짐했지만 가슴속 저편에서 또 다른 속삭임이 들려왔다.

어차피 첫 키스도 생중계했는걸, 뭐. 포기해. 포기하면 편해.

"저, 저는 이만 가 볼게요."

"열심히 일하고 있을게."

황태자가 얇게 눈을 휘며 말했다.

흥! 내가 찾아가나 봐라. 얄미워 죽겠어.

"살펴 가세요, 공녀."

이 와중에 문을 열어 주며 정중하고 매너 있게 배웅하는 시종장을 보니 더 미칠 것 같았다.

꾸벅 인사하고 도망치듯 방을 나왔다. 시원한 바람이 날아오른 뺨을 식히자 흥분도 가라앉았다.

황태자는 나와 연애를 하면서도 그 모든 걸 준비했다. 그 짧은 시간에.

그의 마음을 받아 준 후로, 황태자는 매일매일 일을 인간 같지 않은 속도로 일을 끝내고 날 찾아왔다. 트로바센 경이 일을 더 늘렸다고 하는데도 매일.

평소 하던 업무에 더해 황후 고발건 증인을 모으고 거기에다가 공작工作까지 했다.

나와 함께 있을 때는 굉장히 느슨하고 게을러 보이지만 그 어느 때보다 더 바쁘게 지내고 있을 것이다.

어쩐지 타오른다. 질 수 없다. 나도 내 일을 누구보다 빠르게 남들과는 다르게 해내야지.

나는 레지나궁으로 향하던 마차를 돌려 해무성으로 갔다.

"오늘은 전하께서 안 오시네요. 늦으시는 건지."

한창 마력석의 효율에 대해서 설명하던 알베르가 문을 보며 중얼거렸다. 피식 웃음이 나왔다.

"안 오니까 허전해요?"

"설마요! 절대!"

내 말에 알베르가 기겁하며 손을 내저었다.

저렇게까지 부정하니까 좀 기분 나쁜데……? 황태자가 뭐 어디가 어때서! 아, 황태자가 문제인 게 아니라 와서 염장질하는 게 문제구나.

그 염장질에 일조한 사람으로서 할 말이 없었다. 그러고 보니 이 시간이면 일을 끝냈을 텐데. 낮에 나랑 농땡이 치느라 일이 많이 밀렸나?

고개를 갸웃하며 시계를 보다가 불현듯 다른 생각이 스쳤다.

설마 이 인간, 날 기다리고 있는 건가?

헤어질 때도 일 열심히 하고 있겠다고 했고. 그거 꼭 오라는 시위였나.

생각해 보니 내가 먼저 그를 찾아간 적은 없다. 항상 그가 날 만나러 왔다. 오늘 황태자궁에 갔던 것도 그가 날 보러 왔다가 간 거였다.

……열심히 일하고 있으면 찾아가겠다고 말한 사람은 나니까 찾아가 볼까.

마침 황태자 덕에 일 욕심에 불이 붙어서 일을 다 해 놓은 참이다. 애초에 오늘은 집무실에 나오는 날이 아니었고.

"흠, 연비는 대강 알겠어요. 이쯤하고 저는 이만 가 보도록 할게요. 배가 고프네요."

괜히 찔려서 다른 핑계를 대 보았지만 다들 믿는 눈치가 아니었다.

다 안다는 얼굴로 어서 가라고 하는 걸 보니 늑장 부리다가 황태자가 이곳에 와 버릴까 봐 불안한 듯했다.

아니, 이쁜 사랑하시랄 땐 언제고 왜 다들 우리를 이렇게……. 사귀기 전엔 흐뭇한 눈으로 지켜봤으면서 막상 사귀니 왜……!

몹시 서러웠지만 그래도 빨리 내보내 주는 건 좋다. 칼퇴존좋. 역시 사자성어는 틀린 말이 없다.

황태자궁 앞에 내려서 괜히 머리 한 번 매만지고 드레스 자락 한 번 가다듬으며 걸음을 옮겼다. 그의 방문 앞에 있던 근위병이 날 보더니 안색을 굳혔다. 왜 저러지?

“먼저 온 손님이 있습니다.”

“누구시죠?”

“마르켈 후작입니다.”

그래서 굳은 얼굴이었구나.

“언제 왔어요?”

“얼마 되지 않습니다.”

“오래 걸리지 않을 것 같다니 기다리죠.”

마르켈 후작이 황태자를 찾아온 이유야 뻔하다. 나는 문고리를 잡고 조심조심 돌렸다. 소리가 나지 않을 정도로 살살.

근위병은 날 보고 눈썹을 치켜 올렸지만 제지하지 않았다. 조심스레 밀자 눈을 가늘게 떠야 겨우 안이 보일 정도의 틈이 생겼다. 마르켈 후작의 등이 보이고 황태자의 잘생긴 얼굴이 보였다.

여전히 잘생겼긴 한데 아까 낮에 봤을 때보다 몇 배는 피곤해 보였다. 후작과 함께 있으니 당연히 피로하겠지만 그 정도 수준이 아닌데…….

“어찌 전하께서 이럴 수 있으십니까! 황후께서 얼마나 전하를 아끼셨는데!"

후작이 분연히 따져 물었다. 황태자는 픽 웃음을 흘렸다.

"권력의 하수인으로 말입니까?"

"전하!"

후작이 책하는 어투로 황태자를 불렀다.

"어찌 그렇게 불경한 말씀을……! 황후 폐하는 전하의 어머님이십니다!"

"사실인데 뭐가 불경하단 말입니까."

"어릴 때부터 그 흔한 반항기 한 번 없으셔서 전하의 조부로서 참 신기했는데, 뒤늦게 찾아왔나 봅니다. 전하, 시간이 지나면 반드시 오늘을 후회하실 겁니다."

"내 말을 반항기의 투정 정도로 취급하는 걸 보니 후작께서야말로 행동을 곱씹어 돌이키셔야 할 것 같습니다."

"말씀이 심하십니다, 전하!"

"피곤합니다. 이만 쉬고 싶습니다."

황태자의 축객령에 후작은 분한 듯 몸을 떨었지만, 더 말하지 못하고 인사를 올렸다. 나는 재빨리 문을 닫았다. 곧 문이 열리고 후작이 나왔다. 날 보더니 대놓고 인상을 콱 찌푸렸다.

"안녕하세요, 마르켈 후작."

생긋 웃으며 인사하자 얼굴이 더 구겨졌다. 무슨 말을 하려는 걸까, 하고 쳐다보는데 그는 말없이 날 지나쳤다.

지나치면서 실수인 양 나를 퍽 밀치려 해서 사뿐히 피했다. 황당함에 고개를 돌리자 그 역시 날 노려보고 있었다. 황태자를 홀린 요녀. 딱 그런 눈이었다.

음, 홀린 거 맞아서 반박도 못하겠네. 황태자가 좀 날 좋아해야지. 눈이 마주쳤다. 후작은 두고 보자는 듯 팩 고개를 돌리고 멀어졌다.

실제로 죽을 뻔한 건 나인데 왜 재가 저러지?

가해자가 피해자한테 되레 성을 내는 모습이 우스웠다. 그런데 그 우스운 일이 꽤 흔하다는 게 문제다.

나는 이번엔 문을 활짝 열었다. 황태자가 미소로 날 맞았다.

"어서 와."

음, 역시 잘생겼어. 피곤해 보이는 얼굴이 퇴폐미까지 더했다.

"그대를 기다리고 있었는데 불청객이 와서 짜증 났어."

"어머나, 그럼 기분을 풀어 드려야겠네요. 날 보는 순간 기분이 다 풀린 것 같지만요."

그가 피식 웃으며 책상에서 일어났다.

"머리가 좋은 것도 좋은 일이 아니군."

그와 소파에 나란히 앉았다. 자연스레 그의 품에 몸을 기대고 눈을 맞췄다.

확실히 가까이서 보니까 더 피곤해 보였다. 황태자가 철인도 아니고 당연히 힘들 것이다. 그 많은 일을 다 처리하면서 날 보러 시간을 따로 빼다니.

스트레칭 한 번 할 시간도 없이 일하고 잠을 줄였겠지.

"전하, 잠은 주무셨어요?"

"응."

"밥은요?"

"응."

손에 감기는 머리칼의 촉감이 좋았다. 나른하게 풀어져 대답하는 황태자도 좋았다. 하지만 그의 뒤에서 시종장이 맹렬하게 고개를 젓고 있다는 게 문제다.

이 인간, 잠도 잘 안 자고 밥도 잘 안 먹었구만.

"이러니까 제가 전하를 홀렸다는 말에 부정도 못하는 거예요."

그를 타박하자 씩 웃는다.

"그건 나도 부정하지 못하겠군. 그대에게 홀렸으니까."

그가 내 쪽으로 무게를 실었다. 훅, 하고 알싸하면서 시원한 향이 날 덮쳤다. 손을 뻗어 내 턱 선을 쓸더니 조금 더 위로 올라와 엄지로 내 입술을 꾹 누른다.

"슬슬 그대도 내게 홀려 줬으면 좋겠는데."

내려 뜬 눈에 눈동자는 반이 가리고 입가엔 위험한 미소가 걸렸다.

안 그래도 피곤한 탓인지 퇴폐미가 철철 넘쳐흐르는데 이건……. 유혹하는 게 진짜 전생에 달기나 양귀비 뭐 이런 사람이었나 싶을 정도다.

나는 깜빡 달아나 홀려 버릴 것 같은 이성을 애써 붙잡으며 황태자의 양손을 잡아 한데 모았다.

이 사람 홀리는 못된 손은 잠시 압수야.

"지금 전하께 필요한 건 휴식이에요. 일단 잠. 그다음엔 밥. 저랑 노닥거리는 게 아니라요."

"내게 필요한 건 그대인데."

"……."

손 말고 얼굴을 가렸어야 했나. 아니, 손도 붙들고 얼굴도 가렸어야 할 것 같은데. 내가 이렇게까지 병이 심한 얼빠였나? 대체 그

전엔 황태자의 미모 공격을 어떻게 버텼던 거지?

“안 돼요. 전하는 주무셔야 해요. 저는 이만 갈 테니 잠자리에 들 준비를 하세요.”

“잠이 안 와. 그대와 같이 있다 보면 잠이 올 것 같기도 하고.”

“무슨 말을 해도 안 되니 억지로라도 눈 붙이고 있으세요.”

단호한 말에 황태자가 시무룩해졌다. 하지만 시무룩 공격에 넘어갈 내가 아니다.

“이, 일단 굿나잇 키스는 해 드리고 갈 테니까요!”

진짜로 넘어간 게 아니다. 어디까지나 이건 인사 차원의 키스니까. 황태자의 얼굴이 확 밝아졌다. 그가 손을 안쪽으로 당겼다. 그의 손을 꼭 잡고 있던 나까지 딸려가 그의 품으로 안착했다.

“전하……!”

“자, 그럼 어서 해 줘. 기다리고 있을 테니까.”

그가 눈을 살포시 감았다. 긴 속눈썹이 연약한 곡선을 그리며 내려앉았다. 아무것도 하지 않고 눈을 감고 기다리는 황태자의 모습은 정말 낯설었다.

평소와 달리 온순하고 순종적인 느낌. 으음, 위험하다. 황태자가 위험한 게 아니라 내가 위험해. 나는 시방 위험한 짐승이다.

꽃을 위한 서시가 아니라 황태자를 위한 서시를 몸짓 언어로 읊어 버릴 것 같은 느낌에 나는 눈을 꾹 감았다.

키스를 처음 하는 것도 아닌데…… 내가 시작하는 것은 처음이라서일까. 몸이 떨리고 긴장됐다. 나도 모르게 두 손을 가슴 앞에 모았다.

몸이 앞으로 가고 있는 것은 확실한데 입술은 닿지 않았다. 내 생각보다 훨씬 더 많이 움직이고 나서야 겨우 따뜻하고 부드러운 감촉이 입술에 닿았다.

깃털처럼 닿은 감촉이 더 분명해지기 전에 황태자의 입술이 벌어지고 뜨거운 혀가 내 입술을 두드렸다.

나는 기꺼이 그 부름에 화답했다.

「황후 유라카리나 이롬 페레칼로닌의 모든 권리를 박탈하고 보레아스탑에 유폐한다.」

황제의 판결이 나왔다. 황후의 죄질이 지독하나 황태자의 친모라는 점을 감안했다고 한다. 라스텔리궁에 연금된 것만 해도 이미 옥살이 생활이나 다름없는지라 다들 황제의 판결을 예상하고 있었다.

판결이 나온 날, 라스텔리궁에서는 찢어지는 절규와 물건을 깨부수는 소리가 울려 퍼졌다고 한다.

황후궁과 달리 라스텔리궁은 비싼 물건이 없어서 다행이라고 해야 하나. 아니, 물건 자체가 거의 없다고 해야 하나?

보레아스탑은 내궁 북쪽에 위치한 탑으로 항상 응달이 져 있어 그림자 탑이라고도 불린다. 북쪽에 있는 데다가 항상 그림자가 진 만큼 언제나 냉기가 흐른다. 당연히 다른 궁같이 온도조절 장치도 없다.

손바닥만 한 방에 손톱만큼 작은 창. 끝없이 높은 벽에는 무수히 많은 손톱자국이 가득하다고 한다.

그곳에 유폐된 자가 다시 나온 적은 단 한 번도 없다. 황후는 평생 비좁은 탑에서 죄를 곱씹어야 할 것이다. 황후라는 이름은 황태자를 위해 남겨 놓은 것일 뿐. 모든 권리를 박탈당했으니 제국민으로서의 기본권조차 없다.

'어차피 나올 일이 없으니 권리가 있든 없든 상관없나.'

마르켈 후작가를 필두로 황후의 수족처럼 굴었던 무수한 가문이 황궁의 돌바닥에 엎드렸다. 저들은 몰랐던 일이라며 죄에서 빠져나갔지만 전처럼 활개를 치진 못할 것이다. 이미 그들은 굴종했다.

귀족들은 숨을 죽인 채 앞으로의 상황을 살폈다. 굵직한 중앙 귀족이 세를 잃었으니 그 자리를 대신하겠다고 배를 내미는 사람이 나타날 법한데 아무도 없었다.

다음 대 황제가 자신이 어떤 인물인지 귀족들에게 확실하게 각인시켰기 때문이다.

황권은 강화되고 귀족들은 내게 지나치게 공손해졌다. 이전처럼 뒤에서 귀여운 말장난을 치던 것조차 사라졌다. 철없는 어린 것들도 갑자기 내 앞에서는 철이 드는 진귀한 상황이 되었달까.

그러고 보니 나와 대적한 자들은 다 끝이 안 좋다. 아이린과 황후 모두 나락으로 떨어졌다. 그러니 감히 내게 맞서려는 자가 없는 것이다.

거기다 나는 지금 가장 큰 사업을 맡고 있다. 그야말로 출세 가도를 달리고 있다. 황후 문제로 온 나라가 들썩였지만 조선 사업은 아주 순조롭게 진행 중이다.

백성들에게야 원래부터 인기가 좋았다. 미인대회가 취소된 줄 모르고 나 보겠다고 제도로 올라온 사람들이 있다는 우스갯소리도 들었다.

"저하, 후궁 마마들께서 오셨습니다."

"안으로 모셔라."

호랑이가 사라진 곳에선 여우가 득세한다고 했던가. 그간 잠잠하던 후궁들이 내게 연통을 넣었다.

날 부르지 않고 직접 찾아오는 걸 보면 좀 다른 이유인 것 같긴 한데……. 귀족들이 전부 숨을 죽인 가운데 후궁들이 들쑤시진 않을 것 같고. 그들도 각자의 가문이 있으니까.

"어서 오세요, 황비 전하."

"안녕하세요, 공녀."

"아니, 이젠 공녀가 아니라 로열 레지나라고 불러야 하겠죠?"

로열 레지나는 정식으로 황족이 된 레지나, 즉 황태자와 성혼한 레지나를 말한다. 황태자의 나이가 스물다섯을 넘어가면 자신의 정비가 될 차기 황후와 성혼을 한다.

황제가 장수하고 황위를 선위하지 않는 경우, 후사 문제가 생기기 때문이다.

막말로 황제가 백 세 라이프를 즐기고 선위를 안 하면 황태자와 레지나는 평균 70세까지 총각 처녀일 수도 있는 것이다.

"아직 성혼도 안 했는걸요."

"어머, 시간문제죠."

"차기 황후이신데 공녀께서 로열 레지나가 되지 않으면 누가 되겠어요?"

후궁들이 꺄르르 웃음을 흘렸다. 중년의 나이에도 소녀처럼 티 없이 맑게 웃지만 아부하는 솜씨가 대단했다.

"일단 앉으시죠. 다과를 준비했는데 입에 맞으실지 모르겠네요."

현재 황제의 후궁은 셋으로 모두 황비였다. 전에는 더 있었지만 케일라덴의 모친처럼 돌아가셨다.

앉은 위치를 보니 과거 황후와 경합한 레지나 출신인 소리나 황비가 구심점 역할을 하는 듯하다.

황비를 총 넷까지 둘 수 있긴 하지만 이건 외국과의 혼약 때문에 그런 것이고 실제로 황비를 여럿 두는 황제는 적었다.

많아야 둘, 보통은 하나. 물론 이 하나는 레지나 출신이고 둘인 것도 후궁의 소생이 황태자가 되어 모친이 황비로 승격된 경우다. 이렇게 황태자의 모친도 아닌 후궁 둘이 황비라는 건 이례적인 일이었다.

'황제는 아닐 테고……. 황후겠지.'

소리나 황비가 꽤 밉보였거나, 아니면 세력이 강했던 모양이다. 그녀의 세를 낮추기 위해 황비를 늘린 거겠지.

왜 소리나 황비가 다른 황비들을 이끌고 날 찾아왔는지 알겠다. 눈엣가시던 사람을 치워 줬으니 이렇게 고마울 수가 없겠지. 그것도 상대는 황후이자 황태자의 모친. 평생 건드릴 수 없을 거라고 생각했을 텐데.

"전부터 공녀와 이야기를 나누고 싶었답니다."

"어머, 이런 우연이. 저도 마찬가지였답니다."

현재의 구심점인 소리나 황비가 완전히 내게 호의적인 태도를 보임으로써 앞으로의 황궁 생활이 편해질 걸 예감할 수 있었다.

지금 이 시점에 나를 적대시하는 이들이야 없겠지만 누군가가 신경 쓰며 편의를 봐 주는 것과는 차이가 난다. 특히 황후가 부재하니 레지나 출신인 소리나 황비가 그 역할을 대신할 것이다.

황후와 달리 이것저것 궁 생활에 대해 잘 알려 주겠지.

"황태자 전하께서 공녀를 지극히 아껴 주신다지요."

"매일매일 공녀를 찾아오신다고 들었습니다."

"어렸을 때부터 전하를 뵈어 왔지만 정말 다른 사람이 된 것처럼 공녀를 대하더군요."

"부끄럽습니다."

연애한다고 온 동네에 자랑하고 다닌 것도 아닌데 대체 어디에서 무슨 소문이 어떻게 퍼지고 있는 걸까.

"이렇게나 사랑받으시다니, 부럽습니다."

"이번에도 공녀의 목숨을 노린 죄인 때문에 그리 분노하신 거지요?"

"그건 감히 황족을 시해한 죄인의 죄가 너무 무거워 법도를 바로 세우신 것일 뿐. 저와는 큰 상관이 없습니다."

"어머나, 그런가요?"

"물론 법도를 바로 세우는 것은 중한 일이지요."

후후후, 묘한 웃음이 울려 퍼졌다. 내 말에 동조하는 척하며 다 안다는 눈빛을 보냈다.

모든 일은 황태자가 했는데 왜 내가 부끄럽고 민망해야 하는 건지. 황비들은 차를 마시는 내내 아부인지 놀리는 건지 모를 말들을 늘어놓았다.

대체 왜 결혼도 하지 않은 사람한테 후사 이야기를 하는 거야.

우린 건전한 만남을 즐기고 있다고! 잠시 황태자의 끝내주는 키스가 뇌리를 스쳤지만 머릿속에서 몰아냈다.

소리나 황비의 세를 낮추기 위해 나머지 사람들이 황비가 된 것일 텐데 묘하게 사이가 좋다. 소리나 황비가 그릇이 큰 건가. 다른 황비들도 황후를 겪었을 테고.

황비들 사이에 은근한 신경전이나 질시 같은 게 없어서 보기 좋았다. 황태자위를 두고 다투는 사이가 아니라서 그런 것도 있겠지만, 그 무엇보다 황제를 사랑하지 않기에 가능한 것이다.

황제에 대해 말할 때 각자 존경, 친애, 무관심 등 다른 감정을 내비쳤다. 하지만 거기에 사랑은 없었다. 그렇기에 제 남편의 부인들을 보며 깨끗하게 웃을 수 있는 것이다.

훗날 황제가 된 황태자가 후궁을 들인다면 나는 그녀를 보고 이렇게 깨끗하게 웃을 수 있을까?

지끈. 상상만으로 가슴이 미어졌다. 분노와 거대한 배신감, 비통과 절망이 순식간에 나를 덮쳤다. 그저 가정일 뿐이고, 황태자가 그럴 리 없다고 생각하면서도 도저히 표정 관리가 안 될 정도로.

고개를 숙여 얼굴을 감췄다.

나는 이렇게나 황태자를, 레오프리드를…….

마음은 날이 갈수록 더더욱 깊어져만 간다. 돌이킬 수 없을 정도로. 하지만.

"이런, 여기에 모여 계셨군요."

두려워하지 않아도 된다. 무서워하지 않아도 돼. 고개를 드니 황태자가 환히 웃고 있었다. 순식간에 절망이 걷힌다.

그는 죽어서도 날 사랑할 거야. 그가 말했듯 그에겐 내가 유일한 사랑이야.

"어머, 황태자 전하. 공녀를 보러 온 건가요?"

"아침도 같이 드셨다 들었는데 벌써 보고 싶어지셨나 봐요."

"보고 싶어서 참을 수가 있어야죠."

황태자가 씩 웃으며 내 곁으로 다가왔다. 그가 내 이마에 쪽 입을 맞추자 '어머어머.' 하는 소리가 들렸다.

"설마 전하, 저희가 왔다는 소식을 듣고 공녀를 괴롭히고 있을까 봐 오신 것 아닙니까."

소리나 황비가 장난스레 눈을 흘기며 말했다.

"그럴 리가요. 설마 공녀를 괴롭히는 이가 이 황궁에 아직 남아 있을 리 없지요."

황태자는 부드럽게 응수했지만 말엔 날카로운 칼날이 숨겨져 있었다. 누구라도 나를 괴롭히면 무사하지 못할 거라는 말.

"전하께선 농도 잘하십니다."

소리나 황비는 그걸 아무렇지 않게 웃으며 흘려 넘겼다.

"제가 갑자기 찾아와 좋은 시간을 방해한 건 아닌지 모르겠습니다."

황태자의 말에 황비들이 일어날 채비를 했다. 방해자를 자처하며 황비들이 방해된다는 말을 돌려 하는 걸 보니 감탄이 나왔다.

"그럴 리가 있겠습니까, 전하."

"마침 일어나려던 차였답니다."

"그럼 두 분, 오붓한 시간 보내세요."

황비들이 곱게 웃으며 방을 나갔다.

이 일련의 과정을 보니 황비들이 왜 그렇게 내 연애에 대해 잘 아는지 알겠다.

—이렇게나 사랑받으시다니, 부럽습니다.

사랑받아서 좋다, 정말로. 다른 누구도 아닌 내가 사랑하는 사람이 날 이렇게 사랑해 줘서, 변치 않을 거라고 말해 줘서 좋다. 다른 사람의 사랑은 필요 없다.

"샤티."

날 바라보는 그 눈동자는 항상 열기에 젖어 촉촉했다.

이 사람은 날 정말로 사랑하는구나. 사소한 말, 스치는 표정에서도 느껴진다.

"걱정 안 해도 되는데. 황비 전하가 제 머리끄덩이를 잡는다고 해도 안 잡힐 테니까요."

"안 잡힌다 뿐인가. 반격으로 그대가 잡겠지."

"뭐예욧?!"

찰싹 그의 팔을 때리자 그가 아프다며 엄살을 부렸다. 그러곤 웃으며 내 볼을 살짝 꼬집었다.

"그대가 바보같이 당하기만 하는 사람이 아니라는 건 잘 알고 있어. 아주 똑 부러져서 어디에 내놔도 걱정 없지."

지금 은근히 나 파이터 기질 있다고 놀리는 건가. 불퉁하게 쳐다보자 그가 입에 쪽, 하고 도장을 찍었다.

"알면서도 내버려 둘 수 없는 내 마음을 알아줘."

그렇게 말하니 할 말이 없다. 절대 뽀뽀하며 떠는 잔망에 넘어간 게 아니다.

"좀 걸을까요? 전하, 오늘도 일만 하다 왔죠? 햇볕을 좀 쐐야 해요."

그의 팔을 끌어당기며 말하자 웃으며 고개를 끄덕였다.

“방 안에 단둘이 있고 싶지만…… 산책도 좋겠지. 그대가 날 이렇게 신경 써 주는 게 좋아.”

대체 왜 방 안에 단둘이 있고 싶은 건데?! 알면서도 부끄럽고 민망해서 모르는 척하고 싶었다.

24장

삼각관계의 여주인공

삼각관계의 여주인공

어느새 봄의 끝물이었다. 연둣빛이던 여린 잎사귀는 더 두꺼워지고 질겨졌다. 완연한 초록빛이 가득한 정원엔 싱그러운 공기가 가득했다.

"조금 지나면 그대가 좋아하는 장미가 피겠군."

"그렇겠죠."

그가 루비안 로즈를 선물로 줬을 때가 떠올라 웃음이 났다. 그도 같은 생각을 하는지 장미 봉오리를 빤히 쳐다보고 있었다.

"사람 일은 알 수가 없다더니 정말 그래."

"그러게 말이에요."

갑자기 실족사하질 않나, 눈을 떠 보니 별세상이지를 않나. 게다가 가장 적대시했던 사람이 어느새 가장 사랑하는 사람이 됐다.

'이 계절에 이곳에 왔었지.'

지금 같은 나날이 몇 번 더 지나면 처음 황태자를 만났던 날이 온다.

그 초라하고 볼품없던 레지나 간택 축하연.

일 년밖에 안 됐는데도 많은 일이 있었다. 다른 사람과의 관계나 내 입지 같은 것도 변했지만 무엇보다 가장 많이 변한 건 나 자신이었다.

“전하를 만나서 다행이에요.”

힘든 시간도 있었고 괴로울 때도 많았지만 결국 당신이 있었기에 용기를 내고 앞으로 나아갈 수 있었다.

“그렇다면.”

황태자가 내 턱을 지긋이 잡고 고개를 들어 올렸다.

“키스해 줘.”

“여, 여기서요?”

“응.”

이렇게 뻥 뚫린 야외에서?!

물론 남이 일하는 신성한 직장 복도에서도 키스한 전적이 있는지라 결백하다곤 못하겠지만, 아무리 그래도 이건 아니지!

“사람들이 보면 어쩌려고요.”

“아무도 없는걸.”

“지금이야 그렇지요.”

황태자의 얼굴에 장난스러운 미소가 떠올랐다.

“그대는 대체 얼마나 오래 키스할 생각인 거야? 하여간 엉큼하다니까.”

엉큼한 건 내가 아니라 댁이겠지!

“해 줘. 살짝만 하면 아무도 못 볼 거야.”

그가 장미 덤불 쪽으로 날 끌어당겼다.

음, 확실히 이러면 누가 지나가더라도 가려서 보이지 않을 것 같은데……라니! 내가 무슨 생각을!

"그것도 못해 주는 거야?"

황태자가 시무룩 공격을 펼쳤다. 굉장한 공격력이라 당장에라도 황태자를 장미 덤불에 밀어붙이고 싶었다.

하지만 참아야 하느니. 이겨 내야 하느니.

다른 건 모르겠고 유타바인이 또 통신 걸어서 날 놀리면 그땐 진짜로 죽고 싶을 거 같다. 내 생명을 위해서라도 하면 안 된다.

"흠, 그럼 내가 하지, 뭐."

"으읍!"

황태자가 거칠게 내 입술을 깨물고 벌렸다. 키스 안 해 준 것을 책망하듯이 혀가 거세게 안쪽을 더듬었다. 입안이 점령당하고 숨까지 그에게 뺏겼다. 가져도, 가져도 부족하다며 날 더 깊게 졸랐다.

호흡이 밭게 차오르며 헐떡이는 소리가 천둥처럼 들렸다. 열 오른 감각은 예민해지고 사고는 마비된다. 내 허리를 감싸 안은 뜨거운 손이 등줄기를 느릿하게 타고 오르다 머리칼 속으로 파고들었다.

"하아, 레오."

더 깊게 키스하느라 입술이 떨어질 때마다 그를 불렀다. 우리 두 사람의 무게를 받은 덤불이 흔들렸다.

덤불이……. 응?

환상에서 깨어난 것처럼 몽롱했던 게 싹 걷혔다. 눈을 번쩍 뜨고 고개를 돌렸다.

왜 덤불이 밀리는 게 아니라 날 미는 거지?

토끼 눈을 뜬 하녀 몇과 눈이 마주쳤다. 그들은 소리조차 지르지 못한 채 눈만 댕그랗게 뜨고 날 바라보고 있었다.

"뭐지?"

황태자가 인상을 팍 구기자 하녀들이 고개를 조아렸다.

"저, 저희는 정말로 엿보려던 게 아니라 덤불이 흔들리기에 뭐가 있는가 하여 확인하러 왔을 뿐입니다."

"정말입니다. 절대 엿보려던 게 아니라 안 그래도 공녀님께 불측한 일이 생겼던지라 혹시 사람이 숨어든 게 아닐까 해서……."

어쨌든 그렇게 와서는 계속 구경하고 있었다는 것이다. 덤불 뒤에 숨어서 덤불에 밀릴 정도로 열렬하게 구경했다는 거지.

"됐다. 이만 가 봐."

황태사의 발에 하녀들이 감사하다며 부산스레 인사하곤 사라졌다.

'아, 쪽팔려.'

다른 사람도 아니고 날 모시는 하녀들인데 앞으로 어떻게 봐. 하녀들 사이에 나랑 황태자가 장미정원에서 찐하게 키스했다는 소문이 파다하게 날 거다. 시녀들도 들을 거고. 벌써부터 시녀들의 호들갑이 들리는 것 같았다.

'진짜 살기 싫다.'

"샤티, 얼굴 완전 빨개졌어."

"몰라욧!"

그에게서 얼굴을 팩 돌리고 두 손으로 가렸다.

"왜 가려? 얼굴 좀 보여 줘."

황태자가 내 얼굴을 보려고 날 어르고 달랬다. 그럴수록 열이 오른 뺨은 식지 않았다.

"저 들어갈래요!"

그를 밀치고 도망치자 황태자가 날 쫓아왔다. 한참 도망치다가 떠올랐다. 이거 '나 잡아 봐랑~.' 하고 뭐가 다르지?

심지어 황태자는 일부러 잡을 듯 말 듯 나를 안 붙잡고 있다. 뭐랄까, 현타가 오는데……. 내가 지금 전방위 광역 어그로를 끌고 있다니.

"잡았다."

황태자가 내 팔을 붙잡았다. 진짜로 그냥 그거였다. 나 잡아 봐랑. 그대로 스텝이 엉켜서 황태자의 품 안으로 풀썩 쓰러진 것까지 완벽하게.

얼굴이 가깝다. 살짝 부풀어 오른 입술이 눈 안에 들어찼다.

'잘했지, 키스.'

그것도 엄청.

몇 번이나 키스했지만 매번 새롭게 몸이 떨렸다. 머릿속이 진탕이 되고 주변 상황은 다 잊어버릴 정도로.

—내가 더 잘해.

그 말은 정말 진실이었다. 그는 정말 잘한다. 마담 밀크보다, 에마 부인보다, 마구간지기보다.

그런데 대체 어떻게 아는 거야? 설마 경험이 있는 거야?

아니, 일단 황태자씩이나 되고 잘생겼지, 몸 좋지, 돈 많지, 권력 있지. 성격도…… 뭐, 좀 싸늘하긴 하지만 그래도 이 정도면 괜찮지. 어쨌든 나한텐 잘하잖아.

예전에 그를 화려한 똥차라고 불렀던 기억이 나지만 그건 내 사소한(?) 오해였고……. 역시 성격도 괜찮은 거 같은데. 음, 경험이 없다고 하면 그게 이상한 듯?

당연한 건데…… 왜 이렇게 열 받지?

날 끌어안는 황태자를 밀어냈다. 이번엔 안 밀릴 생각인지 꿈쩍도 않는다.

"싫어욧! 이거 놔욧!"

주먹을 앙당그레 쥐고 그의 가슴을 때렸다. 황태자는 귀엽다는 듯 날 보며 피식피식 웃고 있다.

그 시선이 더 열 받았다. 내가 지금 앙탈 부리는 걸로 보여?

퍽퍽 소리가 날 정도로 세게 쳐도 미소는 사라지지 않는다. 오히려 허리를 감싼 손에 더 힘이 들어갔다.

"공녀가 싫다지 않습니까, 형님."

옆에서 들린 목소리에 고개를 돌리니 케일라덴이 입매를 굳히고 서 있었다. 저벅저벅 다가온 그가 황태자의 손을 풀어내고 날 빼냈다.

"싫어하는 레이디를 강제로 껴안는 짓은 신사로서 하지 못할 짓입니다. 형님께선 타의 모범이 되셔야 하는 분 아닙니까. 어찌 레이디를 추행한단 말입니까!"

강하게 황태자를 질책하는 케일라덴을 보니 머쓱해졌다.

아니, 꼭 그렇게까지 화를 낼 정도로 싫었던 건 아닌데……. 말리자니 내가 아쉬운 거 같고, 앙탈 부린 게 맞는 거 같고. 그렇다고 가만있자니 추행까진 아니었고.

"샤티와 나 사이의 일이다. 네가 끼어들 일이 아니야."

"어찌 모른 척 지나가겠습니까. 제 눈앞에서 이렇게 추행당하고 있는데."

두 형제 사이에 냉기가 흘렀다. 나는 삼각관계의 여주인공이 된 기분으로 식은땀을 흘렸다.

전에 우스갯소리로 내 리즈시절이 오네, 마네 했는데 실제 상황이 되니 이렇게 난감할 수가 없다. 왜 하필이면 두 사람은 형제란 말인가. 그것도 우애 좋은.

케일라덴은 황태자가 가족에 대해 이야기할 때 유일하게 미소 짓던 사람이다. 자신을 낳아 준 엄마조차 믿을 수 없어 하면서 케일라덴은 믿었다. 이런 일로 둘의 관계에 금이 가게 할 순 없다.

'내가 처신을 잘해야 해.'

어차피 케일라덴은 마음을 정리하고 있던 차였을 거다. 저번에 내 의사를 분명하게 전달했으니까.

나는 모르는 척 빙긋 웃으며 두 사람 사이에 끼어들었다.

"케일라덴 전하, 안녕하세요?"

날 서 있던 분위기가 단번에 깨지며 서로를 노려보던 걸 멈췄다.

"오랜만입니다, 공녀."

"이곳엔 어쩐 일로……."

여긴 레지나궁 정원이다. 이런 곳에서 우연히 마주칠 리는 없고 내게 볼일이 있어서 찾아왔을 거다.

"저번에 부탁하신 것 때문입니다만."

"아, 그거요."

애매하게 대답하며 고개를 끄덕였다. 내가 뭘 부탁했지?

"순하고 얌전한 암말을 찾아서 말입니다."

아, 맞다. 까맣게 잊고 있었다.

부탁받은 사람은 이렇게 약속을 지켰는데 정작 부탁한 사람이 잊고 있다니 면목이 없다.

"사실 예전에 찾았는데……. 최근 연달아 공녀 주변에 많은 일들이 있었지 않습니까. 공녀께서 승마를 즐길 여유가 없으셨을 것 같아 이제야 찾아왔습니다."

"신경 써 주셔서 감사드려요, 전하."

"아닙니다."

케일라덴이 무뚝뚝하게 답하는데 옆에서 강렬한 시선이 느껴졌다.

"지금 이게 무슨 말이지?"

잔뜩 미소 짓고 있는 황태자 뒤로 이글이글 불꽃이 타오르고 있는데, 내 착각인가?

"그러니까 둘이서 승마를 하기로 했다?"

내게 말도 안 하고? 황태자의 눈이 그렇게 묻고 있었다.

뜨끔했지만 그땐 황태자랑 거리를 두려 했을 때다. 케일라덴의 마음도 몰랐었고. 일이 이렇게 될 줄 알았나.

"케이, 번거롭게 네가 고생할 필요 없어. 내가 가르쳐 줄 테니까."

"아닙니다. 형님께선 정무로 바쁘시지 않습니까?"

"너도 기사단 일로 바쁠 텐데?"

"형님만 하겠습니까. 그리고 공녀께서는 제게 부탁하셨습니다."

두 남자는 옥신각신 내가 가르치네, 마네 하며 다투기 시작했다.

이걸 어쩌지?

케일라덴에게 가르쳐 달라고 했고 그가 직접 말까지 골라 줬다. 이제 와 황태자와 하겠다고 하는 건 예의가 아니다.

그를 깨끗이 거절하는 것과 이건 또 다른 문제다. 하지만 내가 케일라덴과 어울리는 걸 황태자가 달가워할 리 없다.

솔직히 지금도 버거워서 질투 유발 같은 짓은 하고 싶지도 않은데, 형제 관계가 틀어지는 건 더더욱 질색이다.

"두 분 다 바쁘신 것 같으니."

내가 운을 떼자 두 사람 다 날 쳐다봤다. 한쪽은 뜨겁게, 한쪽은 무뚝뚝하게. 다르지만 기대하는 건 같았다.

나는 최대한 무해하게 웃었다.

"승마를 교육하는 분을 섭외해서 배우도록 하겠습니다."

"뭐? 내가 있는데 왜 그대가……."

"두 분 다 바쁘시잖아요. 저 때문에 무리하실 필요는 없습니다."

딱 잘라 말하고 케일라덴에게 감사 인사를 했다.

"케일라덴 전하, 제 부탁을 들어주셔서 다시 한 번 감사드립니다. 말을 보러 가고 싶지만 지금은 황태자 전하와의 선약이 있어 힘들 것 같습니다."

"아닙니다. 불쑥 찾아온 내 잘못이지요, 공녀."

그 말에 생긋 웃으며 말했다.

"제 일정이 이렇듯 고르지 않으니 앞으로 방문하실 땐 먼저 약속을 잡아 주시면 좋겠습니다. 전하께서 괜히 헛걸음하시면 제 마음도 불편하고 안타까우니까요."

내 우선순위가 황태자라는 것을 분명히 전달했다. 또, 연을 넣지 않고 방문하는 것은 정말 친한 사이에 하는 일이다. 꼭 연락하고 오라고 했으니 다시 한 번 내 뜻을 알아들었겠지.

"죄송합니다, 공녀. 앞으론 꼭 미리 연통을 넣겠습니다."

"전하께서 죄송해하실 일이 아닌걸요."

"그럼 전 이만 가 보도록 하겠습니다."

"네, 전하. 나중에 따로 연락을 넣겠습니다. 살펴 가세요."

케일라덴은 황태자와 눈인사를 주고받은 다음 발걸음을 옮겼다. 황태자는 뭐가 그리 기분이 좋은지 입꼬리가 살짝 올라갔다. 괜히 얄미워서 퍽, 하고 옆구리를 쳤다.

멀어지는 케일라덴의 뒷모습을 보고 있자니 한숨이 나왔다. 몇 번이나 내 의사를 정확히 전달했다. 이제 이대로 그가 마음을 정리하길 기다리는 수밖에.

나무도 물과 빛을 주지 않으면 말라비틀어진다. 언젠가는 사그라들 것이다.

하지만 그건 사람의 마음을 너무 얕게 본 내 기우였다.

장미 향이 진동했다. 여름의 초입이다.

나는 가슴 깊숙이 숨을 들이마셨다. 장미꽃이 만개한 정원에서 흘러 들어오는 향이 기분 좋았다. 궁 안은 생기 넘치고 활기찼다.

아무래도 초여름에 열리는 무투대회 때문이겠지.

제국은 계절마다 한 번씩 큰 축제를 연다. 봄의 미인대회, 여름의 무투대회, 가을의 풍년제 혹은 구휼제 그리고 마지막으로 겨울의 사냥제.

라하딘 기간에는 가을에서 봄까지의 축제가 레지나의 경합이 된다. 레지나의 경합도 모두 끝났으니 이제 곧 무투대회다. 무투대회인 만큼 최고의 실력자들을 모아 놓은 황궁 기사단이 굉장히 유리하다.

이 시기에 시녀와 하녀들은 오며 가며 본 황궁 기사를 응원하며 간혹 들뜬 마음을 표시하기도 한다.

바로 검 끝의 폼멜에 매다는 술인데, 승리와 영광을 기원하며 직접 만드는 것이다. 그 마음이 깃들면 정말 승리한다나 뭐라나.

에스더는 벌써부터 연인에게 줄 술을 만들고 있었다. 정작 그녀의 연인은 문관이라 참가하지도 않는데.

“저하께서도 전하께 드릴 걸 만드셔야지요.”

“그렇긴 한데……. 아니, 너무하는 거 아냐? 다들 무투대회 때문에 잊었어? 그 중요한 일을?”

“네?”

뭣이 중헌디! 무투대회는 어차피 매년 있는 행사가 아닌가.

“진수식이 있잖아!”

그간 내 노력의 산물이 드디어 세상 앞에 나온다. 내 배……는 아니지만 머리 아파 가며 마음으로 낳은 자식이다.

“세계 최초의 강선이라고!”

“네, 축하드려요.”

“정말 잘됐어요.”

영혼이 없어, 영혼이! 에스더는 아예 술에서 고개를 들지도 않고 말했다.

라브엘이 있다면 달랐을 텐데……. 피오겔 상단이 이 사업의 가장 큰 협력 업체였기에 그녀 역시 관심이 지대했다. 그 일 때문에 바빠 지금 궁에 없는 거고.

수도에서 진수식을 할 것이기 때문에 기념할 배를 만들어 마니 호수에 띄우기로 했다.

"직접 보고 깜짝 놀라지나 마."

"네네."

성의 없는 대답을 듣고 있자니 슬퍼졌다. 그놈의 무투대회가 뭐라고 이러나.

그러면서도 나는 실패를 끌어당겨 술을 만들기 시작했다. 어렸을 때부터 바느질은 많이 해 봤지만 이런 걸 만드는 건 처음이라 생각대로 잘 되지 않았다.

황태자는 내가 술인지 수세미인지 모를 걸 만들어 줘도 좋아하며 달고 다닐 거다. 그걸 아니까 더더욱 멋지게 만들어 주고 싶었다.

황태자의 완벽한 얼굴에 잘빠진 몸매. 거기다가 성장까지 제대로 갖춰 입었는데 수세미 술이라니. 이건 내 미적 감각이 허락하지 않는다.

나는 쥐가 나려 하는 손가락 때문에 주먹을 쥐었다 폈다 하며 열심히 바늘을 움직였다.

"저하, 5황자 전하께서 답신을 보내셨습니다."

"아, 응. 이리 줘."

『샤르티아나 공녀.

미안합니다만, 공녀가 말한 날들 모두 시간이 되지 않습니다. 공녀도 진수식으로 바쁠 테니 진수식이 끝나면 다시 날을 잡도록 합시다.

진수식 때 보게 되겠군요. 그날을 기다리겠습니다.

—케일라덴 옵스 페레칼로닌—』

편지를 읽자마자 한숨이 나왔다. 안도감 때문인지 죄책감 때문인지 알 수 없었다.

케일라덴의 일정은 미리 조사해서 알고 있었다. 무투대회 때문에 황궁 기사단은 모두 강화훈련에 돌입했고 그건 그 역시 다르지 않았다.

몇 안 되는 쉬는 날은 일부러 피했다. 끝으로 조선 사업이 막바지에 이르러 이 날짜 외에는 시간을 내기 어렵다는 말을 붙였다.

다른 사람도 아니고 한결같이 날 도와주던 사람을 속인 거라 양심이 쿡쿡 찔렸다.

'하지만 이건 우리 모두를 위한 일이야.'

쓸데없는 희망 고문은 하지 말자. 만나지 않고, 연락하지 않고, 바쁜 일상을 보내다 보면 잊힌다. 마음은 점점 줄어들고 어느 순간 '아, 그땐 그랬지.' 하는 흔적만 남기고 사라질 것이다.

그럼 나와 케일라덴은 전처럼 서로에게 인간적인 호의를 가진 관계로 돌아가고, 황태자와 케일라덴이 껄끄러워질 일도 없다.

착한 사람이 되고 싶어서, 혹은 남 주려니 아까워서 갈팡질팡하다 두 사람 모두에게 상처 주고 싶지 않다.

'원래 케일라덴에게 보답할 겸 무투대회 때 술을 만들어 주려고 했지만…….'

항상 날 에스코트해 주는 그가 고마워서 그리 생각했다. 하지만 케일라덴이 내게 마음이 있는 이상 그럴 순 없다.

나는 다시 나오려는 한숨을 삼켰다. 언젠간 아무렇지 않게 지낼 날이 오겠지.

"뭐해?"

머리 위에서 들린 물음에 후다닥 쿠션에 술을 감췄다.

"왔어요?"

고개를 들며 배시시 웃자 그가 눈을 가늘게 떴다.

시녀들을 향해 왜 알려 주지 않았냐는 눈짓을 던졌지만 돌아오는 건 고개를 젓는 얼굴뿐이다.

황태자가 나 놀래려고 조용히 시켰구나. 그러다가 내가 집중하고 있으니 뭐냐고 물은 것이다. 유치한 명령이지만 불응할 수 없으니 시녀들에겐 죄가 없다.

오늘은 진수식을 하는 날이다. 기대감에 가슴이 두근두근거렸다.

아침 일찍 일어나 준비를 다하고 황태자를 기다리는 동안 막간을 이용해 술을 만들고 있었다. 서툴러서 손이 느리니 틈틈이 해 둬야 한다.

다행히 황태자는 더 캐묻지 않았다.

"가실까요, 공녀."

그가 내게 손을 내밀었다. 나는 웃으며 그의 손에 손을 얹었다. 마차는 언제나와 같이 소리도 진동도 없이 가도를 달렸고, 마차 안에서 우리 둘은 전과 달리 달콤한 속삭임을 주고받았다.

마차에서 내리자 바로 커다란 배가 보였다. 생각보다 훨씬 크다.

"와……."

나는 동력 장치와 추진기를 맡았기 때문에 배의 디자인은 깊게 살펴보지 않았다.

당연히 상용화될 설계도를 보긴 했지만 이 배는 아니었다. 황태자가 꽁꽁 숨겼기 때문이다.

배는 길쭉하지 않고 동그란 모양이었다. 그리고 호수를 더 잘 볼 수 있도록 옆면은 벽이 아닌 난간으로 이뤄져 있었다. 앞부분은 갑판으로, 차양막이 설치된 소파가 놓여 있었다.

갑판 뒤에는 거북이 등딱지처럼 원형 돔으로 꾸며 놨다. 햇빛을 투과하는 흑수정을 쓴 것 같은데…….

어서 타 보고 싶다.

"마음에 들어?"

"네!"

그가 흡족하게 웃었다.

"그럼 타자."

"네? 아직 폐하께서는……."

황제보다 먼저 승선할 순 없다. 거기다 진수식도 시작하기 전인데.

"괜찮아."

"안 괜찮아요!"

"이 배는 그대의 것이니까."

뭐라고?

"내 선물이야. 그간 고생한 것에 대한 위로가 되었으면 좋겠어."

나는 멍하니 황태자를 봤다가 다시 배를 봤다.

그러고 보니 부자들은 차가 아니라 요트를 가지고 있다던데.

보는 것만으로도 호화로운 기분이 되는 멋진 배가 물 위에 둥둥 떠 있었다. 진수식을 보러 온 사람들은 강철로 만든 배가 정말 물에 뜨는 것을 보고 감탄했다.

이렇게 큰 선물을 받게 되다니 너무 부담스럽……지 않고 엄청 기쁘다. 내게 비밀로 하고 배 디자인을 정하고 건조 과정을 지켜봤을 황태자의 마음이 고마웠다. 그리고 물론 저 배도.

그래, 나 속물적인 사람이다. 영앤리치핸썸 최고다. 그러고 보니 황태자는 원래 나보다 어리고 부자인 데다가 잘생겼잖아?

영앤리치핸썸이 내게 손짓했다. 나는 기꺼이 그 손을 맞잡았다.

갑판에 오르자 땅이 출렁였다. 잔잔한 호수라 심하진 않았다. 괜히 난간도 쓸어 보고 소파도 쓸어 봤다. 이게 다 내 거란 말이지, 후후.

황태자의 손짓에 원형 돔 안으로 들어갔다. 돔은 예상대로 햇빛을 투과하는 흑수정으로 만든 것이었다. 밖에선 검게만 보였는데 안에서 보니 바깥이 잘 보인다.

내부는 여느 귀족의 응접실 못지않게 호화롭게 꾸며져 있었다. 미니바도 있어서 선상파티를 해도 좋을 것 같다.

"이런 배가 있을 줄은 몰랐어요."

내가 타 본 배는 중학교 수학여행 때 어느 앞바다에서 탄지도 모르는 무슨 섬 가는 배였다. 시끄럽고 녹이 슬고 비린내가 나던 배.

그것도 그 나름의 추억이 있었다. 친구 손가락을 새우깡으로 착각한 갈매기가 친구 손을 물기도 하고.

"이게 끝이 아니야."

그가 추억에 잠겨 있던 날 이끌었다. 소파 뒤로 돌아가자 밑으로 통하는 계단이 보였다. 계단을 내려가자 새파란 물이 보였다. 그야말로 물속에 들어온 것 같았다.

바닥과 옆면 모두 유리로 된 공간이었다. 스노클링 한번 해 본 적 없던 내게는 신세계였다. 이곳은 공해가 없어서 그런지 호수인데도 물이 굉장히 맑았다. 애초에 마니 호수가 유명한 게 그 새파랗고 맑은 수색 때문이었다.

나는 눈앞에서 왔다 갔다 하는 물고기와 일렁이는 수초를 신기한 눈으로 쳐다봤다. 수족관에서 보던 것과는 전혀 다른 느낌이다.

"물속에서 보니까 하늘이 더 예뻐 보여요."

수면에 파문이 일 때마다 빛이 산란하며 부서졌다. 소파에 앉아 멍하니 그 모습을 지켜봤다. 황태자가 내 옆에 앉아 어깨를 감싸 안았다.

"이렇게 있으니까……."

"그날 생각이 나요."

우리는 동시에 서로를 마주 보고 웃었다.

그때는 머리 위로 조각난 달빛이 내려앉았고 지금은 머리 위로 햇빛이 어른어른 너울졌다.

"레오."

이제는 내가 말할 때다. 이미 마음이 이어진 상태지만, 나는 한 번도 황태자에게 내 마음을 제대로 고백한 적이 없다.

그가 내 마음을 짐작하고 있어도 직접 말하고 싶다. 나는 그날 밤을 떠올리면 이 세상을 다 가진 것처럼 행복하다. 레오프리드에게도 그런 행복을 주고 싶다.

떠올리는 것만으로도 심장이 뛰고 웃음이 나오고 그러면서도 눈물이 나올 것 같은 순간. 그 순간을 선물하고 싶었다.

"사랑해요."

레오프리드의 노란 눈동자가 흔들렸다. 주체할 수 없이 떨리다가 일그러졌다.

그가 떨리는 손으로 내 뺨을 감쌌다.

"샤티."

누가 먼저랄 것도 없이 입술을 겹쳤다. 갈급하게 서로를 확인하고 끌어안았다. 수십 마리의 물고기가 비늘을 빛내며 떼 지어 우리를 스쳐 갔지만 더 이상 그런 광경은 눈에 들어오지 않았다.

정신이 든 것은 배가 움직였을 때였다. 처음엔 착각인 줄 알았다. 하지만 이내 도저히 착각이라 할 수 없는 움직임이 느껴졌다.

"서, 설마 지금 우리 빼고 진수식을 한 거예요?"

이 배의 주인이자 엄마인 날 두고?

황당하면서도 웃음이 나왔다. 터진 웃음을 막을 수 없었다.

뭐랄까, 십 대로 돌아간 느낌이다. 배에 멋대로 승선한 것부터 시작해서 진수식 불참까지. 실상 내 십 대 때도 이렇게 제멋대로 군 적은 없다.

이곳에 와서는 항상 주변을 의식해서 행동해야 했고 규칙이나 규율을 무시하는 건 꿈도 꿀 수 없었다. 그런데 오늘은 다 무시했다. 진수식에는 분명 조선 사업을 진두지휘한 우리가 나서는 순서도 있었을 텐데.

꼭 졸업식을 땡땡이치는 졸업생 대표가 된 기분이다.

"레오, 이렇게 제멋대로 굴어 본 적 있어요?"

그가 고개를 저었다.

"나도 처음이에요."

"그리고 그럴 가치가 있었지."

그가 내 입술에 짧게 뽀뽀했다.

"자, 올라가자고. 끝까지 얼굴을 안 비추면 무슨 말을 들을지 모르니까."

그가 내 손을 잡고 일으켜 세웠다.

위로 올라가자 한창 신상 파티 중이었다. 승선을 허락받은 자들이 즐기는 파티였다.

황제는 기분이 좋아 보였다. 문제는 그 옆에 있는 우리 아빠였다.

아빠는 눈보라가 일고 서릿발이 칠 것 같은 눈빛으로 레오프리드를 쳐다보고 있었다. 시선 한 번 떼지 않고.

황제에게 먼저 다가가 인사하고 진수식에 불참한 것에 대해 사과했다.

"짐은 전혀 신경 쓰지 않느니라. 오히려 두 사람이 사이좋게 지내면 더 좋지. 부부의 연을 맺을 사이 아니더냐. 좀 더 둘이서만 오붓한 시간을 즐겨도 괜찮다."

황제가 한 마디 한 마디 더할 때마다 아빠의 눈빛이 흉흉해졌다. 황제라도 한 대 쳐 버릴 것 같은 느낌인데……. 우리 가족 괜찮은 걸까?

엄마는 황실의 대를 끊어 버리라고 날 사주하고 아빠는 직접 황제의 주둥이를 찰싹찰싹 때릴 듯이 노려본다.

"오랜만이에요, 아빠."

"그래, 우리 딸."

흐뭇하게 웃던 아빠가 얼굴을 굳히고 레오프리드를 바라봤다.

"하하, 전하. 아무리 그래도 그렇지 진수식은 참여하지 그러셨습니까. 아예 배가 다시 멈춰 서고야 나타나실 줄 알았습니다."

"그럴 걸 그랬다고 마침 후회하던 차입니다."

아빠의 얼굴에서 그나마 형식적으로 차갑게 짓고 있던 미소가 사라졌다.

"샤티는 오늘의 주역입니다. 전하께서 독점하실 순 없습니다."

"샤티는 내 반려입니다."

"샤티는 제 딸입니다!"

이분들은 또 왜 이러실까. 누가 보면 둘이 날 두고 다투는 줄 알겠다. 정작 그런 사람은 따로 있는데.

나는 눈을 돌려 케일라덴의 위치를 확인했다. 안전거리를 확보한 채 아빠와 레오를 놔두고 엄마에게 다가갔다.

"엄마!"

"우리 샤티."

엄마가 날 끌어안으며 뺨에 입 맞췄다.

"정말 멋지구나. 네가 이런 배를 만들 줄이야. 엄마는 이런 배가 있을 줄은 상상도 못했단다."

저도 이런 디자인의 배가 있을 줄 상상도 못했어요.

"아래층은 전체가 유리로 되어 있어서 호수 속을 볼 수 있어요. 서너 사람 정도만 있을 공간이지만요."

"어머나, 정말 신기하구나."

여기 사람들은 유리로 만들었다고 해도 불안해하거나 걱정하지 않는다. 평소에도 마법으로 강화된 유리를 쓰기 때문이다. 물론 부자에 한해서지만.

"나중에 아빠랑 함께 가 보세요."

"그래야겠다. ……어머나, 저이는!"

엄마가 눈을 돌려 아빠를 보고는 미간을 찌푸렸다.

"저러다 황태자 전하랑 싸움 나겠구나."

아빠는 아까와 똑같은 상태로 황태자와 이야기 중이었다.

"싸울 것 같진 않은데요?"

황제를 쳤으면 쳤지. 아까 아빠의 눈빛은 정말 무서웠다. 평소의 충신이라고는 생각할 수 없었다.

"아니야. 적당한 때 가서 빼 와야겠다. 네 아빠가 날이면 날마다 얼마나 전하 욕을 하는지."

"네?"

대체 무슨 욕을? 레오프리드에게 욕할 데가 어딨다고. ……물론 아빠가 괜한 말을 하진 않으셨겠지. 국정을 보다 보면 부딪힐 일도 생기고 그럴 테지만, 그래도.

"도둑놈이라는 둥, 곱게 키운 내 딸 홀랑 데려간다고 아주 난리도 아니다. 처음엔 나도 그 마음 백 번 천 번 이해했지. 그런데 요즘은 맨날 네 아빠의 징징거림 듣고 있으려니 황태자 전하를 응원하게 되더라."

나는 떨떠름한 얼굴로 엄마를 쳐다보다가 픽 웃었다.

"엄마도, 참. 과장이 심하세요. 다른 사람도 아니고 아빠인데."

평소엔 얼음 같은 눈빛으로 냉철하게 일을 처리하는 명재상 카일론 공작이다.

뭐, 딸 가진 아빠들은 시집보내기 전에 싱숭생숭해한다더니만. 사위를 도둑놈이라고 하기도 하고.

한두 번 그런 말을 했다고 해서 과장이 심하다. 전생의 부모님은 어서 시집가서 돈 부치라는 말만 해서 크게 생각하지 못했는데…….

지금은 과분한 사랑을 받고 있으니 아빠가 아쉬워할 만도 하다.

"얘는. 과장이 아니라 축소한 거야."

"……진짜예요?"

엄마는 조용히 고개를 끄덕였다.

"사위한테 질투하는 거 정말 없어 보이니까 하지 말라고 몇 번이나 말해도. 정말이지 너희 아빠 얼굴이 저기서 아주 조금이라도 못생겼으면 이혼했을 텐데."

엄마, 진지한 표정으로 그런 말 하지 말아 줄래요……? 아빠한테 피부 관리 꼬박꼬박 열심히 하라고 전해 드려야겠다.

부모님의 이혼 위기를 지켜보는 딸의 입장이란 참으로 심란하다. 나는 아무 말 없이 칵테일을 홀짝였다. 알코올이 당긴다.

아빠 얼굴에 주름살이 몇 개가 늘어도 엄마 눈에는 최고로 잘생긴 미남으로 보인다는 사실은 몇 년이 흐른 다음에야 깨달았다.

댄스 플로어는 갑판이었다. 아까 봤던 차양막이 설치된 소파를 치워서 공간을 넓게 쓸 수 있었다.

호수를 바로 옆에 두고 추는 춤은 또 각별한 맛이 있었다. 조금씩 일렁이는 배 때문에 느릿한 춤곡이 흘렀다. 황태자와 두어 번 춤을 춘 후 안으로 들어와 목을 축이자 어느새 배는 다시 정박하고 있었다.

나는 안도의 한숨을 쉬었다. 케일라덴과 마주치면 춤을 신청할 것 같아 일부러 계속 피해 다니고 있었기 때문이다. 이제 배도 정박했으니 더 춤출 일은 없다.

모질 게 구는 게 미안해질 때마다 마음을 강하게 먹었나. 그건 착한 게 아니라 잔인한 거다.

진수식은 성공리에 마쳤다. 내가 진수식에 대해 떠들 때는 잘 듣지도 않고 술만 만들던 시녀들이 감탄해서는 내게 재잘거렸다. 귀엽기는. 시녀들은 이대로 퇴근이라 내일 보자는 말로 헤어졌다.

"공녀."

레오프리드의 에스코트를 받아 마차에 오르려는데 날 부르는 목소리가 들렸다. 나는 예의 바른 미소를 지으며 몸을 돌렸다.

"안녕하세요, 케일라덴 전하."

잠시 날 바라보던 그가 입을 열었다.

"정말 멋진 배였습니다. 공녀께서 계셔서 제국의 앞날이 밝습니다. 또, 형님도."

"감사합니다, 전하. 이렇게 칭찬하시니 몸 둘 바를 모르겠습니다."

그렇게 덕담을 나누고 케일라덴은 미련 없이 몸을 돌렸다. 마차에 오르고 생각에 잠겼다.

마음 정리를 한 건가?

방금 대화는 예법에 딱 들어맞으면서 인간적인 호감을 주고받는 사교였다.

아무리 내가 피한다고 해도 대놓고 피할 순 없다. 케일라덴이 마음먹었다면 내게 접근할 수 있었을 것이다.

'그러지 않았다는 것은 역시 정리를 했다는 거겠지.'

다행이다. 한결 마음이 가벼워졌다.

케일라덴의 입장도 참 곤란했을 거다. 상대는 친형제보다 더 가깝게 큰 동갑내기 형의 약혼녀다. 내가 그의 마음을 알아채기도 전에 그 스스로 접어야지, 접어야지 다짐하며 마음을 삭였을 것이다.

그는 다정하고 상냥한 사람이니까. 마음 가는 것은 막을 수 없어도 그 이후엔 눈길을 주지 않으려 했겠지. 하지만 그 다정한 성정 때문에 끝내 나를 외면하지 못하고 도왔다.

설상가상으로 형님과 난 감정 없이 정략을 맺었고, 형님에게는 사랑하는 여자가 따로 있었다. 그것도 나와 같은 위치의.

내가 황궁에 적응 못해 힘들어하는 걸 봐 온 사람이니 더더욱 마음을 접지 못했을 거다.

'날 좋아해 줘서 고마워요.'

창밖을 내다보며 멍하니 생각했다.

처음부터 형님의 아내가 될 사람인 걸 알았는데 왜 좋아하는 건지 슬쩍 원망이 들 때도 있었다. 하지만 그라고 해서 그런 상대를 좋아하고 싶지 않았을 것이다.

'그리고 날 포기해 줘서.'

나는 눈을 감았다.

'그게 가장 고마워요.'

머리가 멍하고 아무 생각도 하기 싫다.

"그러게 누가 그렇게 술을 많이 마시래요?"

유모가 내 등짝을 칠 것 같은 기세로 말했다.

"조용……. 조용히 말해. 머리 울리니까."

매가리가 하나도 없는 목소리로 말하자 유모가 고개를 절레절레 흔들었다.

나는 억울하다. 내가 마시고 싶어서 마신 것도 아니다.

어제저녁, 갑자기 내 방에 쉘메오가 들이닥쳤다. 당황하는 것도 잠시 그는 내게 이유도 제대로 말해 주지 않고 막무가내로 끌고 나갔다.

그렇게 도착한 곳은…….

—성황리에 진수식을 마쳤으면 회식을 해야죠!

해무성 집무실이었다. 평소 서류더미로 가득하던 책상은 술병으로 가득했다.

병을 따는 순간 코를 찡하게 만들 만큼 강한 알코올 향이 풍겼다. 이곳에 와서 먹은 술이라고 해 봐야 식사용 포도주와 연회장에 있는 낮은 도수의 칵테일이 전부였다.

깡소주를 나발로 분 전적이 있긴 하지만 그 말로는 물에 빠져 죽은 거였다. 이걸 다 마셔도 되는 걸까. 세베리다에서 술 취했을 때의 일이 너무 강렬했기에 순간적으로 고민이 됐다.

그래도 모두 함께 모여 뒤풀이하는 분위기는 좋았기에 즐겁게 이야기를 나눴다. 근데 계속 있다 보니 찡했던 술 향도 옅어지는 것 같고, 의외로 다른 사람들도 취하지 않고, 혼자만 안 마시고 있으려니 나도 먹고 싶고.

그래서 따악 한 잔만 받겠다고 했던 것이…….

한 잔이 두 잔 되고, 두 잔이 세 잔 되는 것은 참 쉬운 일이었다.

술이 술을 부른다고, 그 말이 딱이다. 마시고 나서야 깨달았는데 나 빼고 셋 다 주당이었다. 믿었던 알베르가 제일 셌다.

"황태자 전하께 연락 넣으세요. 어제 전하께 업혀 온 건 기억하세요?"

"뭐라고?! ……으아아."

내가 지른 소리에 내 머리가 울렸다. 머리를 움켜쥐고 비틀거리자 유모가 혀를 차면서 날 눕혔다.

"대체 얼마나 마셨길래 그러세요."

그러게. 나도 모르겠다. 그 많은 술병들이 설마 하룻밤 새 다 사라졌겠어? 고작 넷인데. ……라고 생각하면서도 불안한 게 문제다.

"전하께선 뭐래?"

"별말 없으셨어요."

"그래."

"뭐가 '그래'예요. 기가 막혀서 할 말이 없으니 아무 말도 안 하신 거지."

"아, 몰라. 생각하기 힘들어."

"좀 있으면 5황자 전하 오실 텐데요?"

"아……."

맞다. 오늘이 그날이지.

진수식 다음에 보기로 한 데다가 케일라덴이 마음 정리를 끝냈으니 더 이상 미룰 필요 없다 생각해서 말을 보러 가기로 약속했다.

"지금 말 타면 죽을 거 같은데."

계속 약속을 거절하고 나중에, 나중에 하고 미뤘던지라 또 미루기 면구스러웠다.

"사정을 말씀드리고 말은 다음에 보자고 해야겠다."

나는 비척비척 자리에서 일어났다. 어떻게든 정신을 차리고 인간의 모습으로 돌아와야 했다.

"일단 목욕부터."

숙취로 죽어 나가든 말든 또 하루가 시작되었다.

25장

레이디의 기사

레이디의 기사

그에게 사랑은 낯선 것이었다.

그는 언제나 표현에 서툴렀다. 제가 느낀 것을 투박하고 성기게 표현하는 게 전부였다. 단 하나, 검을 잡을 때만 모든 것이 섬세하고 날카롭게 곤두섰다.

그에게 검은 단순히 검이 아니었다. 마음의 울림이자 세상과의 대화였다. 그는 검으로써 온전히 자신을 표출할 수 있었다.

그랬기에 그가, 케일라덴 옵스 페레칼로닌이 기사가 되는 것은 당연한 수순이었다.

친모의 얼굴은 생각도 나지 않는다. 그런 그를 황후가 거뒀다. 황후는 언제나 그에게 자애롭게 웃었으나 피를 나눈 형제에겐 가혹했다.

케일라덴은 황후가 왜 저를 거뒀는지 일찌감치 깨달았다. 제 형제의 방패막이가 필요했던 것이다. 말 잘 듣고 맷집 좋고 살인도 할 수 있는 방패.

케일라덴은 제 형제를 위해 죽이고 죽을 수 있다고 생각했다. 하지만 그건 황후 때문이 아니었다. 그는 형제를 학대하는 그녀를 좋아할 수 없었다.

다행히 형제의 신변에 위해를 가하는 자는 없었고 케일라덴은 방패가 되는 일 없이 잘 성장했다.

검에 혼을 싣는 나날이 계속되었다. 지루하지도 않고 지겹지도 않았다. 그는 그 생활이 만족스러웠다. 그러나 곧 만족할 수 없게 되었다.

햇빛이 나뭇잎 사이로 비쳐 들던 그날, 케일라덴은 처음으로 서툴고 투박한 자신의 말주변에 아쉬움을 느꼈다.

샤르티아나 알티제 카일론.

몇 번이나 그 이름을 입안에서 굴렸다. 발음조차 유려하고 매끄럽다. 투박한 자신과는 전혀 딴판이다. 그게 신기했다.

그녀처럼 매끄럽게 말하고 유창하게 혀를 굴리는 사람들은 많다. 실상 그를 제외한 모든 사람이 그랬다. 섬세하고 미려한 궁중 세계에서 그 혼자 이방인이었으니까. 하지만 그녀는 그들처럼 말하면서도 달랐다.

"그게 아니라, 저……."

우물쭈물 말하다가도,

"지난 파티 때, 같이 춤춰 주신 것에 대해 인사를 드리고 싶었을 뿐입니다. 고마워요."

다음 순간엔 콧대를 세우며 도도하게 말한다. 그러면서도 슬쩍 눈치를 보며 얼굴을 붉힌다.

표현이 서툴다 해서 케일라덴이 예법에 무지한 건 아니다. 귀족 영애는 춤을 청한 상대에게 따로 감사 인사를 하지 않는다. 부언으로 춤을 구걸했다는 걸 인정하는 것이니까.

하지만 그녀는 그에게 진심으로 감사를 전하고 있었다. 도도하게 턱을 치켜든 채.

그녀는 그를 알아본 것이다. 그녀의 뜻을 오해하지 않을 사람이라고. 예법에 얽매인 세계에서 홀로 이방인이라는 것을.

표현에 서툰 그를 옆에 두고도 그녀는 편안히 미소를 지었다. 다른 이가 그를 불편해하던 것과는 전혀 달랐다.

그녀는 무뚝뚝한 그를 오해하지 않고 그대로 받아들였지만, 그는 좀 더 자신의 반가움을 표현하고 싶었다.

하지만 나온 말이라곤 고작.

"그럼 들어가십시오."

그에게 사랑은 낯선 것이었다.

케일라덴이 자신의 마음을 자각한 때는 최악의 순간이었다.

"공녀가 레지나인 이상, 연심을 품었을 때 황태자 전하께 먼저 알렸어야 합니다. 두 분께서 특별한 관계가 되었는데도 전하께 아뢰지 않은 저의가 대체 무엇입니까?"

아이린 루폰 스테나가 그에게 질문했다. 그는 입을 열 수 없었다. 생각을 뒤로 미루고 일단 상황에 맞춰 대답부터 하는 주변머리는 그에게 없었다.

연심을 품어? 그녀에게? 특별한 관계?

연심. 그 두 글자가 소용돌이치며 그의 가슴속에 파란을 일으켰다.

단 한 번도 생각해 본 적 없는 말이었다. 그저 그녀가 보고 싶고, 만나면 기분이 좋았다. 그녀가 웃을 땐 검의 절초를 성공시켰을 때처럼 가슴이 빠듯해졌다.

사랑은 그에게 낯설기에 그것이 그런 이름의 감정이라고는 생각도 하지 못했다.

아이린이 일으킨 파란으로 그는 제 사랑을 깨달았다. 그리고 깨달은 순간 절망했다. 소중한 형제의 아내가 될 이. 원한다 하더라도 솔직하게 말할 수 없다.

아이린의 지적은 타당하다. 연심을 품었다면 응당 그의 형제에게 먼저 알려야 했다. 한데 자신은 연심을 품은 채 그녀에게 접근했다.

급작스러운 사랑의 자각과 절망. 형제에 대한 죄책감과 충격.

케일라덴은 그 자리에서 도저히 움직일 수 없었다. 형제가 그녀를 데리고 그의 앞에서 사라질 때까지.

그리고 다시 현재, 케일라덴은 샤르티아나와 마주 앉았다.

"죄송합니다, 전하. 제가 몸이 좋지 못해 말을 보러 가는 것은 다음으로 미뤄야겠어요."

그렇게 말하는 샤르티아나의 안색은 정말 좋지 못했다. 창백한 얼굴과 희미한 미소가 케일라덴의 심장을 아프게 울렸다. 손을 뻗고 싶은 마음과 동시에 그러면 안 된다는 제약이 그를 숨 막히게 만들었다.

'왜? 왜 만지면 안 되지?'

왜라니, 당연하잖아. 그녀는 레지나고, 형제의 아내가 될 사람이니까.

몇 번이나 속으로 되뇌었던 말이 다시 한 번 되풀이됐다. 어떤 의문도 나오지 못할 절대적인 명제였다.

하지만 몇 번이고 반복되어도 의문은 끊임없이 피어올랐고, 점점 이 사실만으로는 의문을 잠재우기 힘들어졌다.

레지나는 황자와 혼인할 수 있다. 레오프리드가 아닌, 자신의 아내가 될 수도 있는 것이다.

내 아내.

자신의 옆에 서서 미소 짓는 샤르티아나를 생각하는 것만으로도 가슴 한편이 뻐근해지며 심장이 뛰었다. 그 고동 소리가 깊고 커질수록 케일라덴은 흔들렸다. 그로서는 견뎌 낼 수 없는 맥동이었다.

"많이 아프십니까."

"하루 동안 쉬면 괜찮을 겁니다. 걱정하지 마세요."

샤르티아나의 대답에도 케일라덴은 바로 일어설 수가 없었다. 몇 분이라도, 몇 초라도 그녀와 마주 보는 시간을 늘리고 싶었다.

최근 그녀를 보지 못하는 동안 그는 메말라 갔다. 단 한 줄기의 시선이라도 절박했다. 자홍색 눈동자가 자신을 향할 때만 비로소 그 갈증이 채워지는 듯했다.

다행히 샤르티아나의 얼굴엔 미안한 기색이 가득했고, 덕분에 케일라덴은 조금 더 머무를 수 있었다. 적어도 그가 꼴 보기 싫어서 쫓아내려는 건 아니다.

"그러시다니 다행입니다."

그러면서도 케일라덴은 압박을 받았다. 그녀는 레지나궁까지 발걸음 한 그를 위해 차를 내주었지만 그뿐이었다.

허전한 테이블 위가 그를 재촉하는 듯했다. 아프다는 사람을 붙잡고 있을 순 없다. 일어나야 한다. 무언의 축객령이 그를 다그쳤다.

아픈 게 그녀의 탓은 아니다. 하지만 케일라덴은 그녀가 자신을 피하고 있다는 느낌을 받았다. 과민반응일까. 그답지 않은 망설임이 입술을 꾹 눌렀다.

평소 케일라덴은 둔감한 편이었다. 사람과의 관계에서 단 한 번도 기민했던 적이 없었다. 오죽하면 본인의 감정조차 더디게 깨달았을까. 그것도 그 스스로 깨달은 게 아니었다. 정곡을 찔리고 나서야 겨우 자신의 마음을 자각했다.

둔감한 대신 그는 무엇이든 직설적으로 말했다. 때문에 간혹 예법에 맞지 않게 비치기도 했지만 샤르티아나는 있는 그대로 받아들일 것이다. 예전처럼.

"샤르티아나 공녀."

"네, 전하."

"혹시 저를 피하시는 겁니까?"

샤르티아나가 눈을 동그랗게 떴다. 아…… 케일라덴은 탄식했다. 그게 그녀의 대답이 되었다. 당혹스러움을 넘어선 미안함. 그리고 그 모든 것을 뛰어넘는 단호한 거절.

케일라덴은 그간 보지 못했던 커다란 벽을 마주했다. 샤르티아나는 결코 그를 받아들이지 않았다.

이 순간에도 커다랗게 벌어지는 자홍색 눈동자가 눈부셨다.

입안에 칼을 물고 있는 것 같은데도 미소가 나왔다. 그럴 수밖에 없었다. 샤르티아나의 얼굴을 마주하니 설로 입매가 풀어졌다. 그녀가 그를 상처 내고 환부를 후벼 파도 상관없이.

케일라덴은 자신의 어리석음과 아둔함에 넌더리가 날 지경이었다. 조금만 예리했다면, 조금만 더 귀족적이었다면 이렇게 묻지 않고서도 알 수 있었을까. 그녀가 곤란한 얼굴을 하지 않아도 됐을까.

언제부터인가 샤르티아나의 태도가 변했다. 이전엔 항상 만남을 기꺼워하고 반겼는데, 점점 시선을 마주치는 순간이 짧아졌다.

이상하게 파티에서조차 만나기 힘들었다. 전과 달리 파트너가 아니기 때문이다. 케일라덴은 그렇게 일축했다.

그는 파티장에서 그녀에게 다가가고 싶은 마음을 억눌렀다. 전처럼 이상한 소문이 날까 두려웠다.

무엇보다 그녀는 이제 파티의 중심에 서 있다. 그녀는 바쁘게 움직였고, 그는 그녀를 방해하고 싶지 않았다.

그때 그녀에게 다가갔다면 상황이 달라졌을까. 아니면 계속해 약속을 미루고 얼굴을 보여 주지 않는 그녀를 찾아갔으면 달라졌을까.

대체 언제부터 그녀가 자신을 피하게 된 걸까. 어쩌다 이렇게 꼬였을까. 어느새 쌓였던 관계가 폭삭 내려앉았다.

아니, 사실은 언제부터인지 안다.

저도 모르게 넘쳐흐르는 마음을 주체 못하고 그녀의 머리칼에 키스한 날.

자신의 마음을 담은 향이 샤르티아나에게서 폴폴 풍겼다. 조금 더 그 향을 깊게 맡고 싶다고 생각한 순간, 이미 그녀의 머리칼에 키스하고 있었다.

"전하께서…… 정리하실 시간이 필요할 거라 생각했습니다. 제가 오해했다면 죄송합니다."

샤르티아나는 솔직했다. 조심히 말을 고르긴 했지만 아닌 척 말을 돌리거나 화려한 언사로 진실을 가리지도 않았다.

그녀는 아둔한 그와 달랐다. 그녀는 벌써부터 그의 마음을 깨닫고 거리를 둔 것이다.

입안에 있던 칼날이 배 속으로 넘어가 내장을 헤집고 난도질했다. 울컥울컥 붉은 피가 속에서부터 올라왔다.

제 마음을 그녀에게 내보일 기회조차 없었다. 시작하기도 전에 그녀는 끝을 고했다.

처음부터 감히 고백할 생각은 없었다. 하지만, 하지만…….

그녀가 예상치 못한 게 있다면, 그 부재의 기간 동안 그의 마음이 사그라들지 않고 더더욱 절박해졌다는 것이다. 그녀를 향한 끝없는 기갈이 그를 괴롭혔다.

"공녀께선……."

꾹꾹 눌러 담았다. 표현하지 않으려고, 그저 황궁 생활에 조금이라도 위안이 되면 그것으로 족하다고, 그렇게 생각했다.

형제가 그녀를 홀대할수록 가슴이 아팠다. 궁에 정을 붙이지 못하는 그녀가 안타까웠고, 그녀를 박대하는 형제에게 화가 나기도 했다.

그에겐 바라보는 것조차 아까운 사람인데 레오프리드에겐 너무나 쉬웠다.

하지만 어느 지점에 이르러서는 자신이 그녀에게 필요한 존재라서 다행이라고 생각했다. 끔찍했다. 샤르티아나가 자신을 필요로 하는 것은 냉대받기 때문인데 그녀의 불행에서 안도를 느끼다니.

그날 밤, 케일라덴은 수치와 혐오에 밤새도록 검을 휘둘렀다.

하지만 몇 번이고 허공을 베어도 샤르티아나에 대한 마음은 죽지 않았다. 죽여도 죽여도 계속해서 살아났다. 이전보다 더 강하게.

그러니 샤르티아나가 그를 피한다고 해서 그의 마음이 죽었을 리 없다. 오히려 그녀가 없으면 안 되는 걸 깨닫게 됐다. 마음은 누른다고 눌러지지도, 죽인다고 죽여지지도 않는다. 대체 누가 멀어지고 안 보이면 마음도 식는다고 말했는가.

샤르티아나를 보지 못하는 지난날 동안 케일라덴은 그 어느 때보다 열렬하게 그녀를 사랑했다. 자신의 삶에서 샤르티아나가 어떤 무게인지 깨달을 수밖에 없는 지독한 나날이었다.

"공녀께선 황후가 되고 싶으시다고 하셨죠."

어느 순간 샤르티아나를 향한 레오프리드의 눈이 부드러워졌다. 케일라덴은 레오프리드의 그런 눈빛을 처음 봤다. 그에게선 절대로 볼 수 없으리라 생각했던 눈빛이었다.

모든 성장 과정을 옆에서 지켜본 그로서는 레오프리드가 평생 누군가를 사랑하는 일이 없을 거라 여겼다.

하지만…… 레오프리드의 눈빛만 봐도 샤르티아나를 향한 깊은 사랑이 느껴졌다.

외롭게 자란 형제와 힘든 궁중 생활을 하는 그녀를 생각하면 순수하게 축하할 일이나 케일라덴은 차마 그럴 수 없었다. 그런 스스로를 혐오하고 자책했지만 마음은 뜻대로 되지 않았다.

지난번 정원에서 싫다는 샤르티아나에게 억지로 입을 맞추려던 레오프리드의 모습을 보고 뱃속에서 불길이 일었다.

케일라덴은 난생처음으로 자신 안의 폭력성과 마주했다. 그 잔혹한 본성이 자신 안에 도사리고 있었다는 걸 믿을 수가 없었다.

오랜 수련의 힘인지, 타고난 천성 덕인지 케일라덴은 그 뜨겁고 난폭한 것을 갈무리할 수 있었다. 무엇보다 자신을 다정하다고 말하는 샤르티아나에게 그런 모습을 보여 주기 싫었다.

"네, 저는 황후가 되고 싶어요. 황후가 될 것입니다."

샤르티아나는 차분하면서도 힘 있게 답했다. 케일라덴을 쳐다보는 두 눈동자는 흔들림 없이 올곧았다. 이전에 황후가 되고 싶다고 했던 때처럼.

다른 누구를 위해서가 아닌, 자신을 위해서 황후가 되고 싶다는 그 말이 거절이라는 걸 왜 눈치채지 못했을까.

그때 케일라덴은 그저 샤르티아나가 눈부시다고 생각했다. 자신이 궁에 어울리지 않는다면, 궁을 자신에게 맞추겠다는 당당함이 황홀했다.

그는 자신을 위해 샤르티아나에게 황후위를 포기하라고 말할 수 없었다.

케일라덴은 웃었다. 지금도 그녀는 거절의 말을 내뱉고 있다. 하지만 자신은 아둔해서 저런 말로는 잘 알아듣지 못한다. 내가 싫다고 한 것은 아니니까, 하는 미련이 남는 것이다.

자신이 이렇게 못난 놈인지 몰랐다. 그러나 샤르티아나를 곁에 둘 수 있다면 얼마든지 못나도 좋다.

자존심 따윈 진작에 버렸다. 미련하다고 해도 상관없다. 기꺼이 진창에 배를 깔고 뱀처럼 길 수 있다. 사랑을 구걸할 것이다. 그녀를 얻을 수 있다면.

그는 그녀 앞에 무릎을 꿇었다. 깜짝 놀라 쳐다보는 얼굴에 잠시 미소가 나왔다. 이렇게 계속 마주 보고 싶을 뿐이다.

"단 한 번도."

케일라덴은 샤르티아나로 인해 처음으로 욕심이 생겼다. 그건 과연 죄악이라 불릴 만한 감정이었다. 탐욕은 게걸스럽게 모든 것을 집어삼켰다. 신의와 도리, 신념 그리고 형제를 향한 애정까지도.

"단 한 번도 황태자가 되길 꿈꾼 적이 없습니다. 하나—."

케일라덴이 샤르티아나를 깊게 응시했다. 두 눈동자가 서로를 담았다.

그는 그녀의 손을 잡았다. 샤르티아나의 손은 차가웠다. 어쩌면 자신의 손이 지나치게 뜨거운 것일지도 모른다.

그 손을 잡고 있자니 처음 그녀의 손을 잡았던 때가 생각났다.

그녀를 처음 만난 날, 그녀가 무엇을 견뎌 내고 있었는지 안다. 그 날 맞잡은 손은 얼음장처럼 차가웠고 미소 짓는 입술은 파리했다.

자신은 결코 그녀를 그리 두지 않을 것이다.

"당신이 원한다면 황제가 되겠습니다."

자홍색 눈동자가 한 차례 흔들렸다. 샤르티아나는 동요를 감추려는 듯 두 눈을 꾹 감았다.

그리고 다시 눈을 떠 케일라덴을 마주 봤을 때, 그는 듣지 않아도 그녀의 대답을 알 수 있었다.

샤르티아나의 눈동자는 새파란 분노와 숨길 수 없는 적의로 가득했다. 케일라덴은 그녀에게서 이렇게 격하고 강렬한 감정이 나오는 걸 처음 목도했다.

"전하."

샤르티아나의 음성은 싸늘했다. 그녀는 감정을 갈무리하듯 한숨을 쉬었다.

당신이 황태자에게 어떤 사람인데 그런 말을 하냐고 소리 지르고 싶은 충동을 가까스로 참았다. 엄마에 이어 형제에게까지 배신당한 황태자를 생각하자 가슴이 터질 듯한 슬픔이 차올랐다.

못 들은 걸로 할 테니 당장 나가라는 말이 혀끝까지 올라왔다. 하지만 그럴 순 없었다.

케일라덴의 표정을 보니 그는 이미 그녀의 마음을 알아챈 것 같았다. 그의 얼굴은 번민과 통한, 자책과 자기혐오로 물들어 있었다. 자신이 얼마나 끔찍한 말을 했는지 아는 얼굴이다.

그는 말을 하면서부터 후회했다. 후회하면서도 말할 수밖에 없었던 것이다. 도저히 내뱉지 않고서는 견딜 수 없는 말이 있다. 그에겐 그녀를 향한 마음이 그랬다.

그렇기에 샤르티아나는 입을 열었다. 이미 그는 그녀의 대답을 들었겠지만 분명하게 말해야 했다. 칼날 같은 거절이 그의 마음까지 잘라 내도록.

"제가 황후가 되고 싶은 이유는 레오프리드예요."

처음엔 황태자가 누구인지는 중요한 문제가 아니었다. 누구와 결혼하든 황후가 되면 족했다.

하지만 지금은 다르다. 레오프리드가 황태자이기 때문에 황후가 되고 싶은 것이다. 그와 평생을 함께하고 싶다.

"내가 행복해지려면 그가 필요해요. 그를……."

샤르티아나는 한순간 말을 멈췄다. 벅차오르는 듯 가슴이 한 번 크게 들썩였다.

"레오프리드를 사랑하니까."

샤르티아나는 환하게 미소 지었다. 그녀는 이미 눈앞에 있는 케일라덴을 보고 있지 않았다.

케일라덴은 그녀가 누구를 보고 있는지 알 수밖에 없었다. 그 미소는 사랑하는 이를 떠올릴 때만 나오는 웃음이다.

그는 그녀의 손을 놓았다. 그녀의 손은 어느새 따뜻해져 있었다. 허탈한 웃음이 나왔다. 이미 그녀는 자신의 힘으로 그 냉혹한 파티장에서 빠져나왔다. 이제는 찬란해서 그늘에 가려지지 않는 사람이 되었다.

그런데 그녀를 그리 두지 않겠다니, 오만한 생각이었다.

이루 말할 수 없는 절망과 회한, 비통함이 그를 짓눌렀다. 하지만 그는 고개를 꼿꼿이 들고 샤르티아나를 바라봤다.

사랑에 빠져 미소 짓는 그녀의 얼굴은 그 어느 때보다 눈부셨다. 가슴이 타들어 가도 눈을 뗄 수가 없었다.

자신은 결코 그녀에게 저런 표정을 짓게 할 수 없으리라. 억울하다면 억울했다. 처음 그녀를 본 순간부터 마음에 담았다. 그녀가 힘들 때 가장 먼저 손을 내민 것도 자신이다.

하지만 그는 알고 있었다. 누가 먼저 시작했는지는 중요하지 않다. 검을 다루면서 절절하게 깨달았다.

형제가 모든 걸 다 누리고 제게서 삶을 빼앗았다면 원망이라도 할 텐데, 그럴 수조차 없었다.

"미안합니다, 공녀."

이런 짐을 지워서, 아둔한 탓에 당신의 마음을 미처 헤아리지 못해서.

케일라덴이 샤르티아나의 뺨을 부드럽게 쓸었다. 가까이 다가오는 얼굴에 샤르티아나가 반사적으로 얼굴을 굳혔다. 하지만 거부하진 않았다. 무슨 의미인지 아는 것처럼.

그는 샤르티아나의 이마에 키스했다. 화인을 남기듯 지그시 누르고 입술을 떼었다. 사실은 떼고 싶지 않았다. 입술에 닿는 동그란 이마가 가슴을 벅차게 했고 보드라운 피부가 심장을 아릿하게 했다.

하지만 그는 샤르티아나에게서 멀어졌다. 그리고 그녀 앞에 부복했다.

"황가를 수호하는 검, 미래의 황제 폐하와 황후 폐하를 지킬 것입니다. 이 목숨을 바쳐서라도."

샤르티아나는 고개 숙인 케일라덴을 바라보았다. 짧은 순간 그녀의 얼굴에 수많은 표정이 스쳐 지나갔다. 울 것 같은 얼굴을 갈무리하고 그녀가 장난스레 웃었다.

"목숨까진 바치지 마세요. 전하의 목숨도 소중하니까요."

슬쩍 던지는 농에 케일라덴이 고개를 들고 웃었다. 그 웃음엔 어딘지 울음기가 묻어 있었다.

하지만 두 사람 다 그 보이지 않는 눈물을 모르는 척했다. 예전에 그러했듯 서로를 마주 보며 웃고 별것 아닌 말을 주고받았다.

모든 것이 지난여름과 같았다.

케일라덴은 멍하니 술을 매만졌다. 최고급 실로 만들었을 술은 무슨 짓을 했는지 뻣뻣하게 손에 감겼다. 그걸 생각하면 피식 웃음이 나오다가도 또 애상에 잠겼다.

이 술은 그를 위한 게 아니다. 레오프리드를 위해 만든 것이다.

케일라덴은 샤르티아나가 만든 술을 받았다. 그가 방 안에 들어설 때도 공예에 열중하던 모습이 눈에 밟혔다.

깨끗하게 물러나자고 생각했는데 기어코 술을 달라고 했다. 그런 스스로가 한심하다가도 술을 보고 있으면 그런 마음마저 사라졌다. 케일라덴은 다시 한 번 술을 쓸었다.

그녀의 마음을 얻지 못하니 그녀의 마음이 담긴 물건이라도 가지고 싶다는 미련이었는지도 모른다. 아니면 그저 단순한 심술. 혹은 둘 다.

들리는 인기척에 케일라덴은 술을 서랍에 집어넣었다.

"전하."

문밖에서 그를 부르는 목소리가 들렸다. 케일라덴은 아쉬움이 남는 눈길로 서랍을 바라보다가 방을 나섰다.

황태자가 그를 찾는다는 전언이었다. 케일라덴은 곧장 연무장으로 향했다.

연무장에는 간편한 차림을 한 레오프리드가 검을 휘두르고 있었다. 단순한 검로에서 탄탄한 균형이 느껴졌다. 언제 봐도 감탄이 나오는 움직임이었다.

레오프리드는 케일라덴을 보고 검을 멈췄다. 굳게 닫혔던 입매가 살짝 풀어졌다. 케일라덴은 그 모습을 보고 미소 지었다.

죄책감과 수치가 목을 조르는 가운데서도 간만에 형제를 보는 것은 반가웠다. 감히 마주 보기 송구한데도.

"이제 곧 무투대회라 바쁜가 보더군."

차마 얼굴을 마주할 수 없어 며칠 두문불출했더니 그렇게 비친 모양이다. 케일라덴은 말없이 고개를 숙였다.

"너라면 올해도 쉽게 우승할 텐데."

"자만할 순 없습니다."

"자만이 아니라 사실 파악이지."

그렇게 말하는 레오프리드의 눈엔 잠시 즐거운 기색이 어렸다. 무언가를 떠올리는 듯 부드러운 미소가 서렸다.

"객관적이라고 하던가."

케일라덴은 새삼스레 레오프리드의 얼굴을 살폈다. 항상 표정 변화가 없고 냉랭하던 그의 형제에게 어느 순간부터인가 다채로운 색이 깃들기 시작했다.

'그녀 덕인가…….'

이전에는 케일라덴을 향할 때 잠시 내비쳤던 온기만이 레오프리드가 가진 감정의 전부였다. 그조차도 찰나였다.

부드러워진 얼굴이 보기 좋았다. 절로 흐뭇한 미소가 나오면서도 가슴 한구석이 지끈거렸다. 언젠가는 아무렇지 않게 웃을 날이 올까? 지금 같아선 평생을 살아도 그런 날이 올 것 같지 않았다.

대련은 아무런 전초도 없이 시작되었다. 케일라덴은 갑자기 날아오는 검격을 당황하지 않고 받아 냈다. 두 사람은 서로에게 익숙했다.

가볍게 검이 부딪치고 다시 떨어졌다가 이전보다 훨씬 무겁게 부딪쳤다. 케일라덴은 힘을 거스르지 않고 흘려보냈다. 한발 물러서며 크게 횡으로 베자 검로가 반월을 만들었다.

레오프리드가 반월을 피해 물러서며 두 사람의 거리가 상당히 벌어졌다.

노란 눈동자와 짙푸른 눈동자가 동시에 번뜩였다.

채앵! 날카로운 파열음이 연무장을 쨍하게 울렸다. 엄청난 힘을 실은 검이 서로를 짓누를 듯 충돌했다. 이번엔 아무도 검을 흘려보내지 않았다. 날이 비명을 지르고 불꽃이 피어올랐다.

두 사람의 몸이 맞붙은 채 춤추듯 움직였다. 투지로 타오르는 눈동자 속에 서로의 얼굴이 담겼다.

"케이."

레오프리드가 조용히 그를 불렀다. 검이 갈리는 소리를 내며 떨어져 나가고 다시 강하게 맞받았다.

"난 네게 뭐든지 해 주고 싶다."

격한 움직임에도 레오프리드의 호흡은 한 점 어긋나지 않았다. 차분한 말에 오히려 케일라덴의 숨결이 흐트러지기 시작했다. 케일라덴은 동요하지 않으려고 검을 잡은 손에 힘을 꽉 주었다.

"하지만 그녀는 안 돼."

섬광이 눈앞을 가로막았다. 강렬한 빛이 아프도록 케일라덴의 두 눈을 찔렀다. 그 빛은 그의 가슴속까지 파고들었다.

케일라덴은 반사적으로 뒤로 물러났다. 감았던 눈을 뜨자 레오프리드의 눈동자가 보였다. 노란 눈은 번뜩이는 날처럼 강렬한 빛을 내뿜고 있었다. 그는 분명하게 경고하고 있었다.

케일라덴은 침음을 삼켰다. 레오프리드는 단 한 번도 무언가에 집착한 적이 없었다. 애초에 소유욕이라는 게 없는 사람이었다.

모든 것을 가질 수 있는 위치에 있으나 아무것도 가지려 하지 않았다. 정을 주지 않았다. 아니, 주지 못했다.

샤르티아나가 레오프리드에게 어떤 의미인지 케일라덴은 비로소 깨달았다.

"그렇다면 됐습니다."

양보할 수 없다면, 무슨 일이 있어도 샤르티아나를 포기할 수 없다면, 그녀가 그 안에서 절대적인 의미라면. 그렇다면 괜찮다. 한발 물러설 수 있다. 그게 자신의 심장에 칼을 꽂는 일이라도.

케일라덴은 검을 내렸다. 저렇게 말할 수 있는 레오프리드가 부러웠다. 자신은 자격이 없다. 그녀의 선택을 받지 못했으니까.

다만 그녀가 선택한 사람이 레오프리드이기에 케일라덴은 미소 비슷한 것이라도 지을 수 있었다.

"저는 그녀의 행복을 바랍니다. 그리고 형님의 행복도."

그 말에 레오프리드의 눈동자가 잠시 흔들렸다. 무감하던 얼굴에 분명한 감정이 깃들기 시작했다.

동갑내기 형제는 서로를 가장 가까이에서 지켜봤다. 평생이라고 해도 과언이 아니다. 두 사람은 같은 걸 보고 같은 걸 들으며 자랐다. 부모조차 믿을 수 없는 황궁에서 두 형제에겐 서로가 전부였다.

"나도 네 행복을 바란다."

케일라덴은 미소 지었다. 레오프리드의 말은 진심일 것이다. 하지만 자신은 샤르티아나 없이 행복해질 수 없으리라. 그는 그 사실을 말하는 대신 담담히 고개를 끄덕였다.

"예, 형님."

케일라덴은 검집에 검을 집어넣으며 떨리는 입매에 힘을 주었다. 다시 고개를 들었을 때, 그는 언제나처럼 무뚝뚝한 표정이었다.

"제 마음을 어찌 아셨습니까."

그녀에게 한 말을 아는 것일까. 샤르티아나 성격에 말했을 것 같지는 않다. 당연히 그때 방 안엔 두 사람밖에 없었다. 모를 거라고 생각하면서도 케일라덴은 초조했다. 제가 했던 말은 레오프리드에게 커다란 상처가 되었을 것이다.

"지난번 레지나궁 정원에서 마주쳤을 때."

레오프리드의 대답에 안도하면서도 케일라덴은 부끄러웠다. 키스하려는 레오프리드를 말리던 얼굴은 결코 평소와 같지 않았을 것이다. 질투하고 시기하는 남자의 얼굴이었겠지.

"못난 모습을 보였습니다."

"나는 요즘 더 못난 모습도 보인다."

레오프리드의 시선이 케일라덴을 비꼈다. 그는 먼 곳을 바라보며 말을 이었다.

"이전의 나라면 상상도 할 수 없는 모습이야. 샤르티아나와 같이 있으면 그렇게 돼."

하긴 누군가를 끌어안고 키스하려는 모습은 확실히 의외였다. 케일라덴은 수긍했다.

레오프리드는 여성과 스킨십을 즐기지 않았다. 아이린과 연인 행세를 할 때도 에스코트만 할 뿐, 끌어안은 적조차 없다.

"그런데 그게 싫지 않아."

"잘됐습니다."

"잘된 건가?"

"예."

단호한 대답에 레오프리드는 다시 시선을 돌려 케일라덴을 바라봤다. 그 역시 잘됐다고 생각했지만 형제가 그렇다고 말해 주니 미소가 나왔다.

샤르티아나 앞에서 그는 감정적이고 비이성적이 된다. 객관성을 잃고 이리저리 흔들렸다. 어렸을 때부터 귀에 못 박히도록 들어왔던 그 빌어먹을 황제로서의 자태. 그것과는 정반대다.

하지만 좋았다. 지금처럼 삶이 기꺼웠던 적이 없다. 이 세상 모든 것들이 의미 있게 다가오고 하루하루가 소중하게 반짝였다.

철혈의 황제가 아니라 사랑을 하는 평범한 사람이 된다.

"형님은 조금 더 평범해져도 됩니다."

평범하게 감정을 느끼고 삶을 즐겨도 된다. 무뚝뚝한 눈은 그렇게 말하고 있었다.

레오프리드는 검을 집어넣으며 옅은 미소를 지었다. 샤르티아나도 자신도 평범과는 거리가 멀다.

하지만 사랑할 때만큼은 평범해져도 좋을 듯했다.

날이 화창했다. 초여름의 볕이 눈부셨다. 샤르티아나는 눈을 가늘게 뜬 채 하늘을 올려다봤다.

꽃잎이 날리는 것에 초점을 맞추는데 커다란 손이 시야를 가렸다. 돌아보니 레오프리드가 씩 미소를 짓고 있었다.

샤르티아나는 슬쩍 눈을 흘기고 이내 그를 따라 웃었다. 레오프리드가 그녀의 허리를 감쌌다. 가녀린 몸이 그의 품에 쏙 들어갔다.

행복해 보이는 한 쌍이었다. 그들의 미소가 햇살보다 찬란했나. 케일라덴은 차마 더 보지 못하고 눈을 돌렸다. 무구를 점검해 보지만 정신은 딴 데 가 있다.

케일라덴은 고개를 들지 않기 위해 노력했다. 이제 더는 바라봐선 안 될 사람이다.

그는 아예 대기실로 들어가 눈을 감았다. 마음을 차분히 다스려 본다. 오늘 있을 대회에 집중하기 위해 머릿속으로 이미지를 그렸다.

"전하!"

간신히 다잡은 침착은 귓가를 파고드는 밝은 목소리에 와장창 깨졌다.

그 목소리는 케일라덴에게 유독 또렷하게 들렸다. 조용한 대기실 안이 아니라 관중들로 시끄러운 밖이었어도 한 번에 알아들었을 것이다.

"공녀."

샤르티아나가 미소 지은 채 그에게 다가왔다. 이전에 그녀에게 와 주었으면 좋겠다고 스치듯 말했지만 정말로 올 줄은 몰랐다. 케일라덴은 설레는 마음을 억눌렀다. 이건 그녀의 배려일 뿐이다.

유력한 우승후보임에도 케일라덴의 대기실은 한산했다. 사교계와 잘 어울리지 않았고 권력과도 거리가 멀었기 때문이다.

출전을 앞두고도 혼자 있을 그를 위해 샤르티아나는 고민 끝에 대기실로 향했다. 그녀가 파티에서 홀로 있을 때 그가 손을 내민 것처럼 이번에는 자신이 그를 도울 차례였다.

얼마 전 있었던 일이 그녀의 발걸음을 주저하게 했지만 완전히 가로막진 못했다. 샤르티아나는 지키겠다고 말한 케일라덴의 다짐을 믿었다.

두 사람은 잠시 아무 말이 없었다. 침묵 끝에 먼저 입을 연 사람은 케일라덴이었다.

"행복하십니까?"

"네."

샤르티아나는 지체 없이 답했다. 함께 짓는 미소가, 끄덕이는 고개가, 짧지만 무게를 담은 어조가 분명한 행복을 담고 있었다.

케일라덴은 마주 미소 지었다. 완전하지 못하지만 그럭저럭 웃을 수 있었다. 샤르티아나의 곁에서 그녀를 행복하게 해 주진 못하지만, 자신에게도 그녀를 위해 할 수 있는 일은 있다.

케일라덴은 그의 레이디 앞에 무릎을 꿇었다.

"당신을 위해 싸우겠습니다."

보드라운 손등에 깊게 입 맞추고 다짐했다. 반드시 그녀에게 우승의 영예를 안겨 줄 것이다.

"이야, 과연 듣던 대로 화려하네요."

쉘메오가 감탄하는 소리가 들렸다. 그는 귀빈석에 앉아 있었다. 샤르티아나는 완전히 관광객이 다 된 쉘메오를 보고 피식 웃었다.

광란의 뒷풀이도 했겠다 이제 제도를 떠날 줄 알았는데, 쉘메오는 황궁에 빈대 붙었다. 물론 마탑의 마스터인 만큼 제국은 빈대를 환영했다. 레오프리드만 빼고.

샤르티아나와 만날 때면 어찌 알고 찾아오는지, 쉘메오의 행패에 레오프리드는 잔뜩 골이 난 상태였다. 그 때문에 둘만의 시간은 항상 이상한 방향으로 파투 났다.

요즘은 샤르티아나도 꽤 의식이 되는지, 키스 좀 하려 하면 인제 쉘메오가 나타날지 모른다며 뒤로 빼서 그를 더 열 받게 했다.

지난번 샤르티아나에게 술을 잔뜩 먹인 후 자신을 부른 것은 꽤 칭찬할 만하나, 그녀의 귀여운 모습까지 그가 봐 버렸을 거라고 생각하면 당장 국외추방하고 싶었다.

그때 제게 업힌 채 투정을 부리던 샤르티아나는 레오프리드를 불끈하게 만들었다. 물론 등에 닿은 그녀의 감촉도.

침실에 도착한 후에도 샤르티아나가 그의 목을 놓지 않고 꽉 끌어안고 있어서 정말이지…….

'유모만 없었어도.'

레오프리드는 주먹을 꽉 쥐었다. 쉘메오부터 유모까지. 어쩐지 사방이 다 적이다.

어느덧 무투대회가 시작됐다. 사람들이 함성을 내질렀다. 사회자가 관객의 호응을 유도하며 첫 경기의 출전자를 소개했다.

모든 관객이 신난 지금, 샤르티아나는 식은땀을 훔치고 있었다. 왜인지 아까부터 레오프리드의 시선이 심상치 않다. 찔리는 구석이 있기에 그녀는 침만 꼴깍꼴깍 삼키고 있었다.

술을 안 줘서 그러는 게 확실한데……. 그녀는 힐끔 레오프리드를 쳐다봤다. 곧바로 눈이 마주쳐서 휙 소리 나게 고개를 돌렸다.

나중에 케일라덴 검에 술 달려 있는 거 보면 큰일 날 거 같은데……. 그치만 내가 만든 건지 모를 테니 상관없겠지? 없을 거야. 없어야 해.

샤르티아나가 열심히 외면하는 동안 경기는 순조롭게 진행됐다.

와아아아아—!

개막 때보다 훨씬 더 우렁찬 함성이 무투장을 꽉 메웠다. 재작년과 작년 우승자인 케일라덴의 등장에 관중들이 열광했다. 샤르티아나는 얼떨떨한 기분으로 결투장을 바라봤다. 생각보다 완전 인기인인데? 아까 응원 갈 필요 없었던 거 아냐?

결투장 위에 당당히 선 채 당연하다는 듯 함성을 받는 케일라덴은 멋있었다. 샤르티아나가 미소 지으며 손을 흔들려는데 아까와 비교할 수 없을 정도로 강렬한 시선이 옆에서 느껴졌다.

삐걱 소리가 나는 고개를 억지로 돌리자 과연 레오프리드가 무시무시한 눈으로 쳐다보고 있었다.

'알고 있어. 아는 게 분명해!'

대체 어떻게? 만드는 걸 봤나? 온갖 장면이 샤르티아나의 머릿속에 스쳤다. 예전에 그 앞에서 후다닥 술을 감췄던 게 생각났다.

그때 봤구나. 별말 없길래 못 본 줄 알았다. 사실은 엄청나게 기대하고 있던 거였어. 못 본 척까지 하면서!

샤르티아나는 변명도 못하고 땀만 흘렸다. 쾌적하게 관리되는 무투장 안에서 그녀 혼자 땀범벅이었다. 어쩐지 무투대회가 가까워질수록 레오프리드가 유난히 반짝반짝한 눈으로 쳐다보더라니. 샤르티아나는 신음했다.

'난 그게 날 너무 사랑해서 날 보는 눈이 초롱초롱해진 건 줄 알았는데…… 바라는 게 있어서였어? 그게 그 뜻이었냐!'

왠지 모를 배신감까지 느껴졌다. 줄 거였지만……! 어차피 출전도 안 하면서!

급기야 샤르티아나는 레오프리드를 노려보기까지 했다. 그 눈빛을 오해한 게 쪽팔렸다. 두 사람이 무언의 시선을 주고받는 사이 케일라덴은 첫 승을 따냈다.

그 후에는 케일라덴의 독주 무대와 같았다. 완전히 양민학살이라며 샤르티아나가 눈을 동그랗게 떴다. 그리고 그 양민학살에는 그녀의 절친도 껴 있었다. 샤르티아나는 쓸쓸히 퇴장하는 유타바인의 뒷모습을 보며 위로 아닌 위로를 건넸다.

'그래도 다른 사람들보다 1분 정도는 오래 버틴 거 같아. 그 정도면 잘했어.'

어느 순간부터 관전에 집중하기 시작한 그녀와 달리 레오프리드는 계속 그녀만 쳐다보고 있었다. 잠깐씩 고개를 돌릴 땐 케일라덴의 검에 시선이 고정됐다. 그 노골적인 눈빛에 샤르티아나는 미안함을 넘어 점점 짜증이 나려 했다.

하하, 님은 출전도 안 하잖아. 나중에 더 이쁘게 만들어 줄 테느끄 차므르. 이를 악물었지만 레오프리드의 조용한 시위는 그칠 줄을 몰랐다.

'아 진짜! 내가 더러워서 돌아가면 술 백 개 만들어 주고야 만다!'

케일라덴의 양민학살 덕에 순식간에 무투대회 우승자가 결정되었다.

우승자는 당연히 케일라덴이었다. 결승에서 사회자가 그의 승리를 알리자 케일라덴이 샤르티아나 쪽을 바라보며 한쪽 무릎을 꿇었다. 검 끝이 바닥을 찍자 매달린 술이 흩날렸다.

뭘 모르는 관중들은 케일라덴이 황태자에게 충심을 표하는 줄 알겠지만 실상은 그게 아니었다.

샤르티아나는 저도 모르게 레오프리드의 눈치를 살폈다. 레오프리드의 이마에 힘줄이 돋는 게 보였다. 돌연 레오프리드가 벌떡 일어났다. 샤르티아나는 당황해서 입을 벌렸다.

'아니, 잰 지금 승리의 영예를 레이디에게 돌리는 것뿐이라고! 기사도 정신! 알잖아!'

소리 내서 말할 수 없어 레오프리드의 옷자락만 잡아당기는데, 그는 도로 앉기는커녕 결투장으로 내려갔다.

샤르티아나는 사색이—.

"자, 그럼 이제! 우승자와 황태자 전하의 대련이 있겠습니다!"

……되었다가 사회자의 외침에 새빨갛게 변했다. 아, 쪽팔려. 그녀는 얼굴을 가렸다.

우승자와 황태자의 대련은 무투대회의 마지막 순서였다.

두 사람이 마주 인사하는데 레오프리드의 시선은 케일라덴의 검을 향해 있었다. 정확히는 폼멜에 달린 술을 향해.

'내가 앞으로 딴 사람한테 뭐 만들어 주면 개다, 개!'

샤르티아나는 처음으로 레오프리드가 흡족해할 만한 생각을 했다. 지긋지긋하다며 이를 득득 갈면서도 그녀의 뺨엔 옅은 홍조가 올라왔다.

제가 봐도 못난 모양인데 저렇게 집착하는 거 보니까 부끄럽고 민망했다. 그런데…… 싫은 건 아니다.

나도 미쳤나 보다. 샤르티아나는 두 손에 뜨거운 뺨을 감췄다.

채앵! 대련이 시작되자마자 검성이 들렸다. 레오프리드가 지면을 박찬 것과 동시였다.

샤르티아나는 눈을 깜빡였다. 그녀에게는 레오프리드가 순간이동을 한 것처럼 보였다. 육안으로 식별하기 힘들 정도의 속도였다.

레오프리드의 검격이 폭풍처럼 몰아쳤다. 케일라덴은 잠시 당황하더니 금세 반격을 시작했다. 생각 외로 거친 흐름에 샤르티아나는 주먹을 꽉 쥐었다.

보통 우승자와 황태자의 대련은 딱 대련 수준이었다. 그야말로 이벤트였다.

황태자가 무에 능하지 않은 경우도 있었기 때문에 기사 간의 대련과도 달랐다. 애초에 용맹하고 창창한 우승자와 차기 황제의 연이라는 느낌이 강했다.

하지만 무투대회의 어떤 경기보다 더 박진감 넘치는 상황에 관중이 흥분했다. 압도적인 실력 차로 연승을 하는 것도 흔치 않은 구경거리라 좋았지만, 이렇게 손에 땀을 쥐게 하는 경기야말로 사람들이 원하던 것이었다.

함성으로 가득 찬 분위기와 달리 샤르티아나는 불안했다. 두 사람 다 다치진 않겠지? 원래 저러고 놀았던 거겠지? 두 손을 가슴 앞에 모은 채 떨리는 눈으로 결투장을 바라봤다.

보고 있으니 상황이 더 심각해지는 것 같아 가슴이 덜컥 내려앉았다. 못 보겠어서 눈을 질끈 감아도 불안함 때문에 도로 눈을 뜰 수밖에 없었다.

카강! 듣기 싫은 쇳소리와 함께 케일라덴이 무릎을 꿇었다. 튕겨 나간 검이 허공으로 치솟았다.

샤르티아나로선 어찌 된 건지 알 수 없었다. 그저 두 사람 모두 무사히 대련을 마친 것에 가슴을 쓸어내렸다.

그 순간, 레오프리드가 주저앉은 케일라덴의 목을 칠 듯 검을 치켜들었다. 검 그림자가 케일라덴의 몸을 길게 덮었다.

"안돼—!"

벌떡 일어난 샤르티아나가 날카롭게 외쳤다.

레오프리드가 검을 내려치는 모습이 슬로우 화면처럼 느리게 보였다.

케일라덴은 폼멜에 달린 술을 쓰다듬었다. 수십 번, 아니 수천 번 결을 쓸어도 여전히 뻣뻣했다.

"다음은 케일라덴 경과 티바나 경의 경기입니다!"

사회자의 호명에 케일라덴은 고개를 들고 결투장을 향해 걸어갔다. 드디어 첫 경기다. 그녀를 위해 싸우는 이상 질 수 없다. 이기는 것은 당연하다. 가장 완벽한 승리를 그녀에게 안겨 줄 것이다.

검을 휘두르는 너머로 언뜻언뜻 자신을 응원하는 샤르티아나의 모습이 눈에 담겼다.

비록 그가 가장 원하던 위치는 아니지만 그녀에게 의미 있는 사람이라는 것은 확실하다. 그녀의 시선이 제게로 향하는 것을 확인할 때마다 검을 붙잡은 손에 힘이 들어갔다.

케일라덴이 검을 휘두를 때마다 술이 찰랑거리며 춤췄다. 샤르티아나에게서 우승을 기원하는 술을 받은 덕인지 그는 모든 경기에서 이겼다.

그것도 단순한 승리가 아니었다. 무패와 연승, 최단 시간. 각종 기록을 세웠다.

케일라덴은 그 영광을 그의 레이디에게 돌렸다. 사냥제 때는 결코 돌릴 수 없던 영광. 오늘이라도 돌릴 수 있어서 기뻤다.

마지막으로 우승자와 황태자의 대련이 남았다.

성큼성큼 결투장 위로 오른 레오프리드의 눈빛이 심상찮았다. 케일라덴은 의아하게 그를 바라보았다. 그가 저런 눈으로 자신을 바라본 적은 없었다. 단 한 번도.

레오프리드의 눈에는 충격과 배신감, 질투가 어려 있었다. 대체 왜?

케일라덴은 당황하다가 그의 시선이 검 끝을 향한 걸 알아챘다. 폼멜에는 술이 매달려 있었다. 샤르티아나가 준 술.

“두 분 전하 모두 검술로 이름이 드높아 기대가 됩니다! 자, 준비되셨죠? 그럼 시작합니다!”

케일라덴이 무언가 해명하기도 전에 사회자가 외쳤다.

레오프리드가 튕겨 나가듯 케일라덴에게 다가갔다.

채앵! 가까스로 일격을 막아 낸 케일라덴이 이를 악물었다. 검격에 실린 무게에 손이 저릿했다.

“형님.”

오해를 풀기 위해 가깝게 붙은 틈을 타 레오프리드를 불렀지만, 그는 듣기 싫다는 듯 검을 쳐냈다.

한 손으로 다룬다고 믿을 수 없을 정도로 강한 힘이었다. 튕겨 나가는 검을 틀어쥔 손아귀가 찢어질 듯 아렸다. 여태까지 수백 번 검을 맞대었지만 이렇게 거친 검공은 처음이었다.

태양처럼 이글이글 불타오르는 황금빛 눈동자가 케일라덴을 직시했다. 이건 진심이다. 케일라덴은 검을 고쳐 쥐었다. 더 이상 이벤트식 대련이 아니었다.

이번에는 케일라덴이 공격을 시작했다. 레오프리드의 눈이 가늘어졌다.

여태까지의 부딪침이 장난이었던 듯 검이 공기를 찢고 공간을 갈랐다. 더는 대련도 경기도 아니었다. 사람을 죽일 수도 있는 사투였다.

검에서도, 두 사람의 눈동자에서도 불꽃이 피어올랐다. 살기가 팽팽하게 결투장 밖까지 뻗어 나갔다.

열광하던 관중들이 하나둘씩 입을 다물었다. 결투장에선 그 어느 때보다 격렬한 무투가 오가고 있지만, 관중석에선 어떤 소리도 나오지 않았다. 모두 눈도 깜빡이지 못한 채 결투를 지켜봤다.

검날이 나갈 정도로 거칠게 검을 부딪칠 때마다 케일라덴은 자신 안에서 무언가가 부서져 나가는 걸 느꼈다. 견고하고 단단한 것이 사라지자 억누르고 감췄던 감정이 고개를 쳐들었다.

그건 케일라덴이 도저히 감내할 수 없던, 끝끝내 인정하지 않으려 하던 감정이었다.

포기하겠다, 이 자리에 만족한다고 했지만 케일라덴은 당연히 만족할 수 없었다. 그러기엔 그의 사랑이 너무나도 깊었다.

왜 포기해야 하는가. 왜 뒷자리에서 만족해야 하는가. 그녀가 자신을 선택하지 않은 것은 어쩔 수 없지만, 그렇다고 그녀를 향한 사랑이 사라지는 건 아니다.

두 사람의 행복을 기원하는 한편으로는 절망과 박탈감이 그를 수렁으로 잡아끌었다. 수렁 안은 지독한 심연이었다. 그 심연이 속삭였다.

왜 너만 불행해야 해? 그들도 너와 같은 절망을 맛보는 게 좋지 않겠어? 혹시 알아? 그 끝에 기다리고 있는 게 네 행복일지. 그들이 헤어진다면 네게 좋은 일이야. 그녀는 널 의지할 거야.

악마처럼 잔혹하고 섬뜩한 속삭임이었다. 하지만 그만큼 달콤했다. 케일라덴은 귀를 막고 발버둥 치며 악마에게서 멀어졌다. 그럴수록 검을 쥔 손에 힘이 실렸다.

하지만 아무리 벗어나려 해도 그는 이미 심연 속이었다.

풀지 못했던 울분, 갈무리되지 못한 연심, 저도 알 수 없는, 말로 표현될 수 없는 수많은 감정들.

그 모든 것이 뒤엉켰다. 원래의 색을 알아볼 수 없이 검게 변해 갔다.

자신의 숨통을 노린 검을 아슬아슬하게 피할 때마다, 맥박 치는 형제의 명맥을 아슬아슬하게 스칠 때마다 진득하니 뒤엉킨 감정들이 검에 실렸다.

파공성이 그 어느 때보다 낭랑했다. 폐부가 한계까지 팽창하고 수축하길 반복했다. 온몸의 감각이 예민해 따끔따끔할 정도다.

극한의 끝에서 케일라덴은 자신의 심연 속에 도사린 악마를 봤다. 그리고 레오프리드 역시…….

두 사람은 검으로 대화했다. 검 끝이 서로의 심장을 노리고 목줄기를 꿰뚫을 것처럼 찔렀다.

죽음과 가장 가까운 곳에서 형제는 그간 하지 못했던, 할 수 없었던 말을 주고받았다. 서로를 죽음으로 몰아넣는 살수가 가장 진솔한 대화였다.

승부가 갈린 것은 한순간이었다.

케일라덴은 검을 놓치며 주저앉았다. 레오프리드가 검을 치켜들었다.

"안 돼!"

수많은 관중들의 경악 속에서도 샤르티아나의 목소리는 또렷하게 들렸다. 레오프리드는 그대로 검을 내려쳤다. 날카로운 검날에 금빛 술이 잘려져 나갔다.

한 올 한 올 허공에서 춤추듯 나풀거리는 술 사이로, 케일라덴은 형제의 얼굴을 보았다. 레오프리드의 황금빛 눈동자가 햇살처럼 심연에 비쳐드는 듯했다.

케일라덴은 눈을 감았다.

26장

태양은 언제나

태양은 언제나

손가락이 부르틀 것 같다.

물 한 번 묻히지 않은 고운 손가락은 약간의 노동도 힘들어했다. 그런데 이런 장시간 노동이라니.

나는 들고 있던 술—이 되다 만 무언가—을 내팽개치려고 손을 번쩍 들었다.

나 안 해! 힘들어!

괜히 술에 화풀이하려는데 문이 벌컥 열렸다. 내 방에 이렇게 아무렇지 않게 들어오는 사람은 뻔하다.

"뭐하고 있어?"

레오프리드가 높게 치켜든 내 손을 바라보며 물었다. 물론 내 손엔 만들다 만 술이 들려 있다. 나는 슬금슬금 손을 내렸다. 그의 시선이 가늘게 날 섰다.

"또 누굴 주려고 만든 거지?"

댁 줄 건데요.

뭔가 말하기 부끄러워서 입만 벙긋거렸다. 새삼 너무 못 만든 게 눈에 들어왔다.

그래도 전보단 좀 실력이 나아졌는데…… 아니, 나아졌을 텐데 왜 이 모양이지? 계속 만들다 보니 손이 아파서 처음 만들 때보다 더 못생겨졌다.

아무런 대답도 하지 못하는 내 모습에 레오프리드의 눈동자가 이글이글 타올랐다. 케일라덴에게 준 술을 참수하듯 베어 내던 모습이 떠올랐다. 하여간 저 질투쟁이.

"누구겠어요."

"누군데?"

그가 집요하게 물었다. 제게 줄 거라고 생각했던 술이 다른 사람에게 간 적이 있으니 그럴 만도 했다. 어쩌면 자신이 망가트린 술을 다시 만들어서 케일라덴에게 주려 한다고 생각할지도 모른다.

나는 한숨을 쉬며 소파에서 일어났다. 어쨌든 저 질투의 원인 제공자는 나니까. 나 역시 그에게 술을 못 주고 케일라덴에게 준 것이 마음에 걸렸다.

"내가 당신 아니면 누구에게 주겠어요."

까치발을 들며 쪽 하고 그의 입술에 가볍게 입을 맞췄다.

레오프리드는 한 대 얻어맞은 사람처럼 멍하니 서 있더니, 곧 동공을 확 조이며 내 허리를 잡아채려 했다. 하지만 난 이미 그에게서 세 발짝 멀어진 후였다. 살랑거리는 미소를 짓자 그가 신음을 흘렸다.

"무투대회는 이미 지났지만 그래도 전하께서 받아 주시면 소녀,

기쁠 것이옵니다."

언제 키스했냐는 듯 술을 내밀며 예법에 맞춰 깍듯하게 말했다. 레오프리드는 가슴을 한 번 크게 들썩이더니 어쩔 수 없다는 듯 내 손에서 술을 가져갔다.

"그대의 축복이 나를 승리로 이끌 것이며 내 승리는 그대의 머리에서 빛날 것이다."

설도 있게 화답한 그가 내 볼을 슬쩍 꼬집었다.

"그대에게 자꾸 놀림당하는 기분인데."

"제가 어찌 전하를 놀리겠어요."

빙긋 웃자 그가 피식 웃고는 내 볼에서 손을 뗐다. 그러고는 소파 위에 있는 다른 술을 보면서 물었다.

"그런데 나머지는?"

……눈도 좋다. 그새 그걸 봤냐.

결국 나는 그간 만들었던 모든 술을 레오프리드에게 다 털렸다. 그 많은 걸 다 쓸 일도 없을 텐데, 란 생각은 내 기우였다. 레오프리드는 여섯 개나 되는 술을 모두 패용했다.

황태자의 검답게 엄청 유려하면서도 장엄한 검이 순식간에 장난감처럼 변했다. 검 집에 박혀 있는 보석도 왠지 가짜처럼 보이는데……. 이것도 재능이라면 재능일까?

나는 새로운 능력을 발견했지만 전혀 기쁘지 않았다. 우울한 눈으로 검을 바라봤다. 여섯 개나 되는 못생긴 술이 주렁주렁 매달려 있는 모습은 참 뭐라 말로 표현할 수 없었다.

아까 가장 잘 만든 걸 골라서 줬는데 소용없게 됐다.

레오프리드는 뭐가 그렇게 좋은지 만족스런 미소를 짓고 있었다.

은근히 받은 술을 자랑하듯 빼기고 있었는데…… 역시나 쪽팔림은 나의 몫이었다.

아, 진짜 자랑질 좀 그만하라고.

다들 못생긴 술을 보고 떨떠름해할 뿐, 전혀 부러워하지 않았다. 그 모습을 보니 어쩐지 배알이 뒤틀렸다.

내가 손재주 안 좋은 데 뭐 보태 준 거 있냐. 겉모습이 아니라 그 안에 들어 있는 정성이 더 중요한 거지!

이럴 때 진정으로 부러워하는 척해야 출세 길이 열리는 건데, 다들 아직 멀었다. 나도 참 이상한 게 어휴어휴 자랑질 못났다 한숨을 쉬면서도 괜히 뿌듯했다. 저렇게 좋을까. 어쩐지 그가 평소보다 훨씬 귀여워 보였다.

“그렇게 좋으세요?”

이디스가 속닥이는 말에 눈을 둥그렇게 떴다. 내가 아니라 레오프리드가 좋아하고 있잖아.

“아주 전하를 바라보는 눈에서 꿀이 뚝뚝 떨어져요.”

이어지는 설명에 얼굴이 살짝 달아올랐다. 내가 그랬나?

이디스는 자랑질 하는 레오프리드와 나를 번갈아 가며 보더니 툭 내뱉었다.

“정말 두 분은 천생연분이세요.”

어째 좀 불손한 어조다? 이디스를 흘겨봤지만 뭐가 문제냐는 시선만 돌아왔다. 아량 넓은 내가 이해하기로 했다. 원래 솔로인 애들이 질투하는 건 어쩔 수 없다.

“부러우면 너도 애인 만들든가.”

그날 저녁, 머리핀을 빼는 이디스의 손길이 유독 거칠었다.

"이렇게 공녀님을 두고 떠나려니 무척 아쉽군요."

쉘메오가 내 손을 잡으려다가 레오프리드에게 손등을 얻어맞았다. 나는 속으로 한숨을 삼켰다.

오늘은 제국을 야무지게 관광하던 쉘메오가 결국 떠나는 날이다. 그간 여러 가지 일을 함께 겪으며 정이 많이 들었는지 아쉽고 또 섭섭했다.

그에 반해 레오프리드의 얼굴은 광채가 나는 듯했다. 쉘메오와 인사를 나누면서 빈말로도 잡지 않았다. 잡기는커녕 어서 가라고 보채는 듯한 얼굴이다.

"이별은 만남의 예고라고 하잖아요. 또다시 볼 날이 오겠죠."

나는 쉘메오에게 손을 내밀었다. 처음 만난 날 그랬듯 악수를 하자는 거였는데 쉘메오가 내 손등에 입을 맞추려 했다.

물론 그의 시도는 무산되었다.

"마스터 쉘메오."

레오프리드가 쉘메오의 손을 낚아챈 채 사납게 웃었다. 쉘메오는 아무렇지도 않게 빙긋 웃더니 제 손을 잡은 레오프리드의 손에 쪽, 소리 나게 이별의 키스를 했다.

음, 어디서 많이 본 장면인데 말이야. 어쩐지 향수에 젖었다.

한바탕 난리 끝에 마차에 오를 준비가 끝났다. 나는 몸을 돌리는 쉘메오를 붙잡고 그의 귓가에 속삭였다.

"저랑 연을 만든 목적은 달성하셨으니 더 이상 빚은 없죠?"

예전 서부 지역 구휼 때의 일이다. 나는 가뭄에 대한 마탑의 책임을 물으면서 보상을 요구했지만, 돌아오는 건 책임이 없다는 답뿐이었다.

그때 쉘메오는 책임은 없지만 도와주겠다는 말로 내 혈압을 상승시켰다. 뭐, 내게 빚을 지우고 연을 만들겠다는 속셈이 그렇게 싫은 건 아니었고, 결과적으로는 잘 됐지만.

쉘메오는 미소를 지은 채 날 바라봤다. 무슨 말이냐는 의문을 얼굴에 가득 띠우며 시치미를 뚝 떼고 있다.

"마탑에서 물건을 훔쳐간 사람을 잡기 위해 제국 황실과의 연이 필요했던 것 아닌가요?"

내 말에 쉘메오는 피식 웃고는 고개를 절레절레 저었다.

"역시 공녀님은 속일 수 없군요."

혹시나 했는데 정말이었구나. 어찌 된 건지 답을 종용하는 내 시선에 쉘메오가 입을 열었다.

"유물을 도난당한 후, 당연히 배신자를 추적했습니다. 하지만 펠론 제국 황궁에서 종적이 끊겼죠. 제국 황실에서 배신자를 숨겨 줬다고 생각했지만……."

"누가 숨겼는지 알 수 없으니 당시 황실과 연이 없던 내가 적임이었겠군요."

마탑이 유물을 도둑맞은 시점은 최소 7황자가 죽기 전. 그야말로 나와는 무관한 시기다.

"네. 황실에 없던 사람이면서 황실의 구심점이 될 사람이라고 판단했으니까요. 황실이 은폐한 비밀을 파헤치는 만큼 뛰어난 역량과 큰 권한을 가진 사람이어야 했습니다."

"이제 와서 아부해 봤자 소용없어요."

"이것 참. 진실인데요."

쉘메오가 싱긋 웃었다. 나는 그를 흘겨보다가 결국 따라 웃어 버렸다.

"그자가 황후에게 접근한 건 다른 것보다 신변 문제가 컸겠군요. 마탑이 추격하고 있었으니."

안전가옥이 절실했겠지. 그리고 마탑으로부터 완벽히 보호해 줄 만한 능력을 갖춘 곳은 펠론 제국 황실뿐이다.

"그랬겠죠. 실제로 그 덕에 저희가 찾지 못했고요."

쉘메오가 웃음을 지우고 진지한 눈으로 날 쳐다봤다.

"억지로 빚을 지워 미안했습니다, 공녀."

그 착실한 사과에 머쓱해졌다. 결과적으로 그때의 인연은 이득이 됐다. 내게도, 마탑에게도 그리고 제국에게도.

"뭐, 그럼 이번엔 마탑 측이 제게 빚진 걸로 하죠."

눈을 찡긋하며 웃자 쉘메오가 어쩔 수 없다는 듯 따라 웃었다.

"손익이 밝은 건 저희 마탑을 따라올 자가 없다고 생각했는데 더 한 분이 계셨군요."

"칭찬이죠?"

"칭찬입니다."

한바탕 웃음을 끝으로 쉘메오가 마차에 올라탔다.

가기 전에 송별회를 했으면 좋았을 텐데 그게 아쉽다. 사실 하려고 했는데 레오프리드가 반대하는 바람에 무산됐다. 듣자 하니 나 빼놓고 세 명이서 술 마셨다던데. 흥, 배신자들.

"드디어 갔군."

레오프리드가 아주 개운하다는 듯이 말했다.

"마스터 쉘메오가 떠난 게 그렇게 좋아요? 황궁에 머무는 것만으로도 제국에 도움이 되는 사람인데……. 우리 일을 도와주기도 했고요."

"그건 각자 이해가 맞은 일이었어."

레오프리드가 내 말을 정정하더니 피식 웃었다. 그러곤 은근슬쩍 내 허리에 손을 감으며 속삭였다.

"마스터가 제국에 도움이 되는 건 사실이지만 그대와 나 사이엔 방해다."

확실히 쉘메오는 우리 둘이 있을 때면 시도 때도 없이 끼어들어 분위기를 깼다.

나는 못 이기는 척 그의 팔에 몸을 맡겼다. 산책을 겸해서 천천히 걷는데 어느새 만개한 여름 장미가 눈을 즐겁게 했다.

"그대는 장미를 좋아했지."

나는 잠자코 고개를 끄덕이다가 뭔지 모를 위화감을 느꼈다.

내가 언제부터 장미를 좋아했더라? 기억을 오래 뒤적일 필요도 없었다. 샤티의 몸에 빙의한 후부터다. 내가 황궁에 처음 왔을 무렵엔 딱 지금처럼 정원에 장미가 만발했다.

—예전부터 장미를 좋아하셨지요.

장미꽃을 바라보는 내게 유모가 그렇게 말했었다.

사실 나는 그전까진 꽃을 그렇게 좋아하지 않았다. 꽃도 즐기고 감상할 시간이 있어야 좋아지는 거다. 전생의 내게 그런 여유는 사치였다.

그때 유모의 말에 고개를 끄덕이면서도 혼란에 휩싸였었다. 내가 장미를 좋아하는 건지, 샤티의 기억에 이끌린 건지. 샤티의 기억이 정말 내게 아무 영향이 없는 것인지.

어쩌면 내가 레오프리드를 사랑하는 것도…….

"샤티?"

황금빛 눈동자가 걱정스럽게 날 들여다봤다. 살짝 찌푸린 눈썹과 곧은 콧날. 무엇보다 날 바라보는 눈동자에 실린 온기. 모든 것이 내 가슴을 쿵 하고 떨어트렸다.

"왜 그래?"

이게, 이런 감정이 다른 사람의 기억에 이끌린 거라고?

"아니야……."

"샤티?"

그가 재차 날 불렀다. 레오프리드가 부른 사람이 다른 누구도 아닌 '나'라는 것을 알면서도 나는 고개를 저었다.

"샤티가 아니야."

샤티의 감정이 아니다. 그의 앞에 서 있는 사람 역시 샤티가 아니다. 유화영이라고 불리든, 샤르티아나라고 불리든 그건 별 상관없다. 어떤 이름인지는 중요하지 않다.

하지만 그가 '나'를 제대로 봐 줬으면 좋겠다.

어렸을 적 그의 초코바를 뺏어 먹던 철부지가 자란 게 아니라고, 우리가 처음 만난 날은 내가 당신의 아내로 내정되었던 날이라고.

레오프리드는 어렸을 적 샤티와의 일을 나와의 추억으로 기억하겠지.

울컥 치솟은 감정이 숨을 짓눌렀다. 이렇게 새파란 질투가 내 안에 도사리고 있을 줄은 몰랐다. 죽은 사람, 내가 몸을 빌려 쓰고 있는 사람, 어쩌면 한없이 나 자신에 가까운 사람을 이렇게나 질투할 수 있다니.

"괜찮아?"

레오프리드가 내 어깨를 감쌌다. 조심스레 눈을 맞추고 나를 살핀다. 그건 단순히 장미를 보고 아름답다고 생각하는 것과는 차원이 다르다. 비교조차 불가능하게 깊고 격렬하다.

이건 내 뇌 한구석에 담긴 샤티의 기억조차 침범할 수 없는, 분명하고 확고한 '나'의 감정이다. 다른 모든 것이 샤티의 기억에서 자유로울 수 없어도 이것만은 순수하게 내 감정이다.

"사랑해요."

그 말과 동시에 그에게 달려들 듯 키스했다. 무작정 입술을 맞대고 온기를 확인하는 내 모습에 놀란 듯 그는 몸을 굳혔다.

하지만 이내 날 감싸 안고 키스를 되돌려 줬다. 다급한 내 몸짓을 진정시키면서도 더 격렬히 끓어오르게 하는 키스였다. 한참 후에야 입술이 떨어졌다. 그와 내 입술을 연결하는 은실에 얼굴이 상기됐다. 새삼스레 이곳이 야외라는 걸 인식했다.

레오프리드는 다른 사람들의 시선은 전혀 안중에도 없다는 듯 날 다독이는 데 열중했다. 한없이 진중하고 다정한 시선에 얼굴의 열이 식을 줄 몰랐다. 그는 나를 벤치에 앉혔다.

"전하, 저는……."

오랜 침묵 끝에 나는 입을 열었다.

레오프리드는 아무것도 묻지 않았다. 갑작스러운 내 기행에 놀랐을 법도 한데 그런 내색 없이 날 보살피는 데 여념 없었다.

그에게는 말해도 되지 않을까, 그런 생각이 들었다. 다른 누구도 모르는 내 비밀. 죽어서 무덤까지 가져갈 거라고 생각했던 내 비밀. 말하더라도 아무도 믿지 않을 이야기.

어렸을 적 상처를 내게 꺼내 보이던 그도 이런 기분이었을까. 그에게라면 어떤 것도 말하고 싶었다. 나를 보여 주고 싶고, 이해받고 싶다.

그리고…… 레오프리드가 과거를 착각하게 두고 싶지 않았다. 매번 그가 질투 많다고 생각했는데 나도 만만찮은 사람이었다.

"이런 말, 못 믿으실지도 모르지만—."

"믿어."

내 말을 가르는 단호한 목소리에 그를 바라봤다.

"그대의 말이라면 그 어떤 것이라도 믿는다."

그 말에 설핏 웃음이 비어져 나왔다. 입안이 바싹 마를 정도로 긴장했는데도 그는 나를 미소 짓게 한다.

믿는다고 말하고 거짓말쟁이라며 돌아서는 사람이 대다수지만, 나는 그를 믿었다. 그가 나를 믿어 줄 것을. 누군가를 이렇게 견고히 신뢰할 수 있다는 것이 새삼 축복으로 느껴졌다.

"저는…… 다른 세계에서 왔어요."

전혀 예상치 못한 말에 레오프리드가 눈썹을 치켜 올렸다. 하지만 그게 무슨 뜻이냐고, 정말이냐고 묻지는 않았다.

"이곳과는 문화도 생활 양식도 다른 세계예요. 그곳에서 저는 아마도 죽었고, 눈을 떠 보니 샤티의 몸 안이었어요."

나는 차분하게 그간의 자초지종을 설명했다. 아니, 최대한 차분히 얘기하려 했지만 결코 차분할 수 없었다. 가끔은 감정이 울컥 치솟으며 난폭해졌고 어느 순간엔 평화와 같은 안도감이 찾아오기도 했다.

나는 외로웠고 이해받고 싶었다. 모든 것이 낯선 세상, 속 시원히 털어놓고 싶었지만 결코 그럴 수 없었다. 이 세계에 적응했어도 녹아들진 못했다. 나는 이방인이었다.

누군가에게 말할 거라고 생각해 본 적도 없고, 내 안에서도 확실히 정리해 본 적 없는 이야기라 두서없었다. 하지만 말할수록 내 삶이 분명하게 느껴졌다.

이건 다른 누구의 인생이 아니라 내 인생이다. 내가 만들고 일궈낸 삶. 인연도, 생활도, 일도 모두 온전한 내 삶이다. 나의 판단이며 나의 선택이다. 그리고, 나의 사랑이다.

모든 고백이 끝난 후 바라본 레오프리드는 미소 짓고 있었다. 그는 날 끌어안으며 속삭였다.

"나는 그대를 처음 본 순간에 반했던 거야. 그때 내가 느낀 불꽃이 바로 그대였어."

레오프리드는 그동안 그가 느낀 끌림을 내 귓가에 풀어 놓았다. 나직한 그의 고백을 들으며 나는 눈을 감았다.

아무도 못 알아봤던 나를 그는 처음부터 알아봤다.

어느 순간 다시금 시선이 마주쳤다. 입술이 맞닿는 것은 당연한 흐름이었다.

오늘도 언제나처럼 아름답군.

거울을 보며 새삼스러운 생각을 했다. 너무 당연한 사실이라 이젠 놀랄 것도 없지만 어쩔 수 없이 감탄하게 된다.

이렇게 예쁘고 귀엽고 청순하고 섹시한 사람이 존재할 수 있나? 컴퓨터 그래픽도 이렇진 못할 것이다. 그야말로 신의 걸작……!

"네네, 그만 보시고 이제 나가실 시간이에요."

유모가 내 등을 떠밀었다. 뭐랄까, 점점 내 취급이 안 좋아지는 거 같은데 착각일까?

오늘은 레오나 부인의 티파티에 가는 날이다. 미혼인 세도가의 영애들은 거의 다 초대받았다. 이디스와 에스더 역시 참석하기 때문에 세실리아가 시녀로 동행하기로 했다.

원래 나는 시녀를 대동해서 사교 모임에 나가지 않았기 때문에 함께 가자는 말에 세실리아는 뛸 듯이 기뻐했다.

다른 사람들 다 가는데 혼자 못 가는 걸 보니 안쓰러워서 제안한 건데 그러길 잘했다.

"레오나 부인의 티파티에 제가 가다니……!"

마차 안에서도 세실리아는 상기된 뺨을 숨기지 못했다. 그녀가 이런 최고위층 사교 모임에 초대받는 것은 드문 일이다. 아니, 아마 처음일 거다.

그래도 내 시녀이기에 이전보다 더 많은 모임에 초대받았다. 사람들은 망해 버린 엘시터 자작가의 영애에겐 관심이 없었으나 차기 황후의 시녀에겐 관심이 많았다.

세실리아는 이미 나를 사교계의 징검다리로 이용하고 있지만 이번 티파티에 같이 참석하면 확실한 발판이 될 것이다. 상류사회에 직접 소개해 주는 것이나 다름없으니까.

그간 시녀들과 지내면서 세실리아와는 묘하게 덜 친하고 어색했는데 이번 일로 거리가 확 좁혀졌으면 좋겠다.

'세실리아도 내 사람이니까.'

약간 마뜩잖은 구석도 있었지만 내가 큰일을 당할 때 자발적으로 궁에 남은 게 꽤 감동이었다.

한껏 들뜬 세실리아를 보며 나 역시 기분이 좋아졌다. 뿌듯하다. 이때까지만 해도 내게 어떤 일이 닥쳐올지 몰랐기에 가능한 평화였다.

모든 게 끝났다고 생각했다. 날 해하려던 배후는 전부 사라졌고, 어색했던 삼각관계도 깔끔히 정리됐다. 나는 운명 같은 사랑을 하고 있고 서로의 모든 것을 공유하고 이해했다.

이제 내게 남은 것은 '오래오래 행복하게 살았습니다.'밖에 없다고 자신했다. 행복이 나를 방심시킨 것이다. 이곳에 오고 난 뒤로 숱하게 깨닫지 않았던가. 운명은 항상 방심하는 순간 뒤통수를 친다고.

처음 내가 이변을 느낀 건 마차 위에서 상당 시간이 흐른 뒤였다. 쉴 새 없이 재잘대는 세실리아를 보고 위화감을 느꼈다. 이렇게 말이 많았나?

가끔 쓸데없는 말을 한다는 인상은 있었지만 세실리아는 기본적으로 말수가 적었다. 에스더처럼 조용하다기보다는 눈치를 보는 경우가 많았다.

'눈치 안 보고 위축되지 않으면 좋은 거지, 뭐.'

들뜬 만큼 평소와 다를 것이다. 이번 티파티 참석이 계기가 되어서 당당해졌으면 좋겠다고 생각했다.

'하지만 시끄러우니까 빨리 도착하면 좋겠는데……. 지금 얼마나 지났지?'

세실리아의 수다에 정신 사나워서 몰랐는데, 떠난 지 상당한 시간이 흐른 것 같다. 그런데도 마차는 느려질 줄 몰랐다.

"세실리아, 우리가 출발한 지 얼마나 되었지?"

내 말에 세실리아가 말을 뚝 멈추고 고개를 갸웃했다.

"글쎄요……. 한 30분쯤?"

30분이라고? 그보다 훨씬 더 지난 거 같은데?

나는 커튼을 걷고 밖을 쳐다봤다. 곁을 스치는 나무를 보며 눈을 깜빡였다.

"여긴……."

마차는 숲길을 달리고 있었다. 숲길이라고 해도 마차가 다닐 정도로 잘 닦여 있었다.

"어, 어디로 가고 있는 거죠?"

당황한 세실리아가 작게 비명을 지르듯 물었다. 하지만 그 의문에 답할 수 있는 사람은 아무도 없었다.

창밖을 살펴봤지만 나무만 보일 뿐이다. 애초에 나는 길을 잘 모른다. 황궁 밖으로 나갈 때는 전부 마차를 탔기 때문이다.

확실한 건, 레오나 백작저에 가는 길은 아니라는 것.

"여기가 어딘지 알아?"

그나마 나보다는 길에 익숙할 세실리아에게 물었다.

"아니요……."

세실리아는 하얗게 질린 얼굴을 한 채 두리번거렸다. 별로 도움이 될 것 같지 않은 태도였다.

'적어도 본인이 살아온 도시 주변의 숲 정도는 알고 있을 만도 하잖아.'

답답함에 입술을 깨물었지만 세실리아를 다그쳐 봤자 답이 나오는 건 아니다.

'소리보 숲은 아예 마차가 들어갈 수 없는 데다가 제도와 꽤 거리가 있으니까 아니야. 그렇다면 레오프리드와 단풍놀이 갔던 숲?'

하지만 숲 안으로 마차가 들어갈 수 없어서 레오프리드와 말을 같이 탔었다. 또, 황실에서 관리하는 숲인 만큼 황족이 아니면 출입금지다.

머리를 굴려 봐야 답은 나오지 않는다. 나는 포기하고 한숨을 내쉬었다.

"아무래도 납치당한 것 같지?"

"네에?!"

세실리아가 깜짝 놀라 되물었다. 갑작스러운 사고에 생각이 따라오지 못하는 듯했다.

나는 창백한 그녀의 얼굴을 바라보다가 창밖으로 고개를 돌렸다. 세실리아를 달래 주기엔 상황이 좋지 않았다. 일단 어찌 된 일인지 파악부터 해야 한다.

기본적으로 레지나는 황족이 아니기에 가벼운 외출에는 황실 기사의 호위를 받지 않는다. 일반 귀족 영애가 아니라 황족이 될 사람이니 원한다면 황실 기사가 따라오지만, 난 번잡한 것을 싫어해서 호위를 물리지 못해 안달이었다.

무엇보다 오늘은 레오나 부인의 티파티다. 호위를 데려가지 않는 것은 곧 신뢰의 증표다. 중앙 중도파를 내 쪽으로 포섭하는 데 그녀가 큰 역할을 했던 만큼 호위와 동행하지 않았다.

'그런데 하필이면 오늘…….'

누가 날 납치할까? 돈을 노린 범행일 리는 없다. 돈 때문에 목숨을 잃을 일 있나. 내 출발지는 레지나궁이고 이건 황실 마차다. 납치범은 내가 누구인지 분명히 알고 납치한 것이다.

'역시 정치적인 이유겠지.'

하지만 지금 나를 대적하는 자는 없다. 황후는 유폐당했고 아이린은 집안이 멸문한 것이나 다름없다. 이런 행동력을 발휘할 자금조차 없을 터.

귀족파는 애초에 이 정쟁에서 벗어난 위치였다. 황태자가 황후를 고발했을 때도 가만있던 자들이 이제 와 패권을 장악하겠다고 이런 일을 벌일 리가.

'누구지?'

배후가 확실히 잡히지 않았다. 굳이 따지자면 황후의 친정인 마르켈 후작가 정도일까.

하지만 나를 납치한다고 해서 그들이 얻을 게 뭐가 있지?

날 죽이고는 싶겠지만 이런 위험을 무릅쓰려면 그만한 이익이 수반되어야 한다. 감정적으로 움직이지 않기에 마르켈 후작가가 그 위치에 있는 것이다.

내가 사라진다고 해서 황후가 복권되지도 않는다. 레지나를 다시 뽑아야겠지만, 내가 사라진 상황에서 마르켈가와 연이 닿은 영애가 뽑힐까.

'적어도 레오프리드가 그렇게 두진 않겠지.'

그렇다면 대체 납치의 목적은 무엇일까. 날 죽이는 것? 이렇게 번거로운 방법으로 죽이려 한다고?

생각할수록 미궁에 빠지는 느낌이다. 하지만 생각해야 한다.

'일단 그나마 의심할 수 있는 상대는 마르켈 후작이니 배후를 후작으로 가정하자.'

어쨌든 후작은 레오프리드가 나 때문에 황후를 쳤다고 생각한다. 뭐, 사실이긴 하다.

어쩌면 내가 아니라 다른 사람이 황후가 되면 복권시킬 수 있다고 생각하는 건지도 모른다. 적어도 내가 될 때보단 가능성이 있긴 하겠지.

굉장히 허술한 이유였지만 달리 떠오르는 용의자가 없었다.

모든 것이 불확실하지만 납치범이 나를 한적한 시골에 박아 두는 걸로 만족하지 않을 거란 건 분명했다.

최악의 경우 살해당할 수 있다. 그건 어떤 경우보다 확률이 높았다.

'탈출해야 해.'

나는 마차의 속도를 가늠했다. 문 열고 뛰어내렸다가는 딱 골로 갈 것 같은 속도였다.

사실 길이 좁아서 그런지 엄청 빨리 달리는 건 아니다. 하지만 내게 멋지게 낙법을 할 만한 운동신경은 당연히 없고, 길 옆엔 나무뿌리와 돌부리가 얽혀 있다. 구르다가 영영 돌아오지 못할 곳으로 굴러갈 것 같다.

마차가 멈출 때까지 탈출은 보류. 구출을 기대하기도 힘든 상황이다.

아무래도 목격자를 피하기 위해 숲길로 온 것 같다. 사람들은 당연히 마차에 자랑스레 찍힌 황실 문양을 알아볼 테니까. 길도 닦여 있어서 흔적이 남기도 힘들겠고, 내가 없어진지도 모를 것 같다.

참석하기로 한 티파티에서는 그저 내가 늦는다고 생각할 거다. 끝내 안 나타나도 불참이라고 여기겠지. 그나마 이디스와 에스더가 있으니 불참을 이상하게 여기고 궁에 기별을 넣을 것이다.

내 부재를 최대한 빨리 알아채는 게 그때다.

'음, 상황이 생각보다 훨씬 안 좋은 걸지도.'

현실감 없게 그런 생각이 들었다.

납치라니……. 솔직히 독살이라는 말이 나올 때도 좀 먼 나라 일 같이 느껴졌는데 설마 내가 납치의 당사자가 되다니. 그래도 현실감 없는 덕인지 그나마 생각을 할 수 있었다. 세실리아처럼 공포에 질려 바들바들 떠는 것보단 낫다.

'일단은…….'

"세실리아."

"네, 네!"

"칼 있어?"

"네?"

있을 리가 없지. 혹시나 하고 물어봤다.

"무기가 될 만한 거. 아무거나 좋아."

내 말에 세실리아는 몸을 뒤졌다. 하지만 한껏 치장한 귀족 영애의 몸에서 흉기가 나올 리 없다. 나는 머리꽂이를 생각했다가 고개를 저었다. 확실히 끝이 뾰족하긴 하지만 살갗을 뚫을 정도로 날카로운 건 아니다.

영화를 너무 많이 봤나 싶어서 헛웃음이 나왔다. 하지만 웃음은 곧 초조하게 메말랐다. 도착하면 지금처럼 생각할 여유가 없을 거다. 날 납치했다는 것 자체가 되돌려 보낼 생각이 없다는 뜻이니까.

'죽거나 고문당하거나. 둘 중 하나겠지.'

협박할 만한 도구가 없었지만 어쩔 수 없다. 다행히 마부는 한 사람. 무모해도 할 수밖에 없다. 더욱 다행인 점은 제도 주행용 황실 마차는 디자인에 신경 쓴 나머지 마부의 편의를 봐주지 않았다는 거다. 자리가 좁고 양옆은 뻥 뚫렸다.

나는 마부석과 통하는 문을 살짝 열었다. 기회를 봐 마부를 밀쳐낼 생각이었다.

"저하, 위험해요!"

세실리아가 깜짝 놀라 외쳤다. 그 탓에 마부가 내 존재를 눈치챘다. 나는 혀를 차며 창문을 닫았다. 힘으로 이길 수 없으니 몰래 접근해 균형을 잃게 해야 했는데.

마부가 속도를 높였다. 불난 데 부채질하는 꼴이 됐다.

아 진짜, 도움이 안 되면 가만히라도 있든가.

나는 세실리아를 노려봤다. 위험한 상황도 아니었다. 동정을 살피느라 창문을 손바닥만큼 열었을 뿐이다. 대체 뭐가 위험하단 말인가.

"세실리아. 여기서 어떻게 하면 탈출할 수 있을까?"

내 어조에서 꾹꾹 누른 짜증과 분노가 느껴졌는지 세실리아가 몸을 움츠렸다.

"응? 말해 봐."

내 채근에 우물쭈물하던 그녀가 겨우 입을 열었다.

"글쎄요……? 못하지 않을까요? 달리는 마차 안인데……. 너무 위험해요."

"도착하면 안 위험해져?"

"네?"

"도착하면 난 살해당할 확률이 커."

"네?!"

세실리아가 어쩔 줄 모르는 눈으로 날 쳐다봤다.

"설마 돈이나 뜯자고 날 납치했다고 생각하는 건 아니지?"

"그건……."

"날 죽이는데 널 살려 둘 리도 없지."

아무렇지 않게 툭 던지며 세실리아를 쳐다보는데……. 뭔가 좀 이상한데?

"그러니까 살기 위한 방법을 생각해 봐."

아무렇지 않게 말을 이으면서 세실리아를 면밀히 살폈다. 세실리아는 불안함에 안절부절못하고 안색이 창백했지만 기묘하게 안정되어 보였다.

오히려 아까 내가 여기 어딘지 모르냐고 물었을 때보다 침착한 것 같다. 경각심을 일깨우기 위해 일부러 도착하면 죽을 거라고 말했는데도.

천천히 기억을 돌이켜 보았다. 티파티에 들떠 있던 세실리아의 얼굴은 쫓기듯 말을 내뱉던 것처럼 보였다.

그렇게 기다린 파티라면 오히려 언제 도착하는지 목 빼고 기다리지 않나? 그런데 한 시간은 지났을 법한 시간을 겨우 30분 지났다고 했지.

내궁에서 외궁을 지나 황궁을 완전히 벗어나는 데 30분쯤 걸린다. 거의 매일을 출퇴근하는 세실리아가 소요 시간을 모를 리 없다.

30분이라고 대답할 때, 마차는 이미 속도가 꽤 붙은 후였다. 당연히 황궁 안에서는 그런 속도로 달리지 못한다.

황궁 안에서 나온 것 같으니 적어도 30분은 넘었을 거라고 말해야 정상이다. 기분 나쁜 예감인지 단순한 의심과 불안인지 모를 것이 가슴속에서 스멀스멀 기어올랐다.

세실리아가 이 일에 엮일 이유는 없다. 그간 쌓아 온 정 같은 걸 차치하더라도 내가 사라진다면 그녀는 황금 동아줄을 놓치게 된다.

나는 두근거리는 가슴을 억눌렀다. 과민반응이라고 생각하지만 조심해서 나쁠 건 없다.

'이건 아무래도 나 혼자 있을 때 써야겠어.'

나는 발치로 향하려는 손을 꽉 붙들었다. 우선 도착해서 상황을 보는 게 좋을 것 같다. 물론 그 전에 탈출하는 게 최선이다. 뭐가 기다리고 있을지 모르니까.

'뻥카를 쳐서 조금이라도 틈을 만드는 수밖에.'

"아흑……!"

배를 움켜쥐고 쓰러지자 세실리아가 깜짝 놀라 날 부축했다.

"저, 저하! 왜 그러세요?"

"배, 배가……."

세실리아는 어쩔 줄 몰라 하면서도 마부를 부르지 않았다.

'흠…….'

당장 분만실에 들어가야 할 것처럼 연기하면서도 속으로는 냉정히 상황을 봤다.

같이 죽게 될 거라는 말 덕인지 세실리아는 내가 자길 의심한다고 생각하지 않았다. 내가 연기하는 건지 가늠하던 눈에선 금방 의심이 걷혔다.

이곳 귀족 여성들은 몸이 약해서 스트레스를 받거나 하면 곧바로 픽픽 쓰러지곤 했다. 게다가 난 지금 코르셋을 입고 있으니 흥분하거나 충격받으면 호흡이 힘들 수도 있다.

세실리아는 그렇게 납득한 듯했다. 그러면서도 끝까지 마부를 부르지 않는 게 내 의심에 확신을 더했다.

그렇단 말이지?

"하아, 토할 것 같아."

입을 틀어막으며 웅얼거리자 세실리아가 기겁했다. 그녀는 곧장 앞창을 열었다. 마부를 부르라고 하면 다시 의심할 것 같아서 다른 수를 쓴 건데 효과가 끝내 줬다.

"저하께서 몸이 안 좋으세요. 토할 것 같으시대요."

"그럼 하시라고 전하시오."

"뭐, 뭐라구요?"

세실리아의 얼굴이 모욕감에 발갛게 익었다. 가세가 기울었어도 그녀는 자작 영애였다. 저런 대꾸를 받은 적이 처음일 것이다.

"난 마차를 멈출 수 없소. 그러니 마차 안에서 하시든가 그대로 삼키시든가."

마부는 내가 꾀병이라는 걸 눈치챈 모양이다. 하긴, 누가 냉큼 믿을까. 세실리아는 거칠게 문을 닫았다. 그녀는 분노한 듯 씩씩거렸지만 날 위해서라고 생각되진 않았다.

도착하면 우리 둘 다 죽을 거라고 했는데 그럼 좀 더 절박하게 마차를 멈추라고 해야 하는 것 아닌가?

"저하, 괜찮으세요? 조금만 참으세요."

세실리아가 등을 토닥였다. 나는 그녀에게 기대 고개를 숙였다. 배를 움켜쥔 채 부들부들 떨었지만 내 표정은 더없이 차가웠다.

'조금만'인지 네가 어떻게 알아?

하지만 내 얼굴을 보지 못한 세실리아는 부드러운 손길로 날 다독일 뿐이다. 마차는 정말 조금 후 멈춰 섰다.

창밖으로 보이는 건 시골 별장 같은 느낌의 2층짜리 집이었다. 귀족의 별장이라고 하기엔 소박하고 부유한 시골 성시민의 별장 정도일까.

당장 죽일 건 아닌가? 야산에 파묻을 줄 알았는데 그건 아닌 듯했다. 바로 죽이기엔 장소까지 수배하고 일을 번거롭게 벌였다.

'확실히 자금력은 뛰어난 사람이네.'

마부가 내 손을 묶기 위해 다가왔다. 도망갈까 싶었지만 저택 주변을 지키는 사내들을 보고 얌전히 손을 내밀었다. 마차에서 내려서 주변을 샅샅이 둘러봤지만 여기가 어딘지 단서가 될 만한 건 없었다.

"어서 안으로 들어가!"

별장 주변을 지키던 사내가 우악스레 내 팔을 잡아당겼다. 손이 묶인 탓에 손쉽게 균형을 잃었다.

"저하!"

세실리아가 깜짝 놀라 외쳤다. 넘어진 건 별로 아프지 않았다. 하지만 심장이 쿵쾅거렸다. 이곳에 와서 단 한 번도 거친 취급을 받아 본 적이 없다. 내가 본 남자들은 기본적으로 레이디에게 친절했다.

갑작스레 내가 지금 낯선 사내들에게 둘러싸였다는 게 실감 났다. 내 위로 그림자가 졌다. 나는 차마 고개를 들지 못했다.

"어머나, 누가 좀 일으켜 주세요."

그림자의 주인은 내 예상과 전혀 다르게 상냥한 목소리로 말했다. 낯선 울림이 아니었다. 익숙하지만 이곳에 있어선 안 될 목소리. 나도 모르게 번쩍 고개를 들었다.

말도 안 돼. 설마. 온갖 생각이 머릿속을 스쳤다.

눈이 마주치자 청초한 얼굴이 사르르 웃는다. 어전히 정결하지만 이전에 보지 못했던 그늘과 어둠이 말라붙은 얼굴.

"어서 와요, 공녀."

상상도 못했던 인물에 나는 신음하듯 그녀를 불렀다.

"아이린……."

내 부름에 아이린이 친절하게 날 일으켜 세웠다.

"오랜만이에요, 공녀."

그 말에 뭐라 대답할 수 없었다. 다시는 못 볼 사람이라고 생각했다. 그리고 보고 싶지 않은 사람이었다.

그런데 대체 어떻게 이곳에……. 분명 귀족으로서의 모든 지위를 박탈하고 재산마저 몰수했을 텐데…….

"어떻게, 라는 표정이네요. 보기 좋아요."

후후, 아이린이 작게 웃었다. 그녀는 넘어져서 흐트러진 내 머리칼을 넘겨 주었다.

"아무런 힘도 없다고 무시하고 있었을 내게 이런 일을 당하니 어때요?"

아이린이 살살 신경을 긁는 것보다 이게 어찌 된 일인지, 앞으로 어떻게 될지가 더 신경 쓰였다. 내가 알던 아이린이 아니었다. 그녀는 결코 이런 일을 못 꾸민다.

음독 자해를 하면서도 내 방에 거짓 증거를 못 넣지 않았던가. 명을 받은 사람이 어찌 자신을 볼지 두려워서.

수세에 몰리면서도 끝끝내 버리지 못했던 걸 나락에 떨어지고 나서야 버린 모양이다. 그렇다고 해서 이런 일을 벌이진 못한다. 무엇보다 능력이 없으니까.

분명히 배후가 있다. 사람을 움직이고 장소를 마련하려면 돈이 있어야 한다.

"당신 덕에 정말 많은 경험을 했어요. 세상은 정말……."

귀족 영애였던 그녀에게 평민의 삶은 팍팍했을 것이다. 심지어 모든 재산을 압수당했으니 입에 풀칠하기도 어려웠겠지.

음독 사건 이후 바로 황후의 재판이 이뤄졌기 때문에 아이린을 도와주려는 사람은 없었을 것이다. 귀족들은 아직도 황태자의 눈밖에 나기 싫어 몸을 사리는 중이니까.

게다가 아이린이 성녀인 척했던 만큼 주변인들도 배신감을 느꼈을 터. 그녀의 인간관계란 굉장히 얄팍했다. 기본적으로 거짓 위에 쌓은 관계라 신실하지 않았다.

이번 일을 도와준 배후도 따로 목적이 있겠지. 배후가 누군지, 목적은 뭔지 알아내야 한다.

"왜 날 납치한 거야?"

"섭섭하네요. 오랜만에 만났는데 첫마디가 그런 말이라니."

가증스럽게 상처받은 표정을 지어 보인 아이린이 먼저 별장 안으로 들어갔다. 소파에 앉은 그녀가 내게 마주 앉으라 손짓했다. 나는 천천히 그녀 앞에 앉았다. 이야기가 길어질수록 좋다.

"우린 같은 레지나였죠. 함께 많은 일을 겪었어요."

아이린이 차를 따르며 말했다. 내 앞에도 잔이 놓였지만 이 상황에서 뭘 믿고 마시겠는가. 내가 아무런 말도 없이 쳐다보자 아이린은 웃으며 말을 이었다.

"그러니 당신도 경험해 봐야 하지 않겠어요? 내가 겪은 일."

대체 뭘 경험해? 평민이 돼서 살라고? 나는 어이없는 감정을 최대한 숨기기 위해 노력했다.

내게 평민으로 살라고 해 봤자 하루도 안 지나 다시 황궁으로 돌아가게 될 것이다. 기껏 납치해 놓고 멍청한 소리만 늘어놓는 아이린이 이해되지 않았다.

"그리고 나는 당신이 겪은 일을 경험해 봐야 공평하겠죠?"

생긋 웃은 아이린이 짝 하고 손뼉을 쳤다. 그녀의 곁에 있던 여자가 내게 다가와 옷을 벗기기 시작했다.

"무슨……!"

몸을 비틀며 저항했지만 손이 앞쪽으로 묶인 탓에 등 뒤의 끈을 푸는 것을 막을 순 없었다.

순식간에 코르셋과 드레스가 벗겨져 나갔다. 같은 여자들 사이에서도 강제로 옷이 벗겨지는 건 수치스러운데 나를 감시하는 사내들 앞이다. 모멸감과 분노가 밀려왔다.

안에 받쳐 입은 게 속옷이긴 해도 지구에서 입는 하얀 원피스와 다름없다는 게 그나마 위안이었다.

"아주 곱네요."

아이린이 드레스 자락을 쓸며 말했다.

도저히 그녀의 행동을 이해할 수 없었다. 날 괴롭히는 게 목적인

가 했는데 그녀는 드레스에 정신이 팔려 있었다. 급기야 일어나서 자기 몸에 드레스를 대 보기까지 했다.

"어때요? 어울리나요?"

생긋 웃는 얼굴이 소름 끼쳤다. 그제야 깨달았다. 아이린은 정상인처럼 굴고 있지만 어딘가 단단하게 미쳤다는 것을.

"그런다고 내가 되진 않아."

그때까지 부드러웠던 아이린의 눈매가 사나워졌다. 그녀는 드레스를 옆으로 치우고 내 앞에 다가왔다.

"아니. 난 다시 황궁으로 돌아갈 거야. 그리고 넌 밑바닥에서 평생을 구르는 거지."

나도 모르게 입을 벌렸다. 할 말이 너무 많아서 한 마디도 나오지 않았다.

나는 아이린을 이해하길 포기했다. 미친 사람의 사고를 이해하는 건 불가능한 일이다. 대신 어떻게 할지 생각했다. 나는 비뚜름한 조소를 머금었다.

"설마 그게 가능할 거라고 생각하는 거야? 넌 아무것도 아니야."

짜악! 일부러 자극한 대가가 내 뺨을 화끈하게 달궜다.

"날 무시하지 마. 너한테 무시받을 사람이 아니야. 미래의 황후에게 존경을 표하도록 해!"

부들부들 떨며 외친 아이린은 곧 묘한 미소를 지었다. 부어오른 내 뺨을 만족스럽게 쓰다듬으며 말했다.

"보기 좋아요. 당신한테는 이게 훨씬 어울려."

아이린의 시선이 몽롱해졌다. 반복적으로 내 뺨을 문지르는 손가락에 힘이 들어갔다.

"당신을 꼭 때려 달라고 하더라고요. 몇 번이나 때리고 싶었는데 못 때렸다고."

알 수 없는 희열에 들떠 중얼거리는 말에 떠오르는 게 있었다.

몇 번이나 날 때리려 했던 사람. 황후다.

뭐, 내색 없이 속으로만 날 때리고 싶다고 생각한 사람이 있었을 수도 있지만 이런 일을 벌일 사람은 한정된다.

아이린은 진심으로 황궁에 돌아갈 수 있을 거라 믿는 듯했다. 황후와 마르켈 후작이 온갖 감언이설로 그녀를 조종한 것이다. 물론 이렇게 망가진 사람을 궁에 들일 생각은 애초에 없겠지. 아니, 망가지지 않았어도 마찬가지다.

황후는 자신의 손을 쓰지 않고 날 없애 버릴 방법을 찾은 것이다.

지금 마르켈 후작가는 크게 위축된 상태다. 버릴 말조차 아쉬운 상황. 그러니 아이린이 제격이다. 필요 없는 말이니 일이 끝나면 꼬리를 잘라 낼 터.

아이린에겐 어리석다는 말조차 부족하다. 하지만 이미 정상적인 사고를 할 수 없는 사람에게 뭘 기대하겠는가.

'아무래도 황후는 아이린이 자기 약점을 쥐고 황태자를 협박했다는 사실을 뒤늦게 눈치챘나 보네.'

눈치챈 게 아니라 7황자 살해 건으로 심문을 받을 때 들은 것일 수도 있다.

앉으라 하면 앉고, 서라 하면 서는 애완견이라고 생각했을 것이다. 그것도 이빨 따위 나지도 않은 새끼라고 생각했겠지. 유치조차 나지 않은 애완견이라 생각하고 귀여워해 줬건만 약점을 잡아 감히 주인에게 목줄을 채우려 했다.

날 처리하고 난 뒤에는 아이린도 무사하지 못할 것이다. 성공해도 버리고 실패해도 버릴 말. 납치를 사주할 때 그렇게 생각했을 거다.

황후의 약점을 쥐고 협박했으면서도 황후의 말을 철석같이 믿는 아이린이 신기했다. 아무리 총기를 잃었다고 하지만……. 어쩌면 허상인 줄 알면서도 희망을 버리지 못하는 것일지도 모른다.

어떤 의미에서 황후와 아이린은 참으로 공평했다. 서로 이용하고 이용당했으니까.

"날 어쩔 셈이야?"

"말했잖아요. 지옥 같은 삶을 살게 해 주겠다고."

아이린이 진득하게 미소 지었다. 생각만 해도 즐겁다는 듯이. 평민이 되어 봤자 별로 지옥 같을 거 같진 않은데……. 나는 원래 서민 출신이라. 돈도 없었고.

"무서워하지 말아요. 당신에겐 꼭 나쁜 일이 아닐지도 몰라. 당신은 끼가 있는 거 같거든."

서민 티가 났나? 그럴 리가 없는데……. 났다고 해도 무슨 상관이랴.

아무래도 단순히 길거리로 내몰아 평민으로 살게 하진 않을 것이다. 지옥 같은 삶이라는 것도 그렇고 완전히 맛이 간 눈동자를 보니 알 수 있었다.

그래도 바로 죽을 거라는 예상보단 상황이 낫다. 침착하게 기회를 보면 활로가 뚫릴 것이다.

하지만 이어진 말에 내 안색은 창백해졌다. 내가 너무 안일했다.

"황태자 전하를 유혹한 걸 보면 말이에요. 의외로 즐거운 삶이 될 수도. 내가 당신 좋은 일 해 주는 거야. 적성에 잘 맞는 일 찾게 된 거 축하해요."

아이린의 손이 노골적으로 내 목덜미를 쓸고 가슴으로 내려가 강하게 움켜쥐었다.

탁! 손을 확 쳐 내고 아이린을 노려봤다. 내 앞에서 깔깔깔 웃는 미친년이 황궁에서 봤던 그 아이린이 맞는지 의심된다.

어쩌다 저 정도가 된 거지? 설마……? 나와 똑같은 삶을 살게 해 주겠다는 말이 뇌리를 스쳤다.

"너……."

"아, 걱정 말아요. 난 황후가 되기에 한 점 부끄러움도 없는 몸이니까."

도저히 이해할 수 없었다. 아까부터 아이린을 이해할 수 없었지만 이건 정말 상식 밖이다. 대체 어떻게 하면 이런 생각을 할 수 있지?

"똑같은 삶을 살게 해 주겠다면서 말이 다르다고요? 상관없어. 난 당신이 벌레같이 사는 걸 보고 싶을 뿐이거든."

아이린이 한 걸음 더 다가왔다. 얼굴이 맞닿을 듯한 거리에서 그녀가 속삭였다.

"절망해서 몸부림치고 괴로워하면 할수록 행복해질 것 같아."

다시 멀어지는 아이린을 아연한 눈으로 쳐다봤다.

"넌 이 모든 게 내 탓이라고 생각해?"

"그렇게 무죄인 척하는 게 역겨워! 내 자리를 빼앗아 놓고! 날 함정에 빠트려 놓고!"

아이린은 금세 흥분해 소리를 질렀다. 나는 말없이 그런 그녀를 바라봤다. 내가 알던 것과 너무 괴리감이 커서 기분이 이상했다.

아이린을 상대로 항상 진실했던 건 아니다. 속인 적도 있고 계략을 짠 적도 있다. 나는 결백하지 않다. 하지만 이렇게 망가진 그녀를 봐도 하나도 미안하지도, 단 한 톨의 책임감을 느끼지도 않았다.

이렇게 된 건 전적으로 그녀의 선택이다.

"그렇게 생각하고 싶겠지. 뭐, 상관없어."

나는 싸늘한 눈으로 그녀를 쳐다봤다. 이제 와서 자극 안 하려 노력하는 것도 소용없는 짓이다.

솔직히 두려웠다. 앞으로 내가 겪게 될지도 모르는 일이. 상상조차 해 본 적 없는 끔찍한 일이.

주먹을 꽉 말아 쥐었다. 아이린이 원하는 대로 겁에 질려 벌벌 떨거나 용서를 빌고 싶지 않았다. 내가 그럴수록 아이린은 의기양양해져서 더 잔인한 일을 꾸밀 것이다. 그녀를 자극하는 것과 똑같은 결과라면, 나는 당당하고 싶다.

"그 드레스는 가져. 줄게."

소파 위의 드레스를 턱짓하며 입꼬리를 끌어올렸다.

"아아아악!"

아이린이 갑자기 괴성을 질렀다. 순간적으로 깜짝 놀라서 아무 말도 못하고 아이린을 쳐다봤다. 놀란 사람은 나와 세실리아뿐이었다. 덤덤한 사내들의 반응을 보니 아이린이 발작하듯 소리 지르는 일은 흔했던 것 같다.

"아참, 세실리아도 같이 팔리는 거지?"

아이린이 비명을 멈추자 아무렇지 않게 물었다. 세실리아가 토끼 눈이 되어 날 쳐다봤다.

"혹시 필요 없는 증인이라고 죽일까 걱정되어서."

시뻘겋게 변했던 아이린의 얼굴이 점차 본래의 혈색을 되찾았다. 급격하게 여유로워지는 모습이 기괴했나.

"설마 아직도 엘시터 영애를 믿는 건가요? 이렇게 멍청할 수가!"

아이린이 손등으로 입을 가리며 비웃음을 터트렸다.

나는 애써 충격받은 표정을 지으며 아이린과 세실리아를 번갈아 봤다. 멍청한 건 너야. 세실리아와 한패 아닌 척해서 이용해 먹었어야지. 이미 들통 나서 통하진 않았겠지만.

"당신도 참 순진한 구석이 있어. 갑자기 마음이 아프네."

아이린이 안타깝다는 듯 중얼거렸다. 하지만 그녀의 입꼬리는 한껏 올라간 채였다.

"어때요, 믿었던 시녀에게 배신당한 소감이."

세실리아의 어깨를 끌어당기며 아이린이 물었다. 나는 대답하지 않았지만 그것만으로도 아이린은 만족한 듯했다.

"세실리아, 공녀님의 시중을 들도록 해."

아이린이 방 한쪽을 손짓했다. 이제 이야기도 끝인가 보다. 스멀스멀 불안감이 피어올랐다.

세실리아가 조심스레 날 부축했다. 나는 굳이 그녀를 밀쳐 내지 않았다. 감시자로 다른 사람이 붙는 것보다는 훨씬 나았다.

"왜 그랬어?"

방에 들어와 둘만 남게 되자마자 물었다. 세실리아는 아무런 대답 없이 내 눈을 피했다.

"처음부터 날 배신할 생각이었어?"

미처 잡아내지 못한 첩자였나. 그렇다면 세실리아는 참으로 완벽했다. 오늘이 오기 전까지 그런 낌새조차 없었으니까.

"아니에요!"

세실리아가 억울하다는 듯이 고개를 저었다. 이 상황에서 저런 표정을 지을 수 있다는 게 대단했다.

"저, 저는 정말 진심으로 저하를 모실 생각이었어요."

"그런 사람이 이렇게 날 납치해?"

그 말에 세실리아가 입술을 꾹 깨물었다. 하얀 얼굴이 수치심에 새파랗게 질렸다.

"저, 저하는!"

본인 안의 죄책감을 몰아내기 위해 세실리아가 소리쳤다.

"직접 초대받지 못하는 자의 설움을 알아요? 들러리가 될 수밖에 없는 사람의 마음을 아냐고요!"

나는 멍하게 세실리아를 쳐다봤다. 뒤통수가 얼얼했다. 설마.

"어느 파티에 초대를 받아도 다 저하 이야기뿐이에요. 나라는 사람은 없는 거나 마찬가지라고요! 저하의 시녀만 있을 뿐, 세실리아 테리 엘시터는 없어요!"

설마 고작 그런 이유로 이런 일에 가담한 거야?

"점점 내가 없어지는데……. 그럼 내가 어떻게 해야 했다는 거예요!"

아이린이 궁에서 떠날 때 세실리아가 무심코 중얼거렸던 말이 떠올랐다.

—원하는 게 있고 궁지에 몰리면 사람이 극단적인 선택을 하게 되죠…….

그전부터 세실리아는 아이린을 동정하고 이해했던 것이다. 내가 겪었던 수많은 위협을 두 눈으로 봤으면서도.

"착각하나 본데, 넌 원래 없던 사람이었어."

싸늘한 말에 세실리아가 나를 노려봤다. 나는 덤덤하게 말을 이었다.

"네가 네 자리를 만들었어야지."

한심했다. 세실리아도 그렇지만 나도. 거의 매일을 같이 지냈다. 그런데 저런 애인 줄 몰랐다니.

"세실리아, 널 알던 사람이 얼마나 된다고 생각해? 아, 알긴 하겠지. 다 망한 자작가의 여식으로."

파랬던 세실리아의 얼굴이 붉게 물들었다. 그녀가 입을 열었지만 아무런 말도 나오지 않았다.

"네가 지긋지긋하게 여긴 나에 대한 물음이 기회였어. 이곳에서 네 입지를 다지는 기회. 그걸 쓰레기 취급한 건 너야."

내가 다른 시녀들에 비해 세실리아를 탐탁지 않게 여겼던 것은 사실이다. 티 내지 않는다고 했지만 은연중에 묻어났겠지. 하지만 그녀를 무시하거나 냉대한 적은 없다.

그것만으로도 세실리아에겐 큰 도움이 되었을 것이다. 나와 한마디라도 더 섞고 싶어 하는 귀족들이 많고, 그들의 관심은 내 시녀들에게 향했을 테니까.

세실리아의 행동은 물에 빠진 것을 건져 주니 봇짐 내놓으라는 것을 넘어 날 물에 빠트린 격이다.

"그래서, 스테나는 네게 뭘 주기로 했어?"

움찔. 세실리아가 어깨를 움츠렸다. 역시 감정만으로 이런 일에 가담한 건 아니었다. 뻔히 알면서 침몰하는 배에 몸을 실을 이유는 없으니까. 하물며 자신이 타고 있는 배가 순항 중이라면.

"스테나는 네게 뭔가를 해 줄 힘이 없을 텐데. 일이 잘 풀려 내가 창관에 팔려가도 말이야."

덧붙인 말에 세실리아가 고개를 수그렸다. 그녀의 얼굴에 떠오른 감정은 분명히 죄책감이었다. 그게 우습고 화가 났다.

가담했으면서도 내가 팔려 갈 줄은 몰랐나 보지? 아니, 예상했어도 알려고 하지 않았을 것이다. 생각하지 않으려고 눈을 감았겠지.

"줄을 잘못 섰어."

"저하는! 항상!"

세실리아가 소리를 질렀다. 정리되지 못한 수많은 감정이 크게 뜨인 눈에 비쳤다. 아까와 비슷한 패턴에 헛웃음이 나올 지경이다. 이 얼마나 편리한 방어기제인지.

"사람을 바보 취급하시는군요. 스테나 영애한테도 그렇고 저한테까지!"

"사실을 말한 건데. 스테나는 레지나 자리에 멀쩡히 있었을 때도 그랬어. 에르마를 잊은 건 아니겠지?"

일부러 한심하다는 눈빛을 보내며 세실리아를 자극했다. 좀 더 털어놔 봐.

"상관없어요! 스테나한테서 받을 건 없으니까."

아하. 받을 건 있는데 아이린에게선 아니다? 그렇다면 마르켈 후작이겠지.

세실리아가 가장 원하는 것이 뭘까. 풍요로운 삶과 명예? 대가로 돈을 받기로 했나? 하지만 내 시녀가 된 후로 엘시터 자작가는 가세를 조금씩 회복해 갔다. 적어도 이전처럼 하녀 한 명 못 부릴 처지는 아니었다.

무엇보다 아까 세실리아가 한 말이 그렇지 않은가. 파티장에 갔을 때 제 모습이 초라하다고. 레오나 부인의 티파티에 같이 가자 했을 때도 뛸 듯이 기뻐했지.

'계획 때문에 레오나 부인의 티파티를 버려서 꽤 아쉬웠겠어.'

아마 저울질을 했겠지. 내 비호 아래 상류사회에 소개받는 것과 마르켈 후작이 줄 것을.

단번에 신분을 상승시켜 줄 수단. 딱 하나 있다.

"곧 영애가 아니라 부인이라고 불리겠네."

"네?!"

세실리아가 화들짝 놀라 날 쳐다봤다.

빙고. 나는 비소를 삼켰다.

마르켈 후작은 거짓으로라도 제 아들과 세실리아를 엮지 않았을 거다. 엮었다 해도 그녀가 믿지 않았을 것이다.

세실리아는 자신이 어떤 상태인지 잘 안다. 제 상태와 이상의 괴리감 때문에 계속 열등감을 느꼈던 것이다. 먼 과거, 그녀가 태어나기도 전의 영광에 집착하고 있다.

신랑감을 추리기는 쉽다. 나와 관계가 안 좋은 귀족. 그중에서 나로 인해 실질적인 피해를 본 귀족. 아이린을 끝까지 지지해서 이제 더 이상 동아줄을 잡을 수 없는 귀족. 그런 사람은 몇 안 된다.

세오펠 백작을 위시한 세 가문. 그중에서 세실리아와 결혼할 만한 미혼의 후계자는 둘 있다. 노리엔 백작 영식과 로리스 자작 영식.

신흥 귀족으로 떠오르던 것과 달리 지금은 둘 다 날개를 잃었다. 주가가 떨어졌으니 자신과 혼담이 오갈 만하다고 생각했을 것이다.

어리석다. 노리엔이든 로리스든 후계를 엘시터와 맺어 줄 생각은 없을 텐데. 아무리 날개를 잃었다 해도 수지가 안 맞는다. 엘시터야 말로 나를 잃으면 아무것도 아니니까.

"결혼 때문에 날 팔아먹은 거구나. 사창가에."

"아니에요!"

세실리아가 비명을 지르듯이 부정했다.

"전, 전 진짜로 그런 무도한 짓을 할 줄 몰랐어요!"

"그럼 납치해서 깜짝 파티라도 할 줄 알았어? 아니면 고이 돌려보내 줄 줄 알았나?"

세실리아는 아무런 대답도 하지 못했다. 그럴 테지. 알면서도 외면해 왔을 테니까.

"둘 중 하나야. 죽이거나 팔아치우거나."

죽이는 게 훨씬 깔끔하니까 죽일 줄 알았는데. 복수심이 뭐라고. 아이린은 악수를 택했다.

황실과 카일론 공작가에서 나서서 나를 찾을 거다. 사창가에서 날 본 사람들이 가만있을까? 아니, 창관 주인부터가 내 위치를 신고하고 포상받으려 할 것이다.

아이린은 그래도 상관없다고 생각하는 건지도 모른다. 누군가 날 찾아내도 이미 내가 망가진 후일 테니까. 어쩌면 창관에 팔기 전에 날 망가트리려 할지도 모른다. 별장 주변을 감시하는 사내들의 존재가 유독 크게 느껴졌다.

더 이상 지체할 순 없다. 죄책감과 싸우는 세실리아를 힐끗 보고 배를 움켜쥐었다.

"으윽……."

"저하?"

세실리아가 다가와 나를 살폈다.

"아까 안 좋았던 게……."

"어, 어쩌죠? 토하고 싶으세요?"

"차가운 물 좀 줘……."

세실리아는 곧장 일어섰다. 시녀로서의 행동이 몸에 밴 결과였다. 그러다가 흠칫 멈춰 섰다. 불안한 시선이 웅크린 나를 훑었다. 나를 혼자 두는 게 꺼려지는 모양이다.

하지만 내 손은 묶여 있고 밖엔 감시자들이 있다. 앓는 내 모습을 본 그녀는 결정을 마친 듯 걸음을 옮겼다. 문이 열리고 곧 닫혔다. 철컹거리는 자물쇠 소리가 크게 울렸다.

나는 치마를 걷었다. 그나마 손이 앞으로 묶여 있어서 운신이 수월했다. 새하얀 발목에는 반짝거리는 발찌가 걸려 있었다. 예전에 아빠한테서 받은 비상용 통신기다.

설마 이렇게 쓰게 될 줄은 상상도 못했다. 그땐 황태자를 대적하기 위해 마련한 거였는데.

인생사 정말 어떻게 될지 모른다. 뭐, 그렇게 따지자면 애초에 내가 이곳에 온 것부터가 그렇다. 정말 한 치 앞도 알 수 없는 인생이다.

통신기를 조작하려다가 멈칫했다.

'이건…….'

보석처럼 예쁘게 세공된 마력석엔 기묘한 문양이 새겨져 있었다. 내겐 익숙한 문양이었다.

7황자를 살해하고 날 공격하는 데 쓰인 목걸이와 아이린이 가지고 있던, 황후의 약점을 담은 영상구에 새겨져 있던 문양이니까.

그때 그 문양을 어디선가 본 것 같더라니 발찌에서 본 거였나.

불안해졌다. 여태까지 어느 정도 여유를 부리던 것은 이 발찌를 믿었기 때문이다. 마차 안에서 세실리아를 의심하지 않았다면 곧장 사용했을 것이다.

하지만 이 문양을 보니 과연 사용해도 되나 의심이 들었다. 문장의 연원을 알 수 없다.

만약 아빠에게 이 통신기를 만들어 준 사람이 황후와 한패였다면 어쩌지? 그렇다면 통신을 연결해도 황후 쪽과 연결된다.

붙들고 있던 희망이 산산조각 나는 느낌이다. 나는 입술을 깨물고 통신기를 작동시켰다. 고민할 시간이 없다. 황후와 연결된다 해도 팔려 가는 상황이 크게 달라지진 않겠지.

맑은 빛이 일순간 퍼져 나갔다. 기겁해서 손으로 빛을 가렸다. 잠긴 문 쪽을 바라봤지만 별 반응은 없었다. 다행히 빛은 곧 사그라들었다.

"아빠?"

일반 통신구와 전혀 달라서 연결이 되었는지 알 수 없다. 사람 모습이 뜨지도 않고 발찌는 평소처럼 잠잠하다.

"내 목소리 들려요?"

대답이 없다. 불안감이 뒤룩뒤룩 부피를 늘렸다.

설마 안 되는 거야? 발찌는 여전히 아무 반응도 없다. 최대한 귀를 기울여도 잡음 하나 들리지 않는다. 눈물이 날 것 같았다.

'울어서 해결되는 건 없어.'

지금은 감정을 풀어놓을 때가 아니라 생각을 할 때다. 무사히 돌아간 후 울어도 늦지 않다. 나는 이를 악물고 울음을 삼켰다.

고개를 숙여 통신구에 최대한 가까이 다가간 후 조그맣게 속삭였다.

"아빠, 저 지금 납치당했어요. 숲속을 지나왔는데 정확한 위치는 모르겠……."

철컹철컹, 자물쇠를 푸는 소리에 말을 멈췄다. 치마를 덮어 통신구를 가리고 아픈 시늉을 했다. 너무 시간이 짧다. 제대로 내 상황을 설명하지도 못했고 통신이 제대로 됐다는 확신도 없다.

아니, 실패라는 생각만 들었다. 다른 마도구를 작동할 때 마력석에서 끊임없이 빛이 나오니까.

"많이 아프세요?"

세실리아는 좌절감에 하얗게 질린 내 모습을 다르게 해석한 듯했다. 내게는 잘된 일이지만 이 상황에선 위안이 되지 않았다.

덜덜 떨리는 손으로 물을 받아 마시는 척하다가 손에서 힘이 빠진 듯 엎었다. 물에 뭘 탔을지 모르는데 마실 순 없다.

"물을 다시 가져올까요?"

세실리아는 그렇게 물으면서도 나를 살폈다. 한 번 더 자리를 뜰 일이 생기자 의심이 고개를 든 것이다. 나는 고개를 저었다.

"괜찮아. 아까보단 좀 나아졌어."

구조를 기대할 수 없으니 여기서 빠져나갈 방법을 강구해야 한다. 나는 필사적으로 머리를 굴렸다.

낙관적으로 생각해서 통신이 잘 되고 있을 거라 가정하고 세실리아와의 대화를 통해 이곳의 정보를 전달한다. 통신이 실패했어도 세실리아와 대화해야 했다. 세실리아가 가지고 있는 정보를 다 알아내야 한다.

'그 과정에서 세실리아를 내 편으로 포섭하면 더 좋고.'

이거야말로 통신이 성공했다는 것보다 낙관적인 생각이다. 나는 속으로 쓴웃음을 지었다.

“세실리아, 난 너를 믿었어.”

축 처진 음성, 세상을 다 포기한 눈빛을 한 채 읊조렸다.

세실리아는 아까부터 이도 저도 아닌 태도를 취하고 있다. 욕심에 일을 벌였지만 죄책감에 갈팡질팡하는 것이다.

나는 그녀의 죄책감을 계속 자극했다.

“창관에 팔려 가다니……. 난 어디로 팔려 가게 될까? 이 주변일 텐데. 이 주변이 파라콰이는 아니겠지……?”

파라콰이는 향락의 도시로 법도 도덕도 통하지 않는 곳이다. 당연히 제국 땅일 리 없다. 하루 정도 마차를 타고 달렸다고 해서 도착할 수 없는 곳이다. 알면서도 공포에 사고력을 잃은 듯이 중얼거렸다.

“저하, 파라콰이일 리 없어요. 걱정 마세요.”

걱정 말라고? 파라콰이든 아니든 창관에 팔리게 되었다. 아니, 이곳이 새로운 창관이 될지도 모르지. 그런데 걱정 말라고?

세실리아의 멱살이라도 잡아채고 싶었다. 하지만 나는 새파란 분노를 숨기고 꺼진 눈빛으로 웅얼거렸다.

“하지만 스테나는 내게 지옥 같은 삶을 살게 하겠다고 했는걸. 파라콰이일 거야……. 분명해.”

“숲을 지나 반나절 정도 왔어요. 아무리 마찻길이 나 있어서 빨리 달렸다고 해도 제도 근교예요.”

세실리아가 나를 어르듯 말했다.

“그래도 내가 창관에 팔려 가는 건 변하지 않아.”

“…….”

세실리아가 불편한 얼굴로 고개를 돌렸다. 침묵이 무겁게 찾아왔다.

그녀의 마음이 이렇게 흔들릴 때 잘 말해야 한다.

널 벌하지 않겠다, 날 구해 주었다고 하겠다, 큰 상을 내리겠다. 이런 말은 안 통한다.

내가 칼 같은 성격을 가졌다는 건 옆에서 지켜본 세실리아가 잘 안다. 그녀가 심약하면서도 허영심이 많은 것을 내가 알고 있듯이.

당장은 영웅 대접해 줘도 인젠가 잊지 않고 제 목 끝에 칼날을 들이밀 거라는 걸 예상하겠지.

그럼에도 세실리아는 매몰차게 날 끊어 내지 못하고 있다. 욕심과 양심. 그 사이에서 끊임없이 줄다리기를 하고 있다. 이전에 그랬듯 결국 욕심이 이길 테지만.

그 우유부단함과 욕심이 날 이런 위기에 빠지게 했다. 하지만 곧 그것이 내게 기회를 줄 것이다.

나는 바짝 마른 입안에 억지로 침을 삼켰다. 입에서 단내가 나는 것 같다.

'할 수 있어. 난 반드시 돌아갈 거야.'

"어차피 되돌리기는 늦었어요. 스테나 영애의 뜻을 따르도록 하세요."

"나더러 창녀가 되라고?"

적나라한 말에 세실리아의 안색이 파리해졌다. 그녀는 차마 그렇다고 대답하지 못했다.

"세실리아, 너 노리엔가의 재산 규모에 대해 알아?"

로리스와 노리엔 중에 노리엔을 찍었다. 아이린을 잃은 로리스는 별 볼 일 없는 가문인 데 비해 노리엔은 여전히 북부 상권을 장악하고 있으니까.

세실리아가 다소 맹한 구석이 있지만 자신의 미래가 달린 일인데 여러 번 계산했을 것이다. 아니나 다를까 세실리아가 혼란스러운 눈빛으로 날 바라봤다. 대체 어떻게 알았느냐는 눈빛.

나는 여유로운 미소를 지었다.

"그게 곧 압류당할 거라는 것도?"

아주 틀린 말은 아니다. 내가 무사히 궁에 돌아가면 압류당할 거니까.

"압류……라고요?"

세실리아의 손이 파들파들 떨렸다. 가세가 심하게 기울었던 만큼 그녀는 압류에 트라우마가 있다.

"응. 한마디로…… 곧 몰락할 귀족이라는 거지."

"거짓말. 그럴 리, 그럴 리 없어. 맞아, 거짓말이야."

세실리아가 고개를 저으며 부정했다. 놀라서 뱉은 말이지만 곧 그건 근거 없는 확신으로 변했다. 제가 잡은 줄이 썩었다고 생각하긴 싫을 테니까.

"너, 내가 유폐된 황후의 재판 건도 미리 알고 있었다는 거 알지? 그리고 스테나가 음독 자해한 것도 미리 알고 있었고."

떨리는 눈동자가 날 바라봤다. 혼란은 계속 커진다.

"네 생각보다 나는 아주 많은 정보를 알고 있어."

나는 서두르지 않고 천천히, 차분하게 말했다. 세실리아가 점점 내 말에 귀를 기울이는 게 느껴졌다.

"노리엔 영식은 노리엔 상단의 후계야. 부유하고 북부 내에선 명문가로 통하지. 이번 중앙 진출에서 완전히 실패했으니 중앙 귀족은 어렵겠지만 꽤 좋은 집안 영애와 결혼할 수 있어."

세실리아는 고개를 저었지만 그녀의 얼굴에선 수긍의 빛이 흘렀다. 역시 자신의 처지를 잘 알고 있다.

"그런데 왜 너와 혼사를 약속했을까? 직접적으로 가문 간 문서가 오고 갔어? 아니겠지. 실패할 경우 유착관계가 드러날 테니 나중에 하자, 그렇게 말했을 거야. 일이 틀어져도 세실리아 너를 가담자에서 빼 주기 위해서라고."

세실리아의 얼굴이 무너져 내렸다. 내가 말한 게 정답이었나 보다. 충분히 예상 가능한 시시한 시나리오였다. 그런 것에 속아 넘어간 세실리아가 불쌍하지도 않았다.

다른 시녀들보다 세실리아를 아끼진 않았다. 세실리아의 어떤 면은 결코 좋아할 수 없다고 생각하기도 했다.

하지만 나는 몬스터 습격 당일 자발적으로 당직을 서던 세실리아의 말간 웃음을 믿었다. 세실리아의 행복을 기원했다. 오늘 레오나 부인의 티파티에 데려가려고 했던 것도 그래서였다. 그녀가 자신의 이기를 위해서 언제든 나를 나락으로 떨어트릴 준비가 되어 있는 줄도 모르고.

나는 불처럼 타오르는 감정을 억누르고 세실리아의 귓가에 속삭였다.

"네가 궁금해하는 걸 알려 줄게. 네가 원하는 것도 이뤄 주지."

세실리아가 멍하니 내 얼굴을 바라봤다. 텅 빈 눈동자를 보고 내 승리를 확신했다.

"네가 내 궁금증을 풀어 준다면."

세실리아는 한참 동안 미동도 없었다. 생기가 다 빠져나간 얼굴이었다. 이윽고 그녀의 입술이 열렸다.

"어떤……. 어떤 것을 원하시나요?"

"우선 여기—."

"이럴 줄은 또 몰랐는데."

내 말을 가르고 서늘한 목소리가 들렸다. 고개를 드니 아이린이 문간에서 미소 짓고 있었다.

"가장 먼저 그 간사한 혓바닥을 못 놀리도록 해야 했는데."

아이린이 내 앞에 다가와 몸을 숙였다. 내 턱을 움켜쥐는 손이 거칠다.

"지져 버리면 더 이상 아무 말도 못하겠지?"

녹색 눈동자에서 느껴지는 광기에 소름이 돋았다. 심지어 아이린은 정말로 내 드레스를 입고 있었다. 그녀는 킥 웃으며 내 얼굴을 내팽개쳤다.

"뭐, 상관없어. 이미 늦었으니까."

방 안에 들어온 사내들이 날 일으켰다. 힘을 주고 버텼지만 그들을 당해 낼 수 있을 리 없다.

"많이 기다렸지? 이쪽도 일이 갑작스레 추진된 거라서 말이야. 원래는 좀 더 나중에 모셔 올 생각이었는데……. 하지만 세실리아와 단둘이 움직이는 흔치 않은 기회라는데 놓칠 수 있어야지."

아이린은 기분이 좋아 보였다. 그녀의 말에서 내가 팔려 갈 때가 왔다는 걸 알 수 있었다. 몸을 뒤틀고 반항했지만 소용없었다.

"그래도 동기간의 정이 있지. 아무나한테 네 첫 경험을 줄 순 없잖아? 이래 봬도 신경 많이 썼다고. 부디 마음에 들면 좋겠네."

나는 별장 이 층으로 끌려갔다. 그곳엔 커다란 침대만 덩그러니

놓여 있었다. 침대를 보는 순간 미친 듯이 발버둥 쳤다. 내 몸을 붙드는 손길이 멍을 남길 정도로 강했지만 아픔조차 느껴지지 않았다.

"레오……. 레오프리드!"

지금 생각나는 건 레오프리드뿐이었다. 그의 검은 머리칼, 다정한 손길, 날 부를 때면 부드러워지는 목소리. 언제나 날 구원해 주던 햇살 같은 눈동자.

날 항상 지켜 주겠다고 했으면서! 어디 있는 거야!

어쩔 수 없는 일이라는 걸 알면서도 원망이 차올랐다. 그리고 그 원망보다 더 깊은 그리움이, 그리움보다 더 진한 사랑이.

"감히 그 이름을 입에 담아?"

짜—악! 아이린이 내 뺨을 후려쳤다. 입안이 터져 피 맛이 느껴졌지만 아프진 않았다. 다만 정신이 번쩍 들었다.

"스테나, 넌 내가 나를 놓아 버릴 거라고 생각하지만 난 절대 너처럼 안 돼."

아이린을 똑바로 직시하며 또박또박 말했다. 분노가 내 몸을 뜨겁게 달구는데도 놀라울 정도로 머리가 맑았다.

"그깟 강간 좀 당한다고 난 더럽혀지지 않아. 나는 여전히 나로 살 거고 레오프리드는 여전히 날 사랑할 거야. 황궁이든 이딴 곳이든 무슨 일을 겪든 상관없어."

강간당하는 건 끔찍하다. 상상만으로도 벌벌 떨렸다. 아무 일도 아닐 수 없다. 하지만 나의 존엄성을 훼손하진 못한다. 나는 떳떳하다.

"나는 피해자야. 내가 수모를 겪을수록 더러워지는 건 너야."

아이린이 이를 부득부득 갈았다. 그러더니 내 얼굴을 확 붙들었다.

"그럼 어디 끝까지 널 유지해 봐. 그럴 수 있다고 말했으니 해내겠지!"

말이 끝나는 것과 동시에 입에 자그마한 병이 물렸다. 고개를 돌리려 했으나 사내들이 내 얼굴을 고정시켰다. 병 안에 있던 정체 모를 액체가 입안으로 밀려들어 온다. 액체를 삼키지 않자 아이린이 내 코와 입을 꽉 막았다.

숨이 막힌다. 날 붙든 손들을 떨쳐 낼 순 없었다. 최대한 버텼지만 조금씩 액체가 식도를 타고 넘어왔다.

"허억! 콜록콜록!"

액체를 삼키고 나서야 아이린이 날 풀어 줬다. 공기가 폐부에 크게 들어찼다.

"흥! 잘난 척은 이제 끝이야. 곧 네 첫 손님이 올 테니 기대하라고."

사내들이 날 침대에 내동댕이쳤다. 속박하던 손이 사라졌지만 제대로 몸을 가눌 수 없었다.

가슴이 기분 나쁘게 울렁거렸다. 지나치게 효과가 빠르다. 사람에게 쓰는 약이 아닌 것처럼.

시야가 흐려졌다. 눈을 몇 번이나 깜빡여도 마찬가지다. 고통스러울 정도로 심장이 빠르고 강하게 뛰었다. 고열이 오르며 숨결이 거칠어졌다.

온몸이 괴롭다며 감각을 곤두세웠다. 그에 반해 몸짓은 둔했다. 손가락을 움직이는 것조차 버겁다. 흐린 시야 사이로 배가 툭 튀어나온 늙은이가 방 안에 들어오는 것이 보였다.

아이린과 뭐라 이야기를 나누는 게 먹먹한 귀에 울려 퍼졌다. 목소리가 뭉그러지며 귓속에서 메아리쳐서 좀체 알아들을 수가 없었다.

이야기가 끝나고 남자가 내게 다가왔다. 몸을 피하려 했지만 생각처럼 움직일 수 없었다. 지척으로 다가온 그를 밀어내기 위해 겨우겨우 팔을 들었으나 남자의 어깨만 스치고 툭 미끄러질 뿐이다.

"아주 보기 좋아. 네년이 주제도 모르고 바락바락 대들 때부터 이러고 싶었어."

남자가 웃으며 뭐라 말했다. 여전히 알아들을 수 없었다.

둔한 몸과 다르게 예민하게 곤두선 감각이 남자가 내 몸을 만지는 느낌을 소름 돋게 전했다. 팔을 타고 기어오르는 손가락이 개미 떼 같았다.

"자고로 여자는 침대에서 앙앙거리며 남자를 즐겁게 해 주면 된다고. 정치판에서 앙앙대는 게 아니라."

더러운 숨결이 얼굴에 느껴질 때가 돼서야 나는 남자가 누군지 알아볼 수 있었다.

"세……펠……."

세오펠 백작.

백작의 주름진 얼굴이 미소를 그렸다. 배가 하도 튀어나와서 별로 수그리지도 않았는데 내 배에 백작의 배가 닿았다. 혐오감에 구역질이 나왔다.

하지만 내 반항은 미약했고 세오펠 백작은 거침없었다. 그가 이너드레스의 한쪽 어깨끈을 끌어내렸다.

동그랗고 흰 어깨를 탐욕스러운 눈으로 쳐다보는 게 역겨웠다. 할 수만 있다면 저 눈을 도려 파내고 싶었다. 내 발목을 매만지는 손가락을 잘라 내고 싶었다.

없어진 손가락을 보며 비명이나 지르라지.

그래, 지금처럼…….

어라? 약 때문에 환상을 보나?

나는 눈을 동그랗게 떴다. 그래 봐야 시야가 가물가물해서 잘 보이진 않는다. 온 세상이 이리저리 섞이고 곤죽이 됐다. 분명한 형태를 유지하고 있는 건 아무것도 없다.

단 한 사람.

"레……."

레오프리드만이 뭉개진 세상 속에서 선명하게 보였다.

뜨거운 체온이 날 감싸 안았다. 들썩이는 그의 가슴과 쿵쿵 뛰는 심장이 온몸으로 느껴졌다.

"샤티, 샤르티아나."

여전히 목소리가 둥둥 울렸지만 그가 날 부르는 것만큼은 분명히 알아들을 수 있었다. 한쪽 어깨가 축축하게 젖어 들어갔다. 울더라도 결코 눈물을 흘리지 않았던 사람이다.

정말로, 울리고 싶지 않은데…….

나는 힘겹게 손을 들어 그의 어깨를 감싸려 했다. 결국 감싸지 못하고 툭 떨어져 내렸지만 마음은 전해진 것 같다.

그가 고개를 들었다. 언제나 날 구원해 주던 햇살 같은 눈동자가 이번에도 나를 비췄다.

방 안은 어느새 기사단으로 빼곡했다. 세오펠 백작에게 검을 겨눈 유타바인의 모습이 보였다. 내 시선을 따라간 레오프리드가 뭐라 명했다. 유타바인은 세오펠 백작을 죽이지 않고 결박하기 시작했다.

레오프리드가 신경 쓰지 말라는 듯 내 뺨을 쓸었다. 아까 세오펠 백작이 날 만졌을 때는 그렇게나 역겨웠는데 이번에는 한없이 기꺼웠다.

하지만 레오프리드의 손짓이 평소와 다르게 다가왔다.

감각은 여전히 예민했다. 설상가상으로 안심이 되자 머리가 핑 돌았다. 약효가 제대로 돌기 시작한 건지 심장이 더 거칠게 뛰었다.

뜨거운 숨이 몰아쳤다. 곤두선 감각이 괴로웠다. 레오프리드와 닿은 곳이 모두 지릿저릿했다. 기분이 나쁜 듯도 했고 좋은 듯도 했다.

"샤티?"

이상을 눈치챈 레오프리드가 걱정스레 날 불렀다.

"야, 약…… 먹었……."

내 말에 레오프리드의 안색이 창백해졌다. 그가 기사단에게 뭐라 명하자 방 안에 있던 기사들이 다 빠져나가며 문을 닫았다. 먹먹한 귀에 달칵이는 문소리가 천둥처럼 들렸다.

"샤티."

레오프리드가 땀에 젖은 내 머리칼을 쓸어 넘겼다. 그 다정한 손길마저 강렬하게 다가왔다.

이마를 스치는 손끝이 단단했다. 그가 닿은 곳을 중심으로 파동이 퍼져 나갔다. 그 파동에 온몸이 둥둥 떨렸다. 머리카락에도 신경이 있는 느낌이다.

계속해서 밭은 호흡이 새어 나왔다. 불안했다. 내 몸에 대체 무슨 일이 일어나고 있는 거지? 멀쩡해질 순 있을까?

"괜찮아."

불안을 읽은 것처럼 레오프리드가 말했다. 그가 내 등을 다독였다. 날개 뼈 근처를 토닥이다 곧게 뻗은 등줄기를 쓸어내리는 손길에 오소소 소름이 돋았다.

"흐……."

세오펠 백작이 내 몸을 만질 때와 전혀 다른 느낌의 소름이었다. 자꾸만 허리가 흠칫흠칫 떨리고 뜨거운 숨이 터져 나왔다.

"조금만 참아."

그가 말할 때마다 내뱉는 숨결조차 자극적으로 다가왔다. 날카롭게 긴장한 신경 때문에 가만히 있어도 괴로웠다.

레오프리드는 내 몸을 살피기 시작했다. 발긋하게 물든 몸에는 푸른 멍 자국이 나 있었다. 아까 사내들이 날 붙들 때 생긴 모양이다.

그가 멍 자국을 매만졌다. 황금빛 눈동자가 짙게 가라앉았다. 이를 악문 턱이 단단했다. 그의 손이 내 손목에 닿았다.

조심조심 만지는데도 묶여 있는 동안 이리저리 쓸린 손목이 아릿했다. 하지만 그 아릿함을 넘어선 감각이 내 몸을 몽롱하게 만들었다.

괜찮다고, 멍 자국이야 얼마든지 낫는다고 얘기해 주고 싶었다. 하지만 숨결에 얹은 흐느낌이 전부였다.

레오프리드가 내 몸을 차근히 쓸 때마다 따가운 신경이 조금씩 가라앉았다. 그러다 손을 떼면 닿았던 부분에서 저릿저릿한 감각이 퍼져 나갔다. 나도 모르게 그의 셔츠를 꾹 쥐었다.

"레오……."

겨우겨우 그의 이름을 불렀다. 열 때문에 눈가가 젖어들었다. 얼굴이, 아니, 온몸이 뜨거웠다.

부름에 몸을 살피던 레오프리드가 고개를 들었다. 눈이 마주치고 한순간 그의 눈동자가 위험할 정도로 깊어졌다. 일렁이는 황금에서 빛이 사라진 듯했다.

내 몸을 쥔 그의 손에 힘이 들어갔다. 아프면서도 얕은 전류가 신경을 타고 가느다랗게 흘러 안쪽에 고였다. 생경한 감각을 견디기 위해 눈을 감았다 뜬 순간, 레오프리드의 얼굴이 코앞에 있었다.

"으읍……!"

그의 입술이 거칠게 내 입술을 삼켰다. 열에 부푼 입술을 빨아당기는 감각에 정수리가 쭈뼛했다.

입술을 가르고 들어온 혀가 시원하게 느껴졌다. 그만큼 내 입안이 뜨거웠다. 그의 차가운 혀가 입안을 건드리고 혀를 얽고 빨아당길 때마다 소름이 돋았다. 목 안에서 앓는 소리가 새어 나왔다.

"흐…… 으응!"

허리를 감싼 손이 등골을 따라 올라왔다. 예민해진 감각은 얇은 이너드레스 위의 손길도 맨몸에 닿은 것처럼 느꼈다.

오싹했다. 동시에 바늘이 곤두선 것처럼 따끔따끔하던 감각이 흩어지며 다른 것이 내 몸을 휘감았다. 짜릿한 느낌에 손끝이 떨리고 온몸이 긴장했다. 레오프리드의 손이 움푹 파인 곳을 훑을 때마다 근육이 바르르 떨렸다.

간지러운 감각이 곳곳에서 피어났다. 크고 단단한 그의 손으로 문질러 주었으면 했다. 나도 모르게 그의 어깨에 매달려 내 몸을 비볐다. 단련되어 꽉 짜인 근육이 부드러운 내 몸과 마찰했다. 그때마다 날 괴롭히던 감각이 사라지며 발끝에 힘이 들어갔다.

레오프리드가 나를 침대에 짓누르듯 밀어붙이며 가슴을 강하게 움켜쥐었다.

“……!”

순간적으로 몸이 경직되며 격렬한 쾌감이 내 온몸을 잠식했다. 격랑처럼 휘몰아친 감각이 돌고 돌아 아랫배에 고였다.

저절로 입이 벌어지며 고개가 위로 들렸다. 레오프리드가 길게 드러난 내 목선을 입술로 더듬어 내려갔다. 단단한 빗장뼈를 지나 깊게 파인 이너드레스 네크라인까지.

어깨끈이 내려간 이너드레스는 부드러운 입술에도 쉽게 밀렸다. 뜨겁고 축축한 혀가 새하얀 가슴을 덧그렸다.

기분 좋았다. 달뜨고 몽롱한 정신에 레오프리드가 주는 감각만이 선명했다.

더, 더 해 줬으면 좋겠다. 난생 처음 맛보는 강렬한 감각이 내 생각을, 몸을 지배했다. 다른 누구도 아닌 레오프리드이기에 안심하고 조를 수 있었다. 그이기에 더 안달이 났다.

“레오프리드…….”

그를 부르다가 문득 나를 괴롭히던 약 기운이 조금 옅어진 걸 깨달았다. 아까부터 둔하게나마 마음대로 몸을 움직일 수 있었다.

가슴에 잇자국을 내던 레오프리드가 흠칫 몸을 떨었다. 내 얼굴을 본 그가 신음하며 몸을 일으켰다.

“레오……?”

떨어진 온기가 아쉬웠다. 손이 저절로 그를 향해 뻗어 나갔다. 그가 내 손을 붙잡고 손가락에 쪽, 입을 맞췄다. 손가락에 닿은 입술이 무언가를 견뎌 내듯 깊게 머물렀다.

입술을 떼어 내고 난 후 나를 내려다보는 눈동자는 아까와 달리 초점이 또렷했다. 빛이 돌아온 눈동자 위로 속눈썹이 아찔하게 내리깔렸다.

레오프리드는 흘러내린 어깨끈을 다시 여며 주었다. 나도 모르게 칭얼대는 소리가 나왔다.

그가 살짝 웃었다. 웃음 끝이 어딘지 위험했다. 황금빛 눈동자는 아직도 진득하게 일렁였다. 그는 그 끈적거리는 것을 감추듯 이불로 내 몸을 덮었다.

"몸이 뜨거워서 이불이 답답하겠지만 조금만 참아. 그렇지 않으면 내가 못 참을 것 같아서. ……한순간 못 참긴 했지만."

그 말에 겨우겨우 지금 상황이 어떤지 깨달았다. 그저 몰아치는 감각을 쫓느라 몰랐다.

얼굴이 새빨개졌다. 약 때문에 오른 열과는 전혀 다른 이유에서였다. 나는 내 몸을 감싼 이불을 꽉 붙든 채 이불에 얼굴을 푹 파묻었다.

약 때문일 것이다. 약 때문이야. 내가 그렇게 이성을 잃었을 리 없어. 하지만 그렇지 않다는 건 잘 알고 있었다. 오로지 약 때문이었다면 세오펠, 그 쓰레기의 손길을 끔찍하게 여기지 않았을 테니까.

부끄러움 때문인지 얼굴에 계속해서 열이 올랐다. 호흡이 밭아지기 시작했다. 신경이 곤두선다.

"아직 약 기운이 남아 있을 거야. 다 몰아내려면 멀었어."

레오프리드가 이불 속에 파묻힌 내 얼굴을 쓰다듬으며 말했다. 날 일으켜 세우는 손길에 순순히 몸을 맡기며 고개를 갸웃했다. 약 기운을 몰아내다니?

의문은 곧 키스에 흩어졌다. 조금 전과 달리 부드럽고 상냥한 키스였다.

서로의 숨이 섞이고 혀가 엉킬 때마다 무언가 청량한 느낌이 내 안으로 들어왔다. 그 청량한 기운이 내 몸 안에 있는 뜨거운 기운을 몰아냈다. 너무 빠르지 않게, 차근차근. 집중하지 않으면 못 느낄 정도로.

그건 굉장히 기묘한 감각이었다. 레오프리드의 손길이 내 속에 닿는 느낌이었다.

아까 그가 날 어루만지는 감각도 무척 황홀했지만, 이건 뭐라 말할 수 없었다. 그를 구성하고 있는 것이, 그의 일부가 내 안으로 밀려오는 느낌.

이걸 뭐라고 하면 좋을까? 굉장히 따뜻하고 간질간질했다. 간지러움은 점점 퍼져 내 온몸을 달궜다. 이불이 살짝 내려가고 레오프리드의 손이 내 목덜미를 스쳤다.

간지러웠다. 그의 손이 내 뒷목에 파고들어 머리카락을 헤집었을 땐 참지 못하고 소리가 나왔다.

"흣……."

단단하게 여문 손끝과 굳은살이 박여 거친 손바닥이 내 살갗을 어루만질 때마다, 간지러움이 그물처럼 저릿하게 번졌다.

나는 눈을 꼭 감고 그의 혀와 손길을 받아들이며 움찔움찔 몸을 떨었다. 입술이 떨어졌을 때쯤엔 몸에 힘이 하나도 없었다. 약에 취해 몸이 무거웠을 때와는 다르다. 그의 품에 몸을 기댄 채 뜨거운 숨만 몰아쉬었다.

몽롱하게 풀린 눈은 바로 앞에 있는 레오프리드의 얼굴만 겨우겨우 잡아냈다.

"아직 멀었어."

레오프리드가 내 턱을 들어 올리고 다시 키스했다. 제대로 된 반응을 할 수 없었다. 그저 입만 벌려 얽어 오는 혀를 맞이했다.

"조금 더."

다시 한차례 입술이 떨어지고 레오프리드가 속삭였다. 입술이 겹쳤다.

"아직."

레오프리드가 내 얼굴을 감싸며 말했다. 정신이 아른아른해서 이게 몇 번이나 되풀이되었는지, 앞으로 몇 번이나 되풀이될지 알 수 없었다.

"정말……."

다만 마지막에 그가 참듯이 나를 꽉 끌어안으며 속삭인 말은 분명하게 알 수 있었다.

"내게 꼭 상을 주도록 해."

그 말을 끝으로 정신을 잃었다. 따뜻한 물에 잠기듯 안온하게 의식이 묻혔다.

"어서 역적을 끌어내라!"

"감히 공녀님을 노리다니!"

성벽 앞에 모인 민중들이 소리를 질렀다. 사람들이 워낙 많아 땅바닥이 보이지 않을 정도였다.

남녀노소 할 것 없이 다양한 사람들이 모였다. 각기 다른 사람들이 만들어 낸 차이가 커다란 물결 같았다.

사람들은 모두 죄인을 어서 내보내라며 입을 모았다.

"놔! 이것 놔!"

아이린이 광장에 끌려 나오며 울부짖었다. 근위대에게 양팔이 붙들린 채 버티다가 끌려가길 수차례 반복했다.

아이린의 뒤로 세실리아가 보였다. 그녀는 아이린과 달리 고개를 푹 숙이고 있었다. 언뜻언뜻 보이는 얼굴에서 두려움이 여실히 드러났다.

후회와 죄책감, 그리고 억울함.

세실리아는 구원해 줄 사람을 찾듯이 민중을 둘러봤다. 하지만 성난 사람들의 얼굴에 겁먹고 고개를 숙였다. 말라붙은 눈물 자국 위로 또다시 눈물이 흘렀다.

마르켈 후작은 오히려 차분하게 근위병을 따라 걸었다. 그는 위축되지도 그렇다고 당당하지도 않았다. 노리엔 백작과 로리스 자작 그리고 그 후계자들이 뒤를 이었다. 고개를 푹 수그리고 얼굴을 최대한 가린 모습이 전형적인 범죄자 같았다.

죄인들의 등장에 민중들이 소리를 높였다. 반항하던 아이린이 흠칫 놀라 주변을 둘러봤다. 그때까지 눈에 들어오지 않던 사람들이 그제야 보인 모양이다.

아이린의 얼굴에 잠시 당황과 두려움이 스쳤지만 이내 지워졌다. 결연한 표정으로 고개를 흔들어 머리칼을 정리하고 묶인 손을 움직여 치맛자락을 폈다.

그녀는 당당하게 턱을 치켜들었다. 그리고 외쳤다.

"여러분은 지금 속고 계십니다!"

사람들은 아이린의 돌발 행동에 입을 다물고 그녀를 주시했다.

"지금 여러분의 분노가 향할 곳은 제가 아니라 카일론, 그 악녀입니다! 모두 속고 있어요! 그 계집이 황태자 전하를 농락하고 여러분을 우롱…… 아악!"

갑자기 날아온 돌에 아이린이 머리를 맞고 비명을 질렀다. 그게 시작이었다. 사람들은 아까보다 더 기세게 분노하며 각자 손에 쥔 것들을 아이린에게 던지기 시작했다.

"우리를 바보로 아냐?"

"그런 끔찍한 짓을 저지르고도 저렇게 당당해?"

"우리를 우롱한 건 바로 너야! 성녀로 추앙받던 주제에 부끄러운 줄 알아!"

돌, 종이 뭉치, 신발 등등. 손에 잡히는 것은 일단 다 던지고 보는 것 같았다.

근위병들은 사람들을 진정시키기는커녕 한 발 물러서서 지켜봤다. 그들의 얼굴엔 참을 수 없는 혐오감이 가득했다. 할 수 있다면 그들 역시 아이린에게 돌을 던지고 싶다는 표정이었다.

"내가 아냐! 바뀌었다고! 샤르티아나 알티제 카일론! 전하를 미혹한 악녀! 요물! 다 후회할 거야! 나는 결백해! 나는 그년이 원래 자리를 찾게끔 도움을 준 것뿐이라고!"

이마에 피를 철철 흘리며 말하는 도중에 돌에 맞아 신음하면서도, 아이린은 말을 멈추지 않았다. 녹색 눈동자가 광기로 형형했다.

옆에 있던 다른 죄인들이 질린 얼굴로 아이린을 쳐다봤다. 그들은 사람들이 던지는 것들을 피하지도 막지도 못한 채 이 순간이 빨리 끝나기만을 바랐다.

"어서 죄인의 목을 쳐라!"

"쉽게 끝내선 안 돼! 저 뻔뻔한 얼굴을 봐!"

"화형시켜라!"

"어서 성벽에 매달아라!"

사람들은 일말의 죄책감도 찾아볼 수 없는 아이린의 태도에 치를 떨었다.

재촉받은 근위병들이 아이린을 묶은 사슬을 끌어당겼다. 휘청거리며 끌려온 아이린을 장대에 매달기 시작했다. 너무 높지 않게, 하지만 멀리 있는 사람들도 충분히 볼 수 있도록. 사람들이 함성을 질렀다.

"사, 살려 주세요!"

세실리아가 묶이며 소리 질렀다. 그 모습만 보면 완벽한 피해자였다. 하지만 돌아오는 건 비웃음과 조롱뿐이었다.

노리엔 백작과 영식, 로리스 자작과 영식이 차례로 매달리고 마지막으로 마르켈 후작의 차례가 왔다. 여태까지 침착하던 후작이 근위병을 향해 조용히 고개를 저었다.

"내 죄를 인정하고 명예롭게 죽겠소. 나는 황태자 전하의 외조부, 도의를 아는 몸이오."

"강간을 사주한 주제에 명예는 무슨 명예!"

"너 같은 놈은 어서 죽는 게 황태자 전하께 도움이 되는 거야!"

"어디서 감히 전하를 들먹여!"

빤히 보이는 속셈에 민중들이 소리를 질렀다.

죄인들이 전부 성벽에 매달렸다. 근위병들이 완전히 뒤로 물러나

자 뭇매질이 더 거세졌다. 귀족으로 태어나 평생을 호의호식하며 살아온 자들이다. 땡볕 아래 장시간 서 있는 것조차 고문처럼 느끼기 마련이다.

하물며 그냥 서 있는 것도 아니고 팔을 옥죄는 밧줄이 몸을 지탱하는 게 전부다.

살갗을 파고드는 밧줄과 저리다 못해 떨어져 나갈 것 같은 팔. 계속해서 날아오는 돌멩이. 내리쬐는 태양 볕과 발밑에서 올라오는 복사열. 생전 들어본 적 없는 욕설, 찢어진 상처에서 흐르는 피.

억울하다며 목청을 높이던 아이린의 입술이 어느새 다물렸다. 녹색 눈동자가 이제야 현실 파악을 한 듯 혼란스레 두리번거리기 시작했다.

드디어 아이린의 얼굴에 후회가 드리워졌다. 그녀가 조그맣게 입술을 달싹였다.

"이게 아니야……. 나는, 나는 잘못되지 않았어. 모든 것은 카일론 그녀의, 나는……."

성난 민중들의 목소리에 아이린의 말은 묻혔다. 돌을 든 사람들의 눈동자에 연민은 없었다. 한여름의 뜨거운 열기도 사람들의 분노를 쉬이 잠재우지 못했다.

나는 거기까지 보고 영상구를 껐다.

"괜찮으신가요, 저하."

라브엘이 날 부축했다. 나는 그냥 고개만 끄덕이며 의자에 몸을 기댔다.

"저하께서 보시기엔 아무래도 조금 심한 장면이었죠."

"아니야. 그냥……."

눈앞에서 사람이 돌에 맞아 이마가 깨지는 장면은 곱게 자란 귀족 영애가 보기에 다소 충격적이었지만 내게는 아니었다.

솔직히 이것보다 더 잔인한 장면을 수도 없이 봐 왔다. 쓸데없는 사실적인 영화들 덕분이다. 직접 눈앞에서 봤다면 좀 그랬겠지만 영상으로 보니 영화와 별반 차이도 없게 느껴졌다.

"그냥 조금, 감동했어."

"네?"

그 끔찍한 납치 사건 이후로 시간이 일주일가량 흘렀다. 처음에 받았던 충격은 조금씩 몸피를 줄여 나갔다. 전적으로 주변 사람들 덕이었다.

그 누구도 내게 손가락질하지 않았다. 조심성이 없다고, 왜 확인도 안 하고 덥썩 마차에 탔냐고, 왜 세오펠 백작의 화를 돋워 후환을 만들었냐고 다그치지 않았다.

이 사건에서 나는 오롯이 피해자다. 나는 당당하다. 그렇게 생각했지만 내심 위축되기도 했다. 이런 일이 있을 때 내가 봐 온 사람들의 반응은 피해자에게서 원인을 찾는 것이었으니까.

하지만 누구도 그러지 않았다.

레오프리드는 언제나와 똑같이 날 대했다. 깨질 수 있는 인형처럼 조심스레 살살 다루지도 않고, 그렇다고 사랑이 식은 것처럼 데면데면하게 굴지도 않았다. 그 일은 우리 둘 사이에 어떤 영향도 없는 것처럼.

오히려 날 깨질까 조심스레 다룬 사람은 시녀들이었다. 그럴 필요 없다고 하는 데도 그날 내 곁에 없었던 것에 죄책감을 느낀 모양이다.

조금 부담스럽고 조금은 답답했지만, 그보다 안심되는 게 훨씬 컸다.

매일매일 궁에 찾아온 가족들이야 말할 것도 없다. 하지만 이들은 날 아끼는, 가까운 사람들이었다. 날 모르는 사람들은 뒤에서 무슨 말을 할지 모른다고 은연중에 그렇게 생각했다. 전생에서 많이 겪은 일이니까.

그런데 정작 영상에 비친 사람들은 걱정과 전혀 달랐다. 내 일을 자기 일처럼 분노하고, 내 고통을 이해했다.

"사람들이 불의에 일어서는 게 어쩌면 참 당연한 일인데, 새삼 좀 감동받았어."

내 말에 라브엘이 미소 지었다.

"참 좋은 사람들이지요."

"응, 나 꼭 사람들이 살기 좋은 세상을 만들 거야."

사람들이 날 사랑하고 지지해 주는 만큼 나 역시 그들에게 돌려주고 싶다.

"저하께서 그렇게 생각하시니 백성들도 저하를 사랑하는 거겠죠."

"이미 백성들에게 저하는 황후나 마찬가지입니다. 황후위가 공석이니까요."

사람들의 지지에 마음이 울렁였다. 동시에 '황후'라는 말의 무게가 어느 때보다 무겁게 다가왔다. 정말로 훌륭한 황후가 되고 싶어졌다. 진심으로 더 나은 세상을 만들고 싶었다.

"내가 잘할 수 있을까?"

"여태까지 저하가 이루신 많은 일이 있지 않습니까. 앞으로도 잘하실 겁니다. 이렇게 많은 일을 겪으시고도 변하지 않는 그 마음을 잃지 않으신다면."

몬스터 습격, 음독 자해를 빙자한 모함, 심지어 강간 미수가 된 납치 사건까지. 권력을 둘러싸고 수많은 일이 있었다.

"사람들은 그 모든 것을 이겨 낸 저하가 자랑스러울 겁니다."

나는 내 시녀들을 둘러봤다. 나를 바라보는 눈동자엔 따스한 빛이 가득했다.

시녀로 들어와서 날 배신한 사람은 둘이다. 다섯 명 중 두 명. 결코 적은 수가 아니다. 하지만 난 이들을 완벽하게 믿을 수 있다.

"훌륭한 통치자라는 건 굉장히 어려운 일이겠지. 그러니까 앞으로도 날 많이 도와줘야 해."

"지금도 일이 많은데 더요?"

"저하께선 은근슬쩍 말로 사람을 부리려 한다니까요."

이디스와 에스더가 투덜거렸다. 나는 빙긋 웃었다.

"그래서 싫어?"

"누가 싫대요?"

얼굴을 붉게 물들인 이디스가 눈을 흘겼다. 푸슬푸슬 웃음이 나왔다.

웃을 수 있다는 게 좋았다. 앞으로도 나는 계속해서 웃으며 살아가겠지. 어떤 일이 있어도 내 주변 사람들이 있다면.

갑자기 레오프리드가 엄청나게 보고 싶어졌다.

"컨디션이 좋아지시면 백성들에게 얼굴을 보여 주시는 건 어떤가요?"

"다들 저하가 무사한지 궁금해합니다. 무사하다고는 들었지만 직접 보고 싶은 거겠죠."

"그래, 그것도 괜찮겠네. 전하와 이야기해 봐야겠어."

"나와?"

불쑥 끼어든 목소리에 모두 문 쪽을 바라봤다. 레오프리드가 방 안으로 들어서고 있었다.

"왔어요?"

보고 싶다고 생각하자마자 찾아오다니, 이게 바로 천생연분인가 싶었다. 이디스가 알면 닭살이라며 뭐라 했을 생각을 하며 활짝 미소 지었다.

"응, 무슨 이야기 중이었어?"

레오프리드가 내 이마에 키스하며 물었다.

"백성들에게 한번 얼굴을 비추는 게 어떨까 하고요."

"그것도 괜찮겠군. 일단 외성 앞의 쓰레기들을 다 치운 후에."

쓰레기라고 말하는 그의 얼굴은 한없이 차가웠다. 죄인들은 사흘간 성벽에 매달려 있을 예정이었다.

"그래서, 그날 어떻게 된 거예요? 어떻게 찾아왔어요?"

레오프리드는 아직 그날의 사정을 말하지 않았다. 나 역시 물을 정신이 없었다. 안정을 취하고 놀란 가슴을 진정시키고 나자 슬슬 의문이 생겼다.

"티파티에 가는 걸로 되어 있었으니 납치 사실을 늦게 알 거라고 생각했는데……."

통신기가 제대로 작동했다면 경우가 다르지만, 통신기는 아빠와 연결되어 있었다. 레오프리드가 답지 않게 입을 꾹 다물었다. 재촉하자 결국 입을 열었는데 시원한 대답이 아니었다.

"화내지 않겠다고 약속해."

"……뭔데요?"

절로 목소리가 뾰족해지고 눈꼬리가 올라갔다. 레오프리드는 말이 없다가 내가 그의 품에서 벗어나려 하니 서둘러 답했다.

"그대의 통신기에 살짝 손을 봤다."

뭐라고……? 통신기라는 말에 나도 모르게 눈을 크게 떴다.

설마, 내가 몰래 통신기를 가지고 있는 걸 알고 있었다는 거야?

"따지고 보면 그대가 먼저……. 아니다. 내가 잘못했다."

레오프리드가 시무룩해져서는 사과했다. 무조건 자기 잘못이라고 숙이고 나오는 걸 보니 나 몰래 조작했다고 화를 낼 수도 없었다.

애초에 그의 말대로 내가 몰래 가지고 있던 거니 화낼 일도 아니었다. 찔리는 사람은 나였으니까.

"아니, 그걸, 언제……. 그, 그게 궁에 있으니 가족이 그립고 그래서 아빠하고 연락하려고……."

변명을 주워섬기다가 눈을 질끈 감았다. 그에게 거짓말을 하기 싫었다.

"황궁에 처음 왔을 때 너무 상황이 안 좋다 보니 아빠한테 억지로 조르고 부탁해 받은 거예요. 전하께서도 그때가 어땠는지 알잖아요……."

슬쩍 눈치를 보자 그가 고개를 끄덕였다.

"어떤 상황이든 타개할 수를 준비해 두는 게 그대의 영민함이지."

레오프리드가 내 뺨을 살짝 꼬집었다. 나는 미소 짓는 그를 따라 웃다가 입을 열었다.

"그런데."

내가 통신기를 들여온 거는 들여온 거고, 레오프리드가 조작한 건 조작한 거다. 물어볼 건 물어봐야지.

"언제 아신 거예요? 그리고 언제 어떻게 손을 봤죠?"

내 질문에 레오프리드의 얼굴이 굳었다. 노란 눈동자가 살짝 떨리더니 시선이 아래를 향한다.

"난 분명 화내지 말라고 했다."

"저는 약속하지 않았지요."

냉큼 응수하자 그가 한숨을 내쉬었다.

레오프리드가 이렇게 나오는 게 너무 신기했다. 다른 사람과 달리 나를 대할 때는 약해지고 인간미가 철철 넘치게 되지만, 이런 경우는 또 처음이었다.

"세베리다에 갔을 때 알았다."

"작년 여름이요? 그땐……."

레오프리드와 계속 붙어 있을 상황을 대비해 발찌를 두고 갔다. 내 방에.

"지금 사람을 시켜 내 방을 뒤졌다는 거예요?"

저절로 목소리에 날이 섰다.

"그렇게까지 명하진 않았다."

"그 비슷하게는 하셨다는 거네요?"

내가 흥분해서 어깨를 들썩이자 그가 내 허리를 붙잡고 다독였다.

"대체 누가……! 남성분은 아니겠지요?!"

"그럴 리가."

레오프리드의 눈빛이 한순간 어두워지며 위험하게 번뜩였다. 내 방을 뒤지는 남자를 상상이라도 한 것처럼. 아니, 이렇게 예민한 사람이 내 방을 뒤지게 해? 아무리 그때 우리 사이가 좀 그랬다고 해도…….

"그럼 대체 누군데요?"

레오프리드가 시선을 돌려 누군가를 쳐다봤다. 나는 그 시선을 따라 고개를 돌렸다.

"에스더……?"

내 부름에 에스더가 어색한 미소를 지으며 양손을 들어 올렸다.

"나한테 첩자를 심어 놨어요?!"

"그대가 말했다시피 그때 상황이……."

"어떻게 그럴 수가 있어요!"

솔직히 말해 나한테 첩자를 심어 놨을 거라고 생각했지만……! 못 잡아낸 것뿐이지만……! 그래도!!

"……미안하다. 내 탓이다. 내가 잘못했다."

아무도 황태자의 멱살을 잡고 짤짤 흔드는 날 말리지 않았다. 황태자 본인부터 빌고 있으니 다 끝났지.

허탈했다. 화내 봐야 다 지난 일이고 상대는 잘못을 빌고 있지 않은가. 무엇보다 그 덕에 제때 날 구출할 수 있었고.

"그래서 그때 통신이 전하께 연결되도록 조작한 거군요. 아니, 그래도 겉보기엔 발찌와 다르지 않은데……."

"매일매일 액세서리와 드레스를 다르게 치장하는 저하께서 절대 벗지 않으신 거니까요. 의심할 만했죠."

에스더가 조용히 끼어들었다. 나는 샐쭉하게 그녀를 째려봤다. 이 와중에 자기 유능한 거 자랑하는 게 참…….

"에스더."

방금 전까지 시녀들을 둘러보며 확실히 믿을 수 있는 사람들이라고 생각했건만, 바로 이런 일이 생기니 기분이 참 그랬다.

"전 손 턴 지 오래예요."

에스더가 양손을 흔들며 말했다.

"저하께서 구휼제를 해결하시는 걸 곁에서 보고 그만두겠다고 말했어요. 두 분께서 함께 여행 다녀오신 후로는 어쩐지 관계도 좋아지셨고. 그때부터 제 주인은 저하뿐이에요. 구휼제 전에는 저하께서도 절 의심하셨잖아요?"

너무 당당하고 떳떳하다는 식으로 나오니까 할 말이 없었다. 어쨌든 내가 에스더를 믿고 의지한 이후로는 결백하다는 뜻이다. 이제는 레오프리드의 첩자든 뭐든 상관없게 되었지만 이대로 넘어가기는 또 찝찝했다.

"정말 그 후로 전하께 아무 말도 안 전했어?"

"으음, 몇 번 공녀님 모습을 전하긴 했지만……."

은근슬쩍 이실직고하는 모습에 눈을 가늘게 떴다. 얘 좀 봐라?

"절대 첩자처럼 그런 거 아니에요. 전하께서 부러워 죽으려고 하시는 모습이 조금 재밌어서 저도 모르게."

"……."

덧붙이는 말은 차라리 안 듣는 게 나을 뻔했다. 그런데 레오프리드가 부러워 죽으려고 했다니 대체 뭘 전한 거야?!

레오프리드를 힐끔 바라보니 그가 억울한 듯 항변했다.

"부러워서 죽으려 한 적은 없다."

"티는 안 내셨지만 속마음이야……."

에스더가 웅얼거리다가 레오프리드의 시선에 입을 다물었다.

"하아……."

절로 한숨이 나왔다. 내게 첩자를 심은 건 좀 찜찜한데 그렇다고 이제 와서 뭐라 하긴 또 미묘했다. 애초에 레오프리드가 내 곁에 눈과 귀를 심도록 유도한 사람은 나다. 아빠한테 시녀를 직접 지원받는 방향으로 해 달라 부탁드렸으니까.

첩자였던 에스더가 곁에서 날 지켜보다가 스스로 내 편에 서기로 했다는 것도 은근히 뿌듯했다.

“그래도 그 덕에 바로 그대가 처한 위험을 알 수 있었다.”

“전하께서 모르셨어도 아빠가 오셨을 텐데…….”

입술을 삐죽이며 대꾸했지만 싫진 않았다. 그 순간 가장 보고 싶은 사람이 레오프리드였으니까.

무엇보다 *그*가 왔기에 약 기운을 몰아낼 수 있었다. 키스를 통해 내게 불어넣은 르웬다나의 축복이 몸을 정화했으니까.

그때 내가 느꼈던 그 따뜻한 기운은 레오프리드의 몸 안에 돌던 축복이었다.

“이번 한 번만이에요.”

“명심하지.”

레오프리드가 미소 지으며 내 뺨에 입을 맞췄다. 하여간……. 나는 그를 흘겨봤다.

그때였다. 갑자기 방문이 벌컥 열리더니 시종이 들어왔다.

“전하! 황후께서…….”

궁인답지 않게 거친 숨을 몰아쉬며 외치던 시종이 입을 다물었다.

“무슨 일이냐?”

레오프리드의 물음에 시종이 결심한 듯 입매에 힘을 주고 뱉어내듯 말했다.

"황후께서 서거하셨습니다."

황후가 죽었다고? 갑자기? 아무리 보레아스탑 환경이 좋지 않다고 해도 이건…….

"그렇군."

레오프리드가 담담하게 말했다. 그러나 내 허리를 감싸고 있는 손에 힘이 꽉 들어갔다.

나는 고개를 돌려 그를 바라봤다. 레오프리드는 눈을 감았다. 아주 짧은 찰나였지만 나는 그의 눈가가 무겁게 내려앉는 것을 보았다. 하지만 다시 눈을 떴을 때, 그는 황후의 죽음을 수긍했던 목소리만큼이나 건조한 눈을 하고 있었다.

"대체 어쩌다가 그런 일이……."

차마 맺지 못한 내 물음에 시종이 고개를 숙였다.

"자진하셨습니다."

자살했다고……? 이건 정말로 의외였다.

황후 자신은 모든 권리를 박탈당한 채 유폐됐고 친정인 마르켈 후작가는 멸문했다. 그리고 이번 일로 황후의 죄는 더 무거워졌다.

일이 그렇게 흘러갔으니 살아날 구멍이 없다고 생각했을 수도 있다. 하지만 황후 성격에 후회하거나 좌절해서 자살을 택할 것 같진 않았다. 그랬다면 여기까지 오지도 않았을 것이다.

레오프리드가 주변을 모두 물렸다. 둘만 남게 되자 그가 내게 말했다.

"어제 모후를 뵈었다."

"황후 폐하를요?"

그는 말없이 고개를 끄덕였다.

말하지 않아도 알 수 있었다. 그와의 대화 때문에 황후가 자결한 것이다. 굳이 무슨 말을 했냐고 묻지 않았다. 무슨 말이든, 황후의 자결이 그의 의도였든 아니든 그는 상처받았을 것이다. 상처를 후벼 파고 싶지 않았다.

대신 나는 그를 끌어안았다.

"따뜻해."

레오프리드가 속삭였다. 그의 어깨에 고개를 얹자 몸이 조금 더 밀착됐다.

온기가 느껴지는 몸, 두근거리며 일정한 속도로 뛰는 맥박. 때론 이 두 가지가 어떤 말보다 안심과 위안이 될 때가 있다.

가만히 서로에게 기대 호흡이 맞아들어 가길 기다렸다.

숨결이 단단히 맞물린 순간, 레오프리드가 고개를 내 쪽으로 돌렸다. 얼굴을 그의 어깨에 대고 있던 탓에 서로의 입술이 지나치게 가까워졌다.

나는 눈을 감았다. 곧 뜨겁고 말랑한 것이 내 입술에 닿았다.

"그런 놈은 거시기를 떼 버려야 해요!"

"이미 떼였긴 하지만요."

"그래도 싸죠. 거시기 잘못 놀리면 다 잘라 버려야 한다니까요!"

"맞는 말이에요."

이곳 여자들은 남자를 고자 만드는 게 유행인가. 엄마도 그렇고.

나는 아연한 눈으로 이디스와 에스더를 바라봤다.

“정말 못하는 말이 없습니다. 두 분 모두 언행을 조심하세요.”

듣다 못한 라브엘이 한 소리 했다. 그러곤 작게 덧붙였다.

“저도 잘라 버려야 한다는 점엔 동의하지만.”

……아니 라브엘마저.

나는 황당한 눈으로 라브엘을 쳐다봤다. 누가 봐도 우아한 귀부인인 그녀가 저리 말하니 파괴력이 남달랐다. 그래도 계란을 터트리네 마네 하는 엄마한테 익숙해진 덕인지 충격에서 쉽게 벗어날 수 있었다.

일단은 나도 계란을 터트리든 거시기를 자르든 해야 한다고 생각하고……. 실제로 그렇게 돼서 좀 통쾌하다.

세오펠 백작은 그날 고자가 되었다. 뭐, 그가 잃은 신체 부위가 거시기만은 아니지만. 백작은 심문을 끝마치지도 못하고 도중에 죽었다. 사실상 심문을 빙자한 고문에 가까웠다.

—고문하려 한 건 아니야. 하지만 도저히 그 역겨움을 참을 수 있어야지.

세오펠 백작이 가장 처음 잃은 신체 부위는 그날 내 발목을 매만지던 손가락이었다. 그는 치료도 받지 못한 채 황궁 감옥에 하옥됐다.

레오프리드가 날 구해 낸 극적인 이야기가 일파만파 퍼지는 것에 비해 세오펠 백작의 손가락에 대해 아는 사람은 적었다. 너무 잔인해서 사람들이 말을 아꼈다기보단 그다음에 백작이 잃은 신체 부위가 너무 대단해서 묻혔기 때문이다.

감옥에 도착한 첫날, 세오펠 백작은 성기를 잃었다.

그 후로도 그가 잃은 건 많았다. 단 한 번도 세오펠 백작을 어찌 했으면 좋겠다고 말한 적 없음에도, 그 비참하고 끔찍했던 순간 내가 했던 생각은 다 이루어진 셈이다.

그 잔인한 상상이 현실이 되었지만 하나도 안타깝고 불쌍하지 않았다. 오히려 후련했다.

하루아침에 피바람이 불었다. 마르켈, 세오펠, 노리엔, 로리스. 네 개의 가문이 멸문당했다. 관련자들은 일체의 자비도 없이 다 사형에 처했다.

네 가문의 숙청 이후, 안 그래도 위축되었던 귀족들은 더더욱 몸을 낮췄다. 아무래도 예전 같은 분위기로 돌아오려면 꽤 시간이 걸릴 것 같다.

이 틈을 타 레오프리드는 그간 귀족들의 반대에 막혀 추진하지 못했던 정책들을 통과시켰다. 특히 세율과 사병권 같이 귀족들이 민감해하는 정책이 주였다.

나와도 꽤 많이 논의했다. 그는 내가 제시한 현대 정책에 관심이 많았다.

"구휼을 하며 느낀 건데, 남곡창에는 고질적인 문제가 생길 가능성이 높아요. 계속해서 곡물 생산량이 늘어날 거고, 거둬들이는 세금도 거의 곡물이니까요."

"그 점은 이미 남부 지역에서도 인지하고 있다. 이번 구휼로 곡창의 곡물을 쓰고 마력석을 얻게 된 게 남부엔 꽤 힘이 되었지. 그대 덕분이야. 하지만……."

"하지만 임시변통이죠. 생각해 봤는데 이런 건 어떨까 해요."

그 밖에도 고아원 문제, 교육 문제에 관해 많은 이야기를 나눴다. 다양한 개혁안이 오갔다. 내가 일 년 동안 보고 느꼈던 아쉬움이 레오프리드와의 대화를 통해 정리됐다.

함께 꿈꿀 수 있다는 건 정말 멋진 일이었다. 그리고 그 꿈이 현실로 이루어지는 것도.

"그러고 보니 곧 에스투스네요."

"어느새 그렇게 됐군."

레오프리드가 고개를 끄덕이며 창밖으로 시선을 던졌다.

여름의 열기를 잔뜩 머금은 볕이 정원을 노랗게 채색했다. 파릇한 나뭇잎이 눈부셨다.

"여행은……."

레오프리드가 답지 않게 말끝을 흐렸다. 햇빛에 반사되어 평소보다 밝은 노란 눈이 힐끗 날 살폈다.

머뭇거리고 주저하는 모습에 나는 미소 지으며 고개를 저었다.

"여행은 계획대로 갈 거예요."

그는 반대하지 않았다. 조심해야 한다든가 안정을 취해야 한다거나, 그런 일이 있었는데 장시간 마차를 타도 괜찮겠냐는 말도 하지 않았다.

"그래, 나도 그대와 함께 가고 싶었어."

대신 그는 내 곁에 있겠다고 했다. 다시는 내게 불행이 다가오지 못하도록, 내가 아무런 제약 없이 원하는 일을 할 수 있도록.

"가고 싶은 곳은 있어?"

작년과 똑같은 물음이었다. 그때 나는 수정궁에 가야 한다고 생각하면서도 다른 곳을 입에 담았다. 지금은 다르다. 내가 '가야 할 곳'은 없다. 오로지 내가 가고 싶은 곳만 있을 뿐이다.

"글쎄. 어딜까요?"

빙긋 웃으며 묻자 그가 고개를 기울였다. 결 좋은 흑발이 사락거리면서 이마에 내려앉았다.

"그대가 가고 싶은 곳이라면 잘 알지."

레오프리드가 내 뺨을 감쌌다. 얼굴이 가까워졌다.

"세베리다."

속삭이듯 말한 그의 노란 눈동자가 날 바라봤다.

"맞았어요. 어떻게 알았어요?"

"나 역시 그대와 다시 가고 싶었거든."

하여간 못 당하겠다. 나는 푸스스 웃었다.

"그럼 상은?"

냉큼 상을 요구하는 말에 눈매를 찌푸렸다. 하지만 뭐 어쩌겠는가. 달라는데 줘야지.

나는 그에게 키스했다.

27장

악녀의 정의

악녀의 정의

"황태자 전하 만세!"

"카일론 공녀 만세!"

"로열 레지나!"

사람들은 이미 우리를 부부 사이로 생각했다. 나를 부르는 호칭이 로열 레지나라는 것만 봐도 알 수 있었다.

사이좋은 황태자 부부의 모습에 뿌듯해했고, 존경과 사랑을 표하며 꽃을 날렸다.

나는 부끄러움 반, 민망함 반인 심정으로 사람들을 바라봤다.

여행을 떠나기 전, 내가 무사하다는 것과 함께 걱정과 염려에 감사를 표하기 위해 사람들 앞에 섰다. 광장엔 수많은 사람들이 몰렸다. 빼곡히 자리 잡은 인파를 보며 가슴이 벅찼다.

사람들이 날 지지하는 것이야 알고 있었지만 이렇게 눈으로 확인하니 또 달랐다. 확 실감이 났다. 내 위치와 내가 할 수 있는 일들.

내가 이들의 삶에 어떤 영향을 미칠 수 있는지.

손을 흔들자 함성이 더 커졌다. 나와 레오프리드를 연호하는 소리가 광장을 꽉 메우며 울려 퍼졌다.

나는 오랫동안 서서 그 광경을 눈과 마음에 담았다.

내궁으로 돌아와 방에 들르지 않고 바로 마차를 탔다. 아무 무늬도 없는 평범한 마차지만 그 어떤 마차보다 특별하다. 하늘을 날 수 있으니까.

간만에 하늘을 나는 기분은 끝내줬다. 발아래 깔린 구름이 도시를 감싼 날개 같았다.

레오프리드와 손장난인지 뭔지 모를 것과 짧은 키스를 몇 번 주고받았다. 그러고서도 시간이 남자 그가 내게 책을 내밀었다.

〈색, 개〉

"……."

아니, 이 인간이.

나는 황당하단 눈으로 레오프리드를 쳐다봤지만 돌아오는 건 묘한 미소뿐이다.

왠지 책 제목이 유혹적인 그 애인지 그 아이인지가 나올 것 같은데 내 착각이겠지? 하지만 내 착각이 아니었다.

대체 사람을 어떻게 보고 이런 흠흠, 좋은 걸. 흠흠. 개가 그랬구나, 그랬어.

그사이 마차는 서부 지역에 도착했다. 전처럼 야트막한 동산에 내려 정비된 길을 달렸는데, 보이는 풍경에 나는 창문에 코를 바짝 붙였다.

"와……."

절로 감탄이 나왔다. 시원하게 뻗은 물줄기와 그 곁에 우거진 수풀. 서부 지역의 젖줄인 세루안 강이다.

저번에 왔을 때 쩍쩍 갈라진 바닥만 보였다는 게 믿기질 않았다.

"아직 놀라긴 일러."

레오프리드가 말했다. 그리고 그건 정말이었다.

강을 따라 달린 마차는 세베리다로 들어갔다. 그리고 나는 깜짝 놀랐다.

"이게, 세베리다예요?"

깨끗하게 정비된 길, 서부식으로 지어진 깔끔한 건물, 큰길 옆의 가로수. 그 흙먼지가 날리던 거리와 같은 곳이라니.

이 모든 것보다 놀라운 건 활기찬 사람들이었다. 소리 높여 호객하는 과일가게 주인, 흥정하는 손님, 아이에게 빵을 쥐여 주며 웃는 부모님.

작년엔 상점가에 사람을 찾아보기 힘들었다. 행인들은 다 어두운 얼굴로 인상을 쓰고 있었고, 한창 뛰놀 아이들은 뼈만 남은 채 힘없이 주저앉아 있었다.

"그대가 이룩한 결과다."

레오프리드가 내 손을 잡으며 말했다.

"모두가 함께 이룩한 삶이죠."

나도, 레오프리드도, 샤리안 경도, 알베르도. 녹화 사업에 애쓴 수많은 사람들. 그리고 누구보다 치열하게 일상을 일궜을 서부 지역 사람들.

"이 모습을 보고 싶었어요."

레오프리드가 고개를 끄덕였다. 그는 내가 무엇 때문에 세베리다에 오고 싶었는지 정확히 알고 있었다.

"본 소감은?"

"너무 좋아요. 정말, 너무."

그 말 외에는 나오지 않았다. 나는 시간 가는 줄도 모르고 거리를 지나는 사람들의 얼굴을 쳐다보았다. 이번에도 여관 세브레떼에서 묵었다. 그리고 예전처럼…….

"같은 방이네요."

"예, 아가씨."

라티스 경이 고개를 끄덕였다.

"경호 문제 때문일 거구요."

"……사실입니다."

억울한 듯이 말하는 라티스 경을 보니 웃음이 나왔다.

뭐, 레오랑 같은 방이긴 하지만, 예전에도 아무 일 없었으니까 이번에도 아무 일 없겠지. 아무 일도……. 절대 아쉽지 않다! 절대! 아무 일도 없을 테니까 안심하는 거라고!

하지만 우린 연인이고 심지어 결혼할 사이인 데다가 둘 다 성인이고 방에 단둘인데.

아니, 무슨 일이 생기길 바라는 건 절대 아니지만……!

나는 기사들에게 명을 내리는 레오프리드를 힐끔 쳐다봤다. 쓸데없이 잘생긴 옆모습이 오늘따라 유난히 유혹적이었다.

긴 속눈썹과 쭉 뻗은 코, 말랑한 입술이 확 덮쳐 버리고 싶게……가 아니라! 날아가라, 음란마귀!

번민에 휩싸인 채 저녁 식사를 했다. 나와 달리 레오프리드는 매우 멀쩡해 보였다. 그 담백하고 말끔한 얼굴을 보니 괜히 심통이 났다.

“저는 이만 자러 들어갈래요. 하루 종일 이동했더니 피곤해요.”

자리에서 일어나서 전에 썼던 방으로 가는데 레오프리드가 물었다.

“어디가?”

“제 방에요.”

뒤도 돌아보지 않고 새침하게 답하며 방문을 열었다.

“그대의 방은 여기가 아닌데.”

목소리가 바로 등 뒤에서 들렸다. 어느새 다가온 레오프리드가 내 머리칼을 살짝 들어 올렸다.

그러든 말든 나는 황당한 눈으로 방 안을 살폈다.

없었다.

눈을 깜빡여 보지만 여전히 없다.

침대가.

“……이게 대체…….”

“그대의 방은 저쪽이야.”

레오프리드가 내 어깨를 감싸며 말했다. 그가 가리킨 곳은 예전에 그가 쓰던 방이다.

“전하는요?”

“내 방도 저 방이지.”

이 인간이?!

황당한 눈으로 레오프리드를 쳐다봤지만 그는 모르는 척 나를 방으로 이끌었다. 방문을 열자마자 아주 크고 화려한 침대가 보였다. 침대만큼은 황궁 부럽지 않은 느낌이었다.

“피곤하다며. 어서 자도록 하지.”

아니, 어디서 은근슬쩍 밑장빼기야?

아무렇지 않은 척 방 안으로 들어가는 레오프리드를 가늘게 뜬 눈으로 바라봤다.

"전하, 지금 침대가 하나뿐인데요."

"나도 알아."

"우린 두 사람이구요."

"우리 둘 다 누워도 충분한 크기지."

"그런 문제가 아니잖아요!"

소리를 빽 지르자 그가 날 돌아봤다.

"싫어?"

아니, 시, 싫은 건……. 왜 그런 눈으로 쳐다보는 거야.

금빛 눈동자에 길게 드리워진 속눈썹과 꽃잎 같은 그림자. 레오프리드의 얼굴에서 물기가 묻어나오는 것만 같았다. 무슨 남자가 저렇게 촉촉하니 유혹적이지.

"손끝 하나도 대지 않을게."

내가 아무 말도 없자 레오프리드가 덧붙였다. 고혹적인 얼굴과 달리 어딘지 초조한 기색이 묻어 나왔다. 그 모습을 보니 어쩐지 웃음이 나왔다.

"손끝도요?"

장난스레 물으니 그가 입술을 꾹 다물었다.

"……손만 잡을게."

"손만?"

그에게 바싹 다가서며 올려다보자 레오프리드의 눈동자가 어둡게 가라앉았다. 금빛 눈동자 속에 짙고 빽빽하게 일렁이는 것. 그걸 모를 정도로 나는 순진하지 않았다.

"싫으면 싫다고 말해."

커다란 손이 내 허리를 감싸더니 움푹 파인 등줄기를 따라 올랐다. 오싹했다.

손가락이 옷깃 속으로 들어왔다. 레오프리드는 마치 허락을 구하듯 옷깃을 따라 손가락을 문질렀다.

눈이 마주쳤다. 짙고 탁해진 노란 눈 속엔 오로지 나만이 존재했다.

레오프리드가 나를 원하고 있다는 게 손에 잡힐 듯이 분명하게 느껴졌다. 그리고 나 역시 그를 원한다.

나는 발끝을 들어 그에게 키스했다. 짧게 닿은 입술은 곧 다시 부딪쳤다. 키스가 깊어지며 호흡이 가팔라졌다. 그의 혀가 잇몸을 스칠 때마다 몸이 오싹오싹 떨렸다.

투둑, 단추가 풀리는 소리가 유독 크게 들렸다. 평복 차림이라 드레스보다 훨씬 벗기기 쉬웠다.

키스가 멎고 레오프리드의 입술이 내 눈가와 콧잔등, 귓불에 스쳤다. 부드러운 키스의 비였다. 다시 눈이 마주쳤다. 어쩐지 그가 떨고 있는 것처럼 보였다. 노란 눈동자에 수많은 감정이 스쳐 지나갔다.

블라우스는 살짝 건드는 것만으로도 흘러내렸다. 어깨가 훤히 드러나고 그 아래로 봉긋한 가슴이 흔들렸다.

"앗!"

갑작스레 강한 힘으로 떠밀렸다. 균형을 잃고 침대 위로 쓰러지자 그 위를 레오프리드가 덮치듯 올라탔다.

그가 입술을 겹쳤다. 아까보다 훨씬 거칠고 갈급한 키스였다. 혀를 얽고 빨아 당기는 힘이 우악스러웠다. 산소가 부족해서인지 다른 이유에서인지 머릿속이 흐릿해졌다.

키스가 끝나고 눈을 떴을 때, 이미 스커트는 침대 밑에서 나뒹굴고 있었다. 그의 앞에서 나신이라는 걸 깨닫자 부끄러워 견딜 수 없었다. 이불 속으로 숨으려는데 그가 내 팔목을 잡았다.

"예뻐. 더 보여 줘."

그 말에 더더욱 부끄러워졌다. 온몸이 새빨갛게 달아올랐다. 나도 모르게 레오프리드를 걷어찰 뻔했다. 하지만 참 이상하게도 내 몸은 꼼짝도 하지 않았다. 그를 걷어차지도, 그렇다고 이불 속에 숨지도 않았다.

그가 내 허리를 매만지고 가슴팍에 키스하는 것을 그대로 내버려 두었다. 정말 부끄러워 죽을 것 같은데 그가 날 바라보는 것이, 그가 날 만지는 것이, 그가 내게 키스하는 것이…… 좋았다.

그에게 손을 뻗었다. 그가 곧장 손을 맞잡고 내 손등과 손끝에 키스를 한다. 키스는 점점 다른 곳으로 번졌다. 허리가 들리고 몸에 힘이 바짝 들어갔다.

"그러고 보니 그대가 착각하고 있는 게 있었지."

그가 씩 웃었다. 어딘지 위험한 미소였다. 나도 모르게 침을 삼켰다.

"내 성. 격. 말이야."

그걸 아직까지 기억하고 있냐!

작년 노예상을 소탕할 때 시간 끌기 위해 상인과 레오프리드에 대해 얘기했다. 그의 성, 격인지 성, 기능인지 모를 것에 대해.

"오해라는 걸 알려 주지."

몸으로. 뒷말은 듣지 않아도 알 수 있었다.

레오프리드의 입술이 내 윤곽을 더듬었다. 그가 숨을 들이마시고 내쉴 때마다 내 숨결도 어그러졌다.

내 손바닥 안에서 단단하고 견고한 그의 몸이 꿈틀거렸다. 뜨거웠다.

레오프리드가 거칠게 내 안으로 파고들었다. 눈앞이 새하얗게 점멸하며 강렬한 감각이 나를 해일처럼 덮쳤다. 갈 곳 없는 감각이 내 온몸을 휘돌다 아랫배에 고였다가, 레오프리드의 움직임에 따라 터질 듯 넘쳐흘렀다.

절로 허리가 뒤틀리고 날카로운 소리가 새어 나왔다. 그럴 때면 새하얀 시트 위에서 굴곡진 금발이 반짝였다. 이따금 레오프리드가 땀에 젖은 내 이마와 머리칼을 쓸어 넘겼다.

난폭하면서도 다정한 밤이었다.

“아가씨, 좋은 아침…… 아니, 점심입니다.”

“안녕하세요, 라티스 경.”

라티스 경의 인사에 얼굴을 들지 못했다. 웅얼거리듯 답하고 바로 돌아서는데 유타바인이 보였다.

히죽히죽 웃는 게 매우 불안했다.

“오랜만입니다, 아가씨.”

오랜만이라는 말에 악센트가 들어간 것 같은데 내 착각인가? 능글맞은 웃음을 짓는 걸 보니 내 착각일 리 없다.

"지근거리에 머물며 아가씨를 호위해야 하는데 지난 사흘간 그러지 못해 죄송합니다."

전혀 죄송하지 않은 얼굴이었다. 애초에 사흘간 곁에 없었던 이유가 이유였으니…….

덤덤한 척하려 하는데 자꾸만 얼굴에 열이 올랐다.

지난 사흘간 나와 레오프리드는 식사할 때만 제하고 침실 밖으로 나오지 않았다. 가까이 다가온 유타가 귓가에 속삭였다.

"좋았냐?"

뭘 그런 걸 묻냐. 당연히…… 좋았지.

레오프리드는 내 오해와 착각을 완벽하게 해소했다. 그야말로 완벽하게. 그는 정말 아무 문제도 없었다. 오히려 너무 활발해서 문제였다.

"부러우면 너도 애인 만들어서 결혼하든가."

퉁명스러운 말이었는데 유타바인이 발끈해서는 외쳤다.

"안 그래도 그럴 생각이거든?!"

생각지 못한 격렬한 반응이었다.

아참, 얘 모쏠이었지. 좀 미안하네. 나는 미안함을 담아 한쪽 입꼬리를 비죽 올리고 턱을 치켜들었다.

"니가? 애인?"

미안함이 가득 실린 내 질문에 유타바인은 아무 말도 못하고 부들부들 떨었다. 나는 그 모습을 보고 픽 웃었다. 그러게 까불긴.

"오늘 일정을 생각하시면 빨리 나가셔야 할 것 같습니다."

라티스 경의 말에 고개를 끄덕였다.

사흘간 방 안에만 있었던 탓에 세베리다에 와서 하려던 일을 하나도 못했다. 그래서 오늘 떠나기 전에 녹화사업 지역에 들르기로 했다. 이곳에 다시 온 가장 큰 이유니까.

나는 서둘러 밖으로 나갔다. 밖에는 이미 레오프리드가 기다리고 있었다. 씻고 준비하는 동안만 떨어져 있었던 건데 그의 모습을 보니 배시시 웃음이 나왔다. 괜히 두근거렸다.

나는 그의 손을 꼭 잡고 마차에 올랐다.

겉보기엔 평범한 마차지만 여느 황실 마차보다 구성이 좋아서 다행이었다. 무엇보다 흔들림이 없다는 점이.

"괜찮은가?"

갑작스러운 질문에 고개를 갸웃했다. 내 반응에 레오프리드가 입을 다물었다. 뭔데 저러지?

"뭐가요?"

레오프리드는 대답하지 않았다. 대신 내 등허리를 차근히 쓸었다. 점점 아래로 향하는 손길에 손을 팍 쳐냈다.

"괜찮아요!"

얼굴이 뜨겁다. 그를 흘겨보자 피식 웃는다.

"힘들면 말해."

"괜찮다니까요!"

"방금 좀 흔들린 것 같은데 괜찮아?"

"그만해요, 정말."

묻는 꼴을 보니 아주 재미가 들린 것 같다. 흔들리긴 뭐가 흔들린단 말인가. 그리고 좀 흔들리면 어떻단 말인가. 그렇게나 힘들고 아플……만 하구나. 그…… 사이즈가. 힘도…….

과연 건강검진 하던 알베르와 쉘메오가 엄지를 치켜 들 만했다. 내가 괜찮은 건 아무래도 얼마 전에 레오프리드에게서 넘겨받은 축복 덕분이겠지. 축복엔 고통을 줄여 주고 몸 상태를 회복시켜 주는 효과가 있으니까.

레오프리드는 참 무서운 남자였다.

아웅다웅하다 보니 어느새 녹화 사업지에 도착했다. 창밖으로 보이는 푸른 물결에 감탄이 나왔다. 서둘러 마차에서 내렸다.

서부 지역에 도착했을 때부터 생각했지만, 정말 가뭄에 메말라 가던 곳이라고는 믿을 수 없었다.

빽빽한 수림이 만들어 낸 푸른 물결이 바람에 일렁이고 풀벌레 소리가 귓가를 스쳤다. 생명이 숨 쉬는 소리다. 더 이상 죽음의 땅이 아니었다.

내가 가장 처음으로 변화시킨 곳. 내가 가장 처음으로 남긴 족적. 그걸 이렇게 눈으로 확인하는 것은, 뭐라 말할 수 없을 정도로 벅찼다.

나는 한동안 아무 말도 없이 푸른 물결을 바라봤다. 레오프리드는 그런 내 곁에서 묵묵히 함께했다. 우린 서로를 바라보지 않았다. 말 한마디조차 주고받지 않았다.

하지만 이 벅찬 순간을 공유하기에는 완벽한 상대였다. 서로가 서로에게.

“어어?”

갑자기 들린 목소리에 고개를 돌렸다. 어린애가 날 손가락질하고 있었다.

"사람한테 손가락질하면 안 된다고 했지! 죄송합니다. 아직 애가 어려서……. 부디 넓은 아량으로 용서해 주세요."

곁에 서 있던 여자가 아이에게 꿀밤을 먹이며 고개를 푹 숙였다. 평복을 하고 있지만 평민이 보기엔 그럭저럭 준귀족이나 성시민으로 보일 테니 나온 반응이었다.

"괜찮아."

나는 짧게 답했다. 여자가 안심하며 아이의 머리 위에 있던 손을 치웠다. 아이가 발딱 고개를 들었다. 홍조가 가득한 뺨이 말랑해 보이는 귀여운 아이었다.

그런데 어디선가 본 것 같은데……. 주근깨가 수박씨처럼 박힌 얼굴, 녹색 눈동자.

"……로니?"

피골이 상접해서 땟국물이 흐르던 모습과 너무 달라서 못 알아봤다.

"응! 아니, 네……."

고개를 마구마구 끄덕이던 로니가 힐끗 여자의 눈치를 봤다.

"저희 로니와 아시는 분인가요?"

여자의 물음에 레오프리드가 답했다.

"작년에 조금 신세를 졌다. 로니의 누이인가?"

"앗, 네……."

고개 숙여 대답하면서도 누나는 어떻게 알게 되었는지 궁금한 기색이었다.

그놈의 부부 사기단 무용담은 내 입으로 말하기 부끄러웠다. 나는 그녀의 호기심을 모르는 척했다.

어쨌든 누나가 무사해서 다행이다. 장부 속의 판매 내역을 추적

해 팔렸던 노예들을 찾아냈지만, 소재지를 파악하지 못한 사람들도 있었다.

로니의 누나는 무사히 집에 돌아온 모양이다. 불법으로 자신의 인권을 판 죄로 몇 년간 무급 노역을 해야겠지만. 아마 이곳이 그녀의 노역장이겠지.

그럼에도 그녀의 얼굴은 좋아 보였다. 로니의 얼굴도 마찬가지였다. 아이의 얼굴에선 작년과 같은 그늘은 찾아볼 수 없었다.

"잘 지내나 보네."

"네!"

아이의 머리가 위아래로 까닥까닥 크게 움직인다. 그 모습에 웃음이 나왔다.

나는 무릎을 굽혀 로니의 귓가에 속삭였다.

"설마 아직도 나쁜 손버릇이 남아 있는 건 아니겠지?"

"안 해! 절대 안 해!"

로니가 펄쩍 뛰며 손을 내저었다. 그러면서 힐끔힐끔 제 누나를 바라봤다. 소매치기한 것을 누나에게 들킬까 노심초사한 모양이다.

"지켜보고 있을 거야."

"절대 안 할게!"

"존댓말!"

"……요."

누나의 외침에 로니가 아차 한 얼굴로 덧붙였다. 커다란 초록색 눈동자가 데굴데굴 굴러간다.

"죄송해요. 아직 동생이 많이 어려서……. 집에 가르칠 사람이 없다 보니 조금 늦돼요."

거듭 사과하는 로니의 누나를 보니 마음이 쓰였다. 그들은 분명 전보다 나은 삶을 살고 있다. 그러나.

몇 번이나 기운 낡고 허름한 옷, 때가 벗겨지지 않은 머리 두건, 터서 갈라진 손가락. 무엇 하나 안쓰럽지 않은 게 없다.

은전 한 닢만 있으면 새 옷을 지을 수 있을 것이다. 로니와 오붓하게 시간을 보낼 수도 있겠지.

하지만 나는 고개를 한 번 끄덕이고 그들을 지나쳤다. 로니의 누나는 우리가 지나칠 때까지 꾸벅 고개를 숙이고 있었다. 누나는 지금 벌을 받는 중이다. 노역엔 먹을 것이 나오지만 따로 돈을 주진 않는다. 그게 다른 사람들과의 차이점이었다.

생활에 내몰려 한 결정이라고 해도 그녀는 죄를 지었다. 당연히 벌을 받아야 한다.

제국은 크다. 이 거대한 사회를 지탱하기 위해서는 질서가 필요하다. 딱한 사정을 봐주는 거야 어렵지 않다. 하지만 과연 어느 선까지 안타깝다며 봐줄 수 있을까. 그 기준은?

무엇보다 그들이 받는 벌은 합리적이다. 인권을 포기한 자에게 인권을 주고 생활을 포기한 자에게 생활을 가능하게 한다.

다만, 다른 결백한 사람들과 차이는 있다. 이 차이가 죄를 돌아보게 하고 죄를 경계하게 한다.

'그래도…….'

나는 뒤돌아보았다. 로니와 누나는 서로 손을 잡은 채 멀어지고 있다. 여기서 로니네를 도와주면 벌을 받는 의미가 없다. 하지만 바닥이 해진 신발과 올이 다 일어난 무명셔츠가 마음에 걸렸다.

"불우한 사람을 보면 돕는 게 맞는 거겠죠."

그러나 나는 그들을 불러 세우지 않았다. 그들에게 손을 내밀지도 않았다.

눈앞의 불행에 손을 내밀어 질서를 무너트리는 것보다 사회 전체를 생각하는 게 옳다. 그렇게 생각하면서도 묻지 않을 수 없었다.

"나는 틀린 선택을 하고 있는 걸까요."

"저런 백성이 나오지 않는 세상을 만들면 된다. 그대라면 할 수 있어."

단단한 어조였다. 내가 실패할 리 없다는 느낌. 버팀목 같기도 했다. 내가 기댈 수 있는. 나는 그를 돌아보며 미소 지었다.

"레오, 당신과 함께라면 할 수 있을 것 같아요."

하지만 그는 뭔가 마음에 들지 않는 얼굴이었다. 커다란 손이 내 뺨을 감쌌다. 엄지가 내 볼을 꾹 누른다.

"쓸쓸할 땐 웃지 않아도 돼. 우울할 때도."

"……."

"자꾸 그대는 그대가 나쁘다고, 나쁜 쪽으로 몰아가려고 하는 것 같아. 작년에도 그랬지. 다정하다면 당장 로니에게 빵을 사 줬을 거라고, 그러니 그대는 다정하지 않다고 말했어."

"무슨……."

"그대는 다정해. 정이 많아서 지나치질 못하지. 한 사람, 한 사람을 정말 온전히 한 사람으로 보기에 그러는 거야. 그대처럼 백성 한 명 한 명을 하나의 인격체로서 대하는 사람은 보지 못했어. 전부 집단으로 볼 뿐이지. 백성들을 진심으로 위하면서도 말이야."

쏟아지는 말에 눈만 끔뻑였다. 지금 레오프리드는 무슨 말을 하고 싶은 걸까? 그는 예전부터 생각했던 것처럼 이야기에 거침이 없었다.

“그게 다정한 게 아니면 뭐지? 그게 따뜻한 게 아니면 뭐란 말이야. 냉정하다고 해서 친절한 게 아닌가?”

그는 어딘지 속상해 보였다. 그것도 무척. 나는 입을 살짝 벌렸다가 도로 다물었다.

“그대는 그대의 방식으로 친절했어. 그걸 없던 일로 만들지 마.”

레오프리드의 말에서 오랜 시간 숙고한 냄새가 났다. 상심한 얼굴이 내 가슴을 울렸다.

나는 진지하게 그가 내게 한 말에 대해 고민하기 시작했다.

내가 정말 나 스스로를 나쁘다고 몰아갔던가? ……그런지도 모른다. 다정하다, 친절하다 칭찬하면 받아들이지 못했다. 머리 한구석으론 항상 냉소적이었다.

나는 얽매여 있었다. 스스로가 만든 악녀라는 허울에.

“나, 내가 악녀라고 생각했어요.”

레오프리드와 아이린은 연인이 아니었지만, 나는 연인이라고 오해하면서도 둘을 갈라놓겠다고 결심했다.

겪어 봤기에 그게 얼마나 끔찍한 일인지 아는데도 순전히 날 위해서.

“내가 손에 쥔 걸 지키기 위해 무슨 일이든 하겠다고 결심했거든요.”

겨우겨우 손에 쥐었던 자그마한 인연. 새로 얻은 내 가족, 내 행복. 그걸 놓치기 싫어서.

“내 행복이 최우선이었어요.”

말하고 보니 진짜 이기적이었다. 나를 다정하다고 말해 주는 레오프리드 앞에서 꺼내 보이기 부끄러울 만큼.

"그게 뭐가 나빠?"

툭 던지는 물음이 이상할 정도로 어색했다. 나는 고개를 들고 레오프리드를 바라봤다.

"나는 항상 내가 최우선이었다. 그렇지 않은 사람이 오히려 없지 않나?"

그……런가? 그런 것 같다. 아니, 그렇다. 당연한 일이다.

배려해야 해. 상냥해야 해. 말을 할 땐 다른 사람 기분을 살펴. 너 기분 나쁘다고 티 내는 거야? 가르치려 들면 안 돼. 넌 왜 그렇게 따박따박 말대꾸니?

나는 배려하지 못했다. 상냥하지 못했다. 다른 사람 기분보다 내 기분에 맞춰 말하곤 했다. 화나면 화난다고 했고, 짜증 나면 짜증 난다고 했다. 틀린 말이라고 생각하면 틀리다고 했다.

그리고 나는 평생 가족들로부터 손가락질 받았다. 뭐, 사회라고 그리 다르지 않았다.

대학에 가서 공부하고 취직해서 내 삶을 살겠다는데 이기적인 년이라는 소리를 들었다. 그냥 조금만 내 의지를 갖고 내 생각대로 행동하려고 해도 제 생각만 한다고, 나쁜 년이라고 했다.

나 말고도 그런 사람은 많을 것이다. 장남으로서 번듯하게 가정을 책임져야 한다고 했을 수도 있고, 나처럼 장녀니까 남동생을 위해 희생하라는 말을 들었을 수도 있다.

막내니까 기분이 어떻든 애교 부리고 언제까지고 물가에 내놓은 애 취급을 했을지도 모르지.

가족 사이에서도 그런데 완벽한 타인과의 관계는 어떨까. 가족이라서 더 심한 경우도 있지만, 가족이기에 보듬는 경우도 있다.

'다른 사람이 요구하는 나'에 맞추지 못하면 나쁘다는 말을 듣는다. 나쁜 사람이 되기 싫으니까 점점 나 자신을 숨긴다. 아니면 나인 채 살면서 나쁜 사람이 되길 자처하는 사람도 있다.

"누구나 자기 자신이 최우선이야."

레오프리드가 말했다. 내가 나로서 사는 건 당연하다고, 나쁜 일이 아니라고, 사람은 누구나 이기적이라고. 아무도 내게 그런 말을 해 주지 않았다. 그가 처음이었다.

"나 역시 그랬어. 그게 바뀐 건 그대를 만나고야."

그가 내 머리칼을 쓸어 넘겼다. 바람이 나뭇잎에 스치며 하프처럼 음률을 만들어 냈다. 그의 손가락이 닿을 때마다 내 몸 역시 둥둥 심장을 울린다.

"이젠 그대가 내 최우선이야. 나보다 그대가, 내 목숨보다 그대의 목숨이, 내 행복보다 그대의 행복이 더 중요해."

누구보다 자기 자신을 위하는 게 당연하다면서 그는 내가 가장 중요하다고 한다.

레오프리드는 내게 그를 최우선으로 생각해 달라고, 똑같은 마음을 달라고 하지 않았다. 그게 어떨 마음일지. 눈가가 시큰했다. 나는 밝게 미소 지으며 아무렇지 않게 농담을 던졌다.

"내 행복을 위해 내 마음대로 살아도 돼요? 어디로든 떠나도 좋아요?"

"아니, 그대는 내 곁에 있어야 가장 행복해."

단호한 즉답이었다. 나는 푸스스 웃었다. 반박할 수 없었다. 그의 말이 맞다. 나는 레오프리드의 곁에 있어야 가장 행복하다.

그가 고개를 숙이자 이마가 맞닿는다.

"내가 그렇게 노력할 거니까."

작게 속삭이는 말에 참지 못하고 발끝을 들었다. 입술이 짧게 닿았다가 떨어졌다.

"같이 노력해요."

사실은 노력이 필요 없을 정도지만.

날 사랑해 줘. 있는 그대로의 나를.

악녀이고 성녀이고 가끔은 아무것도 아닌 평범한 나를.

그럼 나도 황태자도 아니고 천재도 아닌 평범한 당신을 사랑할게.

나를 행복하게 해 줘. 행복해서 눈물이 날 정도로, 너무 행복해서 차라리 숨이 멎을 정도로.

나뭇잎 사이로 파고든 햇빛이 찬란했다.

에필로그

에필로그

꽃비가 흩날렸다.

이날을 위해 기름진 땅을 골라 해와 구름을 살펴 정성스레 키운 꽃이다. 가장 고운 색과 가장 보드라운 감촉을 지닌 꽃잎이 핑그르르 춤을 추었다.

향기로운 내음이 바람결을 따라 흩어졌다. 햇빛이 유난히 맑고 청아한 날이었다.

레오프리드는 초조한 눈으로 커다란 문을 바라봤다. 가슴이 빠르게 뛰었다. 입안이 바싹 말랐다. 사람들 앞에 나갈 때 이렇게 떨어본 적이 없다.

왜 이렇게 떨리는지는 알고 있다. 그는 고개를 돌려 다른 문을 쳐다봤다. 그가 방금까지 보고 있던 문보다 훨씬 크고 웅장한 문이었다. 문 앞에 선 근위병이 개미처럼 작게 보일 정도로.

문 너머에는 제국의 모든 귀족이 모여 있다. 뿐만 아니라 주변국을 비롯해 멀리 바다 건너 청리엔에서까지 사절단이 왔다.

오늘 그는 황제가 된다. 하지만 황제가 되기 때문에 이렇게 떨리는 것은 아니다.

들리는 기척에 그가 고개를 돌렸다. 아까부터 계속 보고 있던 문 쪽이다.

"아……."

그는 참지 못하고 탄식을 흘렸다. 샤르티아나가 천천히 그에게로 걸어오고 있었다. 심장이 요동쳤다. 방금 전까지의 두근거림은 전초에 불과했다는 듯 맥동이 온몸을 울렸다.

오늘 드디어 그녀와 성혼한다.

두 사람은 이미 부부나 다름없었다. 굳이 언약하지 않아도 서로에게 서로가 유일한 사람이었다. 그러나 결혼은 또 다른 문제였다. 레오프리드는 결혼이 인생에서 이렇게나 중요한 순간인지 뒤늦게 깨달았다.

그는 두근거리는 심장을 진정시키기 위해 호흡을 깊게 들이마셨다.

이렇게 떨리는 이유는 오로지 하나, 샤르티아나와 결혼하기 때문이다. 황제가 되는 것보다 그녀의 남편이 되는 게 더 중요했다.

샤르티아나를 만나기 전까지 그에게 결혼이란 정치적 전략일 뿐이었다. 당연히 예식도 중요하지 않았다. 애초에 레지나로 엮이니 결혼은 언제 하든 크게 상관없다고 생각했다.

베일로 얼굴을 가린 샤르티아나가 한 발짝 한 발짝 그에게 가까워질수록 레오프리드의 가슴이 들썩였다.

섬세한 레이스가 샤르티아나의 얼굴 위에 은은한 무늬를 수놓았다. 레이스에 박힌 세편 같은 다이아몬드가 햇살처럼 반짝였다.

레오프리드는 저도 모르게 그녀 쪽으로 걸음을 떼었다. 눈을 내리깔고 있던 샤르티아나가 그 모습을 보고 살짝 웃었다. 눈매가 가늘어지고 뺨이 도톰해지는 것을 넋 놓고 바라보았다. 그 바람에 그녀가 왜 웃었는지 한 박자 늦게 깨달았다.

그는 계속 나가려는 발걸음을 겨우 멈췄다. 대신 주먹을 꽉 쥐어 허공을 붙잡았다. 그러지 않으면 그녀를 끌어당겨 그대로 키스해 버릴 것 같았다.

아주 조금만 더 참으면 된다. 아주 조금만. 하지만 샤르티아나가 한 걸음 옮기는 것조차 왜 이리 더뎌 보이는지.

드디어 그녀가 그의 곁에 다가왔다. 레오프리드는 손을 내밀었다. 새하얀 레이스 장갑에 감싸인 손가락이 깃털처럼 그에게 닿았다. 그 사뿐한 감각에도 그는 감전당한 듯 전율했다.

손을 꽉 움켜쥐자 샤르티아나가 눈을 들어 그를 쳐다봤다. 자홍빛 눈동자가 화려한 치장보다 눈부셨다. 당장 베일을 걷고 싶은 욕망을 참으며 그는 고개를 돌려 앞을 바라봤다. 이윽고 문이 열렸다.

두 사람은 손을 맞잡은 채 천천히 걸음을 옮겼다. 그들의 등 뒤로 길게 베일과 망토가 깔렸다.

사람들은 새 황제와 황후의 등장에 일제히 고개를 숙이며 존경과 경의를 표했다.

두 사람이 차이람교 대신관의 앞에 서자 그는 그들의 앞날을 축복하며 성유를 뿌렸다. 방울방울 퍼지는 성유는 축복의 문장이 되어 그들을 한차례 휘감았다.

신의 가호 가운데 두 사람은 부부가 되었다.

드디어. 레오프리드는 벅차오르는 가슴을 억눌렀다. 이제 그녀는 온전히 그의 사람이다. 그 역시도.

"두 사람은 맹세의 키스를."

대신관의 말에 레오프리드는 기다렸다는 듯 샤르티아나의 베일을 벗겼다. 얼굴이 온전히 드러나는 순간 그는 베일을 놓칠 뻔했다.

가리는 것 없이 두 사람의 시선이 마주쳤다. 색이 다른 두 쌍의 눈동자가 동시에 울렁울렁 너울 쳤다.

오랜 시간 함께했음에도 레오프리드는 샤르티아나가 그의 연인이자 동반자이며 반려라는 것이 지금도 믿기질 않았다. 그래서 이렇게 눈이 맞을 때면 아직도 호흡이 멎을 것 같은 벅찬 감동을 느꼈다.

그는 떨리는 손으로 그녀의 허리를 잡고 천천히, 조심스럽게 입술을 맞대었다. 그녀에게서 달콤한 향기가 났다.

따뜻한 온기가 입술에 닿은 순간, 레오프리드는 더 이상 참지 못하고 갈급하게 그녀의 입안을 탐했다. 샤르티아나를 붙든 손에 힘이 들어갔다.

아까부터 이렇게 키스하고 싶었다. 그는 신성한 의식 중이라는 것도 잊고 농밀하게 혀를 얽었다.

격하고 오랜 키스에 놀란 사람들의 눈이 휘둥그레졌다. 샤르티아나는 그를 만류하기는커녕 그의 어깨에 팔을 둘러 끌어당겼다. 키스가 더 깊어졌다.

휘이익, 어디선가 휘파람 소리가 들렸다. 그걸 시작으로 사람들이 야유 섞인 환호성을 질렀다. 엄숙했던 분위기가 금세 축제처럼 변했다.

길고 긴 키스 끝에 두 사람의 입술이 떨어졌다. 남편의 허리를 감싼 채 활짝 웃는 샤르티아나의 얼굴은 이 남자가 내 남자라고 말하는 듯 자랑스러움과 뿌듯함이 가득했다.

레오프리드는 아쉬움이 가득 담긴 눈으로 그런 그녀를 바라봤다. 아직 욕심을 다 채우지 못했다.

홍조에 젖어 생기 있게 반짝이는 샤르티아나의 뺨에 그는 입맛을 다셨다. 저 얼굴이 어떻게 하면 더 붉게 달아오르는지 잘 알고 있다. 어서 둘만 되고 싶었다.

황제, 아니 선황제가 웃으면서 자리에서 일어났다. 레오프리드를 향한 은근한 눈짓이 황족답지 않게 체통 없었다. 하지만 모두 그런 선황의 심정에 공감했다. 작은 웃음이 퍼졌다.

젊은 새 황제는 그 시선에도 아랑곳없이 황후만 바라봤다. 그녀가 얼마나 아름다운지, 얼마나 대단한지, 얼마나 눈부신지. 세상을 다 가진 기분이었다.

선황의 말도, 머리에 얹어지는 황제의 관도 느껴지지 않았다. 의식에 맞춰 대답하고 몸을 움직이면서도 오로지 샤르티아나만 생각했다. 모든 신경이 그녀에게 쏠린 채 떨어지질 않는다.

새 황제와 황후의 즉위를 알리는 말에도 레오프리드는 별 감흥이 없었다. 응당 그의 자리였고 때가 되었을 뿐이다. 그보다는 황후의 관을 쓴 샤르티아나가 훨씬 더 인상 깊었다. 무척 잘 어울렸다. 하긴 뭘 써도 예쁠 것이다.

대관식 연회가 시작되었다. 귀족들과 사절단이 축하를 전했다. 레오프리드는 황제로서 위엄 있게 인사를 받으면서도 어서 식이 다 끝나기만을 기다렸다.

기다림은 길고 지루했다. 하지만 가치 있었다.

연회가 끝나고 겨우 둘이 되었다. 그 사실만으로도 뒷목이 쭈뼛했다. 이제 그들은 법적으로도 완벽한 부부다. 황제의 침전에서 마주하자 실감이 났다.

'궁을 합치는 게 좋지 않을까.'

레오프리드는 언뜻 그런 생각을 하다가 접었다.

눈앞에 침의만 입은 샤르티아나가 있다. 생각이 필요할 리 없다. 생각을 할 수 있을 리도.

"레오."

샤르티아나가 그를 불렀다. 레오프리드는 그녀에게 손을 뻗었다. 이미 서로의 처음을 나눠 가졌건만 항상 처음처럼 새롭게 설렜다.

"부인."

여태까지 입안에서만 꼭꼭 씹었던 호칭을 입에 담았다. 누군가에겐 황후나 황제라는 호칭이 더 매력적이겠지만 그에겐 아니었다.

샤르티아나가 눈을 동그랗게 뜨더니 고개를 움츠리며 팔을 벅벅 문질렀다. 웃음이 나왔다. 저러면서도 살짝 붉어진 얼굴을 보니 싫은 것만은 아니었다.

"여보야."

한술 더 떠서 그녀가 기겁하는 호칭으로 불러 봤다. 샤르티아나가 인상을 팍 구겼다. 질색하며 멀어지는 그녀를 좇으며 계속해서 불렀다.

"여보."

"아, 좀!"

샤르티아나가 왁, 하고 소리를 질렀다. 신경질을 내는 얼굴조차 예뻤다.

"여보야."

"그만!"

"여보야."

레오프리드에게 붙잡힌 샤르티아나가 몸부림쳤다. 레오프리드는 능숙하게 그녀를 제압하고 얼굴을 감싸 쥐었다.

가만히 눈을 마주쳤다. 오랜 경험으로 그녀가 그의 얼굴에 약하다는 걸 잘 알고 있었다. 발작하듯 몸을 뒤틀던 샤르티아나가 움직임을 멈췄다.

"여보."

이마를 맞대고 속삭이듯 그녀를 불렀다.

"왜."

불퉁한 대답이 들렸다. 웃음이 나오는 걸 꾹 참고 있자 결국 백기를 든다.

"……자기야."

새빨간 얼굴로 웅얼거리듯 덧붙이는 모습이 너무 사랑스러웠다. 레오프리드는 참지 않고 그녀에게 입을 맞췄다.

입술, 뺨, 콧등, 이마 할 것 없이 키스가 내렸다. 그리고 점점 더 밑으로. 그의 입술이 가느다란 목선과 동그란 어깨를 지날 때 침의가 스르륵 풀렸다. 샤르티아나는 숨을 삼켰다. 그녀는 그의 입술이 주는 쾌감을 기억했다. 기억할 수밖에 없었다.

"흣……."

곧 기대하고 있던 감각이 가슴 끝에서 느껴졌다. 깊게 빨아 당기고 살짝 깨물자 그녀의 몸에서 힘이 빠졌다. 레오프리드는 늘어지는 몸을 안아 들었다.

안긴 채 침대로 가면서도 계속 쪽쪽 짧은 키스가 오갔다. 샤르티아나를 침대에 내려놓은 레오프리드가 그녀의 몸을 덮듯이 위로 올라탔다.

샤르티아나가 그의 얼굴을 끌어당기자 입술이 맞닿고 곧장 혀가 얽혔다. 고개를 비틀 때마다 질척거리는 젖은 소리가 들렸다.

레오프리드의 손이 그녀를 어루만질 때마다 어김없이 뜨거운 숨이 터져 나왔다. 샤르티아나의 얼굴이 붉게 흐무러졌다.

바로 이렇게 붉어진 얼굴을 보고 싶었다. 아까 전부터. 레오프리드는 사납게 웃었다. 곧 있으면 온몸이 꽃처럼 붉게 물들 것이다.

부부가 된 첫날밤. 밤은 이제 시작이었다.

평전을 처음 읽는 자들도 황후 샤르티아나에 대해 알고 있을 것이다.

샤르티아나 알티제 페레칼로닌은 초상을 담은 화폐까지 있을 정도로 많은 사랑을 받는 황후다. 그녀에게 영감을 얻은 예술 및 상업 작품은 아직도 다양하고 새롭게 나오고 있다.

그녀는 길고 긴 제국의 역사 속에서도 보석 같은 존재다. 정치계, 사학계뿐만 아니라 패션계, 미술계를 비롯해 예술계 전반에 지대한 영향을 미쳤다.

제국의 황금기라 불리는 시기는 여러 번 있었다. 하지만 샤르티아나 황후 때야말로 진정한 황금기라 할 수 있다.

그녀는 각종 개혁에 앞장섰다. 근대 체계의 기틀이 그녀 대에 다 마련되었다고 해도 무방할 정도다. 샤르티아나 황후 이선과 이후가 뚜렷하게 나뉠 정도로 많은 제도가 변했는데, 한 대에 이렇게 많은 법제가 바뀐 것은 전무후무하다.

그녀가 가장 심혈을 기울였던 건 백성의 '생활 보장권'이었다. 사실상 그녀가 마련한 모든 제도는 이 생활 보장에 기반을 두고 있다.

재해방지법을 비롯한 대체법, 보상법, 무상의무 교육법, 보육통합법 등 언제 어느 상황에서도 사람들이 기본적인 생활을 할 수 있도록 보장하는 법안이다.

대표적인 법안에서도 알 수 있듯 그녀는 재해에 관심이 많았다. 학계에선 레지나 시절 겪었던 가뭄의 영향으로 보고 있다. 구황 작물로 유명한 영포 역시 그때 그녀의 지시로 개발된 것이다.

그녀가 관심 있었던 또 다른 화두는 인재였다. 인재의 중요성을 알고 있던 통치자는 많았다. 하지만 그녀처럼 체계적으로 인적 자원을 개발한 사람은 처음이었다.

그 덕인지 그녀 대에는 인재가 많았다. 페실라온 후작가의 시조인 엘도라 샤리안 페실라온과 세기의 천재 마법사로 유명한 알베르 코겐 페실라온이 대표적이다.

황후와 혈연관계였다는 것 때문에 다소 저평가되는 명재상 알테미르 세인 카일론 역시 빼놓을 수 없다.

그녀 대엔 제국 내부뿐만 아니라 국제 관계도 많이 변했다. 황후는 마탑을 비롯해 주변국과의 동맹을 공고히 하며 무역 강화에 힘을 써 새로운 무역로를 개척했다. 해상 무역의 시작이 바로 이 시기였다.

언급한 사안은 극히 일부에 불과하다. 그녀가 마련한 법제는 워낙 방대하기에 이후 제도 챕터에서 자세히 설명하겠다.

성장통 없이 발전하는 데에는 이후 레오샤이나 황제의 탁월한 치세가 있었기 때문이지만, 무엇보다 백성들이 황후를 지지했기 때문이다. 아직도 많은 사랑을 받고 있는 만큼 당시의 인기를 짐작할 수 있을 것이다.

황후 샤르티아나가 이렇듯 다양한 활동을 할 수 있었던 것은 그녀의 정치적 동반자인 황제 레오프리드의 전폭적인 지지가 있었기 때문이다.

그들은 정책적으로도 훌륭한 파트너였지만, 부부 관계에서도 금슬이 좋았다. 단적으로 알 수 있는 예는 내궁의 침전이다.

현재 황제궁과 황후궁은 연결되어 있고 침실도 하나지만, 당시에만 해도 각 궁이 따로 있었다. 레오프리드 황제가 매일 밤 황후를 그린 까닭에 궁을 증축해 합친 것이다.

두 사람의 사랑 이야기는 각종 연극과 소설로 나와 있을 정도로 대중에게 잘 알려져 있으니 크게 다루진 않겠다.

다만 세간에 알려진 것과 달리 일부일처제는 그들 대에 제도로 제정되진 않았다. 그들이 서로의 유일한 반려였던 것은 맞다. 하지만 따로 법안을 마련했던 것은 아니다. 후대의 황제가 모두 한 명의 반려를 맞았기에 잘못 알려진 것이다.

일부일처제는 샤르티아나 황후 대로부터 정확히 4대 후에 법안으로 제정되었다. 법이 제정되기 전 황제가 모두 한 사람의 배우자를 둔 것에 대해서는 아직도 의견이 분분하다. 정치적인 이득이 없었기 때문이다.

—〈황후 샤르티아나 평전〉 발췌—

등 하나, 창문 하나 없지만 방 안은 대낮처럼 환했다. 바닥을 가로지르는 빛 때문이다. 푸르고 붉은 빛이 일렁이며 안을 밝혔다.

빛은 꺾이고 이어지며 하나의 문양을 이뤘다. 커다란 원을 가로지르는 선과 직선으로 형상화된 별, 열두 방향의 황도 12궁. 그 빛의 문양 위에 한 여자가 오도카니 서 있었다.

"음, 어떡하나 했는데 무사히 적응했나 보네."

여자의 눈앞에서 빛이 퍼지고 흩어지며 하나의 영상을 만들어 냈다. 그 안에는 백금발의 여자가 흑발의 남자와 함께 웃고 있었다.

"네가 인간 하나에 그렇게 신경 쓰다니 의외인데. 지금까지 너로 인해 공간이나 시간을 뛰어넘은 인간들은 많잖아?"

갑작스레 들린 목소리에도 여자는 당황하지 않고 태연히 답했다.

"이건 내 일에 휘말린 경우니까. 무고한 사람이 엉뚱하게 피해 보면 당연히 신경 쓰인다고. 너와 달리."

공간이 찢어지며 나타난 남자가 여자의 어깨를 감싸며 말했다. 여자가 미간을 찌푸리며 그 손을 탁 쳐 냈다.

"그러면 처음에 돌려보냈으면 됐잖아."

"그러기엔 육신이 죽었으니까. 돌려보내면 구천을 떠돈다고."

"물에 빠진 본인 잘못이지, 뭐."

"원래라면 죽어서 환생할 인간이 나 때문에 구천을 떠돌게 되는데?"

"그런 사소한 것쯤이야."

"인간에겐 사소하지 않아."

"하긴 넌 인간이었지."

남자가 납득한 듯 고개를 끄덕였다.

여자가 손을 펼치자 희미하게 빛나는 구체가 손바닥 위에서 솟아났다. 여자가 구체에게 말했다.

"샤르티아나라고 했나? 이제 네 소원은 이뤄졌지?"

구체가 깜빡였다. 여자가 인상을 찌푸렸다.

"그건 내 탓이 아니라 네가 너무 나약한 탓이지. 무엇보다 사인하기 전에는 계약서를 꼼꼼히 읽어 봐야 해. 나도 손해 보는 장사는 안 하거든. 이걸 장사라고 해야 할지는 모르겠지만."

여자가 머리 아픈 듯 이마를 짚었다.

"세계를 다스리는 건 참 귀찮은 일이야. 이럴 줄 알았으면 덥석 맡지 않는 건데."

"얘도 계약서 확인을 제대로 안 했거든."

남자가 히죽 웃으며 구체에게 말했다. 여자가 그의 등짝을 때렸다.

"어쨌든 휘말린 피해자도 이전보다 더 나은 삶을 사는 것 같으니 한시름 덜었어."

여자가 구체를 향해 미소 지었다.

"이걸로 네 소원은 이뤄졌어. 축하해."

구체가 화답하듯 핑그르르 돌았다. 여자의 손바닥에 살포시 내려앉더니 이내 환한 빛을 내뿜기 시작했다.

새로운 탄생의 순간이었다.

외전

피의 복수와 노총각

외전 : 피의 복수와 노총각

'큰일이다.'

유타바인은 침음을 삼켰다. 상황이 좋지 않다.

황제의 기사로서, 황후의 절친으로서 여러 가지 일을 겪었지만 그중에서도 이건 정말 최악의 상황이다. 가히 인생 최대의 난관이라 할 수 있다.

돌파나 후퇴. 그 둘 중 어느 것도 선택할 수 없는, 그야말로 진퇴양난의 순간.

"자기야."

"응, 여보야."

"아앙~ 해 봐요."

샤르티아나가 환하게 웃으며 레오프리드에게 사과를 내밀었다. 유타바인의 얼굴이 썩은 사과처럼 시꺼메졌다. 레오프리드의 얼굴이 잘 익은 사과처럼 반질반질 윤이 나는 것과 퍽 대조적이다.

사과가 아삭아삭 씹힐 때마다 유타바인의 바짓단이 와작와작 구겨졌다.

샤르티아나를 바라보는 레오프리드의 눈은 짙고 빽빽했다. 사과가 아니라 다른 걸 먹고 싶어 하는 눈.

저 시선을 받은 여인들은 모두 뜨거운 한숨을 내쉴 것이다. 지켜보는 유타바인의 얼굴이 붉어졌다. 괜히 시선을 돌렸다가 훔쳐보듯 다시 쳐다봤다.

그가 그러든 말든 두 사람은 이미 둘만의 세계에 빠져 있었다.

레오프리드가 가느다란 샤르티아나의 허리에 은근히 팔을 감았다. 조금 힘주는 것만으로 여체는 손쉽게 딸려 왔다. 허벅지가 맞닿고 상체가 살짝 겹친다. 레오프리드의 숨결이 샤르티아나의 목덜미를 간지럽혔다.

내리깐 샤르티아나의 속눈썹이 나비의 날개처럼 가냘프게 떨린다. 그딴 거 보고 싶지 않은데 기사로서 단련된 유타바인의 동체시력은 어김없이 그 작은 움직임마저 잡아냈다.

'오, 마이 아이즈.'

살다 살다 뛰어난 신체 능력을 원망하는 날이 올 줄은 몰랐다. 유타바인은 이러려고 신체 단련했나 자괴감에 휩싸였다. 당장에라도 제 눈을 찌르고 싶었다.

자홍색 눈동자가 술에 탄 것처럼 녹녹히 녹아들고 눈 밑에 촉촉한 홍조가 돌았다. 그 과정을 눈 한 번 깜빡이지 않고 지켜보던 레오프리드에게서 흉폭한 기색이 일렁였다. 안에서 날뛰는 욕망을 채 갈무리하지 못한 얼굴에 샤르티아나가 시선을 돌렸다.

그의 입술이 조금씩 위로 올라갔다. 목덜미 언저리에 머물던 숨이 목선을 타고 움직였다. 마침내 그의 숨결이 그녀의 입술을 달궜을 때.

텁, 사과 한 쪽이 입술과 입술 사이를 가로막았다.

레오프리드가 미간을 찌푸리며 샤르티아나를 쳐다봤다. 샤르티아나는 그 시선에도 아랑곳하지 않고 배시시 웃었다. 아예 노크하듯 사과로 레오프리드의 입술을 톡톡 두드린다. 결국 레오프리드는 사과를 베어 먹었다.

"맛있어요, 자기?"

"다른 걸 먹고 싶은데."

노골적인 대답에 샤르티아나는 생긋 웃었다. 아무렇지 않게 포도 한 알을 집어 레오프리드의 입에 쏙 넣어 주었다.

날카로운 이빨이 포도를 뭉갰다. 거친 불만 표시였다. 탱글탱글한 껍질이 터지며 과육과 과즙이 혀를 적셨다. 그래도 갈증이 났다.

레오프리드는 다른 것을 원했다. 이런 과일 따위로는 채워질 수 없는 갈증에 그가 샤르티아나의 어깨에 입술을 묻었다.

두 사람이 아무도 안 궁금한 그들만의 깨알 같은 사랑 이야기를 나누는 동안 유타바인은 짜게 식어 가고 있었다. 대체 사람을 불러 놓고 이게 뭐하는 짓이란 말인가.

심지어 유타바인은 모태 솔로였다. 황제와 황후면 다인가. 젠장, 다겠지. 이래서 권력은 더럽다.

이 와중에도 댜기얌여보얌거리는 속살거림은 유타바인의 귀를 더럽히고 있었다.

'아직이야. 버틸 수 있어. 몇 년 동안 친위대로 구르면서 저 꼴을

봐 왔는데…….'

그간 단련한 건 신체만이 아니다. 마음도 그에 못지않게 단련했다. 그는 커플의 염장질에도 흔들림 없는 마음을 가지게 되……진 못하고 표정만은 흔들리지 않게 됐다.

그러나 유타바인이 간과한 게 있었다. 다른 커플의 염장질은 몰라도 황제-황후 커플의 염장질은 항상 그의 멘탈보다 세 배 강했다는 것.

"더 맛있는 걸 줘. 내가 가장 좋아하는 거."

"우리 댜기야가 좋아하는 멜론 줄까요?"

샤르티아나가 방긋방긋 웃으며 멜론을 내밀었다. 레오프리드가 피식 웃더니 멜론을 물었다. 그리고 그대로 샤르티아나의 입술을 탐했다. 멜론 조각이 입술에서 입술로 사라지더니 곧 두 입술이 빈틈없이 맞닿았다.

레오프리드는 가장 좋아하는 것을 거침없이 맛보았다. 샤르티아나의 몸이 소파에 파묻히다시피 눌렸다.

레오프리드의 손이 잘록한 허리께를 더듬고 샤르티아나가 두터운 목을 꽉 끌어안았다. 과일보다 서로의 입술이 더 달콤했다.

아쉬운 듯한 젖은 소리와 함께 입술이 떨어졌다. 가느다란 은실이 미련 대신 이어졌다.

"맛있네."

레오프리드가 샤르티아나와 눈을 맞춘 채 씩 웃었다.

"우리 여보 입술."

한숨에 가깝도록 낮은 속삭임이었다. 샤르티아나는 입술로 그의 음성을 느꼈다. 얼굴에 열이 올랐다. 레오프리드의 뒷목을 감싼 손가락 끝이 저릿저릿했다.

"레오……."

연인의 이름을 부르는 음성이 몽롱했다. 조금 더 그를 느끼기 위해 등받이에 파묻혔던 허리를 바로 세우는데, 어깨너머로 유타바인과 시종장이 보였다.

'아차.'

또 레오프리드에게 휩쓸려서 여기가 어딘지, 누가 있는지 잊었다.

그의 눈빛, 그의 숨결, 그의 손길. 레오프리드의 모든 것들은 순식간에 샤르티아나를 세상과 단절시킨다. 오로지 그만을 바라보고 그만을 느끼도록.

샤르티아나는 부끄러움에 빨개진 얼굴을 레오프리드의 어깨 아래로 숨겼다. 탄탄한 가슴팍에 이마를 기대고 한숨을 폭 쉬었다.

열을 식히고 눈을 빼꼼 내밀자 유타바인이 오만상을 찌푸리고 있는 게 보였다. 못 볼 걸 봤다는 표정에 부끄러움도 걷히고 픽 웃음이 나왔다.

'쌤통이다.'

황후로 살며 아무리 사생활이 거의 없다시피 한 삶에 익숙해졌다고 하지만 부끄러움이 사라진 건 아니다. 전보다 덜하긴 하지만 레오프리드처럼 철판을 깔진 못했다.

그런데도 '쟈기야 아~ 해 봐.'를 시전한 이유는 하나였다.

피의 복수를 위해.

사건의 발단은 이렇다.

볕이 부드럽고 바람이 산들산들한 날이었다. 샤르티아나는 모처럼 서류를 물리고 정원에서 차를 마셨다. 상대는 오랜 소꿉친구 유타바인이었다.

짧지만 평화로운 휴식, 익숙한 상대. 한가로우면서 완벽한 티타임이었다.

유타바인이 지뢰를 밟기 전까진.

"그러고 보니까 우리도 내년이면 서른이네."

처음에는 그게 지뢰를 파묻는 것인지도 몰랐다.

샤르티아나는 유타바인의 말에 고개를 들었다. 장난기가 반짝이던 십 대 후반의 소년은 이제 완연한 남자의 얼굴을 하고 있었다.

'지금이 스물아홉. 곧 서른.'

새삼스레 그 숫자가 크게 다가왔다. 이곳에 왔을 때 열여덟 살의 몸에 빙의했으니 벌써 십 년도 넘게 산 것이다. 언젠가는 한국에서 지냈던 시간보다 이곳에서 산 시간이 더 길어지겠지.

'이제 겨우 반. 아니, 반도 안 되나.'

이곳에서, 레오프리드의 곁에서 한국에서 산 시간의 반이 될까 말까 한 시간을 살았다. 그런데도 훨씬 더, 비교도 할 수 없을 만큼 레오프리드와 함께 한 시간이 소중했다.

행복의 총량이란 게 있는 것 같다. 지금 행복하기 위해 전생에서 그렇게 외롭고 불행했던 거라고. 그렇게 생각하면 전생에서의 배신과 고독조차 달콤하게 다가왔다.

어느 날 훌쩍 이곳에 왔듯 또 어느 날 훌쩍 다른 곳으로 간다면 자신은 도저히 적응할 수 없을 것이다. 레오프리드가 없는 삶 같은 건 상상할 수도 없고 상상하기도 싫으니까.

그 때문에 샤르티아나는 물가에 가지 않았다. 만약이라는 게 있으니까.

'아, 어떡해.'

샤르티아나는 살짝 붉어진 얼굴을 감쌌다. 난감한, 그러면서도 달콤한 한숨이 나온다.

'보고 싶어.'

같은 침대에서 일어나서 함께 아침 먹은 지 얼마나 됐다고 벌써 보고 싶다. 손가락이 팔받침 위에서 꼼지락꼼지락거린다.

샤르티아나는 슬쩍 유타바인의 눈치를 봤다. 레오프리드가 보고 싶으면 보러 가면 된다. 그녀는 충분히 그럴 수 있는 위치였다. 황궁에서도, 레오프리드의 마음에서도.

하지만 유타바인이 놀릴 게 걱정이었다. 티타임을 시작한 지 아직 30분도 안 지났다.

'그치만 보고 싶은걸. 지금 당장.'

점심까진 아직 한참이나 남았다. 나중에 놀림 받더라도 대충 핑계를 대서 일어나자 결심했다. 흰 뺨이 설렘과 기대로 발그스름해졌다.

유타바인이 묻었던 지뢰를 터트린 것은 딱 샤르티아나가 입술을 달싹였을 때였다.

"그럼 넌 정말 빼도 박도 못하게 아줌마겠다."

아줌마?

샤르티아나는 눈만 깜빡였다. 긴 속눈썹이 금빛으로 반짝이며 자홍색 눈동자 위로 어른어른 내려앉았다가 떠오른다.

너무나 낯선 단어에 순간적으로 생각이 턱 막혔다. 얘가 지금 뭐라고 한 거지?

"아니, 이미 아줌마인가? 애가 벌써 둘이고. 황녀님께선 어느새 일곱 살이시지."

유타바인은 고개까지 주억거리며 혼자 수긍하고 있었다. 유쾌한 얼굴에는 장난기 없이 진심이 가득해서 더 빡쳤다. 설렘으로 톡톡 튀던 손가락이 팔받침을 드드득 긁는다.

주변에 있던 시녀들이 웃음을 참았다. 특히 이디스는 아주 짝짝짝 군대 박수까지 치며 박장대소할 기세였다. 꽉 붙잡은 손과 씰룩거리는 안면근육 탓에 오히려 울 것처럼 보였다.

'쟤는 시녀장이면서 말리지는 못할망정!'

샤르티아나의 눈에서 불꽃이 튀었다. 이쯤 되자 차라리 악녀로 명성을 날리던 때가 그리웠다. 옛날 같았으면 유타바인이 망언을 한 순간 시녀들이 합심해서 입을 막았을 거다. 덤으로 기분을 풀어주려고 애를 썼겠지.

샤르티아나와 눈이 마주친 이디스가 입을 삐죽였다. '왜요, 뭐.' 딱 그런 표정이다. 그러다 비식비식 웃기까지 한다. 현실은 이렇다. 샤르티아나는 서러웠다.

'다 내 업보려니 해야지. 쟤가 저런 애인 거 모르고 시녀장 시킨 것도 아닌데.'

심호흡하며 마음을 갈무리했다. 여기서 진심으로 화내면 제 발 저리는 꼴이다. 진짜 아줌마가 아니니 화낼 필요 없나. 스물아홉이 아줌마라니 말도 안 된다.

무엇보다 그녀는 온 백성들에게 사랑받는 자애롭고 유능한 황후가 아니던가. 이 넓디넓은 제국을 통치한 게 몇 년인데 이 정도 울화야 충분히, 충분히 다스릴 수 있다. 샤르티아나는 여유롭게 미소 지으며 차를 마셨다.

“와, 신기하다. 아줌마라니.”

다스릴 수 있었는데.

동물원 원숭이 쳐다보듯 보는 유타바인 때문에 미소 위로 쩌저적 금이 갔다.

“야!”

“왜? 맞잖아? 결혼은 진작에 한 데다가 애까지 둘. 이미 한참 전에 아줌마지! 스물 때부터 아줌마!”

“이 노총각이 뭐라는 거야!”

쾅! 쨍그랑! 찻잔이 소서를 내려치는 소리가 폭발음 못지않았다. 티 테이블은 흘러넘친 찻물로 엉망이었다.

이디스가 침착하게 눈짓했다. 그녀의 시선을 받은 시녀들이 전문적인 손길로 샤르티아나가 내리친 찻잔을 치우고 새 걸 가져왔다. 순식간에 테이블클로스에 스며든 얼룩을 제외하고는 아까와 다름없이 평화로운 티 테이블이 완성되었다.

샤르티아나와 유타바인 둘 다 소리 없이 분주히 움직이는 시녀들에겐 눈길 한 번 주지 않았다. 그런 것에 신경 쓰기엔 둘 다 황궁 생활에 익숙했다.

"노, 노총각이라니……!"

유타바인이 충격받은 얼굴로 샤르티아나를 쳐다봤다. 배신감이 가득한 표정이었다.

그 얼굴을 보니 꼬였던 속이 조금씩 풀어지는 듯했다. 샤르티아나가 미소 지었다. 이번에야말로 진심 어린 미소였다.

"왜? 맞잖아? 스물아홉에 결혼은커녕 연애 한 번 해 본 적 없으면서."

얄미운 어투를 그대로 따라했다. 이곳에선 스물이 넘으면 곧장 결혼하니 결혼적령기는 한참 전에 지나갔다.

"뭐, 무……."

유타바인은 얼굴을 새빨갛게 붉힌 채 제대로 된 대답도 못하고 어물거렸다. 체증이 싹 내려간다. 샤르티아나는 자못 심각한 어조로 말을 이었다.

"당장 결혼할 레이디도 없으니 서른까지 노총각이겠지. 음, 내 생각엔 내년뿐만 아니라 내후년에도 마찬가지일 것 같은데……. 우리 유타 어떡하지? 걱정이야."

"내, 내가 결혼 못해서 독신인 줄 알아?! 나 좋다는 레이디가 얼마나 많은데!"

"어머나, 금시초문인걸. 들어 본 적 있니?"

샤르티아나가 씩 웃으며 이디스에게 화살을 돌렸다.

"저도 처음 듣네요."

이디스가 흥미진진한 얼굴로 어깨를 으쓱였다. 아까부터 와삭와삭 팝콘이라도 씹어 먹는 것 같은 표정이었다. 그게 자신을 향할 땐 열 받았는데 유타바인을 향하니 보는 것만으로도 고소한 팝콘의 풍미가 느껴진다.

샤르티아나는 만족스레 고개를 까딱였다.

"그렇다는데, 노총각 씨?"

"이, 이 아줌마가……!"

샤르티아나의 미소가 진해졌다. 이마에 솟은 혈관 역시.

"뭐. 어쨌든 축하해, 유타."

"뭐가."

유타바인은 애써 불안을 감추며 까칠하게 물었다. 샤티가 또 무슨 말을 할지 두려웠다. 그는 자신의 소꿉친구가 어렸을 때와 다른 의미로 악마라는 걸 잘 알고 있었다.

"예전에 들었는데 어떤 나라에서는 서른 살 될 때까지 연애를 못 하면 마법사가 된대."

"별……. 그게 무슨 헛소리야!"

"좀 있으면 마검사가 되겠네, 우리 유타. 얼마 안 남았어. 경 같이 뛰어난 인재는 제국의 홍복이지. 아주 자랑스러워."

샤르티아나가 고개를 주억거리면서 진지하게 말했다. 표정과 달리 자홍색 눈동자는 장난기로 반짝거린다. 십 년 전이나 지금이나 변함없이 활달하고 명랑하다.

십 년이란 세월도, 황궁에서의 수많은 일도, 왕관의 무게도 그녀를 퇴색시키지 못했다.

"뭐래, 아줌마가."

"여자 손 한 번 잡아 본 적 없는 노총각이 누구더러 아줌마래."

"손은 잡아 봤거든!"

"에스코트하거나 춤출 때 말고."

"……."

무거운 침묵이었다.

'설마 진짜? 진짜로 그 외엔 여자랑 손잡아본 적이 없는 거야?'

샤르티아는 숨을 삼켰다. 그럴 생각 전혀 없었는데 정곡을 찔러 버렸다. 죄책감이 일었다. 아무리 유타바인이 '아줌마, 아줌마'거렸어도 정말 상처 줄 말을 하진 말았어야 했다. 암, 그렇고말고.

"입 찢어지겠다."

유타바인이 불퉁하게 말했다.

"푸하하하하!"

샤르티아나는 의자까지 팡팡 두들기며 시원하게 웃었다. 여름 소나기처럼 맑고 청량한 웃음이 내릴 때마다 유타바인의 얼굴은 우중충해졌다.

"그래 봤자 너보단 나아! 너 요즘 살찐 거까지 합쳐서 진짜 아줌마야!"

샤르티아나의 웃음이 뚝 멎었다. 시선이 저절로 아랫배로 향한다. 요즘 몸이 무거워졌다고 생각은 했지만 설마……. 드레스 치수도 꼭 맞았고 겉으로 보기에도 별 차이 없었는데.

"이 노총각이! 내가 살찌든 말든 니가 무슨 상관이야!"

"상관은 없지만……. 이 아줌마가 왜 자꾸 노총각이래!"

두 소꿉친구가 한 치의 양보도 없이 서로를 팽팽하게 노려봤다.

이디스는 속으로 한숨을 내쉬었다.

'슬슬 재밌는 구경도 다 했으니 이제 말려 볼까.'

그녀가 한 발짝 앞으로 나섰을 때였다.

"그렇게 서로를 열렬한 눈으로 쳐다보고 있다니."

낮으면서도 뚜렷한 목소리가 두 사람의 대치를 단번에 깨트렸다.
"레오."
"폐하를 뵙습니다."
레오프리드가 성큼 샤르티아나 곁으로 다가갔다. 일어선 그녀의 허리를 끌어안으며 귓가에 입술을 붙였다.
"조금 질투 나는걸."
익숙한 체향과 익숙한 목소리가 동시에 샤르티아나의 감각 속으로 파고 들었다. 옅은 전율이 일었다.
"나는 우리 황후께서 모처럼 티타임을 갖고 있다는 말에 오전 업무도 빨리 처리하고 왔는데."
투정 같은 말에 샤르티아나는 미소 지었다. 자신이 그를 보고 싶어 했던 것처럼 그 역시 그랬구나. 이제는 익숙해서 당연해질 만도 한데 언제나 벅찼다.
"잘했어요. 착해."
"그럼 상을 줘야지."
은근한 속삭임에 샤르티아나가 슬쩍 주변의 눈치를 봤다. 눈이 마주친 시녀들이 흐뭇하게 웃으며 고개를 끄덕였다. 자리를 피해주다 못해 이불이라도 펴 줄 기세였다. 저러는 게 더 쪽팔린다.
샤르티아나는 레오프리드의 품에서 슬쩍 빠져나왔다. 그러기 무섭게 레오프리드가 제 품에 가두듯이 허리를 강하게 끌어안았다.
'배, 살쪘다고 했는데.'
순간 스치는 생각에 샤르티아나가 멈칫했다. 레오프리드야 그녀가 포동포동하게 살이 올라도, 빼빼 말라도 건강에만 문제없으면 다 예쁘다 할 사람이지만 사람 마음이라는 게 그렇다. 사랑하는 연인에게는 항상 좋은 모습만 보여 주고 싶다.

"나중에 줄게요."

샤르티아나가 은근슬쩍 팔을 풀며 말했다.

"나중에 언제?"

"치, 침대에서……."

다시 따라붙는 팔을 피해 생각나는 대로 아무 말이나 하다가 아차 했다. 한순간에 레오프리드의 눈이 깊어졌다. 노란 눈동자가 달빛처럼 밤의 기운을 머금고 낮게 비쳤다.

샤르티아나는 재빨리 한 걸음 더 물러섰다. 레오프리드는 이제 그녀를 따라잡지 않았다. 대신 가느다란 미소를 머금었다.

"기대할게."

왠지 오늘 밤이 오는 게 두려웠다. 너무 두려워서 자꾸만 심장이 콩닥콩닥 뛰었다.

"……기사단 일이 있어서 저는 이만 일어나겠습니다."

그 말에 레오프리드가 유타바인을 돌아봤다. 아직도 있었냐는 얼굴이다.

노총각 소리만큼이나 따끔한 감각이 유타바인의 가슴을 찔렀다. 이건 이거대로 상처다. 그래도 평생을 주군으로 따르며 모시는 분인데.

그는 일어나면서 곧 상처를 회복했다. 이런 일은 한두 번이 아니었다. 레오프리드 곁에 샤르티아나가 있을 때면 모든 사람이 병풍 취급받았다.

그 혼자만 병풍이 아니라는 게 유일한 위안이었다. 유타바인은 아무런 배웅도 받지 못한 채 쓸쓸히 퇴장했다.

아기 때부터 함께한 소꿉친구는 그에게 시선 한 번 주지 않은 채 두려움에 얼굴만 붉혔다. 티타임이 끝날 때까지 발그레해진 뺨은 가라앉지 않았다.

그때까지만 해도 샤르티아나는 피의 복수를 울부짖지 않았다. 보고 싶었던 정인이 찾아왔고 그 덕에 티타임이 즐거웠으니까.

문제는 그 이후였다.

"나 살찐 거 같아?"

옷을 갈아입다가 불쑥 나온 질문에 시녀들이 눈을 동그랗게 떴다.

"전혀요?"

"여기서 더 마르면 보기 안 좋아요."

갑자기 왜 그런 말을? 시녀들의 눈이 그런 의문을 품고 있었다. 이디스만이 한숨과 함께 말했다. 오랜 시간을 함께한 사람다웠다.

"챈들럼 경의 말씀이 신경 쓰이세요?"

"아니, 그건 아닌데."

샤르티아나는 거울 속 자신을 꼼꼼히 살폈다. 눈부시게 빛나는 백금발, 신비롭게 젖은 자홍색 눈동자, 반질반질 윤이 나는 피부, 완벽한 몸매.

"어쩜 난 해가 갈수록 더 예뻐지지? 그만 예뻐질 때도 된 것 같은데."

이디스가 드레스를 찢어 버릴 듯이 꽉 움켜쥐었다. 저 자화자찬은 십 년을 봐도 익숙해지지 않는다. 더 열 받는 건 그 말이 사실이라는 거다.

다른 시녀들은 그 말이 맞다는 듯이 고개를 끄덕였다. 그들에게 황후는 자랑스러운 주인이자 군주였다. 이디스는 홀로 한숨을 쉬었다. 낙향한 라브엘과 결혼한 후 시녀일을 그만둔 에스더가 그리웠다.

샤르티아나는 머리를 쓸어 넘겼다. 걸림 없이 매끄러운 머리칼에 흐르는 빛을 만족스럽게 쳐다보다가 인상을 팍 찌푸렸다.

"모쏠 노총각 주제에 날 놀리다니."

이십 대에 아줌마 소리 들은 충격은 쉬이 가시지 않았다.

'따지고 보면 아줌마가 맞는 것 같기도 하지만……. 아니지, 아니야!'

감히 황후를 아줌마라고 부를 사람이 없었기에 샤르티아나는 면역력이 없었다. 유일하게 아줌마라고 부른 유타바인마저도 처음 샤르티아나가 대관식을 치른 후엔 꼬박꼬박 존칭을 썼다.

듣기 간지러웠던 샤르티아나가 몇 번의 설득 끝에 이전과 같이 편하게 대하기로 했다. 물론 사석으로 한정했지만.

존대를 해야만 받을 수 있는 존경은 안 받는 것보다 못하다. 서로 티격태격하면서 싸워도 유타바인은 샤르티아나를, 샤르티아나는 유타바인을 인정하고 존중했다.

'무엇보다 걔는 꼬박꼬박 존대하면서도 아줌마라고 할 녀석이고.'

다시 생각해도 열 받는다. 아줌마라는 말을 무려 아홉 번이나 하다니. 더도 말고 덜도 말고 정확히 아홉 번이었다. 빼도 박도 못하게 아줌마, 이미 아줌마, 한참 전에 아줌마, 스물 때부터 아줌마 소리가 환청처럼 윙윙거렸다.

그 소리는 쉬이 사라지지 않았다. 밥을 먹다가도, 목욕하다가도, 업무를 보다가도 생각났다. 거의 노이로제 수준이었다.

아줌마는 법적으로 서른…… 아니, 마흔, 쉰! 쉰은 넘어야 한다. 넘어야 하게 만들 것이다. 의회랑 싸워서라도! 샤르티아나는 주먹을 불끈 쥐었다.

당연하지만 현실적으로 그리고 체면상의 문제로도 '호칭 아줌마 개정안'을 내놓긴 힘들었다. 그 대신이랄까, 그리하여 샤르티아나는 피의 복수를 하기로 결심한 것이다.

그 결과 다시 현재, 유타바인은 그의 멘탈보다 세 배 강한 황후-황제 커플의 꽁냥질에 얼굴을 일그러트리고 있었다. 안면근육이 의지를 벗어난다.

그는 강제로 두 사람의 진한 키스를 관람한 충격으로 영혼이 반쯤 나갔다. 멜론이 요 입술에서 저 입술로 옮겨 가는 것까지 아주 잘 보였다. 그것도 슬로우 모션처럼.

'망할 동체 시력!'

그는 다시 한 번 자신의 뛰어난 신체능력을 원망했다. 저 커플은 결혼 전 첫 키스도 생중계하더니 십 년이 지나도 여전하다.

'설마 이상한 성적 도착증이라도 있는 거 아냐?'

뇌리를 스친 불경한 생각에 유타바인은 고개를 저었다. 둘이 함께 있는 걸 보면 보통 연인들과 비교도 할 수 없을 정도로 끈끈했지만 그래도 변태는 아닐 것이다. 아마도. 자신이 변태에게 충성할 리 없으니까 제발 아니어야 한다.

첫 키스 때는 잘 안 보이기도 했고 샤르티아나를 놀릴 거리라 재밌었지만 이젠 전혀 아니다. 놀려 봤자 독신이라 부럽냐는 비웃음이 돌아올 게 분명하다. 그리고 그건 어느 정도 사실이었기에 타격이 컸다.

'커플 지옥, 솔로 만세!'

유타바인은 속으로 마음의 평화를 주는 기도문을 외웠다. 역시 종교는 위대하다. 그는 가까스로 커플 사이를 갈라놓지 않을 수 있었다.

어느 정도 안정을 되찾았을 때 샤르티아나와 눈이 마주쳤다. 그녀가 씩 웃었다. 순식간에 한기가 뒷목을 차고 올라왔다. 중급 이상의 몬스터 수십 마리와 혼자 맞닥트렸을 때보다 더한 한기였다.

"후엥, 유타바인 경 표정 너무너무너무 무쪄워여."

평생을 갈고닦은 기사의 예감은 적중했다. 손과 발이 저절로 오그라들고 온몸의 모공이 각화했다. 샤르티아나는 단 한 마디로 유타바인을 전투불능으로 만들었다. 실로 어마어마한 공격력이었다.

하지만 그게 끝이 아니었다.

"내 아기고양이가 무섭다고?"

레오프리드가 샤르티아나를 품으로 끌어안으며 유타바인을 노려봤다. 감히 내 아기고양이를 위협했냐는 눈빛이었다.

희극보다도 더 말이 안 되는 상황인데, 레오프리드가 쓸데없이 잘생긴 데다가 카리스마까지 넘쳐서 웃을 수도 없었다. 얼굴만 보면 누가 칼이라도 들고 샤르티아나를 위협하는 줄 알겠다.

오죽하면 황제와 황후의 꽁냥질을 매일매일 지켜보는 수모를 당해 강제로 부동심을 갖게 된 시종장마저 얼굴에 살짝 금이 갔다.

유타바인은 눈물 대신 땀을 흘렸다. 더 이상 버틸 수 없다. 완벽한 패배다. 그는 만신창이가 되어 항복을 선언했다.

"두 분만의 시간을 방해하지 않고 저는 이만 나가 보겠습니다."

"어머나, 유타바인 경."

샤르티아나가 눈을 동그랗게 떴다. 아이처럼 순진한 얼굴이었지만 유타바인에게는 악마로밖에 안 보였다. 그것도 아주 가증스러운.

"지금 폐하께만 과일 드렸다고 그러는 건가요?"

아니, 그럴 리가. 샤르티아나에게 과일 한 번 받았다간 목이 떨어질지도 모른다. 지금만 해도 레오프리드의 눈빛이 벼린 검날처럼 날카로운데.

유타바인은 그 시선에 굳어 바로 부정하지 못했다. 샤르티아나가 그 틈을 파고 들었다.

"제가 경을 섭섭하게 했네요."

"아닙……."

"우린 아기 때부터 쌓아 온 시간이 있는데. 제 단 하나뿐인 소중한 소꿉친구를 박대할 순 없지요."

유타바인의 얼굴이 핼쑥해졌다. 샤르티아나의 다정한 미소와 부드러운 어조, 그리고 내용까지 소름끼치지만 그보다 더 큰 문제가 있다.

쌓아 온 시간, 단 하나뿐인, 소중한. 그녀의 말이 이어질 때마다 레오프리드의 얼굴이 싸늘해진다. 아까 샤르티아나를 볼 때만 해도 봄바람처럼 웃었는데.

이건 겨울바람 수준이 아니다. 칼날 같은 한기가 유타바인을 얼렸다. 유타바인의 생명력은 이미 0을 넘어서 마이너스를 찍고 있었다.

전쟁에서조차 항복한 사람은 공격하지 않는데 이 둘은 한 나라의 황제와 황후씩이나 되면서 상도덕이 없었다. 인권이 유린당하고 있다.

샤르티아나가 그런 그에게 오렌지를 내밀었다. 물렁물렁하고 과즙이 흐르는 게 아무래도 자신의 미래일 것 같다. 딱딱한 뼈가 저렇게 물렁해지고 과즙 대신 피가 흐르겠지.

"자, 아~ 하세요, 경."

얘가 진짜 날 죽이려고 하나. 오렌지가 사약처럼 느껴졌다. 살해 위협을 받은 유타바인이 질겁한 눈으로 샤르티아나를 쳐다봤다.

꽤 절박한 눈빛이었다. 샤르티아나는 자신의 절친한 친우의 뜻을 읽었다. 아주 잘.

응, 죽어. 샤르티아나는 더 환하게 미소 지으며 사약, 아니 오렌지를 내밀었다.

유타바인은 돌아가지 않는 눈을 굴려 레오프리드를 봤다. 보는 순간 후회할 걸 알아도 확인하게 되는 인간의 심리랄까. 그리고 그는 곧장 후회했다. 인간이 아니라 야차가 그곳에 있었다.

'이미 틀렸어.'

거절해도, 넙죽 받아먹어도 죽은 목숨이다. 그야말로 진퇴양난, 외통수였다.

'아아, 주군을 잘못 만난 것이 나의 불행인가. 아니, 그래도 이런 일만 아니라면 훌륭한 주군이셨다. 주군께 충정을 바친 삶에 후회는 없다. 다만 연애 한 번 못해 본 솔로로 죽는 것이 한이로구나.'

유타바인이 주마등과 함께 삶을 회고하는 순간이었다. 그에게 구원의 손길이 뻗었다.

"어마마마, 지금 바람피우시는 거예요?"

황녀, 레오샤이나의 똘망똘망한 목소리가 울려 퍼졌다. 유타바인에겐 천상의 나팔 소리로 들렸다.

샤르티아나는 오렌지를 내민 그대로 굳었다. 제 딸의 말이 황당해서 사고가 멈췄다.

"누나, 어마마마께서 바람 피셔?"

"그런가 봐. 아무 말 못하시잖아."

"바람은 나쁜 건데."

"아주 나쁜 거지. 혹시라도 닮으면 안 돼. 누나가 혼낼 거야."

"응, 누나! 근데 그럼 우리 어떡해? 어마마마가 아바마마 말고 다른 사람을 사랑하는데."

"우리가 무슨 상관이야. 어마마마껜 어마마마의 인생이, 아바마마껜 아바마마의 인생이 있는 거야. 두 분이 혹시 갈라지시더라도 너에겐 내가 있으니까 안심해. 누나가—."

"거기까지."

레오프리드의 딱딱한 음성이 속닥거림 사이로 내려앉았다.

"레오샤이나, 샤리아드."

무거운 부름에 두 남매가 찔끔해서는 자세를 바로 했다. 아바마마는 무섭다. 평소엔 엄격하면서도 다정하시지만 어마마마와 관련된 일에는 항상 무서웠다.

"예, 아바마마."

"감히 황후에게 나 외에 다른 사랑이 생겼을 거라고 하는 건가?"

"아, 아닙니다."

"레오샤, 황제가 그른 길로 갈 때 간언하는 것 역시 후계의 책무다. 그런 만큼 신중해야 하지. 그런데 이렇게 경거망동하다니."

"자숙하겠습니다."

레오샤이나가 고개를 숙였다. 레오프리드는 조그마한 딸의 등을 보고 속으로 혀를 찼다. 슬그머니 너무 심했나, 하는 후회가 솟아난다.

'나도 자식들에게 너무 약해서 탈이군.'

다른 사람이 들었으면 대체 어디가 약한 거냐고 했겠지만, 그의 기준에서는 충분히 약한 거였다. 레오프리드는 기본적으로 후회하지 않는 남자였다.

"레오샤, 샤리드."

비로소 정신 차린 샤르티아나가 두 아이를 불렀다. 확실히 해야 할 게 있다. 바람이라니, 그것도 유타바인과. 하여간 아이들의 생각이란 어디로 튈지 모른다.

"예, 어마마마."

"내겐 너희 아빠 외에 다른 사람은 없으니 안심하렴. 지금까지도, 앞으로도 평생."

"정말이지요?"

아이들의 얼굴이 환해졌다. 동생에게 네겐 내가 있다며 의젓하게 말하던 레오샤이나도 내심 걱정되었던 모양이다.

"그럼, 정말이지."

하지만 아이들의 얼굴보다 더 환해진 얼굴이 있었다. 레오프리드의 입꼬리 한쪽이 비죽 올라갔다. 숨길 수 없는 만족감이 그의 얼굴에 완연했다. 몇 번을 들어도 일생의 사랑은 당신뿐이라는 말은 달콤했다.

샤르티아나는 표현에 인색한 연인이 아니었다. 평소엔 다소 수줍고 부끄러움이 많았지만 침대에서는 솔직했으니까. 그럼에도 이런 간접적인 고백조차 레오프리드를 뜨겁게 만들었다.

"알았으면 와서 과일 좀 먹어라. 너희가 좋아하는 멜론도 있다."

레오프리드가 아이들에게 말했다. 사실상 용서의 신호였다. 남매의 얼굴이 더더욱 환해졌다.

"예, 아바마마!"

아빠와 입맛이 똑같은 아이들이 곧장 달려들었다. 레오샤이나는 동생에게 멜론을 집어 준 후 자신도 한 입 먹었다. 부부는 그런 아이들의 모습을 흐뭇하게 지켜봤다.

그러다 레오프리드의 시선이 어느새 뒤로 물러난 유타바인에게 닿았다. 그 눈빛에 유타바인이 흠칫 몸을 굳혔다. 아까보다 한층 누그러진 시선이었지만 여전히 살벌했다.

맹수같이 형형한 노란 눈이 한번 깜빡였다가 스르륵 감겼다. 다시 눈을 떴을 때 그 눈은 더 이상 유타바인을 향하지도, 살벌하지도 않았다.

그래도 죽진 않겠구나 싶어 유타바인은 안도의 한숨을 내쉬었다.

'……죽을 만큼 구르겠지만.'

언제까지 거기 있을 거냔 시선이었기에 유타바인은 슬슬 떠날 채비를 했다. 오늘따라 단란한 가족의 모습을 보니 더 서글퍼졌다. 올해야 말로 모태 솔로에서 탈출하자고 다시 한 번 다짐했다.

그때였다.

"우욱……!"

오렌지를 먹던 샤르티아나가 갑자기 헛구역질을 했다.

"샤티?!"

레오프리드가 깜짝 놀라 그녀를 살폈다. 시녀들이 재빠르게 먹다 남은 오렌지를 살피고 궁의를 불렀다.

"괜찮…… 욱!"

재차 헛구역질하는 모습에 레오프리드의 얼굴이 초조해졌다.

"궁의는?"

"곧 올 겁니다."

이디스가 답하며 물 잔을 내밀었다. 샤르티아나는 물을 마시고 속을 진정시켰다. 달고 상큼하기만 했던 오렌지가 갑자기 질기고 역하게 느껴졌다. 하얀 껍질 부분이 그렇게 메슥거릴 수 없었다.

"샤티."

등을 쓸어내리는 레오프리드의 손길에 샤르티아나가 희미한 미소를 지었다. 아이들의 큰 눈동자엔 걱정이 가득했다.

"괜찮으니 걱정 말렴. 그냥 속이 안 좋은 것뿐이야."

사실 한 가지 생각이 샤르티아나의 머릿속을 스쳤다. 그녀는 이미 두 아이의 엄마다. 이와 비슷한 상황을 전에도 두 번 겪었다.

'하지만 피임은 제대로 하고 있는데……. 지난 생리가 언제였지?'

궁의가 체크하고 있겠지만 원래 주기가 불규칙한 편이라 큰일이 아니면 따로 알리지 않을 터였다. 완벽한 피임법은 없다지만 이곳 피임은 마법으로 이뤄졌다. 말 그대로 완벽하다고 할 수 있다.

'임신은 아닐 테고. 별일은 아니겠지. 르웬다나의 축복도 받았는데…….'

그래도 살짝 불안한 것은 어쩔 수 없다. 사랑하는 가족과 사랑하는 국민. 샤르티아나는 더할 수 없이 행복했고, 그런 만큼 오래 살고 싶었다.

"경하드리옵니다, 폐하."

상황은 샤르티아나의 생각과 전혀 다르게 흘러갔다. 궁의가 활짝 웃으며 허리를 숙였다. 이 상황도 뭔가 익숙했다. 정확히 두 번 겪은 상황이었다.

"임신입니다."

궁의가 선언했다. 주변에 있던 시녀, 시종들이 다 고개를 숙였다. 경하드린다는 말이 사방에서 울려 퍼졌다.

곧장 레오프리드와 눈이 마주쳤다.

"레오."

강한 힘이 그녀를 꽉 끌어안았다. 쪽쪽, 이마에 몇 번이고 입술이 닿는다. 그제야 실감이 났다.

샤르티아나는 저도 모르게 아랫배를 더듬었다. 요즘 몸이 무거운 게 이 탓이었나. 단순히 컨디션이 좋지 않다고 생각했다.

아직까진 납작한 배였지만 어쩐지 더 따뜻하게 느껴진다. 샤르티아나는 그 포근한 온기를 세세히 맛보았다.

'우리 아기.'

가슴 깊숙한 곳에서 무언가 벅차올랐다. 기쁘다. 기쁜데…….

'완벽한 피임이라며?!'

낳지 않을 이유는 없다. 계획에 없긴 했지만 아이가 찾아온 것은 축복이었다.

다만 국정을 살피기도 바쁜 데다 하나, 둘 낳아 기르는 한국 사회에 익숙했던지라 둘째까지만 낳자고 합의했었다.

샤르티아나의 눈동자에 떠오른 의문을 읽은 레오프리드가 고개를 끄덕였다.

"한 번 알아보지."

레오프리드가 시종을 향해 눈짓했다. 그가 샤르티아나를 놓자 아이들이 그녀의 품에 뛰어들었다.

"어마마마, 동생 생기는 거예요?"

"저한테도 동생이 생겨요?"

"그래, 우리 샤리드에게는 첫 번째 동생이네. 동생 생기면 잘 챙겨 줘야 한다?"

"네! 누나처럼 잘 챙겨 줄 거예요."

"우리 레오샤가 동생을 잘 챙겨 줬지."

샤르티아나가 흐뭇하게 고개를 끄덕였다. 아이들은 언제나 그녀의 기쁨이자 자랑이었다. 사랑스런 아들딸의 모습을 보고 있자니 슬슬 셋째가 기대되기 시작했다.

한편으로는 혹시 오진일까 두렵기도 했다. 100%의 확률을 자랑하는 완벽한 피임이었으니까. 예정에 없던 아이였지만, 이미 그녀는 마음속에 셋째를 담았다.

샤르티아나는 레오프리드가 가져올 결과를 초조히 기다렸다.

그날 밤, 제국과 마탑의 마법사를 독촉해 확인한 결과 임신이 맞았다.

완벽한 피임을 자랑하는 마법이었으나 레오프리드의 씨가 너무나 강했다고 한다. 과연 마탑의 마스터와 천재 마법사가 엄지를 척 치켜든 정력이었다.

그때 그들은 한발 앞서 가능성을 본 것이다. 개인의 신체 능력이 기적이라고도 불리는 마법을 뛰어넘을 가능성을.

"그러니 여기 우리 아이가 있다는 거지."

레오프리드가 샤르티아나의 배를 쓰다듬으며 말했다. 샤르티아나는 그의 손길을 느끼며 눈을 감았다. 푹신한 침대와 바로 옆에서 느껴지는 온기. 나른했다.

배꼽 언저리를 쓰다듬던 손이 조금씩 위로 올라온다. 느리게, 그러나 확실하게 몸의 굴곡을 따라서.

"아이가 생기는 건 좋지만."

낮은 목소리가 귓가에서 울렸다. 동시에 손이 더 위로 향했다.

샤르티아나는 눈을 떴다. 레오프리드의 얼굴이 바로 앞에 있었다. 눈이 마주치기 무섭게 농밀한 입맞춤이 그녀를 덮쳤다. 그녀는 도로 눈을 감았다.

다시 눈을 떴을 때, 옆에 누워 있던 레오프리드는 어느새 그녀의 위로 올라와 있었다. 단단한 허벅지가 그녀의 다리를 가르고 안쪽으로 깊숙이 들어온다.

"이건 조금 아쉬운걸."

제 아래 깔린 여체를 내려다보며 레오프리드가 비뚜름한 미소를 지었다.

샤르티아나는 한숨을 삼켰다. 무슨 남자가 이렇게 볼 때마다 섹시하지. 이 남자가 내 남편이라니.

샤르티아나가 한쪽 다리를 세웠다. 허벅지가 서로 스치고 하얀 발가락이 그의 몸을 더듬어 위로 올라갔다.

그녀가 그와 눈을 마주치며 물었다.

"조금이요?"

도발적인 시선과 물음에 레오프리드가 숨을 들이켰다. 동공이 확 좁아진다. 금방이라도 침의를 벗겨 내고 그녀의 몸을 탐할 기세였다.

곧 그는 한숨을 내쉬며 그녀의 다리를 붙잡아 발등에 쪽, 키스했다.

"너무 그러지 마. 정말 참지 못할 수가 있으니까."

그가 말할 때마다 숨결이 발가락을 간지럽혔다. 샤르티아나가 어깨를 움츠렸다.

레오프리드는 다시 샤르티아나의 옆에 누웠다. 자연스럽게 팔을 그녀의 머리 아래로 끼우자 작은 몸이 품 안에 답싹 들어왔다.

보드라운 몸을 토닥이며 그는 끄응 침음을 삼켰다. 앞으로 한동안 밤이 괴로울 터였다.

이듬해 여름, 황녀가 태어났다. 금빛 눈동자가 여름의 태양을 닮은 아이였다.

레오프리드는 드디어 조심할 필요가 없어졌다.

―악녀의 정의 완결―

BLACK LABEL CLUB 030
악녀의 정의 4

1판 1쇄 발행 2017년 4월 27일
1판 4쇄 발행 2020년 2월 5일

지은이 주해온
펴낸이 신현호
편집부장 예숙영
책임편집 박상희
편집디자인 한방울
영업 · 관리 김민원 조은걸 조인희
물류 이순우 최준혁 박찬수

펴낸곳 ㈜디앤씨미디어
출판등록 2002년 5월 1일 제117-90-51792호
주소 서울시 구로구 디지털로 26길 111 JnK디지털타워 503호
대표전화 (02)333-2513 팩스 (02)333-2514
전자우편 dncbooks@dncmedia.co.kr
디앤씨북스 블로그 http://blog.naver.com/dncbooks

ISBN 979-11-264-4078-8 (04810)
ISBN 979-11-264-4074-0 (세트)